普通高等教育"十二五"规划教材

# 会计基础与实务

## （非财会专业用，案例实操版）

主　编　范俊铭

副主编　周小燕　张　敏

参　编　陈　莹　李远艳　曾长隽　张燕萍

U0116135

机械工业出版社

本书采用一个综合案例，把会计学原理和会计基础业务实操有机地结合起来，循序渐进地讲解了会计学原理、手工会计基本操作和计算机会计基本操作的核心内容，并选列了会计相关学科、会计法规、会计准则和内部控制等内容，供读者拓展和提高之用。本书适用于高等院校非财会专业的学生学习会计学基本原理和会计基础业务操作，培养对会计数据的阅读和理解能力，也适用于企业管理层中的非财务人员了解与学习会计原理和基本流程。

**图书在版编目（CIP）数据**

会计基础与实务：非财会专业用，案例实操版/范俊铭主编．—北京：机械工业出版社，2011.5

普通高等教育"十二五"规划教材

ISBN 978-7-111-34338-7

Ⅰ.①会…　Ⅱ.①范…　Ⅲ.①会计学—高等学校—教材　Ⅳ.①F230

中国版本图书馆 CIP 数据核字（2011）第 091144 号

机械工业出版社（北京市百万庄大街 22 号　　邮政编码 100037）
策划编辑：易　敏　责任编辑：易　敏
版式设计：张世琴　责任校对：薛　娜
封面设计：陈　沛　责任印制：乔　宇
三河市国英印务有限公司印刷
2011 年 7 月第 1 版第 1 次印刷
169mm×239mm · 17.75 印张 · 344 千字
标准书号：ISBN 978-7-111-34338-7
定价：29.00 元

凡购本书，如有缺页、倒页、脱页，由本社发行部调换

电话服务　　　　　　　　　　网络服务
社服务中心：(010)88361066　门户网：http：//www.cmpbook.com
销售一部：(010)68326294　　教材网：http：//www.cmpedu.com
销售二部：(010)88379649
读者购书热线：(010)88379203　**封面无防伪标均为盗版**

# 前　言

　　针对高校非财会类专业的会计教学，编者提出了一些新的构想和教法，经过教学实践检验效果良好，在不断研究和提高后形成本书。本书的指导思想是"理论精练够用、内容通俗易懂、技能实用好用"。本书适合用于非会计专业的会计教学，兼顾会计通识教育。本书的主要内容有：会计基础理论知识、会计手工账务实操、计算机会计账务实操、相关知识选编。

　　本书的主要特色有三个：①"三位一体"会计基础教材设计。本书融会计基础理论、手工会计实操和计算机会计实操为一体，实现会计基础理论学习和会计账务实操高度结合，从而降低会计门槛、提高学习效率。②"全案例教学"和"同一案例教学"设计。本书采用一个典型案例实现全案例教学，各部分之间在同一案例的基础上高度关联、适度重合、各有侧重，以使学生迅速把握各部分学习重点。③"真账实操"体验式学习流程设计。在理论学习的基础上，学生将使用会计凭证、会计账册和会计报表等实务资料进行实操；学生将在财务软件中使用计算机会计账套，进行计算机会计总账实操。

　　本书适用于非财会专业本专科学生学习会计学基本原理和基本业务操作。作为一本高度实用化的教材，本教材也适用于企业非财务人员了解与学习会计基本原理和流程。教材教学时数设计为54学时：第一～四章15学时；第五章15学时（不含学生课后操作时间）；第六章18学时（不含学生课后操作时间）；第七～十章6学时，以学生自学为主。期末考核时建议采用开卷、案例式考试（以会计分录为主），也可让学生上机操作账套来考核，重点考查学生基本账务的实际操作和应用能力。

　　本书总体架构、内容设计和组织策划由范俊铭负责，第一～四章由范俊铭编写；第五章的设计和构思由范俊铭负责，由张敏编写，张燕萍参与了该部分的编写工作；第六章的设计和构思由范俊铭负责，由周小燕编写；李远艳编写第十章；陈莹编写第七章、第八章，并参与了第一章第二节的编写工作；曾长隽编写第九章。翁开源教授负责最后审定教材。

在本书即将付梓之际，感谢各位领导和同事对本书的大力支持和帮助，感谢广东药学院教材立项资助，感谢机械工业出版社易敏老师等出版社同仁的支持，感谢编者家人的无私奉献。由于编者水平有限，本书存在的一些不足之处，诚挚地希望得到读者和专家的批评与指正。编者工作邮箱：fjm2007522@163.com。

编　者

*本书作者制作了配套PPT，使用本书作教材的教师可登录机械工业出版社教材服务网注册下载，网址为 www.cmpedu.com，也可与本书编辑联系（yimin9721@163.com）。*

# 目　　录

# 第一章 导 论

## 第一节 会计非专业教育漫谈

### 一、非财会专业人员学习会计知识的两种倾向

会计作为市场经济社会中一种通用的商业语言，已经成为现代公民必须具备的一项基本技能。人们无论是创业、理财还是日常生活，无论是财会专业人员还是非财会专业人员，都离不开一些必要的会计知识的帮助。会计非专业教育是这种社会需求的产物。

然而，在现实中，人们对于会计知识和会计非专业教育的认识存在两种倾向：一种倾向是非常轻视会计知识，认为对于非财会专业人员来说学习会计知识没有必要；而另一种倾向是太"重视"会计知识，试图把每个非财会专业人员都培养成会计专家，针对非财会专业人员进行的会计知识教育，与针对财会专业人员的会计专业教育没有任何区别。实际上，这两种倾向都是不对的。

轻视会计知识，是粗放式管理模式的体现，或是侥幸的心理在作怪，也可能是因为经济实体的经营层次过于简单和微小（比如个体摊贩或一个小卖部）。当一个经济实体过于简单和微小时，对业主或经营者来说，有无会计知识似乎没有太大影响。实际上，再小的经济实体，都需要有一个"账本"或一个重要经济业务的记录本，这个账本就是"会计"的体现，只不过它不是规范的会计账本而已；当这个经济实体进一步发展壮大，比如从一个小店发展为若干个连锁店，甚至集团公司，这时候，那种原始的小账本或主要依靠单个人的记忆来运行的会计管理模式，就远远不能适应企业发展的需要，规范的、科学的会计账本就成为企业发展的必需。

再从个人的发展来看，即使是一名最普通的员工，也经常用到会计知识。比如仓库管理员、超市的收银员等，都需要掌握一些基本的会计知识。随着个人业绩和地位的提升，基本的会计知识就成为必须掌握的。在企业中的"官"越大，这种必要性就有可能越强，这也是许多企业的高管们在节假日去补习会计知识的原因之一。

会计非专业教育中的另外一种倾向是，试图把每个人都培养成会计专业人员，这也是不合适，或者说是有问题的。一个人什么知识都精通是不可能的，或

者成本和代价太高。即使可以，在当今社会分工越来越深入的经济环境下也是没有必要的。对于非财会专业人员来说，只需要适度地学习会计知识。

那么，这个"适度"该如何把握？——至少应掌握一些最基本的会计知识和基本技能，包括会计的基本原理、方法、基本报表等最核心、最基本的内容。

## 二、会计知识的综合性与非财会专业人员学习会计的特点

会计知识和其他专业和学科的关系可以用一个制造业企业的经营循环来说明，如图 1-1 所示。

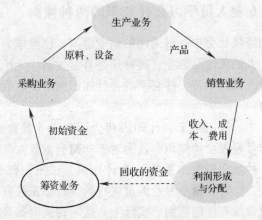

图 1-1　制造业企业的经营循环

在一个制造业企业的经营循环中，从筹集资金开始，采购材料和物资，组织生产，销售产品，期末核算，最后得出利润，就完成了一个经营循环。然后，企业再一次投入资金，又进行采购、生产、销售……开始下一个循环。

从图 1-1 中可以看出，制造业企业的经营循环包含了多个子系统（供应、生产、销售、财务、综合管理等），这些子系统共同组成企业这个大系统。这个循环涉及的环节和学科专业分别是**筹资环节**（金融、财务会计、公共管理等学科）、**采购环节**（贸易、电子商务、物流、财务会计等学科）、**生产环节**（制造等专业技术、管理、财务会计、管理会计等学科）、**销售环节**（营销、物流、贸易、电子商务、财务会计等学科）、**利润形成与分配**（即综合管理与财务核算，涉及战略管理、人力资源管理、财务会计、公共关系等学科）。

由此可见，企业的财会系统作为企业经营循环中的一个子系统，从企业经营循环的筹资环节开始，到利润核算为止，财会系统贯穿了企业经营循环的每一个环节，因此，企业的财会系统具有综合性。在企业内部，财会系统与企业的各个子系统都"搭界"，这就决定了企业经营循环中的某个环节上的人员，只有了解和掌握一定的财会知识，才能更好地开展自己的本职工作。而且，企业中各专业

人才的地位越高，其涉及的环节和部门必然也越多，因此对财会知识的需求也越多。作为企业现在或将来的人才，清晰地了解自己未来的位置，并为此做好知识准备，是非常必要的。

与财会专业人员学习会计学相比，非财会专业人员在学习会计学的时候，有哪些"不一样"？

（1）知识准备不一样。非财会专业人员在学习会计学之前，较少具备经济学、管理学等基础知识，大多只具有其本专业的专业知识。

（2）思维模式不一样。非财会专业人员缺乏系统的财会专业知识体系框架和思维基础。

（3）学习动机不一样。非财会专业人员只想了解自己感兴趣和需要的财会知识，并不想成为财会专家或专业人士。

（4）未来的就业方向或职业选择不一样。非财会专业人员将来不一定从事财会工作，他们只是需要学会理解和运用一些财务信息。

会计非专业教育与会计专业教育的这些显著差异，要求会计非专业教育必须做比较大的改革，需要在教学思想体系的设计、在教育资源的配置、在具体的教学手段的选择等方面作出调整或改革，不能完全照搬和沿袭会计专业教育教学的方法和手段来开展会计非专业教育。

### 三、会计非专业教育的内容选择

会计非专业教育的内容选择的原则是**"理论精练够用，内容通俗易懂，技能实用好用"**。以下选取了会计基本原理、方法和基本报表等最核心和最基本的理论内容，有针对性地创立了全过程统一教学案例，以"会计手工实务操作"辅助学习者建立"可视化"的会计业务流程，以"会计电算化实务操作"辅助学习者掌握现代化的会计实用操作流程，在全过程统一教学案例的基础上，实现"会计基本理论、会计手工实务操作、会计电算化实务操作"三者的"无缝连接"。它主要分四部分：① 会计的必要理论知识，即"三点式"理论结构：恒等式—科目表账户—基本报表。② 可视化的会计业务流程再现，即会计手工账务实操。③ 会计基本应用技能训练，即会计电算化账务实操（总账部分）。④ 会计相关知识选列，即会计基本法规、学科介绍等。

## 第二节　会计工作的基本内容

人类的"会计"行为可以追溯到四千余年前；但是，具有现代意义的会计行为，只是起源于几百年前。现在的会计，基本上实现了全球趋同或基本一致。

会计工作的主要内容是对企业的经济业务进行记录，并对这些记录进行一定的账务处理，然后出具相关的报表等，为企业管理者、投资人等相关利益人提供必要的财务信息。

## 一、会计的服务对象、基本前提

会计的服务对象大多是企业，当然，也有事业单位、政府机构等非营利机构。本书主要讲述的是企业的会计。

会计工作需要一定的基本前提，如图1-2所示。

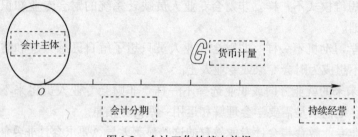

图1-2　会计工作的基本前提

会计的服务对象——企业，就是一个"**会计主体**"——用一个圆形来表示（它可以是公司、子公司、车间和班组等）。在一个企业成立之初，通常希望这个会计主体能够长久地经营，沿着时间轴 $t$ 一直存续下去，开成百年老店——也就是所谓的"**持续经营**"。

在企业的管理实践中，出于管理的需要，对于企业的持续经营，又把它人为地分成一段一段的期间（如一年、半年、季度、月等），以便于核算、总结和提高管理水平，这就是"**会计分期**"。

对于所有的会计核算对象（如厂房、机器、原材料等），都假设能够用"**货币**"来"**计量**"，如果不能用货币计量，就不列入会计的核算范围。这样，不同的会计核算对象统一用货币作为计量单位，就可以比较其经济价值的大小，进行相关的计算、汇总等。在货币计量的基础上，不同的会计主体才可以相互比较其经营效益。

## 二、会计工作的基本流程

在会计期间内，会计人员按照国家规定的会计准则和制度，运用一定的会计方法，遵循一定的程序和步骤，对企业发生的经济业务进行确认、计量、分类、汇总、报告，即从编制会计凭证到登记会计账簿，最后形成会计报表。通常将这种依次发生、周而复始的会计处理过程称为**会计循环**。具体来说，会计循环主要的基本步骤是，编制会计凭证，登记账簿，编制会计报表，如图1-3所示。

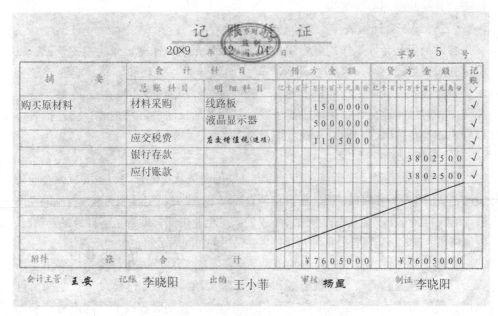

图 1-3　会计循环的基本步骤

### （一）编制会计凭证

会计凭证，简称凭证，是指按照一定的格式编制的，用以记录经济业务的发生和完成情况，明确经济责任，并据以登记账簿的书面证明。会计凭证一般可分为原始凭证和记账凭证。原始凭证是指在经济业务发生时填制或取得的，用以记录或证明经济业务的发生或完成情况的书面证明。如销售发票、车票、材料领用单等。记账凭证是指会计人员根据审核无误的原始凭证编制的，用来反映经济业务简要内容，据以登记会计账簿的书面证明。图 1-4 就是一张企业的记账凭证。

记　账　凭　证

20×9 年 12 月 04 日　　　　　　　　　字第　5　号

| 摘　要 | 会　计　科　目 | | 借　方　金　额 | 贷　方　金　额 | 记账 |
|---|---|---|---|---|---|
| | 总账科目 | 明细科目 | 亿千百十万千百十元角分 | 亿千百十万千百十元角分 | √ |
| 购买原材料 | 材料采购 | 线路板 | 1500000 | | √ |
| | | 液晶显示器 | 5000000 | | √ |
| | 应交税费 | 应交增值税（进项） | 1105000 | | √ |
| | 银行存款 | | | 3802500 | √ |
| | 应付账款 | | | 3802500 | √ |
| 附件　　张 | 合　　　计 | | ￥7605000 | ￥7605000 | |

会计主管　王安　记账　李晓阳　出纳　王小菲　审核　杨星　制证　李晓阳

图 1-4　安泰电子设备有限公司的记账凭证

记账凭证经过审核无误，就可以用来登记会计账簿了。

### （二）登记会计账簿

登记会计账簿，简称记账。记账的过程，实际上就是把凭证上的信息转移和登记到会计账册上的过程。至于如何转移，后面的章节将具体讲解。记账是进行会计核算的重要步骤，是编制会计报表的基础，是连接会计凭证与会计报表的中间环节。

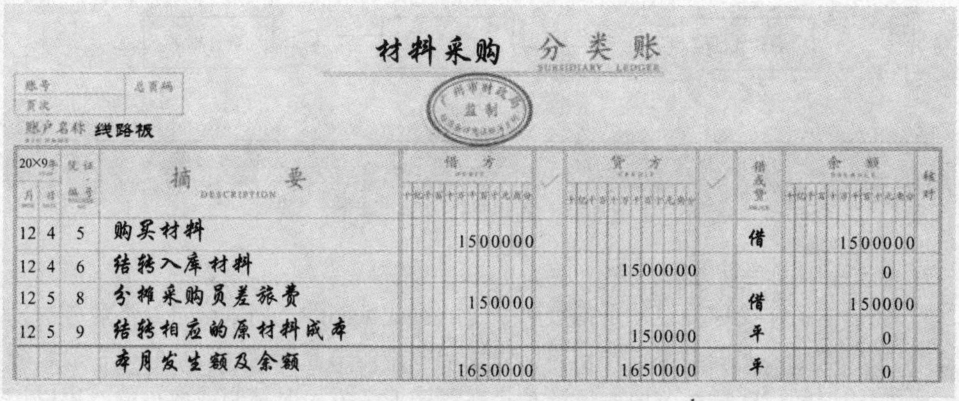
材料采购 分类账

SUBSIDIARY LEDGER

账号 总页码

页次

账户名称 线路板

| 20×9年 月 | 日 | 凭证编号 | 摘要 | 借方 | ✓ | 贷方 | ✓ | 借或贷 | 余额 | 核对 |
|---|---|---|---|---|---|---|---|---|---|---|
| 12 | 4 | 5 | 购买材料 | 1500000 | | | | 借 | 1500000 | |
| 12 | 4 | 6 | 结转入库材料 | | | 1500000 | | | 0 | |
| 12 | 5 | 8 | 分摊采购员差旅费 | 150000 | | | | 借 | 150000 | |
| 12 | 5 | 9 | 结转相应的原材料成本 | | | 150000 | | 平 | 0 | |
| | | | 本月发生额及余额 | 1650000 | | 1650000 | | 平 | 0 | |

图1-5 安泰电子设备有限公司的“材料采购”账页

在每一个会计期末（如月末、年末），必须进行查对账簿登记情况，即对账，以保证账簿记录的正确、真实和完整。对账无误后，就可以对有关账户进行结账，并据此编制会计报表。

**（三）编制会计报表**

会计报表是会计工作的最终成果之一。会计报表以账簿记录为主要依据，以特定的表格形式，对一系列会计核算资料加以分类、整理和汇总，能够比较全面、系统地反映企业生产经营活动的全貌以及各经济业务之间的内在联系，是企业对内、对外传递会计信息的主要手段。按照其所反映的经济内容，会计报表可以分为**资产负债表、利润表**和**现金流量表**等。

1. 资产负债表

资产负债表是指反映企业在某一特定日期的**财务状况**的报表，主要反映企业的**资产、负债**和**所有者权益**情况。资产负债表反映了企业在特定日期拥有或控制的经济资源的规模、分布状态及来源渠道，不仅能满足企业内部管理者了解自身经营状况、查病纠错的需要，也可让外部利益相关者在最短的时间内了解企业的经营状况。

**资产**按流动性的大小，可分为流动资产和非流动资产。流动资产主要由货币资金、交易性金融资产、应收票据和应收账款等项目组成。非流动资产主要由可供出售金融资产、持有至到期投资、长期应收款、长期股权投资、固定资产和无形资产等项目组成。

**负债**按流动性的大小，可分为流动负债和非流动负债。流动负债主要由短期借款、应付票据、应付账款、应交税费和应付股利等项目组成。非流动负债主要由长期借款和应付债券等项目组成。

**所有者权益**可分为实收资本、资本公积、盈余公积和未分配利润等。

表1-1为本书模拟案例中的企业的资产负债表，其详细的编制过程待后面章节讲解。

## 表 1-1　资产负债表

编制单位：安泰电子设备有限公司　　　　所属期：20×9 年 12 月 31 日　　　　　　　（单位：元）

| 资　　产 | 行次 | 年初数 | 期末数 | 负债及所有者权益 | 行次 | 年初数 | 期末数 |
|---|---|---|---|---|---|---|---|
| 流动资产： | | | | 流动负债： | | | |
| 货币资金 | 1 | | 927 587.80 | 短期借款 | 33 | | 400 000 |
| 交易性金融资产 | 2 | | | 交易性金融负债 | 34 | | |
| 应收票据 | 3 | | | 应付票据 | 35 | | |
| 应收账款 | 4 | | 87 750 | 应付账款 | 36 | | 38 025 |
| 预付款项 | 5 | | 5 000 | 预收款项 | 37 | | 80 000 |
| 应收利息 | 6 | | | 应付职工薪酬 | 38 | | 1 500 |
| 应收股利 | 7 | | | 应交税费 | 39 | | |
| 其他应收款 | 8 | | | 应付利息 | 40 | | |
| 存货 | 9 | | 34 720 | 应付股利 | 41 | | |
| 其中：消耗性生物资产 | 10 | | | 其他应付款 | 42 | | |
| 一年内到期的非流动资产 | 11 | | | 一年内到期的非流动负债 | 43 | | |
| 其他流动资产 | 12 | | | 其他流动负债 | 44 | | |
| 　流动资产合计 | 13 | | 1 055 057.80 | 　流动负债合计 | 45 | | 519 525 |
| 非流动资产： | | | | | | | |
| 可供出售金融资产 | 14 | | | 长期借款 | 46 | | 200 000 |
| 持有至到期投资 | 15 | | | 应付债券 | 47 | | |
| 长期应收款 | 16 | | | 长期应付款 | 48 | | |
| 长期股权投资 | 17 | | | 专项应付款 | 49 | | |
| 投资性房地产 | 18 | | | 预计负债 | 50 | | |
| 固定资产 | 19 | | 192 000 | 递延所得税负债 | 51 | | |
| 在建工程 | 20 | | | 其他非流动负债 | 52 | | |
| 工程物资 | 21 | | | 非流动负债合计 | 53 | | |
| 固定资产清理 | 22 | | | 　负债合计 | 54 | | 719 525 |
| 生产性生物资产 | 23 | | | | | | |
| 油气资产 | 24 | | | 所有者权益（或股东权益）： | 55 | | |
| 无形资产 | 25 | | 100 000 | 实收资本（或股本） | 56 | | 600 000 |
| 开发支出 | 26 | | | 资本公积 | 57 | | |
| 商誉 | 27 | | | 减：库存股 | 58 | | |
| 长期待摊费用 | 28 | | | 盈余公积 | 59 | | 4 302 |
| 递延所得税资产 | 29 | | | 未分配利润 | 60 | | 23 230.80 |
| 其他非流动资产 | 30 | | | 所有者权益合计 | 61 | | 627 532.80 |
| 非流动资产合计 | 31 | | 292 000 | | | | |
| 　资产总计 | 32 | | 1 347 057.80 | 负债及所有者（或股东）权益合计 | 62 | | 1 347 057.80 |

单位负责人：刘东升　　　财务负责人：王安　　　　　复核：杨星　　　　　制表：李晓阳

## 2. 利润表

利润表，也称损益表，反映企业在某个特定会计期间的经营成果。

利润表有助于信息使用者分析企业净利润的质量，预测其净利润的可持续性，有助于分析企业利润增减变化的原因并作出投资价值评价。

利润表以"收入 - 费用 = 利润"的公式为基础，依据收入与费用的配比原则编制。它分项列示了企业在一定会计期间通过销售商品，提供劳务，对外投资等生产经营活动所取得的各种收入以及与各种收入相对应的费用和损失，并将收入与费用和损失加以对比，得出该期的净利润或净损失。表1-2为本书模拟案例中的企业的利润表。详细的编制过程待后面章节讲解。

表1-2　利润表

编制单位：安泰电子设备有限公司　　　　　　　　20×9年12月　　　　　　　　（单位：元）

| 项　　目 | 行次 | 本月数 | 本年累计数 |
|---|---|---|---|
| 一、主营业务收入 | 1 | 150 000 | |
| 　其中：出口产品（商品）销售收入 | 2 | | |
| 　　进口产品（商品）销售收入 | 3 | | |
| 　减：折扣与折让 | 4 | | |
| 二、主营业务收入净额 | 5 | 150 000 | |
| 　减：主营业务成本 | 6 | 66 100 | |
| 　　其中：出口产品（商品）销售成本 | 7 | | |
| 　　主营业务税金及附加 | 8 | 360 | |
| 　　经营费用 | 9 | | |
| 　　其他 | 10 | | |
| 　加：递延收益 | 11 | | |
| 　　代购代销收入 | 12 | | |
| 　　其他 | 13 | | |
| 三、主营业务利润（亏损以"－"号填列） | 14 | 83 540 | |
| 　加：其他业务利润（亏损以"－"号填列） | 15 | | |
| 　减：销售费用 | 16 | 10 400 | |
| 　　管理费用 | 17 | 8 980 | |
| 　　财务费用 | 18 | 4 000 | |
| 　　其他 | 19 | | |
| 四、营业利润（亏损以"－"号填列） | 20 | 60 160 | |
| 　加：投资收益（损失以"－"号填列） | 21 | | |
| 　　期货收益 | 22 | | |
| 　　补贴收入 | 23 | | |
| 　　其中：补贴前亏损企业补贴收入 | 24 | | |
| 　　营业外收入 | 25 | 200 | |
| 　　其他 | 26 | | |
| 　　其中：用以前年度含量工资结余弥补利润 | 27 | | |
| 　减：营业外支出 | 28 | 3 000 | |
| 　　其他支出 | 29 | | |
| 　　其中：结转的含量工资包干结余 | 30 | | |
| 　加：以前年度损益调整 | 31 | | |
| 五、利润总额（亏损以"－"号填列） | 32 | 57 360 | |
| 　减：所得税费用 | 33 | 14 340 | |
| 　　少数股东损益＊ | 34 | | |
| 　加：未确认的投资损失＊（以"＋"号填列） | 35 | | |
| 六、净利润（净亏损以"－"号填列） | 36 | 43 020 | |

补充资料：

| 项　　目 | 本月数 | 本年累计数 |
|---|---|---|
| 1. 出售、处置部门或被投资单位所得收益 | | |
| 2. 自然灾害发生的损失 | | |
| 3. 会计政策变更增加（或减少）利润总额 | | |
| 4. 会计估计变更增加（或减少）利润总额 | | |
| 5. 债务重组损失（或收益，以"－"号填列） | | |
| 6. 其他 | | |

### 3. 现金流量表

现金流量表反映企业在特定会计期间内现金（现金等价物）流入、流出和结余情况。

现金流量表根据导致企业现金变动的经济业务类型，通常将现金流量分为三类：① 经营活动产生的现金流量。它包括销售商品，提供劳务所产生的现金流入与购买商品，接受劳务，支付税费等所产生的现金流出。② 投资活动产生的现金流量。它包括长期资产的构建与处置、非现金等价物的投资及变卖等活动产生的现金流入和流出。③ 筹资活动产生的现金流量。它包括吸收投资，发行股票，借款等导致的现金流入与支付股利，偿还借款利息及本金等导致的现金流出。

表1-3 为本书模拟案例中企业的现金流量表。其详细的编制过程待后面章节讲解。

### 表1-3　现金流量表

编制单位：安泰电子设备有限责任公司　　　　20×9 年度　　　　　　　　　　　　（单位：元）

| 项　目 | 本 年 金 额 | 上 年 金 额 |
| --- | --- | --- |
| 一、经营活动产生的现金流量 | | |
| 　销售商品、提供劳务收到的现金 | 167 750 | |
| 　收到的税费返还 | | |
| 　收到其他与经营活动有关的现金 | 200 | |
| 　经营活动现金流入小计 | 167 950 | |
| 　　购买商品、接受劳务支付的现金 | 38 025 | |
| 　　支付给职工以及为职工支付的现金 | 27 000 | |
| 　　支付的各项税费 | 29 150 | |
| 　　支付其他与经营活动有关的现金 | 26 700 | |
| 　经营活动现金流出小计 | 120 875 | |
| 　　经营活动产生的现金流量净额 | 47 075 | |
| 二、投资活动产生的现金流量 | | |
| 　收回投资收到的现金 | | |
| 　取得投资收益收到的现金 | | |
| 　处置固定资产、无形资产和其他长期资产收回的现金净额 | | |
| 　处置子公司及其他营业单位收到的现金净额 | | |
| 　收到其他与投资活动有关的现金 | | |
| 　投资活动现金流入小计 | | |
| 　购建固定资产、无形资产和其他长期资产支付的现金 | | |
| 　投资支付的现金 | | |
| 　取得子公司及其他营业支付的现金净额 | | |
| 　支付其他与投资活动有关的现金 | | |
| 　投资活动现金流出小计 | | |
| 　投资活动产生的现金流量净额 | | |
| 三、筹资活动产生的现金流量 | | |
| 　吸收投资收到的现金 | 300 000 | |
| 　取得借款收到的现金 | 600 000 | |
| 　收到其他与筹资活动有关的现金 | | |
| 　筹资活动现金流入小计 | 900 000 | |
| 　偿还债务支付的现金 | | |
| 　分配股利、利润或偿付利息支付的现金 | 19 487.20 | |
| 　支付其他与筹资活动有关的现金 | | |
| 　筹资活动现金流量小计 | 19 487.20 | |
| 　筹资活动产生的现金流量净额 | 880 512.80 | |
| 四、汇率变动对现金及现金等价物的影响 | | |
| 五、现金及现金等价物净增加额 | 927 587.80 | |
| 　加：期初现金及现金等价物余额 | | |
| 六、期末现金及现金等价物余额 | 927 587.80 | |

　　以上是对会计工作内容的基本介绍，上述工作中涉及的基本原理详见下一章。

## 思　考　题

1. 为什么企业管理层中的非财务专业人员要学习会计知识？
2. 会计工作需要一定的基本前提，它们分别是什么？
3. 简述会计工作的基本流程。
4. 简述三张会计报表。

# 第二章 会计学的基石——会计恒等式

## 第一节 一个重要的等式——从一个案例说起

以下介绍本书采用的贯穿全书的综合案例。下面是该企业的初始创立过程。（本案例的其他资料，将在后续的章节中逐步展开）

20×9年12月1日，某药科大学毕业生刘东升（化名）同自己的两个大学同学王安、李泰（均为化名），共同建立了一家有限责任公司，主要生产某种医用电子设备，公司名称为安泰电子设备有限责任公司（此为虚构的公司，以下简称安泰公司）。他们三人的出资数额和出资形式分别如下：刘东升以自己的个人储蓄存款30万元出资；王安以自己拥有的医用生产设备出资，作价20万元；李泰以自己的一项医用设备技术专利出资，作价10万元。此外，他们以公司的名义向银行贷款40万元。刘东升任公司的董事长兼总经理，其他两人为董事。其他事项暂略。

在本案例中，安泰公司的创立资金共100万元，其资金的来源之一是开办者自己所拥有的60万元（刘东升的存款30万元，王安的设备20万元，李泰的专利权10万元）资金，这部分资金在会计上称为**所有者权益**。意思就是，刘东升等三人是这部分资金的"所有者"，享有这部分资金带来的相关"权益"；安泰公司资金来源的第二个渠道是银行贷款40万元，是借债，这部分资金在会计上称为**负债**。显然，安泰公司的负债为40万元。这样，**所有者权益60万元 + 负债40万元 = 100万元**。

安泰公司创立时的资金100万元，分别用于如下用途：用于设备20万元（王安的投资，视同该公司买进），用于专利权10万元（李泰的投资，视同公司买进），留备用现金70万元（刘东升出资的30万元，从银行借款的40万元），其他费用暂无。安泰公司拥有的设备、专利权和保留的备用现金等，在会计上，把它们统称为该公司的**资产**，显然，**资产 = 100万元**。

安泰公司的创立资金100万元，按资金来源可分成所有者权益60万元和负债40万元；从其资金的用途来看，就是用来购置了100万元的资产。所以，对于该公司来说，如果从经济价值来看，一定存在以下等式：

**资产 = 负债 + 所有者权益**

该等式是**会计学**基础中**最核心**的知识点之一（共有三个等式，其他两个在后面详解）。该等式的两边，分别是同一笔资金的不同表现形式；等式左边是这笔资金的用途，等式右边是这笔资金的来源；等式左边和等式右边在经济价值上是相等的。如图 2-1 所示。

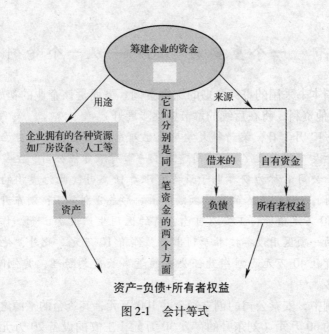

资产=负债+所有者权益

图 2-1　会计等式

这个等式，就是会计学的最基本的等式，该等式也适合于其他的企业和经济单位。

该等式不仅在安泰公司成立的时候成立，而且在安泰公司以后的业务运作中也成立。该等式并不因为安泰公司以后发生的经济业务而改变。

# 第二节　会计等式是恒等的吗？——小讨论

第一节已经讨论了安泰公司在创立的时候，存在一个等式——资产 = 负债 + 所有者权益。那么，在安泰公司成立并发生了许多经济业务之后，该会计等式是否还相等呢？

假设安泰公司已经经营了一个月，在这一个月中，安泰公司最主要的经济事项就是取得了收入，同时也发生了许多费用。收入和费用相减就是利润，其计算公式如下：

**收入 - 费用 = 利润**

在该公司经营一个月后，有了利润、收入、费用。这三者和会计等式资产 =

负债 + 所有者权益有什么关系？试分析如下。

**利润**：收入减去费用之后的余额。从用途或归属来看，利润要么用来归还负债，要么归入所有者权益（利润如果用来购置资产，最终也是增加所有者权益）。它影响的是会计等式"资产 = 负债 + 所有者权益"的右边"负债 + 所有者权益"的数额。

**收入**：收到的现金或银行存款，或者应收账款，这些都表现为企业资产的增加。它影响的是会计等式的左边的数额。

**费用**：表现为企业资产的减少。它影响的是会计等式的左边的数额。

**收入减去费用之后的余额**：企业资产的净增加额（或减少额）。它影响的是会计等式的左边（资产）的数额。

因为收入减去费用之后的余额就是利润，所以在会计等式的左边（资产）加上收入减去费用之后的余额，在右边加上利润数额，不会影响会计等式的相等。即下列等式成立：

$$资产 + （收入 - 费用）= 负债 + 所有者权益 + 利润$$

同样的道理，如果该公司本月没实现利润，而是亏损，则会计等式的左、右两边同时减少一个相等的数字，同样也不影响会计等式的相等。

到了期末，经过一定的账务处理，把（**收入 - 费用**）归入相应的资产中，把利润归入负债和所有者权益中，上述公式

$$资产 + （收入 - 费用）= 负债 + 所有者权益 + 利润$$

就又变为

$$资产 = 负债 + 所有者权益$$

**可见，会计等式在新的基础上（经过一段时期的经营后）达到了新的平衡。**

当然，该公司此时的资产、负债和所有者权益的数额已经不再是创立时的数额了。如果该公司发展壮大了，该数额一般变大；相反，则有可能变小。

以上讨论的是该公司经营了一个月的情况，同理，该公司经营了一年或任意时间段的情况，也都是类似的。因此，从该公司成立后，不论经过多少时间，也不论发生什么经济业务，都不会影响会计等式的相等，也就是说该会计等式是恒等的。所以，这个会计等式称为**会计恒等式**。

**会计恒等式**是现代会计学的基石，它可以为之后学习的会计账户体系、会计记账方法、会计报表的编制以及会计的其他业务提供理论支持。

## 思 考 题

在创建企业时的资金来源，除了负债和所有者权益这两个渠道，还有其他的渠道吗？如果有，请把它们写下来，想想它们和负债与所有者权益的关系。

# 第三章　会计工作的框架体系——
# 会计科目表

## 第一节　分类、分级管理的思想

在人类的管理实践中，分类、分级管理的方法是非常普遍的。以广东某高校为例，该校有 2 万多名在校生。如果让校长一个人来管理这 2 万多名学生，将是一件不可想象的事情。那怎么办呢？《孙子兵法》上说，"凡治众如治寡，分数是也……"意思是管理的对象太多时，"分"而治理是个好办法。如果该校有四个校区，那么就可以在每个校区设一名校区主管，由各个主管来分别管理自己校区的学生。如中山校区就可以设一名校区主管。但是，中山校区有 1 万多学生，该名校区主管还是管理不过来，怎么办？继续分，再把这 1 万多学生分成若干个学院：商学院、中药学院、化工学院、食品学院……由各个二级学院的领导来管理各自学院的学生。以商学院为例，有几千名学生，一个院长还是管理不过来，再继续分为各个系、班，到班为止。一个班大约 50～60 人，设班主任、班长来管理。班这个管理层面应该就差不多了，如果还管理不过来，可以再细分为组。

许多企业的管理也是如此。如广州某医药类上市公司，资产规模达几十亿元，员工有数千人。一个有效的管理办法也是"分"，把总公司分为十多家子公司、分公司；把某个子公司，如制药总厂，再分为若干个车间，车间再分为班组，各设负责的经理或主管。这样，层层分设，一级管一级，就建立起了一个有效的管理网络。

更广泛一些来看，我国的行政管理体制也是"分而治理"——中央政府、省政府、县政府、乡政府。可见，这种分类、分级的管理思想和方法，广泛地存在于目前的工作和生活中，是一种有效的管理方法。同样的，这种管理方法也存在于会计学的思想体系中。

## 第二节　会计等式→会计要素→科目表框架

第二章中的两个会计等式，一个是会计恒等式"资产 = 负债 + 所有者权益"，另一个是等式"收入 - 费用 = 利润"。在会计上，这两个等式中涉及的**资**

产、负债、所有者权益、利润、收入和费用称为**会计要素**，它们是会计上非常重
要和基本的要素，也是企业管理实务中需重点关注的对象。会计要素所反映的是
企业宏观层面的经济数量关系。

然而，面对企业庞杂的管理对象，从企业实际管理工作来讲，会计要素还是
显得概括和抽象。如何把这六个会计要素再进行细分呢？

在会计上，这些细分就借用了上节中的分类、分级思想。如上节中讲到的学
校对学生进行管理时，把学生分为不同的学院、系、年级，会计对企业庞杂的管
理对象也采用了这个办法。如对资产，可以进行如图 3-1 所示的细分。

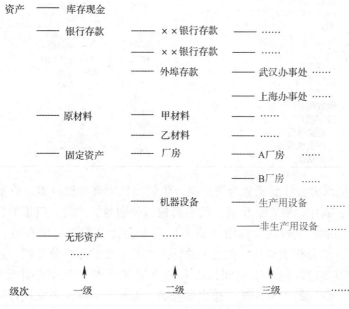

图 3-1　资产的细分

可以根据需要，把资产分为一级分类，如**库存现金、银行存款、原材料、固
定资产和无形资产**等；在一级分类的基础上，可以继续把各个一级分类再分为如
下的二级分类，如把**固定资产**再分为**厂房**和**机器设备**等，对二级分类**机器设备**又
**可以再分为生产用设备和非生产用设备等三级分类。诸如此类，企业可以根据管
理的需要，对管理对象进行各个级次的分类。**

同样，对负债、所有者权益、利润、收入、费用等会计要素，均可以采
取这种分类、分级的方法，把大的一级要素分为二级，再把二级接着细分为
三级，如有必要，还可以对三级要素继续细分。将会计要素这六个抽象的企
业管理对象进行这样的分级后，就形成了以下这个非常有用的**会计科目表**
（见表 3-1）：

表3-1 会计科目表

| 编号 | 分类名称 | 编号 | 分类名称 |
|------|---------|------|---------|
| 1000 | 资产类 | 4000 | 所有者权益类 |
| 1001 | 库存现金 | 4001 | 实收资本（或股本） |
| 1002 | 银行存款 | 4002 | 资本公积 |
| 1101 | 交易性金融资产 | 4103 | 本年利润 |
| 1121 | 应收票据 | 4104 | 利润分配 |
| 1122 | 应收账款 | 410415 | 未分配利润 |
| 1123 | 预付账款 | | |
| 1403 | 原材料 | 5000 | 成本类 |
| 1405 | 库存商品 | 5001 | 生产成本 |
| 1601 | 固定资产 | 5101 | 制造费用 |
| 1511 | 长期股权投资 | 5201 | 劳务成本 |
| 1501 | 持有至到期投资 | | |
| 1701 | 无形资产 | 6000 | 损益类 |
| | | 6001 | 主营业务收入 |
| 2000 | 负债类 | 6051 | 其他业务收入 |
| 2001 | 短期借款 | 6111 | 投资收益 |
| 2201 | 应付票据 | 6301 | 营业外收入 |
| 2202 | 应付账款 | 6601 | 销售费用 |
| 2203 | 预收账款 | 6602 | 管理费用 |
| 2221 | 应交税费 | 6603 | 财务费用 |
| 222101 | 应交增值税 | 6711 | 营业外支出 |
| 222105 | 应交所得税 | 6801 | 所得税费用 |
| 2501 | 长期借款 | | |

表3-1 把六大会计要素分为资产类、负债类、所有者权益类、成本类、损益类五个类别，其中，资产、负债、所有者权益分别与资产类、负债类、所有者权益类对应，而利润、收入和费用（成本）三个会计要素对应成本类、损益类这两个大类。仔细分析成本类、损益类这两个大类下面的二级分类就会发现，这两个大类中，其实已经包含了利润、收入和费用（成本）三个会计要素的内容。这是国家为了管理的需要而统一作出的分类，并作为一项规范来执行。

会计科目表是从会计工作的角度出发，对企业庞杂的经济业务进行的详细分类。如同生物学中对动物分类为"××科"、"××目"一样，会计学借用了这个名称，给它的分类表取名为会计科目表。表3-1 只是简化的会计科目表。比较规范的会计科目表以后再作了解。

针对会计科目表中的每一个分类，会计上都设计了一个账户与之对应，账户用来记录每一个分类（科目）的内容，也就是说，**科目是一个分类的名称，也是账户的名称，账户是科目的具体内容记录**。

与会计科目表中的五个大类相对应，账户也分别有五大类的账户：资产类账户、负债类账户、所有者权益类账户、成本类账户和损益类账户。

五大类账户下面还可设具体的账户。如资产类账户下面还设有"库存现金"账户、"银行存款"账户、"原材料"账户等。"原材料"账户下面还可设"库存商品"等账户。按照各个级别分类下面的层次，资产类账户等五大类账户下面第一次细分的账户——"库存现金"账户、"银行存款"账户、"原材料"账户等账户，称为**一级账户**，也可称为**总分类账、总账**。

一级账户（总账）下面再细分，就称为**二级账户**，也可称为**明细分类账、明细账**。依次类推，还可以继续细分为**三级账户、四级账户**……习惯上，二级账户及其以下的账户均称为明细账。

一般地，对于"会计科目表"中的一级账户，其名称、数目等内容，由国家财政部门统一作出规范；而对于"会计科目表"中的二级账户及其以下的账户，企业可以根据需要自己设定。

## 第三节 从"会计科目表"到"资产负债表"的变化过程

在表 3-1 中，可以发现会计恒等式的"影子"。把该表稍微调整一下，变为表 3-2。

表 3-2 变形 1

| 编号 | 分类名称 | 编号 | 分类名称 |
|---|---|---|---|
| 1000 | 资产类 | 2000 | 负债类 |
| 1001 | 现金 | 2001 | 短期借款 |
| 1002 | 银行存款 | 2201 | 应付票据 |
| 1101 | 交易性金融资产 | 2202 | 应付账款 |
| 1121 | 应收票据 | 2203 | 预收账款 |
| 1122 | 应收账款 | 2221 | 应交税费 |
| 1123 | 预付账款 | 222101 | 应交增值税 |
| 1403 | 原材料 | 222105 | 应交所得税 |
| 1405 | 库存商品 | 2501 | 长期借款 |
| 1601 | 固定资产 | | |
| 1511 | 长期股权投资 | 4000 | 所有者权益类 |
| 1501 | 持有至到期投资 | 4001 | 实收资本（或股本） |
| 1701 | 无形资产 | 4002 | 资本公积 |
| | | 4103 | 本年利润 |
| | | 4104 | 利润分配 |
| | | 410415 | 未分配利润 |
| | | 5000 | 成本类 |
| | | 5001 | 生产成本 |
| | | 5101 | 制造费用 |
| | | 5201 | 劳务成本 |
| | | 6000 | 损益类 |
| | | 6001 | 主营业务收入 |
| | | 6051 | 其他业务收入 |
| | | 6111 | 投资收益 |
| | | 6301 | 营业外收入 |
| | | 6601 | 销售费用 |
| | | 6602 | 管理费用 |
| | | 6603 | 财务费用 |
| | | 6711 | 营业外支出 |
| | | 6801 | 所得税费用 |

表3-2分为左、右两边，可以看到，表的左边是资产类，表的右上部分是负债、所有者权益，右下部分是收入、费用和利润。

在前述中已知，收入表现为企业资产的增加，费用表现为企业资产的减少，收入减去费用之后的余额就是企业资产的净增加额，该数额与利润的数额相等。收入减去费用之后的余额是利润，利润要么归还负债，要么归入所有者权益。

那么，到了月末结账的时候，表3-2右边的成本类、损益类科目的价值将分别归入资产、负债和所有者权益（成本类、损益类科目并非没有用，以后详述）中，那么，表3-2中只剩下资产、负债、所有者权益这三个大类。这时，表3-2实际上已经变成了表3-3。

表3-3　变形2

| 编号 | 分类名称 | 编号 | 分类名称 |
| --- | --- | --- | --- |
| 1000 | 资产类 | 2000 | 负债类 |
| 1001 | 库存现金 | 2001 | 短期借款 |
| 1002 | 银行存款 | 2201 | 应付票据 |
| 1101 | 交易性金融资产 | 2202 | 应付账款 |
| 1121 | 应收票据 | 2203 | 预收账款 |
| 1122 | 应收账款 | 2221 | 应交税费 |
| 1123 | 预付账款 | 222101 | 应交增值税 |
| 1403 | 原材料 | 222105 | 应交所得税 |
| 1405 | 库存商品 | 2501 | 长期借款 |
| 1601 | 固定资产 | 4000 | 所有者权益类 |
| 1511 | 长期股权投资 | 4001 | 实收资本（或股本） |
| 1501 | 持有至到期投资 | 4002 | 资本公积 |
| 1701 | 无形资产 | 4103 | 本年利润 |
|  |  | 4104 | 利润分配 |
|  |  | 410415 | 未分配利润 |

可以分别把这三个大类下面的小类相加，根据会计恒等式，在月末，以下公式存在：

**资产类账户月末金额合计数**

**＝负债类账户月末金额合计数 ＋ 所有者权益类账户月末金额合计数**

实际上就是"资产＝负债＋所有者权益"这个恒等式在月末新的基础上再次达到了平衡。将表3-3再稍加处理，就可变为表3-4：

表3-4　变形3

| 资　　产 | 期末金额 | 负债和所有者权益 | 期末金额 |
|---|---|---|---|
| 库存现金<br>银行存款<br>交易性金融资产<br>应收票据<br>应收账款<br>预付账款<br>原材料<br>库存商品<br>固定资产<br>长期股权投资<br>持有至到期投资<br>无形资产 | | 短期借款<br>应付票据<br>应付账款<br>预收账款<br>应交税费<br>　应交增值税<br>　应交所得税<br>长期借款<br>实收资本（或股本）<br>资本公积<br>本年利润<br>利润分配<br>　未分配利润 | |
| 资产总计 | | 负债和所有者权益合计 | |

　　这就是会计学上著名的"资产负债表"的基本样式。它反映企业经过一个时期（如1个月）的运作后，企业新的资产、负债和所有者权益的情况。这也是企业的投资者、管理者等利益相关者非常关心的情况。当然，在这个表中，资产项目的所有小项相加的合计数一定等于负债和所有者权益的所有小项相加的合计数，这是为什么呢？资产负债表是如何编制的？后面将进行详解。

## 第四节　从"会计科目表"到"利润表"的变化过程

　　会计上还有一个重要的表。从表3-2到表3-3的转化中，成本类和损益类项目分别转到了资产、负债和所有者权益中。其实，到了月末，这些被转化了的项目，也是投资者和管理者等利益相关者非常关心的内容（见表3-5）。

表3-5　变形4

| | | |
|---|---|---|
| 5000 | 成本类 | |
| | 5001 | 生产成本 |
| | 5101 | 制造费用 |
| | 5201 | 劳务成本 |
| 6000 | 损益类 | |
| | 6001 | 主营业务收入 |
| | 6051 | 其他业务收入 |
| | 6111 | 投资收益 |
| | 6301 | 营业外收入 |
| | 6601 | 销售费用 |
| | 6602 | 管理费用 |
| | 6603 | 财务费用 |
| | 6711 | 营业外支出 |
| | 6801 | 所得税费用 |

这些项目之间有什么内在的联系呢？

我们知道：　　　　　　　　收入 − 费用（成本）= 利润

按照这个公式，把表 3-5 中的收入、费用、成本的顺序重新编排一下，就成了会计学上的"利润表"（简化），如表 3-6 所示。

**表 3-6　利润表**

| 项　　目 | 金　　额 |
| --- | --- |
| 主营业务收入 | |
| 减：主营业务成本 | |
| 　　　主营业务税金及附加 | |
| 主营业务利润 | |
| 加：其他业务利润 | |
| 减：销售费用 | |
| 　　　管理费用 | |
| 　　　财务费用 | |
| 营业利润 | |
| 加：营业外收入 | |
| 减：营业外支出 | |
| 利润总额 | |
| 减：所得税费用 | |
| 净利润 | |

表 3-6 自上而下，分别减、加，最后就得出企业一段时期内的净利润。而取得利润是设立企业最主要的目的。

## 第五节　从"利润表"到"资产负债表"，再到会计恒等式

如前所述，把"会计科目表"进行一定的调整和变化，可以得出"资产负债表"。在由"会计科目表"到"资产负债表"的变化过程中，"利润表"的结果净利润按照一定的要求分配后，就产生了未分配利润，最终归于资产负债表所有者权益中的未分配利润。这样，会计恒等式在月末这个新的基础上再次达到了平衡。

"资产负债表"中所有的项目在期末这个时点上，在新的基础上达到了新的平衡，即资产 = 负债 + 所有者权益。"资产负债表"和"利润表"中所有的项目，最后都归于这一个会计恒等式。

通过这三节的学习，再联系前面第一章、第二章的有关内容，从会计恒等式出发，细分出来六大要素、账户和"会计科目表"，从"会计科目表"可以再推

出"资产负债表"、"利润表"。反过来，在期末的时点上，按"利润表"的顺序求出企业的净利润，进行分配后，形成了未分配利润，将未分配利润归于"资产负债表"的所有者权益项目，"资产负债表"的所有项目在期末这个时点上，在新的基础上达到了新的平衡，即资产 = 负债 + 所有者权益。资产负债表和利润表的项目，最后都归于一个恒等式。

这样，从会计恒等式出发，最后又回到一个新的会计恒等式。这就是一个循环，一个完整的会计工作循环。具体操作的细节将在以后章节中具体讲述。

# 第四章 会计如何工作——
# 分录、账册、报表

## 第一节 账户及账户结构

### 一、什么是账户

前已述及，针对"会计科目表"中的每一个分类，会计上都设计了一个**账户与之对应**。账户用来记录每一个分类（科目）的内容，也就是说，**科目是账户的名称，账户是科目的具体内容记录**。

会计核算和管理的对象被分成"会计科目表"中的各个科目。为了详细、准确地反映和记录科目的具体内容，必须设立相应的"本子"来记录。这个本子称为**账本**。一个账户可以有多个账本，每一个账本肯定归属于一个特定的账户。如"原材料"账户，它的下面可以设多个明细账户，而每个明细账户都对应一个或几个账本。如"甲材料"账户必须有一个自己的账本，等这个账本写满了以后，就要换一个新账本。也许一年中需要用几个账本，那么，"甲材料"账户就和这几个账本相对应。可见，**账户是个较抽象的概念，它表示某一类东西的记录**；而账本是账户的具体记录的**载体**，它可以是纸质的，也可以是电子版的。现在大多数企业的账本已经逐渐转化为电子版的了（以后章节会具体介绍会计电算化的内容）。

### 二、账户的核心格式

账户的核心格式是"T"形账。如图 4-1 所示。

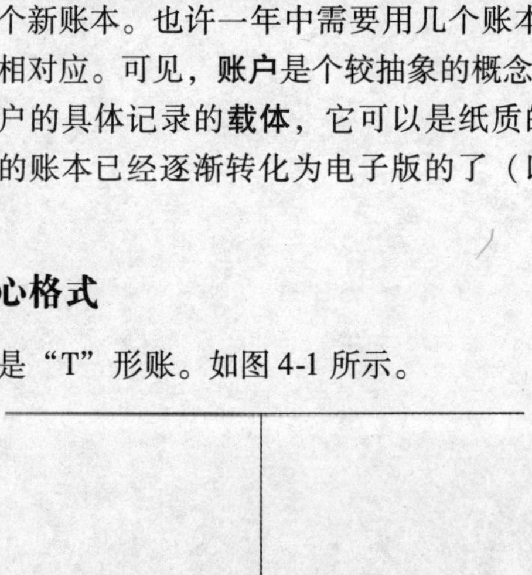

图 4-1  "T"形账的结构

这一横一竖组成的就是一个典型的"T"形账，非常简单。"T"形是指账户的主干结构像大写英文字母"T"的形状。会计就是要用简单、实用的形式来反映复杂、琐碎的经济业务。先来认识一下"T"形账。

这个"T"形账的图形好像一条路，从中间分开，左边可以走"来"，右边可以走"去"，各行方便，互不干扰。

"T"形账可理解为一个本子，从中间画了一条线，分为左、右两边，可以在左边作记录，也可以在右边作记录。这两边各记录什么，以及左边和右边之间的联系将在本书后面章节介绍。

"T"形账的图形也可以和会计恒等式联系起来。会计恒等式如下：

$$资产 = 负债 + 所有者权益$$

如果把等式中间的等号看成分界线，并沿着等号画一条竖线，再沿着等式上边画一条横线，就成了一个"T"形账，如图 4-2 所示。

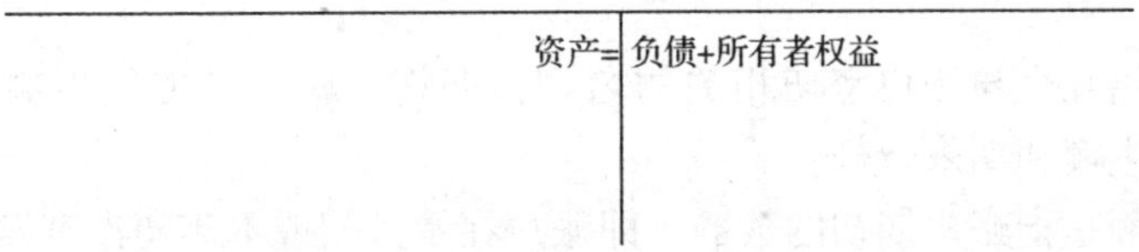

资产＝负债+所有者权益

图 4-2　"T"形账与会计恒等式

再规定"T"形账的左边记录资产类账户的所有信息和数据，右边记录负债类和所有者权益类账户的所有信息和数据，那么这个"T"形账就变成了会计上的三大报表之一——"资产负债表"。事实上，资产负债表就是这样，也可以把它看做一个大大的"T"形账。

看起来简单的"一横、一竖"组成的"T"形账还真不简单。

## 三、账户的具体格式

账户的格式如此简单吗？当然不完全是。首先，要给每个账户起个名字，否则，那么多的账户就无法区分了。

账户的名称不是问题，因为之前所述的"会计科目表"中的科目就是账户的名称。

那么，在账户的具体格式上，把账户的名称写在哪里呢？

应该写在账户表头的中间位置。以"原材料"账户为例，具体格式如图 4-3 所示。

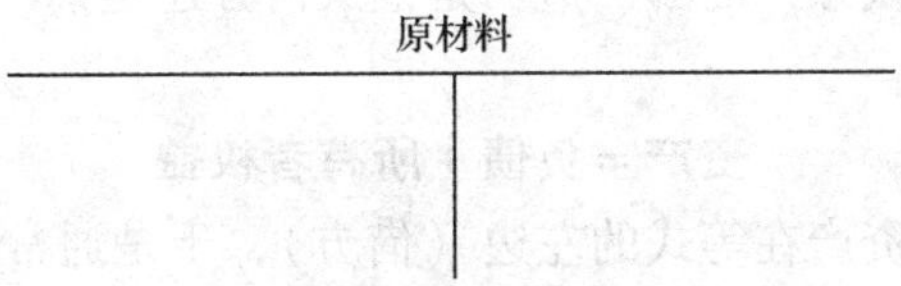

原材料

图 4-3　原材料的"T"形账

在会计上，当提到账户的时候，不说账户的"左"和"右"两边，而是说"借"和"贷"两方，这"借"和"贷"两个字，在会计上除了表示账户的"左方"和"右方"，也没有其他含义。这样，比较规范的"T"形账的格式如图4-4所示。

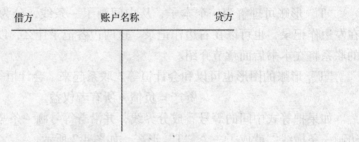

图4-4　规范的"T"形账格式

以下介绍几个与账户密切相关的名词：期初余额、借方发生额、贷方发生额、本期发生额和期末余额。

期初余额是指账户期初的数额，即账户在本月初或本年初没有发生任何业务时，从上月或上一年转下来的数额。

借方发生额是指根据记账规则，本月记录在账户借方的数额合计数。

贷方发生额是指根据记账规则，本月记录在账户贷方的数额合计数。

本期发生额是指本期（本月或本年等）发生的数额，它等于本期的借方发生额减去本期的贷方发生额。

期末余额是指账户在期末时候的余额。这个余额有可能在借方，也有可能在贷方，具体要看账户的性质。（关于账户的性质将在以后的章节中阐述。）

关于账户的计算，存在如下公式：

期初余额 ± 本期发生额 = 期末余额

## 第二节　账户记账的方向——基于会计恒等式的判断

### 一、记账方向

账户的基本结构清楚以后，下一步的问题是该如何记账？发生了一笔经济业务后，把账务数据记入账户的哪一边？是记入借方还是记入贷方？

会计恒等式如下：

**资产 = 负债 + 所有者权益**

在等式中，由于资产在等式的左边（借方），于是通常约定**资产类账户借方记增加，贷方记减少**。

由于负债、所有者权益在等式的右边（或贷方），于是通常约定**负债类账户、所有者权益类账户，贷方记增加，借方记减少**。

这是会计工作中的基本"规则"，必须严格遵照执行，否则会引起财务信息的误解或混乱。

另外，对于**费用（成本）类账户**，规定参照资产类账户，**借方记增加，贷方记减少**。

对于**收入（收益）类账户、利润类账户**，规定参照所有者权益类账户，**贷方记增加，借方记减少**。

### 二、记账方向的判断练习

**【例 4-1】** 资产类账户的记账方向判断练习。

如第 30 页综合案例中的"业务 3：12 月 2 日，提取备用金 10 000 元"。显然，公司的现金增加了，与现金对应的账户是"库存现金"。可以分以下两步来记账：

（1）判断该笔业务涉及的是哪一类账户：提取备用金，是现金增加，对应的账户是"库存现金"，"库存现金"是资产类账户。

（2）判断应记入借方还是记入贷方：由于"库存现金"是资产类账户，资产类账户借方记"增加"，在该笔业务中现金增加，所以，记入"库存现金"账户的借方，具体金额是 10 000 元。

而备用金是从公司的银行存款中提取的，所以在该笔业务中，公司的银行存款减少了 10 000 元，对应的账户是"银行存款"。那么，"银行存款"账户该如何记账？是记入借方还是记入贷方？

由于"银行存款"是资产类账户，资产类账户的贷方记减少。在该笔业务中银行存款减少，所以，记入"银行存款"的贷方，具体金额是 10 000 元。

**【例 4-2】** 资产类、负债类账户的记账方向判断练习。

如综合案例中的"业务 2：12 月 2 日，刘东升经与某商业银行商议，该公司向该银行贷款 20 万元，期限为 2 年……"显然，该公司的银行存款增加了，与银行存款对应的账户是"银行存款"。可以分以下两步来记账：

（1）判断该笔业务涉及的是哪一类账户："银行存款"是资产类账户。

（2）判断应记入借方还是记入贷方：由于"银行存款"是资产类账户，资产类账户借方记"增加"，银行存款增加，所以，记入"银行存款"的借方，具体金额是 200 000 元。

而该公司的银行存款增加是由于该公司向某银行贷款得来的，那么，该公司的借款或负债增加了。由于该笔借款期限超过 1 年，可以把它当做长期借款。显然，"长期借款"是负债类账户，负债类账户贷方记增加，在该笔业务中，负债增加了，所以应记入"长期借款"的贷方，具体金额是 200 000 元。

**【例4-3】** 资产类、成本费用类账户的记账方向判断练习。

如综合案例中的"业务7：……12月8日，本月生产领用一批原材料，全部用于生产该产品。领用的总金额为50 000元……"

领用原材料后，原材料减少了；"原材料"账户是资产类账户，贷方记减少，所以在"原材料"账户贷方记入50 000元。

生产某种产品后会导致生产成本增加。"生产成本"账户是成本费用类账户，该类账户参照资产类账户，借方记增加，所以在"生产成本"账户借方记入50 000元。

**【例4-4】** 资产类、成本费用类账户的记账方向判断练习。

如综合案例（第37页）中的"业务18：12月28日，销售给丁公司产品500件，……应该收取货款150 000元，……款项……实际收到一半，已存入银行，另一半在3个月内可以收到"。

销售商品取得收入，对应的账户是"主营业务收入"，是收入类账户。该类账户参照所有者权益类账户，贷方记增加，借方记减少。在该笔业务中取得了收入，收入增加了，所以应记入"主营业务收入"的贷方，具体金额是150 000元。

同时，取得的收入实际只收到了一半，存入银行。显然，该公司的银行存款增加了，在"银行存款"账户的借方记入75 000元；另一半款项，对方答应在3个月内付清，对于安泰公司来说这笔款项是应收但是还未收到的账款，简称应收账款。"应收账款"账户用来记录收款的权利，是资产类账户，借方记增加。显然，应收账款增加了，所以"应收账款"账户借方应记入75 000元。

# 第三节　账户记账的方法——复式记账法

如前所述，对于一笔业务，在两个账户中同时进行了记载，有借方也有贷方，两方记录的金额相等。如在业务3提取备用金10 000元的业务中，在"库存现金"的借方记增加10 000元，同时，还在"银行存款"的贷方记减少10 000元。这种记账处理方法，实际上就是一种复式记账的方法。

**所谓复式记账，就是指对同一笔经济业务，在"两个或两个以上"的账户中**（即"复"的体现），**进行金额相等**（即借、贷两方的金额）、**方向相反**（即借方和贷方）、**互相关联**（即借、贷两方反映的都是同一笔经济业务，借方和贷方互相关联）**的记录。**

为什么一定要选择复式记账？复式记账和会计恒等式的关系是什么呢？

每一笔经济业务的发生，都有可能引起某些账户金额的变动，但并不能影响会计恒等式的平衡（如资产内部一增一减，负债内部一增一减，所用者权益内部一增一减，均不影响影响会计恒等式的平衡）。

　　而每一笔经济业务的发生，至少会引起两个或两个以上的账户发生相应的变化。如果只对其中的一个账户进行记录，那么，就不能全面地反映资金的流动过程，同时，也使得会计恒等式不平衡。

　　可见，复式记账能全面地反映资金的流动过程，能充分列举经济业务所涉及的账户，能全面地反映资金的来源或去向，系统地反映资金的来龙去脉，使得账户之间互相对应，便于检查错误和漏洞。复式记账也维护了会计恒等式的平衡，构建起了账务体系之间的内在联系。

　　**复式记账有多种形式，其中，较为流行的是借贷记账法。**借贷记账法也是目前主流的一种记账方法。借贷记账法用"借"表示账户的左方，"贷"表示账户的右方，借和贷本身并没有意义，只是分别表示账户的"左方"或"右方"。

> 　　**单式记账：**对于一笔经济业务进行必要的记录，古已有之，最早的会计记录或文献，甚至可以追溯到几千年前的中国古代。但是，在复式记账出现之前，通常的会计记录都是单式记账。
>
> 　　什么是单式记账？其实，单式记账几乎每个人都会。对于一笔重要的经济业务进行必要的记录，比如说，你交了5 000元的学费，你就在你的笔记本（或小账本）上，记录"交学费5 000元"，以表明这5 000元是干了什么，好像父母亲报告。至于这5 000元是如何来的，一般并不做记录。像这样的记账方法，我们就称之为单式记账。所以，像这样的记账行为和方法，在我们的生活和工作就非常多了。应该说，这也是最简单意义上的"会计"行为，也说明了会计存在的普遍意义。那么，单式记账有什么弊端和不足吗？
>
> 　　单式记账可以满足最简单的会计需要和低层次的管理需要，甚至在一些规模小的经济单位，用单式记账就可以满足其会计的需要。单式记账最大的弊端和不足在于，无法对记录的会计信息进行核实和检查，只能单方面地反映资金的来源或去向，不能系统地反映资金的来龙去脉，**只能反映一个账户的变化情况，**不能全面反映资金的流动过程。

## 第四节　账户记账前的草稿——会计分录

　　在会计记账前，对企业发生的经济业务，会计人员要进行认真分析和判断，并做个业务处理的草稿。这个草稿中的主要内容就是会计分录。

### 一、会计分录的概念

　　会计分录是指会计人员根据复式记账原理，按照借贷记账法，对会计业务进行分析后，对业务涉及的科目以及业务引起的科目数额变化情况进行规范列示的一种会计业务处理的固定格式。

如综合案例中的"业务3：12月2日，提取备用金10 000元"，其会计分录如下：

借：库存现金　　　　　　　　　　　10 000
　　贷：银行存款　　　　　　　　　　　　　10 000

## 二、会计分录编制三个步骤

（1）分析经济业务涉及哪些会计科目。

（2）根据业务引起的科目数额变化情况，判断这些会计科目的记账方向，记入科目的借方或者贷方。

（3）按照规范的格式作出会计分录，借方在上，贷方在下，并检查借方合计是否等于贷方合计，即"有借必有贷，借贷必相等"。

## 三、会计分录编制示例

以综合案例中的"业务3：12月2日，提备用金10 000元"为例，来说明会计分录编制的基本规范和编制技巧。

（1）分析涉及科目。该公司从银行存款中提取一定的现金备用，该笔业务显然涉及"库存现金"和"银行存款"两个会计科目。

（2）判断记账方向。提取一定的现金备用导致公司的银行存款减少，而库存现金增加。由于"银行存款"账户是资产类账户，资产类账户的借方记增加，贷方记减少，所以，在该笔业务的会计分录中，"银行存款"账户应记录在贷方，表示减少了10 000元；由于"库存现金"账户也是资产类账户，借方记增加，贷方记减少，所以，在该笔业务的会计分录中，"库存现金"账户应记录在借方，表示增加了10 000元。

（3）记账及检查。具体的会计分录的格式如下：

借：库存现金　　　　　　　　　　　10 000
　　贷：银行存款　　　　　　　　　　　　　10 000

**会计分录的格式要点如下：**借方在上，贷方在下；"借"字表示借方，"贷"字表示贷方。"借"字后接冒号"："，其后是借方的会计科目名称，在若干空格后写与该科目对应的金额。在会计分录中，金额后不写货币单位，默认单位为"元"；若"元"后面还有"角"、"分"，则以小数表示。贷方的写法与借方类似，但要注意，"贷"字与借方科目名称的第一个字对齐。

按规范写出会计分录后，检查分录中的借方科目合计是否等于贷方科目合计，即"有借必有贷，借贷必相等"。在该项业务中，借方科目合计为10 000元，贷方科目合计为10 000元，所以借贷方相等。至此，该笔业务的会计分录就编写好了。

# 第五节　综合案例的分录与解释

　　本节内容为全书重点。本节对综合案例的全部业务进行了全面分析和解释，涉及每笔业务的内容、业务的分析、如何做会计分录、企业知识拓展、账务知识介绍等综合内容，阐述了会计等式、账户和分录等会计学核心原理与方法。

　　本节内容的重要性还表现在，本节内容也是后面的会计实训的基础资料。后面相关章节的会计手工操作部分和计算机会计实操部分的案例均采用本节中的案例。

## 一、公司基本背景资料

　　现将综合案例中的20×9年12月1日，某药科大学毕业生刘东升（化名）同自己的两个大学同学王安、李泰（均为化名），共同成立了一家有限责任公司，主要生产某种医用电子设备，公司名称为安泰电子设备有限责任公司（以下简称安泰公司）。他们三人的出资数额和出资形式分别如下：刘东升以自己的个人储蓄存款出资30万元；王安以自己拥有的医用生产设备出资，作价20万元；李泰以自己的一项医用设备技术专利出资，作价10万元。此外，他们以公司的名义向银行贷款40万元，贷款期限为9个月。经推举，刘东升任公司的董事长兼总经理，其他两人为董事。另外李泰兼任人事主管，王安兼任财务主管。按照公司章程，该公司聘用会计和出纳各一名，分别为李晓阳和王小菲。

## 二、本月安泰公司的基本会计业务及分析

　　**业务1**：12月1日，安泰公司创立，会计业务处理参照上述背景资料。

　　**分析**：根据会计分录编制的三个步骤，来分析一下如何编制这笔业务的会计分录。① 刘东升以自己的银行存款出资30万元投资到安泰公司，引起该公司银行存款的变化，使该公司的"银行存款"账户增加。由于"银行存款"账户是资产类账户，其借方登记增加数，所以，这30万元要记入"银行存款"账户的借方。② 同理，王安以自己拥有的医用生产设备出资，作价20万元，引起该公司的"固定资产"账户增加，由于"固定资产"账户也是资产类账户，其借方登记增加数，所以，这20万元要记入"固定资产"账户的借方。③ 李泰以自己的一项医药技术专利出资，作价10万元，引起该公司的"无形资产"（专利权）账户增加，由于"无形资产"账户是资产类账户，其借方登记增加数，所以，这10万元要记入"无形资产"账户的借方。④ 以上三项都是公司的创立者出资创办企业的资金，他们三人是该公司的所有者，这些投资是公司的"所有者权益"。由于该公司是有限责任公司，会计上专门用"实收资本"这一科目来记录

有限责任公司投资者的投资情况。"实收资本"科目是所有者权益类账户，其贷方登记增加数，所以，这三人的投资共 60 万元要记入"实收资本"账户的贷方。⑤ 按规范格式作出如下会计分录：

借：银行存款　　　　　　　　　300 000
　　固定资产　　　　　　　　　200 000
　　无形资产　　　　　　　　　100 000
　　贷：实收资本　　　　　　　　　　600 000

然后检查借方合计数是否等于贷方合计数。借方合计 = 300 000 + 200 000 + 100 000 = 600 000（元），贷方 = 600 000（元）。该分录借贷相等。同理，该公司向银行贷款的会计分录如下：

借：银行存款　　　　　　　　　400 000
　　贷：短期借款　　　　　　　　　　400 000

**拓展：** 如何区分长期借款和短期借款？

简单地说，这两者一般以 1 年为分界线，即借款期限在 1 年以下的为短期借款，借款期限在 1 年以上的为长期借款。

**业务 2：** 12 月 2 日，刘东升经与某商业银行商议，该公司向该银行贷款 20 万元，期限为 2 年，利息为 1%／月，按月支付。

**分析：** ① 刘东升代表该公司向银行贷款 20 万元，引起该公司银行存款的变化，使该公司的"银行存款"账户增加，并导致"长期借款"增加。② 由于"银行存款"账户是资产类账户，其借方登记增加数，所以，这 20 万元要记入"银行存款"账户的借方。根据复式记账原理，对同一笔经济业务要在两个或两个以上的账户中，进行金额相等，方向相反，互相关联的记录。这笔贷款的业务同时还引起了该公司债务的增加，即影响到"长期借款"科目，由于负债类账户的贷方登记增加数，所以，这 20 万元的债务要记入"长期借款"账户的"贷方"③ 按规范格式作出会计分录如下：

借：银行存款　　　　　　　　　200 000
　　贷：长期借款　　　　　　　　　　200 000

检查借方合计是否等于贷方合计。借方合计 = 200 000（元），贷方 = 200 000（元），该分录"有借有贷，借贷相等"。

**业务 3：** 12 月 2 日，提取备用金 10 000 元。

**分析：** 参考前述内容，作会计分录如下：

借：库存现金　　　　　　　　　10 000
　　贷：银行存款　　　　　　　　　　10 000

**业务 4：** 12 月 4 日，该公司采购员张勇向丙公司购入原材料线路板 1 000 片（按实际价格核算，下同），单价为 15 元，共计 15 000 元；购入原材料液晶显示器 1 000 件，单价为 50 元，共 50 000 元。增值税税率为 17%。价款和税款的一半已用银行存款支付，另一半暂时还未支付，丙公司要求三个月之内付清余款。上述原材料中的线路板当日到货并验收入库，液晶显示器还未到货。

**拓展：**制造业企业的基本业务循环为：采购（供应）阶段—生产阶段—销售阶段—财务结算阶段……采购（供应）阶段—生产阶段—销售阶段……（见图 1-1）

**分析：**企业采购原材料的过程，就是把现金或银行存款转换为所需原材料的过程。首先，通过设置"**材料采购**"（资产类科目）账户，用以核算材料采购过程中发生的材料的买价、费用等。"**材料采购**"账户的借方反映材料采购过程中发生的材料的买价、费用等的增加情况，其贷方反映材料采购结束后材料价值转出的情况，即减少的情况。在**材料采购**结束并验收入库后，把相应材料的价值从"**材料采购**"账户转移到"**原材料**"账户（资产类科目），即借记"**原材料**"，贷记"**材料采购**"。

**拓展：增值税知识。**在企业的材料采购阶段，还涉及增值税的问题。增值税是税法规定的，企业根据货物的买入价和售出价之间的差额（即增值额）缴纳的一种税。具体来说，在材料或商品的采购阶段，企业需付出增值税的进项税额，它的计算公式等于材料的买价乘以对应的税率。按照税法规定，增值税的进项税额不直接上缴给税务机关，而是由材料或商品的销售方（如图 4-5 中的 A 公司）代收，也就是说，安泰公司把增值税的"进项税额"直接交给材料或商品的销售方就可以了。税法规定，进项税额可以按规定抵扣销项税额。所以，进项税额表示的是企业实际支出的税款情况。

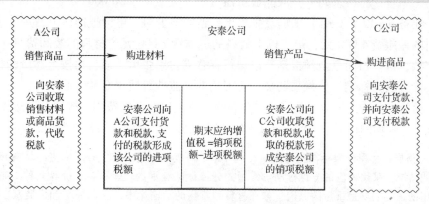

图 4-5  增值税的缴纳和计算

相应的，在产品的销售阶段，企业要向购买本企业产品的单位（如图 4-5 中的 C 公司）收取增值税的销项税额。最后，安泰公司本月应纳的增值税等于销项税额减去进项税额后的余额。增值税的缴纳和计算过程如图 4-5 所示。

由图 4-5 可见，在这个由 A 公司、安泰公司和 C 公司形成的销售链中，从安泰公司的角度来看增值税，安泰公司购进材料时对应的税款就是其进项税额，安泰公司销售产品时对应的税款就是其销项税额。安泰公司本月应纳的增值税等于销项税额减去进项税额后的余额（如果本月销项税额＜进项税额，则差额部分是进项税额未抵扣完的部分，该部分可以递延到下一期继续抵扣）。

本业务的会计分录如下：

借：材料采购——线路板　　　　　　　　　15 000

　　　　——液晶显示器　　　　　　　　　50 000

　　应交税费——应交增值税（进项税额）　11 050（65 000×17%）

　　贷：银行存款　　　　　　　　　　　　38 025（76 050÷2）

　　　　应付账款　　　　　　　　　　　　38 025

结转到货的原材料：

借：原材料——线路板　　　　　　　　　　15 000

　　贷：材料采购——线路板　　　　　　　　15 000

**业务5**：12月5日，安泰公司于12月4日采购的液晶显示器到货并验收入库。

**分析**：采购的液晶显示器到货并验收入库，意味着该材料的采购阶段结束，需要把"材料采购"账户中的相应价值结转到专门用于核算材料的"原材料"账户中。这两个账户都是资产类账户，分别一增一减，对应的就是一借一贷。

结转到货的原材料，作如下会计分录：

借：原材料——液晶显示器　　　　　　　　50 000

　　贷：材料采购——液晶显示器　　　　　　50 000

**业务6**：12月5日，采购员张勇出差返回该公司，申请报销以下费用：采购材料的差旅费4 000元，垫支以上材料的运输费2 000元、材料的装卸费500元。经审核，该公司同意全额报销，以银行存款支付给张勇。该公司按上述所购材料的买价金额为标准，分摊采购员张勇报销的差旅费等费用6 500元。

**分析**：采购人员为企业采购材料和商品所发生的合理费用，按照会计法规定，应该在所采购的材料中按照一定的标准和方法摊销，分别增加各材料的成本。

　　**拓展：费用分摊标准的确定**。在实务中，一般根据费用发生时所对应的材料和商品的情况，采用相应的分摊标准。常用的分摊标准有重量、体积、买价等几种。如果费用的发生主要是重量的原因，如在材料和货物的运输途中，在同一车厢内装载了两种货物，一般按它们相对应的重量作为分摊标准分摊运输费和装卸费。但如果其中的一种货物重量很轻，体积却很大，那么也可以按照货物所占的体积分摊相关费用。如在同一集装箱中，装载了重量轻但体积大的家具，同时也装了建筑用大理石，就可以按照它们占用的集装箱的体积来分摊该集装箱的运输和装卸费用等。如果费用的发生与重量、体积等因素关系不大，可以考虑以货物的买价为标准分摊相关采购费用。举例说明以货物的买价为标准分摊相关采购费用。

在两种原材料中分摊差旅费, 分摊标准 = 6 500 ÷ (15 000 + 50 000) = 0. 10 (元)。

总费用　货物的买价

线路板分摊差旅费 = 15 000 × 0. 10 = 1 500 (元)

液晶显示器分摊差旅费 = 50 000 × 0. 10 = 5 000 (元)

作会计分录如下:

借: 材料采购——线路板　　　　　　　1 500

　　材料采购——液晶显示器　　　　　5 000

　　　贷: 银行存款　　　　　　　　　　　　　6 500

结转相应原材料的成本, 作会计分录如下:

借: 原材料——线路板　　　　　　　　1 500

　　　　——液晶显示器　　　　　　　5 000

　　贷: 材料采购——线路板　　　　　　　　1 500

　　　　　　——液晶显示器　　　　　　　　5 000

**业务 7**: 本月安泰公司生产的单一产品为某种医用电子设备。12 月 8 日, 生产领用一批原材料, 全部用于该产品。领用的总金额为 50 000 元, 线路板为 10 000 元、液晶显示器为 40 000 元。

**分析**: 生产领用一批原材料, 意味着生产阶段的开始, 也意味着生产阶段开始耗用相关的材料、劳动力、机器设备等。本业务中, 生产开始耗用原材料, 原材料的价值转移到了生产成本中。"生产成本"账户是成本费用类账户, 其借方表示增加 (即表示生产阶段耗用的材料、劳动力、机器设备等情况), 其贷方表示减少 (即表示生产阶段结束后, 相关价值结转到下一个阶段——销售阶段的情况)。该笔业务分别引起"原材料"账户和"生产成本"账户一减一增。注意, "原材料"账户要列明其下设的二级科目 (明细账)。作会计分录如下:

借: 生产成本　　　　　　　　　　50 000

　　贷: 原材料——线路板　　　　　　　10 000

　　　　　　——液晶显示器　　　　　　40 000

**业务 8**: 12 月 12 日, 安泰公司以银行存款预付次年全年的设备保险费 5 000 元。

**分析**: 预付款项是企业经常发生的业务之一。预付款项的性质是, 该笔款项的"所有权"是安泰公司的, 但是, 这笔款项的"使用权"已经转移到对方公司了 (即这笔钱已经支付给对方公司了)。在对方公司为安泰公司提供了与这笔款项等值的相应商品或服务后, 安泰公司可以冲销这笔预付款项。预付款项对应的账户是"预付账款"账户, 是资产类账户, 借方表示预付款项的增加, 贷方表示减少 (即相关预付款项的冲销情况)。本业务支付了预付款项, 使"预付账款"账户增加, 记入"预付账款"借方。作会计分录如下:

借：预付账款　　　　　　　　　　　　　5 000
　　贷：银行存款　　　　　　　　　　　　　　5 000

**业务9**：12月16日，安泰公司以银行存款支付本月的广告费10 000元。

**分析**：广告费属于销售费用中的一项经常性费用。销售费用还包括在销售阶段发生的运输费、装卸费和销售网点维护费等其他费用。销售费用属于成本费用类科目，其借方表示费用的增加，贷方表示费用的减少（即结转到相关账户的情况）。本业务支付了广告费，使销售费用增加，记入"销售费用"借方。作会计分录如下：

借：销售费用　　　　　　　　　　　　　10 000
　　贷：银行存款　　　　　　　　　　　　　　10 000

**业务10**：12月20日，安泰公司预收 C 公司次年1月份购买商品的货款80 000元，款项已存入银行。

**分析**：本业务是预先收取了对方的款项，但尚未为对方提供商品或劳务服务，所以这笔款项还不能算做该公司的收入。实际上，这笔款项是该公司的一项负债，即"收了钱，但还没办事"，欠对方的。其对应的账户是"预收账款"。该科目是负债类科目，其贷方表示负债的增加，其借方表示负债的减少或冲减（即以商品或劳务抵偿债务）。表4-1将预收账款与预付账款进行对比。

表4-1　预收账款与预付账款的比较

| 科目名称 | 资金流向 | 科目性质 | 资金所有权 | 资金使用权 | 现时的要求 | 现时的责任 |
|---|---|---|---|---|---|---|
| 预付账款 | 付出 | 资产类 | 有 | 无 | 尚未收到商品或服务 | |
| 预收账款 | 收到 | 负债类 | 无 | 有 | | 尚未提供商品或服务 |

**拓展：权责发生制（应计制）。**

权责发生制是指对企业发生款项的收支情况，根据其对应的责任或要求归属，对不属于本期的收入，即使本期收到，也不能算本期的收入，只能算做预收账款；对属于本期的收入，即使本期没收到，也要算做收入。费用的计算也是如此。与此对应的科目有"预收账款"、"预付账款"、"应收账款"、"应付账款"和一些损益类科目。

本业务中，由于80 000元是对方公司于次年1月份购买商品的货款，不属于本月的收入；即使已经收到，也不能增加本月的主营业务收入，只能记入"预收账款"账户，表示企业尚未向对方提供商品，目前还是企业的一项负债。当然，由于对方已经把款项汇到安泰公司的银行账户里，所以，安泰公司的"银行存款"账户增加了。尽管现在安泰公司还没有这笔款项的所有权，但是款项已经在手，拥有了该笔款项的使用权。作以下会计分录：

借：银行存款       80 000
  贷：预收账款      80 000

**业务11**：12月25日，本月应计提的固定资产折旧为8 000元，其中公司管理部门负担10%，生产部门负担70%，剩余部分由生产车间负担。

> **拓展：折旧的含义和作用。** 从不同角度看，折旧具有如下不同的意义和作用：
>
> 折旧可以看做对固定资产的投资的回收，折旧也可以看做固定资产磨损和价值的减少过程，折旧还可以看做固定资产价值的转移过程。分别介绍如下：
>
> **对固定资产的投资的回收：** 固定资产是企业的重大投资，企业是以营利为目的的经济组织，企业的所有投资，包括对固定资产的投资，都是要求回收的，否则企业的生产经营循环就无法继续。折旧就是企业对固定资产投资的一个定期回收额。由于固定资产的使用期限较长，一般达到几年到几十年不等，为了准确计量其折旧的回收额，就需要设立一个专门的会计科目——"累计折旧"，用以专门核算固定资产从开始使用到最终报废为止期间的折旧的回收情况。可见，"累计折旧"这个科目是随着固定资产的使用年限增加而不断增加的，它的不断增加，实际上就意味着固定资产"折余"价值越来越少。
>
> **固定资产磨损和价值的减少过程：** 固定资产的使用寿命是一个相对固定的值。如商品房，其使用寿命大概为70年，小汽车的使用寿命大概为20年，等等。固定资产一旦投入使用，其价值就开始减少，使用一年就减少一年的使用年限，同时，其实际价值或"折余"价值也在相应减少。在固定资产使用期限中的某一年，如想知道其实际价值时，就用固定资产的原价减去其"累计折旧"账户的数额，就可以得到其实际价值。所以，"累计折旧"账户是"固定资产"账户的备抵账户，它们一对比，就可以得出固定资产的实际价值。"累计折旧"科目的贷方记录折旧的增加情况，其借方记录折旧的转出情况。
>
> **固定资产价值的转移过程：** 固定资产价值减少后，其价值到什么地方去了？判断原则就是，谁使用固定资产，谁就承担相应的价值转移（即使用费用）。在本业务中，管理部门、生产部门、车间部门分别使用了相应的固定资产，所以它们就要承担相应的固定资产使用费用：8 000元×10%，8 000元×70%，8 000元×20%，分别记入所对应账户——"管理费用"、"生产成本"、"制造费用"中，以表明固定资产价值转移到这些地方去了。

**分析**：注意，在会计实务中，本月新增加的固定资产，在本月不提折旧，从下月起才开始计提折旧。这里仅限于练习"累计折旧"账户的计算。作会计分录如下：

借：管理费用      800
  生产成本      5 600
  制造费用      1 600
  贷：累计折旧     8 000

**业务12**：12月26日，安泰公司核算和发放本月工资，其中生产工人工资为12 000元，车间管理人员工资为6 000元，公司管理人员工资为7 000元，分别通过银行转账发放。

**分析**：从企业的角度，聘用工人是要付出代价的，即需要支付工资。企业需将这些代价分摊到相应的账户上去，按工作人员的性质，记入相关的账户，并增加这些账户的价值。

在未支付工资之前，工资是企业欠工人的债务，应先记入"应付职工薪酬——工资"的贷方，表示企业负债的增加；在实际支付时，再从"应付职工薪酬——工资"的借方冲销，表示工资已经发放，原来的负债还清。本业务作会计分录如下：

借：生产成本　　　　　　　　　　12 000
　　管理费用　　　　　　　　　　 7 000
　　制造费用　　　　　　　　　　 6 000
　　贷：应付职工薪酬——工资　　　　　25 000

**业务 13**：12 月 26 日，安泰公司按职工工资总额的 14% 计提职工福利费。

**分析**：按相关法规的规定，福利费按照职工工资总额的 14% 计提，福利费增加了企业相关账户的数额。一般福利费不直接发给企业的工作人员，而只在一些特殊情况下发放，如夏天给一线工人发放高温补贴，在职工生病时发放慰问款等。本业务作会计分录如下：

借：生产成本　　　　　　　　　　1 680（12 000×14%）
　　管理费用　　　　　　　　　　 980 （7 000×14%）
　　制造费用　　　　　　　　　　 840 （6 000×14%）
　　贷：应付职工薪酬——福利费　　 3 500

**业务 14**：12 月 27 日，安泰公司结转本月水电费 1 800 元，其中生产用的水电费为 1 300 元，车间用的水电费为 300 元，公司管理部门用的水电费为 200 元。

**分析**：水电费等企业发生的非主营业务以外的应收款项和应付款项，记入"其他应收款"、"其他应付款"等科目中核算。作会计分录如下：

借：生产成本　　　　　　　　　　1 300
　　管理费用　　　　　　　　　　 200
　　制造费用　　　　　　　　　　 300
　　贷：其他应付款——水电费　　　 1 800

**业务 15**：12 月 28 日，安泰公司以银行存款支付本月短期借款利息 2 000 元（40 万元×0.50%），支付本月长期借款利息 2 000 元（20 万元×1%）。

**分析**：借款利息是公司使用借款后应该付出的代价，是借款的"使用费"，一般记入"财务费用"科目中核算，表示企业在财务方面利用资金的成本和代价。作会计分录如下：

借：财务费用　　　　　　　　　　4 000
　　贷：银行存款　　　　　　　　　 4 000

**业务16**：12月28日，安泰公司将本月发生的制造费用转入生产成本。

**分析**：制造费用是指企业在生产过程中不便于直接归入"生产成本"账户的、发生在生产现场的一些费用，在生产过程结束前，要把它转入"生产成本"账户。由于该公司本月生产的是单一产品，所以不必分摊制造费用。但如果企业生产的不是单一产品，制造费用就要在各个产品之间按照一定的标准进行分摊，一般可以按照产品的工时等分摊。

本月累计发生制造费用 = 1 600 + 6 000 + 840 + 300 = 8 740（元），全部结转到"生产成本"账户，一增一减，一借一贷。作会计分录如下：

借：生产成本　　　　　　　　　　　　　8 740

　　贷：制造费用　　　　　　　　　　　　　8 740

**业务17**：12月28日，截至本月底，安泰公司投产的600件产品全部完工并验收入库，无在产品。

**分析**：本月发生的生产成本总额为79 320元（包含制造费用8 740元。把前面"生产成本"账户的借方全部加总得到此数字，详见后面的"生产成本"账户记录），由于全部完工并验收入库，所以其价值全部转移到"库存商品"账户。

借：库存商品　　　　　　　　　　　　79 320

　　贷：生产成本　　　　　　　　　　　　　79 320

**业务18**：12月28日，安泰公司销售给丁公司500件产品，单价为300元，应该收取货款150 000元，增值税税率为17%。款项和税款实际收到一半，已存入银行，余下的一半在三个月内可以收到。

**分析**：在业务4中已经讲过增值税的问题了。本业务中的销售产品，涉及的是销项税额，是安泰公司应向对方收取的税款。本月实现的销售收入是300 × 500 = 150 000（元）。按照权责发生制，这150 000元货款属于本月的销售收入，即使只收到了一半的款项，也要把150 000元全部确认为本月的收入，即贷记"主营业务收入"，150 000元，至于还没有收到的另一半货款75 000元，属于安泰公司的应收账款，是对方的一项债务。同样，增值税的销项税额也需全额确认，即150 000 × 17% = 25 500（元），没收到的部分，即12 750元（25 500 ÷ 2）应确认为应收账款。

本业务较复杂，请注意核对"有借必有贷，借贷必相等"。作会计分录如下：

借：银行存款　　　　　　　　　　87 750（75 000 + 25 500 ÷ 2）

　　应收账款　　　　　　　　　　87 750（75 000 + 25 500 ÷ 2）

　　贷：主营业务收入　　　　　　　　150 000

　　　　应交税费——应交增值税（销项税额）　25 500

**业务19**：12月28日，安泰公司以现金支付销售产品的搬运费400元。作会计分录如下：

借：销售费用　　　　　　　　　　400

　　贷：库存现金　　　　　　　　　　400

**业务20**：12月28日，本月安泰公司已售出产品的消费税为360元。作会计分录如下：

借：营业税金及附加　　　　　　　360

　　贷：应交税费——应交消费税　　　360

**业务21**：12月28日，安泰公司向地震灾区捐款3 000元。

> **拓展**：营业外支出、营业外收入的判断。
>
> 营业外支出、营业外收入属于企业不经常发生的，主营业务以外的支出和收入。

作会计分录如下：

借：营业外支出　　　　　　　　　3 000

　　贷：银行存款　　　　　　　　　　3 000

**业务22**：12月28日，安泰公司收到某单位的违约金200元。

作会计分录如下：

借：库存现金　　　　　　　　　　200

　　贷：营业外收入　　　　　　　　　200

**业务23**：12月29日，安泰公司结转上述已售产品的销售成本。

**分析**：在业务17中可知本月生产成本总额为79 320元。单位成本＝本月生产成本总额79 320元÷全部产品600件＝132.20元/件。本月售出产品500件，其成本＝132.20元/件×500件＝66 100元。本月售出产品的成本专门设置"主营业务成本"账户进行核算，其借方记录本月售出产品的成本的增加情况，即从"库存商品"账户中结转过来的数额；其贷方反映结转到"本年利润"账户的情况。"主营业务成本"账户在期末一般没有余额。"主营业务成本"账户是与"主营业务收入"账户相对应的，反映一定的收入总是要付出一定的成本和代价，再加上其他因素，就可以推算主营业务的利润情况。作会计分录如下：

借：主营业务成本　　　　　　　66 100

　　贷：库存商品　　　　　　　　　66 100

**业务24**：12月29日，安泰公司结清损益类账户。

**分析**：设立企业的主要目的就是为了获取满意的利润。到了期末，企业是否获利，这是每一个投资者和管理者都非常关注的事情。运用公式"收入－费用＝利润"就能计算出企业是否赚钱、赚了多少钱。

在会计上，专门设置了"本年利润"账户来核算利润。"本年利润"账户的借方专门用以收集（归集）企业本期成本、费用的数据；贷方专门用以收集（归集）企业本期的收入、收益的数据。也就是说，到了期末，把本期所有成本费用类账户的余额全部结转到"本年利润"的借方，把本期所有收入、收益类账户的余额全部结转到"本年利润"的贷方，这样，"本年利润"账户的借方和贷方一比较，就得出本年的利润总额，也就是大家非常关注的利润数据。具体会计分录的处理过程如下：

结转成本、费用到"本年利润"账户：

借：本年利润　　　　　　　　　92 840
　　贷：主营业务成本　　　　　　66 100
　　　　销售费用　　　　　　　　10 400
　　　　营业外支出　　　　　　　3 000
　　　　营业税金及附加　　　　　　360
　　　　管理费用　　　　　　　　8 980
　　　　财务费用　　　　　　　　4 000

经过这样的结转以后，所有的成本费用类科目的期末余额就全部结空了，成本费用类科目的期末余额变为零。

结转收入到"本年利润"账户：

借：主营业务收入　　　　　　150 000
　　营业外收入　　　　　　　　　200
　　　　贷：本年利润　　　　　150 200

经过这样的结转以后，所有的收入、收益类科目的期末余额就全部结空了，收入、收益类科目的期末余额变为零。

**业务 25**：12 月 30 日，安泰公司计算企业所得税，税率为 25%。

> **拓展：企业所得税。**
> 企业所得税是指国家税法规定的，企业在年末核算时按企业的利润总额情况缴纳的一项税款。对于初学者来说，可以认为企业本年的所得税 = 本年利润总额 × 所得税税率。企业实际缴纳的所得税数额有可能和这个数字不一致，这主要是受计算纳税基础与本年利润总额之间的差异、税收优惠等因素的影响。

**分析**：从业务 24 可知，本年利润总额 = "本年利润"账户贷方 150 200 – "本年利润"账户借方 92 840 = 57 360（元）；本年该公司的所得税 = 本年利润总额 57 360 × 25% = 14 340（元）。本年利润总额减去本年公司的所得税的差额称为本年净利润。显然，本年净利润 = 57 360 – 14 340 = 43 020（元）。

企业所得税对于企业来讲，是一项纯粹的支出，类似费用，所以，也把企业缴纳的企业所得税称为**所得税费用**，并设置同名的账户来核算企业所得税的缴纳情况。在计算出企业所得税后，企业在未缴纳之前，实际上就形成了对国家的一项负债，即**应交税费——应交所得税**，这个账户用来记录企业所得税的计算和缴纳情况。本业务的相关会计处理如下：

计算企业所得税，并记入相应账户中：

借：所得税费用               14 340

    贷：应交税费——应交所得税      14 340

既然企业所得税对于企业来讲实际上是一种费用，那么，对于费用，就需要和业务 24 一样，把它归集到"本年利润"账户的借方。具体分录如下：

借：本年利润               14 340

    贷：所得税费用          14 340

至此，就把本月发生的所有成本、费用、收入和收益都结转到了"本年利润"账户的借方和贷方，"本年利润"账户的余额就是本年净利润，即43 020元。

企业有了利润以后，接下来就是如何分配利润，会计中设置了一个账户——"利润分配"来核算。当然，分配的利润是从"本年利润"账户结转过来的43 020元。

**业务 26**：12 月 30 日，安泰公司结转本年利润到利润分配。

作会计分录如下：

借：本年利润              43 020

    贷：利润分配           43 020

至此，"本年利润"账户余额为零。

**业务 27**：12 月 31 日，安泰公司按净利润的 10% 提取盈余公积金。盈余公积金是企业的资金，属于企业的所有者权益，专门设置"盈余公积"账户核算。

作会计分录如下：

借：利润分配              4 302

    贷：盈余公积           4 302

> **拓展：利润分配。**
>
> 按"一定比例"计提盈余公积金，是指在有关利润分配上，企业必须遵守国家法律强制性的一些规定，也就是说，在企业取得利润后，不能"吃光、花光"，要为以后的经营留点收益，为企业以后的发展留点基础。

**业务 28**：12 月 31 日，经公司董事会批准，安泰公司将剩余利润的 40% 分配给投资者。

**分析**：剩余利润 = 43 020 - 4 302 = 38 718（元）

        剩余利润的 40% = 38 718 × 40% = 15 487.20（元）

作会计分录如下：

借：利润分配　　　　　　　　　15 487.20
　　贷：应付股利　　　　　　　　15 487.20

**业务 29**：12 月 31 日，安泰公司结算"利润分配"账户，计算未分配利润数据。

**分析**：未分配利润 = 43 020 − 4 302 − 15 487.20 = 23 230.80（元）

这个未分配利润和资产负债表上所有者权益里面的"未分配利润"一致。

**以下的业务 30 ~ 业务 35，为资金退出公司的相关业务。**

**业务 30**：12 月 31 日，安泰公司以银行存款支付股利。

作会计分录如下：

借：应付股利　　　　　　　　　15 487.20
　　贷：银行存款　　　　　　　　15 487.20

**业务 31**：12 月 31 日，安泰公司以银行存款支付本期的消费税和所得税。

作会计分录如下：

借：应交税费——应交所得税　　　14 340
　　　　　　——应交消费税　　　　360
　　贷：银行存款　　　　　　　　　14 700

**业务 32**：12 月 31 日，安泰公司以银行存款支付本期的增值税。

**分析**：本期增值税 = 销项税额 25 500 − 进项税额 11 050 = 14 450（元）。

作会计分录如下：

借：应交税费——应交增值税　　　14 450
　　贷：银行存款　　　　　　　　　14 450

**业务 33**：12 月 31 日，安泰公司以现金支付职工的困难补助 2 000 元。

作会计分录如下：

借：应付职工薪酬——福利费　　　2 000
　　贷：库存现金　　　　　　　　　2 000

**业务 34**：12 月 31 日，安泰公司以银行存款支付水电费 1 800 元。

作会计分录如下：

借：其他应付款——水电费　　　　1 800
　　贷：银行存款　　　　　　　　　1 800

**业务 35**：12 月 31 日，安泰公司以银行存款支付工资 25 000 元。

作会计分录如下：

借：应付职工薪酬——工资　　　　25 000
　　贷：银行存款　　　　　　　　　25 000

## 第六节　综合案例的账册——从会计分录到"T"形账

### 一、将数据从会计分录转移到账册

按业务发生的顺序，作出会计分录后，就可以按会计分录的顺序，依次把会计分录所对应的账户数据填制到对应的账户中去。下面仅以业务1和业务2为例，来说明如何实现会计分录和账册之间的信息和数据转移。详细的数据转移过程（即账务操作过程），将在第五章和第六章中讲解。

**业务1**的会计分录如下：

借：银行存款　　　　　　　　　300 000
　　固定资产　　　　　　　　　200 000
　　无形资产　　　　　　　　　100 000
　　贷：实收资本　　　　　　　　　600 000
借：银行存款　　　　　　　　　400 000
　　贷：短期借款　　　　　　　　　400 000

经过审核无误，就可按会计分录的顺序，从上到下依次把会计分录中账户所对应的数据抄录到对应的账册。如从"借：银行存款 300 000"开始，先建立"银行存款"账户。以下是"银行存款"账户的"T"形账，如图4-6所示。

图4-6　"银行存款"账户的"T"形账

建好"T"形账后，把相关的账务信息和数据"借：银行存款　300 000"抄录到这个账本上。在账页的借方录入"业务号"，即"1）a"，表示这是业务1的数据，"1）a"表明这是业务1的第一个分录。然后，在"金额"栏录入"300 000"，注意，这里不必写货币单位；若有小数，则保留两位。这一记录，表示"银行存款"账户因业务1的"1）a"增加了"300 000"。

再按照会计分录的顺序，开始抄录"借方：固定资产　200 000"的数据。与上类似，也是先建立"固定资产"账户"T"形账，并抄录数据，如图4-7所示。

固定资产

| 业务号 | 金额 | 业务号 | 金额 |
|---|---|---|---|
| 1) a | 200 000 | | |

图 4-7　"固定资产"账户的"T"形账

将"借：无形资产　100 000"，抄录入图 4-8。

无形资产

| 业务号 | 金额 | 业务号 | 金额 |
|---|---|---|---|
| 1) a | 100 000 | | |

图 4-8　"无形资产"账户的"T"形账

将"贷：实收资本　600 000"，抄录入图 4-9。

实收资本

| 业务号 | 金额 | 业务号 | 金额 |
|---|---|---|---|
| | | 1) a | 600 000 |

图 4-9　"实收资本"账户的"T"形账

然后处理该笔业务的第 2 个分录。在已经建好的账页上继续按顺序抄录"借：银行存款　400 000"，如图 4-10 所示。

银行存款

| 业务号 | 金额 | 业务号 | 金额 |
|---|---|---|---|
| 1) a | 300 000 | | |
| 1) b | 400 000 | | |

图 4-10　"银行存款"账户的"T"形账

将"贷：短期借款　400 000"抄录入图 4-11。

短期借款

| 业务号 | 金额 | 业务号 | 金额 |
|---|---|---|---|
| | | 1) b | 400 000 |

图 4-11 "短期借款"的"T"形账

这样，业务 1 所涉及的会计分录的数据就抄录入它们相对应的账户中了。

同理，**业务 2** 的会计分录如下：

借：银行存款　200 000

　　贷：长期借款 200 000

其对应的"T"形账如图 4-12 所示。

银行存款

| 业务号 | 金额 | 业务号 | 金额 |
|---|---|---|---|
| 1) a | 300 000 | | |
| 1) b | 400 000 | | |
| 2) | 200 000 | | |

长期借款

| 业务号 | 金额 | 业务号 | 金额 |
|---|---|---|---|
| | | 2) | 200 000 |

图 4-12 业务 2 对应的"T"形账

业务 3 及以后的数据转移，都与此类似。

## 二、本案例中所有账户的"T"形账

读者可根据以上讲解自行做出其他业务对应的"T"形账。以下图 4-13 中的"T"形账可作为参考标准。

**银行存款**

| 业务号 | 金额 | 业务号 | 金额 |
|---|---|---|---|
| 1) a | 300 000 | 3) | 10 000 |
| 1) b | 400 000 | 4) | 38 025 |
| 2) | 200 000 | 6) | 6 500 |
| 10) | 80 000 | 8) | 5 000 |
| 18) | 87 750 | 9) | 10 000 |
| | | 15) | 4 000 |
| | | 21) | 3 000 |
| | | 30) | 15 487.20 |
| | | 31) | 14 700 |
| | | 32) | 14 450 |
| | | 34) | 1 800 |
| | | 35) | 25 000 |
| 余额 | 919 787.80 | | |

**库存现金**

| 业务号 | 金额 | 业务号 | 金额 |
|---|---|---|---|
| 3) | 10 000 | 19) | 400 |
| 22) | 200 | 33) | 2 000 |
| 余额 | 7 800 | | |

**材料采购——线路板**

| 业务号 | 金额 | 业务号 | 金额 |
|---|---|---|---|
| 4) | 15 000 | 4) | 15 000 |
| 6) | 1 500 | 6) | 1 500 |

**原材料——线路板**

| 业务号 | 金额 | 业务号 | 金额 |
|---|---|---|---|
| 4) | 15 000 | 7) | 10 000 |
| 6) | 1 500 | | |
| 余额 | 6 500 | | |

**材料采购——液晶显示器**

| 业务号 | 金额 | 业务号 | 金额 |
|---|---|---|---|
| 4) | 50 000 | 5) | 50 000 |
| 6) | 5 000 | 6) | 5 000 |

**原材料——液晶显示器**

| 业务号 | 金额 | 业务号 | 金额 |
|---|---|---|---|
| 5) | 50 000 | 7) | 40 000 |
| 6) | 5 000 | | |
| 余额 | 15 000 | | |

**管理费用**

| 业务号 | 金额 | 业务号 | 金额 |
|---|---|---|---|
| 11) | 800 | 24) | 8 980 |
| 12) | 7 000 | | |
| 13) | 980 | | |
| 14) | 200 | | |

图 4-13　所有账户数据信息图示

| 生产成本 | | | |
|---|---|---|---|
| 业务号 | 金额 | 业务号 | 金额 |
| 7) | 50 000 | 17) | 79 320 |
| 11) | 5 600 | | |
| 12) | 12 000 | | |
| 13) | 1 680 | | |
| 14) | 1 300 | | |
| 16) | 8 740 | | |

| 制造费用 | | | |
|---|---|---|---|
| 业务号 | 金额 | 业务号 | 金额 |
| 11) | 1 600 | 16) | 8 740 |
| 12) | 6 000 | | |
| 13) | 840 | | |
| 14) | 300 | | |

| 库存商品 | | | |
|---|---|---|---|
| 业务号 | 金额 | 业务号 | 金额 |
| 17) | 79 320 | 23) | 66 100 |
| 余额 | 13 220 | | |

| 主营业务成本 | | | |
|---|---|---|---|
| 业务号 | 金额 | 业务号 | 金额 |
| 23) | 66 100 | 24) | 66 100 |

| 主营业务收入 | | | |
|---|---|---|---|
| 业务号 | 金额 | 业务号 | 金额 |
| | | 18) | 150 000 |
| 24) | 150 000 | | |

| 营业外收入 | | | |
|---|---|---|---|
| 业务号 | 金额 | 业务号 | 金额 |
| | | 22) | 200 |
| 24) | 200 | | |

| 预收账款 | | | |
|---|---|---|---|
| 业务号 | 金额 | 业务号 | 金额 |
| | | 10) | 80 000 |
| 余额 | | | 80 000 |

| 营业外支出 | | | |
|---|---|---|---|
| 业务号 | 金额 | 业务号 | 金额 |
| 21) | 3 000 | 24) | 3 000 |

| 预付账款 | | | |
|---|---|---|---|
| 业务号 | 金额 | 业务号 | 金额 |
| 8) | 5 000 | | |
| 余额 | 5 000 | | |

| 应收账款 | | | |
|---|---|---|---|
| 业务号 | 金额 | 业务号 | 金额 |
| 18) | 87 750 | | |
| 余额 | 87 750 | | |

图 4-13　所有账户数据信息图示（续）

财务费用

| 业务号 | 金额 | 业务号 | 金额 |
|---|---|---|---|
| 15) | 4 000 | 24) | 4 000 |

销售费用

| 业务号 | 金额 | 业务号 | 金额 |
|---|---|---|---|
| 9) | 10 000 | 24) | 10 400 |
| 19) | 400 | | |

短期借款

| 业务号 | 金额 | 业务号 | 金额 |
|---|---|---|---|
| | | 1) b | 400 000 |
| 余额 | | | 400 000 |

长期借款

| 业务号 | 金额 | 业务号 | 金额 |
|---|---|---|---|
| | | 2) | 200 000 |
| 余额 | | | 200 000 |

固定资产

| 业务号 | 金额 | 业务号 | 金额 |
|---|---|---|---|
| 1) a | 200 000 | | |
| 余额 | 200 000 | | |

无形资产

| 业务号 | 金额 | 业务号 | 金额 |
|---|---|---|---|
| 1) a | 100 000 | | |
| 余额 | 100 000 | | |

累计折旧

| 业务号 | 金额 | 业务号 | 金额 |
|---|---|---|---|
| | | 11) | 8 000 |
| 余额 | | | 8 000 |

实收资本

| 业务号 | 金额 | 业务号 | 金额 |
|---|---|---|---|
| | | 1) a | 600 000 |
| 余额 | | | 600 000 |

应付账款

| 业务号 | 金额 | 业务号 | 金额 |
|---|---|---|---|
| | | 4) | 38 025 |
| 余额 | | | 38 025 |

盈余公积

| 业务号 | 金额 | 业务号 | 金额 |
|---|---|---|---|
| | | 27) | 4 302 |
| 余额 | | | 4 302 |

图 4-13  所有账户数据信息图示（续）

应交税费——应交增值税(进项税额)

| 业务号 | 金额 | 业务号 | 金额 |
|---|---|---|---|
| 4) | 11 050 | | |
| | | 32) | 11 050 |

应交税费——应交增值税(销项税额)

| 业务号 | 金额 | 业务号 | 金额 |
|---|---|---|---|
| 32) | 11 050 | 18) | 25 500 |
| 32)⊖ | 14 450 | | |

应交税费——应交所得税

| 业务号 | 金额 | 业务号 | 金额 |
|---|---|---|---|
| | | 25) | 14 340 |
| 31) | 14 340 | | |

应交税费——应交消费税

| 业务号 | 金额 | 业务号 | 金额 |
|---|---|---|---|
| | | 20) | 360 |
| 31) | 360 | | |

营业税金及附加

| 业务号 | 金额 | 业务号 | 金额 |
|---|---|---|---|
| 20) | 360 | 24) | 360 |

应付职工薪酬——福利费

| 业务号 | 金额 | 业务号 | 金额 |
|---|---|---|---|
| | | 13) | 3 500 |
| 33) | 2 000 | | |
| 余额 | | | 1 500 |

应付职工薪酬——工资

| 业务号 | 金额 | 业务号 | 金额 |
|---|---|---|---|
| | | 12) | 25 000 |
| 35) | 25 000 | | |

所得税费用

| 业务号 | 金额 | 业务号 | 金额 |
|---|---|---|---|
| 25) | 14 340 | 25) | 14 340 |

其他应付款——水电费

| 业务号 | 金额 | 业务号 | 金额 |
|---|---|---|---|
| | | 14) | 1 800 |
| 34) | 1 800 | | |

应付股利

| 业务号 | 金额 | 业务号 | 金额 |
|---|---|---|---|
| | | 28) | 15 487.20 |
| 30) | 15 487.20 | | |

图 4-13 所有账户数据信息图示(续)

期末账务结转时,把成本、费用类账户,收入、收益类账户的数据分别转入"本年利润"账户的借方和贷方,最后结算出本年利润,转入"利润分配"账

---

⊖ 在业务32中,期末应缴纳的增值税144 50(元)=增值税销项税额25 500－增值税进项税额11 050。
期末用银行存款缴纳增值税14 450元,同时,冲销增值税销项税额和进项税额,冲减为0。

户，如图 4-14 所示。

| 本年利润 | | | | 利润分配 | | | |
|---|---|---|---|---|---|---|---|
| 业务号 | 金额 | 业务号 | 金额 | 业务号 | 金额 | 业务号 | 金额 |
| 24) | 92 840 | 24) | 150 200 | | | 26) | 43 020 |
| 25) | 14 340 | | | 27) | 4 302 | | |
| 26) | 43 020 | | | 28) | 15 487.20 | | |
| | | | | 余额 | | | 23 230.80 |

图 4-14　期末账务结转图示

将利润进行分配后，剩余的就是未分配利润。未分配利润将分别在资产负债表、利润表和利润分配表中列示。

## 三、账册的其他相关工作——试算平衡等

把全部会计分录的数据录入账册后，要仔细核对，检查是否有错漏，即所谓的对账。**对账**后，再做试算平衡。

**试算平衡**是指在记账工作结束后，如果没有错误，到了期末，账户余额之间有如下规律：所有的借方加总数等于所有的贷方加总数。试算平衡表如表 4-2 所示。

表 4-2　试算平衡表

| 账 户 名 称 | 期 末 余 额 | |
|---|---|---|
| | 借　　方 | 贷　　方 |
| 库存现金 | 7 800 | |
| 银行存款 | 919 787.80 | |
| 原材料 | 21 500 | |
| 库存商品 | 13 220 | |
| 固定资产 | 200 000 | |
| 累计折旧 | | 8 000 |
| 无形资产 | 100 000 | |
| 预付账款 | 5 000 | |
| 应收账款 | 87 750 | |
| 预收账款 | | 80 000 |
| 短期借款 | | 400 000 |
| 长期借款 | | 200 000 |
| 应付账款 | | 38 025 |
| 应付职工薪酬 | | 1 500 |
| 实收资本 | | 600 000 |
| 盈余公积 | | 4 302 |
| 利润分配 | | 23 230.80 |
| 合　　计 | 1 355 057.80 | 1 355 057.80 |

**试算平衡的原理如下**：因为复式记账法是指对同一笔经济业务，在两个或两个以上的账户中，进行**金额相等、方向相反、互相关联**的记录，所以根据复式记账法所做的每一笔分录，都是"有借必有贷，借贷必相等"。依据会计分录所作的账册，在某账册中的一个数据，都有其他账册的一个或几个数据相对应，并且借贷方向相反、**金额相等**。如"贷：盈余公积　4 302"这个数据，就和"借：利润分配　4 302"相对应，一借一贷，**金额相等、方向相反、互相关联**，说明"盈余公积"账户增加了 4 302，是因为"利润分配"账户减少了 4 302。在复式记账的方法体系下，账户期末余额试算平衡是必然的。

**试算平衡，也有多种形式**，如期初余额试算平衡、本期发生额试算平衡、期末余额试算平衡；还有一种试算平衡是，本期发生的全部会计分录，其所有的借方合计数一定等于贷方合计数。

**请注意**，如果试算平衡了，一般没有大的问题，但是不能保证绝对没有问题；如果试算不平衡，则一定有问题。这些问题可能产生于记账过程中，也可能产生于作会计分录的过程中。

具体的检查和更正方法将在第五章中详细讲解。

试算平衡以后，就可以**结账**了，即结束账册的相关工作。对于期末有余额的，需列明余额。其具体**结账形式**如图 4-15 所示。对于期末没有余额的，其具体结账形式如图 4-16 所示。

| 盈余公积 | | | | 应交税费——应交所得税 | | | |
|---|---|---|---|---|---|---|---|
| 业务号 | 金额 | 业务号 | 金额 | 业务号 | 金额 | 业务号 | 金额 |
| | | 27) | 4 302 | | | 25) | 14 340 |
| 余额 | | | 4 302 | 31) | 14 340 | | |

图 4-15　期末有余额的账户　　　　　图 4-16　期末无余额的账户

# 第七节　综合案例的报表——从账册到报表

试算平衡并结账后，就开始做会计报表了。会计的主要报表有三个，分别是资产负债表、利润表和现金流量表，它们的作用分别是反映企业的财务状况、经营成果和现金状况。本节只是简单地介绍从账册到报表如何转移数据和信息，而详细的报表编制过程将在第五章中讲解；关于会计的自动报表的编制，将在第六章中讲解。

## 一、资产负债表的数据来源和编制

### 1. 资产负债表简介

资产负债表是根据"资产＝负债＋所有者权益"这一基本公式，将企业一定期间的资产、负债和所有者权益项目，按照一定的分类标准和一定的次序编制而成的。

资产负债表的基本结构由表头、正表和补充资料三部分构成。表头包括名称、编号、编制单位、编制时间、金额单位。正表包括资产、负债、所有者权益项目：① 资产类项目。资产按流动性的大小，分为流动资产和非流动资产两类，流动资产项目包括"货币资金"、"交易性金融资产"、"应收账款"等项目，非流动资产包括"长期股权投资"、"固定资产"、"无形资产"等项目。② 负债类项目。负债按其承担经济义务期限的长短，分为流动负债和非流动负债两类，流动负债包括"应付账款"、"预收账款"、"应付职工薪酬"、"应交税费"等项目，非流动负债包括"长期借款"、"应付债券"、"长期应付款"等项目。③ 所有者权益项目。它包括"实收资本""资本公积""盈余公积"等项目。

### 2. 案例企业的资产负债表编制简介

以案例企业为例来简要说明一下，数据是如何从凭证、账册最终转移到报表中的。

表 1-1 是案例企业的资产负债表。此报表数据的来源是账户（账册）。以该表中资产类的流动资产中的"货币资金"的数据来源为例，"货币资金"应包括企业的现金和银行存款。查找该公司这两个账户的期末余额，"库存现金"账户的期末余额是 7 800，"银行存款"账户的期末余额是 919 787.80，把这两个数字相加得 927 587.80，这就是"货币资金"的数据来源。该表中"存货"的数据来源类似"货币资金"，分别来源于"原材料"和"库存商品"的期末余额。

该表中"应收账款"、"预付款项"、"固定资产"和"无形资产"的数据直接来自其对应的"应收账款"、"预付账款"、"固定资产"和"无形资产"账户的期末余额。

类似地，该表中负债类项目的数据来自于其对应账户的期末余额，该表中所有者权益类项目的数据也来自于其对应的账户的期末余额。

该表中的资产类项目相加后的总计数是 1 347 057.80，负债类项目加上所有者权益类项目的总计数是 1 347 057.80，资产负债表左右两边相等。

## 二、利润表的数据来源和编制

### 1. 利润表简介

在我国，利润表的格式主要由表头、正表、补充资料三部分构成，如第一章中表 1-2 所示。表头包括名称、编制单位、编号、金额单位、编制日期。正表包括营业收入、营业利润、利润总额、净利润、每股收益五个方面的内容。补充资料包括不能在正表中反映的一些资料。

利润表反映企业一定时期的经营成果,利润表以"收入-费用=利润"的公式为基础,依据收入与费用的配比原则编制。它分项列示了企业在一定会计期间通过销售商品、提供劳务、对外投资等生产经营活动所取得的各种收入以及与各种收入相对应的费用和损失,并将收入与费用和损失加以对比,得出该期的净利润或净损失。

2. 案例企业的利润表编制简介

表1-2为案例企业的利润表,其项目"主营业务收入"、"主营业务成本"、"主营业务税金及附加"、"营业费用""管理费用"、"财务费用"、"营业外收入"、"营业外支出"和"所得税"等项目的数据,直接来源于其所对应的账户"主营业务收入"、"主营业务成本"、"主营业务税金及附加"、"营业费用"、"管理费用"、"财务费用"、"营业外收入"、"营业外支出"和"所得税费用"的数额。

利润表中的其他项目,根据表中的顺序分别加减后填列。在会计期间未涉及的项目,可以空白,不必写数字。

## 三、现金流量表概述

现金流量表反映企业在特定会计期间内现金(现金等价物)流入、流出和结余情况。

在现金流量表中根据导致企业现金变动的经济业务类型,通常将现金流量分为三类:① 经营活动产生的现金流量。它包括销售商品、提供劳务所产生的现金流入与购买商品、接受劳务、支付税费等所产生的现金流出。② 投资活动所产生的现金流量。它包括长期资产的构建与处置、非现金等价物的投资及变卖等活动产生的现金流入和流出。③ 筹资活动产生的现金流量。它包括吸收投资、发行股票、借款等导致的现金流入与支付股利,偿还借款利息及本金等导致的现金流出。

表1-3为案例企业的现金流量表。现金流量表的编写和数据来源的详细情况,将在相关章节中介绍。

## 思 考 题

1. 简述制造业企业的业务循环。
2. 对照制造业企业业务流程,简述企业会计业务的基本流程。
3. 关注会计账务知识,注意账户之间的数据关联,并举例说明。
4. 关注企业税务知识,并说明增值税是如何缴纳的。

## 练 习 题

本章第五节是综合案例的全部内容,请把案例中的分录独立地做一遍,可以适当参考本章内容。

# 第五章 手工会计实操

会计是动脑和动手高度结合的学科。

本章的重点不是解释案例中的会计分录，而是把前面章节做过的案例的"会计分录"转为"会计凭证"、把"T"形账转为真实的账页，实现"真账实操"。本章的凭证、账页、报表全部采用国家财政部门规范要求的实务资料，按"证、账、表"分类图示。本章对实操的关键步骤采用扫描图示，对凭证、账册、报表的处理过程，进行分步、详细讲述。

## 第一节 凭证实操

### 一、会计凭证的含义及作用

会计凭证，简称凭证，是指记录经济业务发生与完成情况、明确经济责任的书面证明，是用来登记账簿的依据。

为满足会计核算和经济管理的要求，企业所发生的每一笔经济业务，首先都要由执行或完成该项经济业务的相关人员通过填制或取得会计凭证，来说明该项经济业务的详细内容，并在会计凭证上签名或盖章，明确经济责任。填制或取得的会计凭证，必须经过相关人员审核无误并签章确认后，作为记账凭据，登记账簿。

会计凭证的填制和审核是会计核算的基础，也是会计核算的一项重要内容。会计凭证的填制和审核，对提供及时、准确的会计信息，有效地监督和控制经济业务的合理性和合法性具有重要意义。其作用主要体现在以下几个方面：

（1）及时地反映经济业务，提供记账依据。会计人员通过会计凭证的填制和审核，对各种经济业务进行整理、分类和汇总，为会计记账提供可靠的依据。

（2）有效地监督和控制经济活动。审核会计凭证，有利于监督经济业务的发生是否合理、合法，有效地控制经济业务的运行，充分发挥会计管理的职能作用。

（3）明确经济责任。会计凭证的填制和审核，都要有相关人员在凭证上签名或盖章，明确经济业务责任人，使其在职权范围内各司其职、各负其责，进一步完善经济责任制度。

## 二、会计凭证的类型

会计凭证因经济业务内容和经济管理的要求不同而形式各异，为方便日常会计核算，充分发挥其作用，会计凭证可以按照不同的标准进行分类。会计凭证按其用途和填制方式的不同可以分为原始凭证和记账凭证两大类。具体分类如图5-1所示。

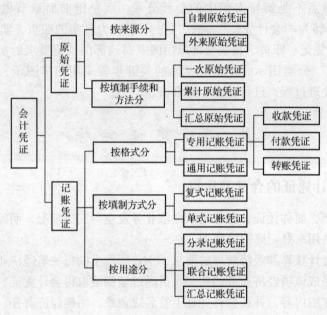

图 5-1　会计凭证分类

### （一）原始凭证

原始凭证也称原始单据，是指在经济业务发生或完成时，由相关人员取得或填制的，用于记录或证明经济业务具体内容、明确经济责任的原始证据，是填制记账凭证的依据。

1. 原始凭证的类型

原始凭证按不同的标准可分为不同的类型。

（1）按取得的来源不同可分为自制原始凭证和外来原始凭证。

1）外来原始凭证。外来原始凭证是指在经济业务发生或完成时，从外部的企业或个人取得的原始凭据。如企业在采购商品时取得的由销售单位开具的"发票"，在采购或销售商品时取得的由运输部门开出的运输票据等。

2）自制原始凭证。自制原始凭证是指在经济业务发生或完成时，本单位经办人员自行填制的原始凭证。如本单位在对外销售商品时所开具的销货发票，仓库保管人员在商品、材料验收入库时填制的入库单，出纳人员填制的现金交款单、银行进账单和支票等。

（2）按填制手续和方法的不同可分为一次原始凭证、累计原始凭证和汇总原始凭证。

1）一次原始凭证。一次原始凭证是指填制手续一次完成的原始凭证。一次原始凭证在日常经济活动中出现较多，不能重复使用，如发票、入库单、借款单、支票等。

2）累计原始凭证。累计原始凭证是指在一定时期内，将重复发生的同类经济业务，在一张凭证中逐笔、连续地进行记录而完成的原始凭证。累计原始凭证一般为自制原始凭证，可以重复使用，如限额领料单。

3）汇总原始凭证。汇总原始凭证是指根据一定时期内，若干记录同类经济业务的一次原始凭证或累计原始凭证汇总编制的原始凭证。汇总原始凭证一般为自制原始凭证，其简化填制记账凭证及记账的手续，如发出材料汇总表、商品销售汇总表、工资汇总表等。

无论是哪种类型的原始凭证，凡是能证明经济业务已经发生或已经完成的，经审核后均可以作为填制记账凭证的依据，作为记账凭证后的附件。凡是不能证明经济业务已经发生或已经完成的文件，则不属于原始凭证，如材料请购单、经济合同和协议等，因其表明的是未来将要发生的经济业务，所以只能作为原始凭证的附件。

2. 原始凭证的基本要素

在会计核算中，由于经济业务的内容与管理的要求不同，原始凭证的种类、样式各异，具体内容也不可能完全一致。但作为记录经济业务已经发生或已经完成的原始证据，其应具备以下基本要素：

（1）原始凭证的名称。原始凭证的名称用来反映所代表的经济业务的类型。如"收据"，是指记录企业收取款项的业务行为；"入库单"是指记录仓库管理人员验收购入的材料的业务行为；"发票"是指记录商品或服务的交易等业务行为。

（2）原始凭证的填制日期。为及时反映经济业务的发生或完成情况，通常情况下，原始凭证的填制日期即经济业务发生或完成的日期。但有些经济业务在实际发生时可能因各种原因来不及填制原始凭证，则应以实际填制日期为准。

（3）填制单位名称或者填制人姓名。

（4）接受凭证单位的名称。

（5）经济业务的内容。由于经济业务内容的不同，对原始凭证的账务处理可能存在很大差别。因此，应在原始凭证中对经济业务的具体内容进行记录，以满足会计核算和监督的需要。与其相比，原始凭证的名称只能反映经济业务的基本类型，无法说明经济业务具体内容。

（6）经济业务的数量、单价、金额。

（7）经办人员的签名或盖章。相关的经办人员应在原始凭证上签名或盖章，以明确具体的经济责任。

（8）原始凭证的编号。原始凭证的编号有利于加强凭证的管理和事后的查询。

（9）原始凭证的联次及附件。一式几联的原始凭证应当注明各联的用途，只能以一联作为报销凭证。

3. 原始凭证的填制要求

原始凭证的种类各异，其填制的方法也不尽相同。为确保会计核算资料能及时、准确地反映经济业务，原始凭证应按照以下要求填制：

（1）记录真实。原始凭证上记录的各项经济业务要素必须根据实际情况填列，所反映的经济业务内容要真实、可靠，必须符合国家相关法规、制度的规定。

（2）内容完整。原始凭证上的日期、经济业务内容及所有数据、单位的名称等各项要素都必须填列齐全，不得随意简化或遗漏。

（3）责任明确。原始凭证上必须有经办人和有关部门负责人的签名或盖章，以对凭证的真实性和正确性负责。

（4）书写清晰。原始凭证的填写必须要用蓝色或黑色墨水书写，不得使用铅笔或圆珠笔填写；阿拉伯数字要逐个填写，不得连笔写；阿拉伯数字合计金额前应加注币值符号，如人民币为￥、港币为 HK$ 等；中文大写金额数字应用正楷或行书填写，如壹、贰、叁、肆、伍、陆、柒、捌、玖、拾、佰、仟、万、亿、元、角、分、零、整（正）等，不得用"一、二（两）、三、四、五、六、七、八、九、十、念、毛、另（或 0）"填写；中文大写金额数字前应加注币值单位，注明"人民币"、"港币"等字样；中文汉字不得使用未经国家颁布的简化字，并且字迹应工整、清晰，易于辨认。

（5）编号连续。原始凭证必须连续编号，以备查找，对事先印有编号的原始凭证作废时，应在作废的凭证上加盖"作废"戳记，并且连同存根联一起保存，不得撕毁。

（6）填制、传递及时。相关经办人员必须在经济业务发生或完成时及时填制原始凭证，尤其是一些时效性较强的原始凭证，并应按照规定的程序与时间传递，如支票、汇票等。

（7）更正规范。原始凭证不得涂改、挖补。如发现原始凭证有错误的，应由填制单位按规定重新开具或者更正，并要在更正处加盖填制单位的公章。原始凭证金额有错误的，不得更正，只能由填制单位重新开具。

4. 原始凭证的审核

原始凭证的审核是会计机构、会计人员的法定职责。只有经严格审核的原始凭证才能正确地反映与监督各项经济业务，确保所提供会计资料信息的真实、合法、准确。对原始凭证的审核主要包括以下基本内容：

（1）合规性。审核原始凭证记载的内容是否符合国家法律、法规，预算支出是否在企业的成本开支范围内。对记载不合规的原始凭证应不予受理，对严重违法的原始凭证在不予受理的同时应予以扣留，并提请相关部门进行查处。

（2）真实性。审核原始凭证记载的日期、内容、数据信息等是否真实，是否存在弄虚作假的现象。

（3）完整性。审核原始凭证各项基本内容是否完整、齐全。对记载不准确、不完整的原始凭证，会计人员应予以退回，要求相关经办人员更正或补充。

**（二）记账凭证**

记账凭证是指会计人员根据审核无误的原始凭证或原始凭证汇总表归类、整理，用来确定会计分录而填制的会计凭证，是登记账簿的直接依据。在实际工作中，会计人员通过对企业所发生的经济业务进行归类整理，运用复式记账方式，将会计数据填写在记账凭证上，列明会计分录，指明记账方向，然后按照会计科目和记账规则要求登记账簿。

原始凭证和记账凭证虽同属会计凭证，但两者之间存在着相互依存与相互制约的关系。原始凭证是由经办人填制的，记录经济业务发生或完成的原始资料，是填制记账凭证的依据；记账凭证是由会计人员依据审核后的原始凭证填制的，用以确定会计分录，是登记账簿的原始依据。

1. 记账凭证的类型

记账凭证按不同的标准可分为不同的类型。

（1）记账凭证按格式的不同可分为专用凭证和通用凭证。

1）专用凭证。专用凭证是指专门用于记录某一类经济业务的记账凭证。按其反映的经济业务与货币资金的收付关系，实际工作中将专用凭证分为收款凭证、付款凭证和转账凭证三种。如果企业货币资金收付业务较多时，还可以按现金和银行存款的不同，进一步细分为现金收款凭证、现金付款凭证、银行存款收款凭证、银行存款付款凭证和转账凭证一起共五种。

2）通用凭证。通用凭证具有通用性，无论货币是收付还是转账，各类经济业务均采用统一格式记录的凭证，这类凭证统称为记账凭证。

（2）记账凭证按填制方式的不同可分复式记账凭证和单式记账凭证。

1）复式记账凭证。复式记账凭证是指将一笔经济业务完整地记录在一张记账凭证上，涉及的所有会计科目在一张凭证中集中反映的记账凭证。复式记账凭证便于了解经济业务来龙去脉及会计科目间的对应关系，方便查账。

2）单式记账凭证。单式凭证是指将一笔经济业务中涉及的每个会计科目单独列示在每一张记账凭证上的记账凭证。即每一笔经济业务都要填制两张或两张以上的借项记账凭证或贷项记账凭证，所以它也称单项记账凭证。单式记账凭证不便于了解经济业务来龙去脉及会计科目间的对应关系，因单式记账凭证数量繁多、工作量大，一般适用于业务量大且会计部门内部分工较细的企业。

（3）记账凭证按用途的不同可分为分录记账凭证、联合记账凭证和汇总记账凭证。

汇总记账凭证在会计核算中使用频繁，会计实务中，为简化登记总分类账的手续，将反映同类经济业务或多类经济业务的记账凭证汇总编制成汇总记账凭证或科目汇总表等。

**2. 记账凭证的基本内容**

记账凭证是将经济信息转换成会计信息，对经济业务进行分类核算的凭证，其格式根据其所反映的经济业务内容不同而存在差异。但作为登记账簿的直接依据，为确保账簿记录的准确性，记账凭证应具备以下基本的内容：

（1）记账凭证的名称和填制单位名称。

（2）凭证的填制日期和编号。

（3）经济业务的内容摘要。

（4）会计分录（包括借、贷方会计科目及金额）。

（5）记账备注。

（6）附件张数。

（7）相关人员的签名或盖章。

记账凭证除了需要有填制人、审核人、记账人员、会计主管的签名或者盖章外，收款和付款记账凭证还应有出纳人员的签名或者盖章。

**3. 记账凭证的填制要求**

（1）填制依据完备。记账凭证必须根据审核无误后的原始凭证或原始凭证汇总表填制。

（2）凭证编号连续。企业对记账凭证进行编号，目的是为了分清会计事项的处理顺序，便于核对。填制记账凭证时可采用不同的编号方法，即顺序编号法、分类编号法、分数编号法。一笔经济业务涉及较多会计科目，需要填制两张以上记账凭证时，应采用分数编号法编号。

（3）会计分录正确。会计分录是记账凭证的主要部分，一级、二级会计科目与明细科目间应保持清晰、正确的勾稽关系。

（4）凭证摘要简明。

（5）附件数量完整。除结账和更正错误的记账凭证可以不附原始凭证外，其他的记账凭证都必须附有原始凭证，附件张数一般根据所附原始凭证的自然张数计算，用阿拉伯数字标明在记账凭证的"附原始凭证　张"栏内。如一张原始凭证涉及几张记账凭证，可以将原始凭证附在一张主要记账凭证后，并在其他记账凭证的摘要栏内注明附有原始凭证的记账凭证编号，或者在其他记账凭证后附该份原始凭证的复印件。

（6）责任明确。记账凭证上要求有填制人、审核人、记账人员、会计主管的签名或盖章，收款、付款凭证还需有出纳人员的签名或盖章。这样，一是明确相关人员的责任，二是可通过多人的审查，强化内部控制，确保提供全面、真实的会计信息。

（7）更正规范。在填制记账凭证时如果发生错误，应当重新填制。如果记账凭证的错误是在当年内被发现的，应用红字冲销法更正（即用红字填写一张与原内容相同的记账凭证，再用蓝字重新填写一张正确的记账凭证）；只是金额错误的，可按正确金额与错误金额之间的差额，再另编写一张调整记账凭证。如果发现以前年度的记账凭证有错误，应用蓝字编写一张与错误记账凭证会计科目方向相反的更正记账凭证。

（8）其他。填制完经济业务后，记账凭证如有空行，应当在自金额栏最后一笔的金额数字下至合计数上的空行处划斜线或"S"形线注销，目的是堵塞漏洞，防止篡改。记账凭证在登记账簿后，应在记账凭证的"记账"栏内作"√"标记。

4. 记账凭证的审核

记账凭证是登记账簿的直接依据。除应严格按照要求填制记账凭证外，在登记入账前，为了确保提供真实、可靠的会计信息，正确登记入账，应从以下几个方面对记账凭证进行审核：

（1）合规性。审核记账凭证中所使用的会计分录是否符合《企业会计准则》的要求，应借、应贷的方向和金额是否正确，账户的勾稽关系是否准确，字迹是否清晰、工整等。

（2）真实性。审核记账凭证是否附有经审核无误的原始凭证，记账凭证记录的内容是否与原始凭证内容一致，对需要单独保管的原始凭证是否已在记账凭证上加以说明。

（3）完整性。审核记账凭证所填写的项目是否完备，相关人员是否都已签名或盖章。对发现有错误的记账凭证，应查明原因并及时更正。只有经审核确认后的记账凭证才能作为登记账簿的依据。

### 三、会计凭证的传递与保管

#### （一）会计凭证的传递

会计凭证的传递是指从会计凭证的取得或填制时起，经过审核、登账、装订至归档保管时止，在单位内部各相关部门和经办人员之间的流转程序。会计凭证是由不同部门和人员共同负责完成的，制定出科学、合理、有效的传递程序和方法，会使相关部门和经办人员在传递会计凭证的过程中，能够相互制约、相互监督，确保真实、准确地反映各项经济业务，提供及时、有效的会计信息。会计凭证的传递应注意以下几个方面：

1. 流转环节

从经济业务的特点及管理需要方面考虑，并且结合单位各部门和人员分工的情况，确定各类凭证流经的必要环节。

2. 流转时间

从相关部门和经办人员办理经济业务所需要的手续方面考虑，确定会计凭证在各个环节上停留的时间，不得积压。

3. 相关责任

从职权和责任的划分方面考虑，制定严格的会计凭证传递签收制度，保证会计凭证的完整与安全。

#### （二）会计凭证的保管

会计凭证的保管是指会计凭证记账后的整理、装订、归档与存查。

会计凭证是重要的经济业务资料和会计档案，因此它的保管既要完整与安全，又要便于日后查询。其保管的方法和要求如下：

1. 定期装订

会计部门在记账后，应及时对各种会计凭证加以分类整理，将各类记账凭证按照编号顺序，同所附原始凭证折叠整齐，加具封面、封底，定期（每天、每旬或每月）装订成册，并在装订线上加贴封签，由会计主管在封签处签章。会计凭证封面应注明单位名称、年度、月份、记账凭证的种类、起讫日期、起讫号码、会计主管人员、保管人员等。

2. 专人保管

装订成册的会计凭证，应由专人负责保管，年终应移交会计档案部门归档。一般情况下，任何人不得随意查阅、复制归档的会计凭证，如有特殊原因，必须经会计主管的批准，并作登记备案。

3. 按期保管

会计凭证的保管期限和销毁手续，应严格按照《会计档案管理办法》规定执行。一般会计凭证至少保存十年，重要的凭证必须长期保存。未到规定保管期的，不得提前销毁；保管期满需要销毁的，应按规定程序经批准后方可销毁。

## 四、记账凭证编制示例

延用综合案例，根据安泰公司 20×9 年 12 月发生的业务 1~35 中所记录的经济业务，将会计分录编制成相应的记账凭证如下：

**业务 1：12 月 1 日，安泰公司收到投资者投入的资产。**

首先填制记账凭证日期及编号，然后根据原始凭证内容填写记账凭证摘要；按会计分录所涉及的会计科目，在总账科目栏内分别填写"银行存款"、"固定资产"、"无形资产"、"实收资本"，对应会计科目按借、贷记账方向填列借方金额和贷方金额，在合计栏内计算借、贷发生额合计数，两者应相等；最后列明附件张数（为简化处理，以下附件张数均为空白），并由相关人员在凭证上签名或盖章。如图 5-2 所示。

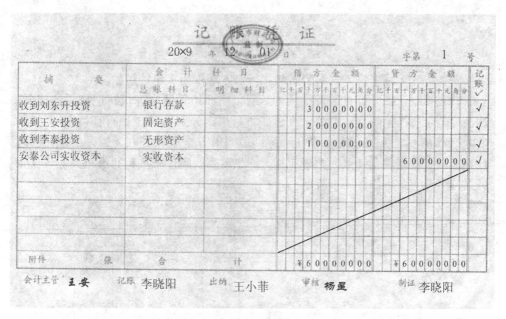

图 5-2　业务 1 的记账凭证 1#

12 月 1 日，安泰公司向银行贷款，相应的记账凭证编制流程为：填制记账凭证日期及编号，然后根据原始凭证内容填写记账凭证摘要；按会计分录所涉及的会计科目，在总账科目栏内分别填写"银行存款"、"短期借款"；对应会计科目按借、贷记账方向填列借方金额和贷方金额，在合计栏内计算借、贷发生额合计数，两者应相等；最后列明附件张数，并由相关人员在凭证上签名或盖章。如图 5-3 所示。

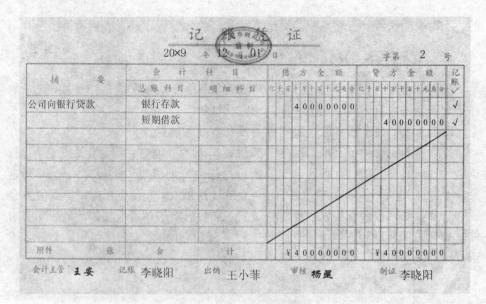

图 5-3　业务 1 的记账凭证 2#

**业务 2：12 月 2 日，安泰公司向银行借入期限为 2 年的借款。**

首先填制记账凭证日期及编号，然后根据原始凭证内容填写记账凭证摘要；按会计分录所涉及的会计科目，在总账科目栏内分别填写"银行存款"、"长期借款"；对应会计科目按借、贷记账方向填列借方金额和贷方金额，在合计栏内计算借、贷发生额合计数，两者应相等；最后列明附件张数，并由相关人员在凭证上签名或盖章。如图 5-4 所示。

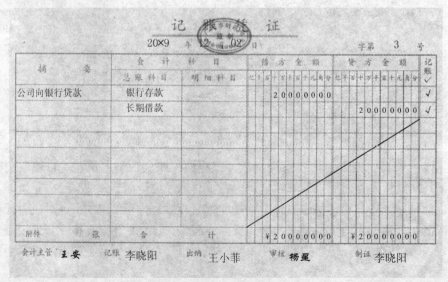

图 5-4　业务 2 的记账凭证 3#

**业务3：12月2日，安泰公司提取现金用于日常开支。**

首先填制记账凭证日期及编号，然后根据原始凭证内容填写记账凭证摘要；按会计分录所涉及的会计科目，在总账科目栏内分别填写"库存现金"、"银行存款"；对应会计科目按借、贷记账方向填列借方金额和贷方金额，在合计栏内计算借贷发生额合计数，两者应相等；最后列明附件张数，并由相关人员在凭证上签名或盖章。如图5-5所示。

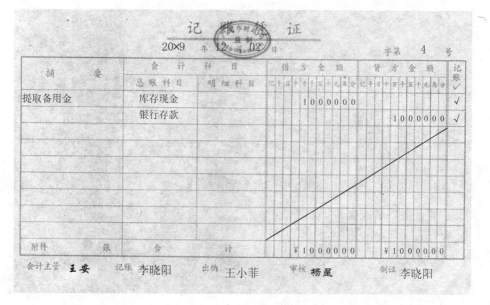

图5-5 业务3的记账凭证4#

**业务4：12月4日，公司购买一批材料但未验收入库。**

首先填制记账凭证日期及编号，然后根据原始凭证内容填写记账凭证摘要，按会计分录所涉及的会计科目，在总账科目栏内分别填写"材料采购"、"应交税费"、"银行存款"、"应付账款"；在明细科目栏内，对应"材料采购"、"应交税费"总账科目分别填写"线路板"、"液晶显示器"、"应交增值税（进项税额）"；按会计科目借、贷记账方向填列借方金额和贷方金额，在合计栏内计算借、贷发生额合计数，两者应相等；最后列明附件张数，并由相关人员在凭证上签名或盖章。如图5-6所示。

结转到货的原材料：首先填制记账凭证日期及编号，然后根据原始凭证内容填写记账凭证摘要；按会计分录所涉及的会计科目，在总账科目栏内分别填写"原材料"、"材料采购"，明细科目栏内对应"原材料"、"材料采购"总账科目分别填写"线路板"；按会计科目借、贷记账方向填列借方金额和贷方金额，在合计栏内计算借、贷发生额合计数，两者应相等；最后列明附件张数，并由相关

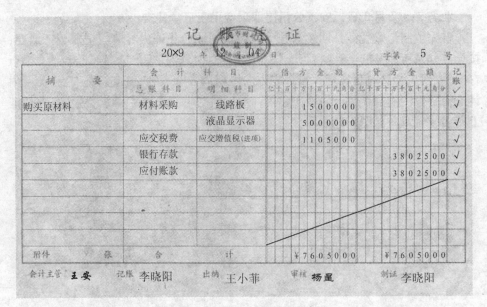

图 5-6　业务 4 的记账凭证 5#

人员在凭证上签名或盖章。如图 5-7 所示。

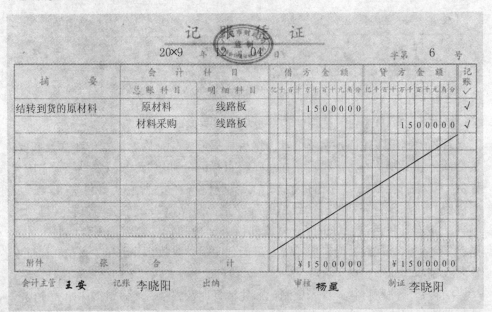

图 5-7　业务 4 的记账凭证 6#

**业务 5：安泰公司结转 12 月 4 日材料入库金额。**

首先填制记账凭证日期及编号，然后根据原始凭证内容填写记账凭证摘要；

按会计分录所涉及的会计科目，在总账科目栏内分别填写"原材料"、"材料采购"；在明细科目栏内对应"原材料"、"材料采购"总账科目分别填写"液晶显示器"；按会计科目借、贷记账方向填列借方金额和贷方金额，在合计栏内计算借贷发生额合计数，两者应相等；最后列明附件张数，并由相关人员在凭证上签名或盖章。如图5-8所示。

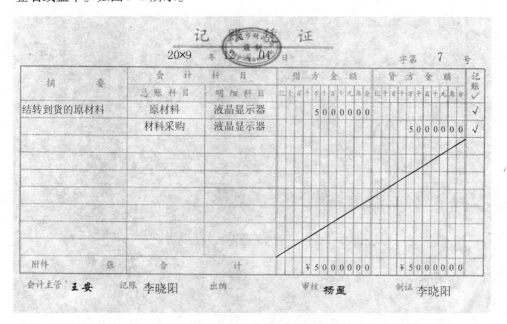

图5-8 业务5的记账凭证7#

**业务6：12月5日，安泰公司将采购员报销的差旅费按标准分摊到材料中。**

首先填制记账凭证日期及编号，然后根据原始凭证内容填写记账凭证摘要；按会计分录所涉及的会计科目，在总账科目栏内分别填写"材料采购"、"银行存款"；在明细科目栏内对应材料采购总账科目填写"线路板"、"液晶显示器"；按会计科目借、贷记账方向填列借方金额和贷方金额，在合计栏内计算借、贷发生额合计数，两者应相等；最后列明附件张数，并由相关人员在凭证上签名或盖章。如图5-9所示。

同时，结转相应的原材料成本：首先填制记账凭证日期及编号，然后根据原始凭证内容填写记账凭证摘要；按会计分录所涉及的会计科目，在总账科目栏内分别填写"原材料"、"材料采购"；在明细科目栏内对应"原材料"、"材料采购"总账科目分别填写"线路板"、"液晶显示器"；按会计科目借、贷记账方向填列借方金额和贷方金额，在合计栏内计算借贷发生额合计数，两者应相等；最后列明附件张数，并由相关人员在凭证上签名或盖章。如图5-10所示。

记账凭证

20×9 年 12 月 05 日　　字第 8 号

| 摘要 | 会计科目 | | 借方金额 | 贷方金额 | 记账✓ |
|---|---|---|---|---|---|
| | 总账科目 | 明细科目 | 亿千百十万千百十元角分 | 亿千百十万千百十元角分 | |
| 分摊采购员张勇报销 | 材料采购 | 线路板 | 150000 | | √ |
| 的差旅费等费用 | 材料采购 | 液晶显示器 | 500000 | | √ |
| | 银行存款 | | | 650000 | √ |
| 附件　张 | 合计 | | ¥650000 | ¥650000 | |

会计主管 王安　记账 李晓阳　出纳 王小菲　审核 杨星　制证 李晓阳

图 5-9　业务 6 的记账凭证 8#

记账凭证

20×9 年 12 月 05 日　　字第 9 号

| 摘要 | 会计科目 | | 借方金额 | 贷方金额 | 记账✓ |
|---|---|---|---|---|---|
| | 总账科目 | 明细科目 | 亿千百十万千百十元角分 | 亿千百十万千百十元角分 | |
| 结转相应的原材料成本 | 原材料 | 线路板 | 150000 | | √ |
| | | 液晶显示器 | 500000 | | √ |
| | 材料采购 | 线路板 | | 150000 | √ |
| | | 液晶显示器 | | 500000 | √ |
| 附件　张 | 合计 | | ¥650000 | ¥650000 | |

会计主管 王安　记账 李晓阳　出纳　审核 杨星　制证 李晓阳

图 5-10　业务 6 的记账凭证 9#

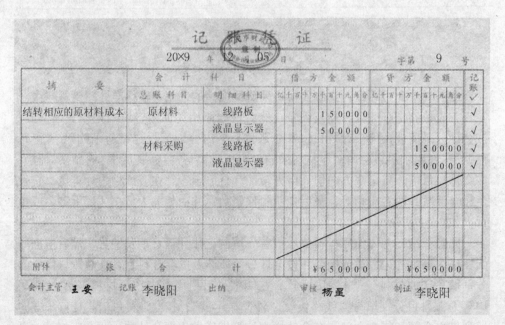

业务7：12月8日，安泰公司生产领用原材料。

首先填制记账凭证日期及编号，然后根据原始凭证内容填写记账凭证摘要；按会计分录所涉及的会计科目，在总账科目栏内分别填写"生产成本"、"原材料"；明细科目栏内对应原材料总账科目填写"线路板"、"液晶显示器"；按会计科目借、贷记账方向填列借方金额和贷方金额，在合计栏内计算借、贷发生额合计数，两者应相等。最后列明附件张数，并由相关人员在凭证上签名或盖章。如图5-11所示。

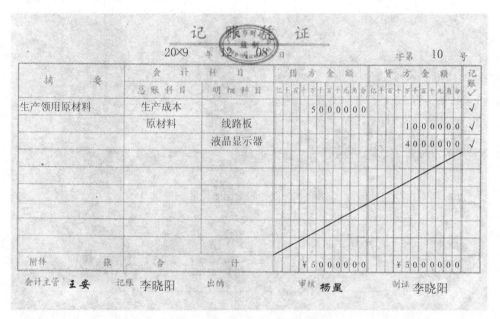

图5-11 业务7的记账凭证 10#

业务8：12月12日，安泰公司预付次年的保险费用。

首先填制记账凭证日期及编号，然后根据原始凭证内容填写记账凭证摘要；按会计分录所涉及的会计科目，在总账科目栏内分别填写"预付账款"、"银行存款"；对应会计科目按借、贷记账方向填列借方金额和贷方金额，在合计栏内计算借、贷发生额合计数，两者应相等；最后列明附件张数，并由相关人员在凭证上签名或盖章。如图5-12所示。

业务9：12月16日，安泰公司支付本月的广告费用。

首先填制记账凭证日期及编号，然后根据原始凭证内容填写记账凭证摘要；按会计分录所涉及的会计科目，在总账科目栏内分别填写"销售费用"、"银行存款"；对应会计科目按借、贷记账方向填列借方金额和贷方金额，在合计栏内计算借、贷发生额合计数，两者应相等；最后列明附件张数，并由相关人员在凭证上签名或盖章。如图5-13所示。

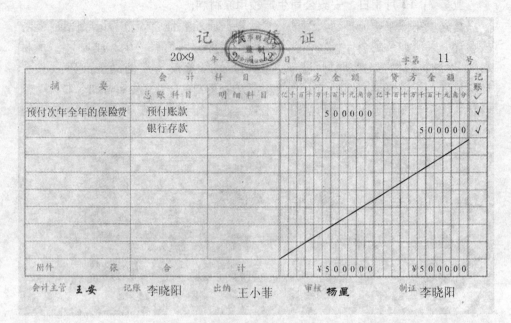

图 5-12　业务 8 的记账凭证 11#

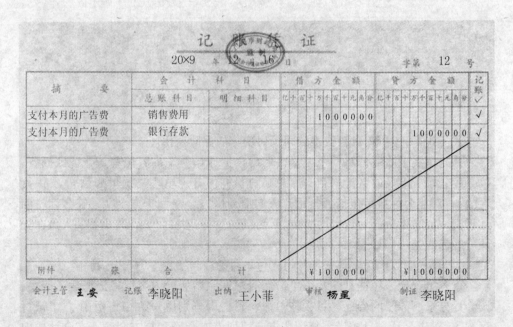

图 5-13　业务 9 的记账凭证 12#

业务10：12 月 20 日，安泰公司预收外单位货款。

首先填制记账凭证日期及编号，然后根据原始凭证内容填写记账凭证摘要；按会计分录所涉及的会计科目，在总账科目栏内分别填写"银行存款"、"预收账款"；对应会计科目按借、贷记账方向填列借方金额和贷方金额，在合计栏内计算借、贷发生额合计数，两者应相等；最后列明附件张数，并由相关人员在凭证上签名或盖章。如图 5-14 所示。

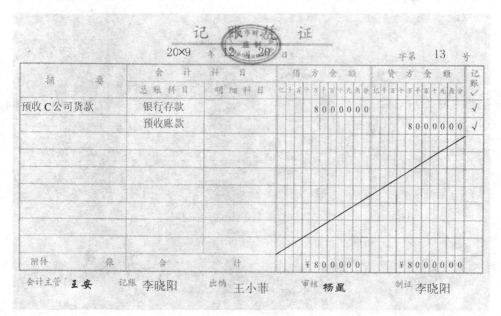

图 5-14　业务 10 的记账凭证 13#

业务11：12 月 25 日，安泰公司计提本月各部门应分摊的固定资产折旧。

首先填制记账凭证日期及编号，然后根据原始凭证内容填写记账凭证摘要；按会计分录所涉及的会计科目，在总账科目栏内分别填写"管理费用"、"生产成本"、"制造费用"、"累计折旧"；对应会计科目按借贷记账方向填列借方金额和贷方金额，在合计栏内计算借、贷发生额合计数，两者应相等；最后列明附件张数，并由相关人员在凭证上签名或盖章。如表 5-15 所示。

业务12：12 月 26 日，安泰公司按标准计提本月应支付的职工工资。

首先填制记账凭证日期及编号，然后根据原始凭证内容填写记账凭证摘要；按会计分录所涉及的会计科目，在总账科目栏内分别填写"生产成本"、"管理费用"、"制造费用"、"应付职工薪酬"；在明细科目栏内对应应付职工薪酬总账科目填写"工资"；按会计科目借、贷记账方向填列借方金额和贷方金额，在合计栏内计算借、贷发生额合计数，两者应相等；最后列明附件张数，并由相关人员在凭证上签名或盖章。如图 5-16 所示。

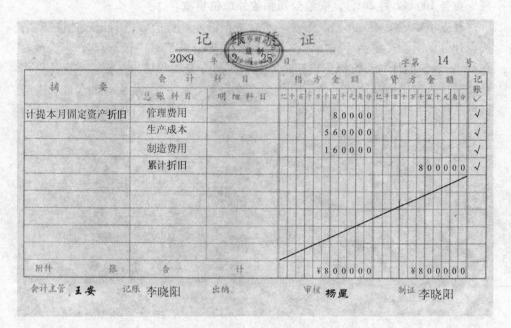

图 5-15　业务 11 的记账凭证 14#

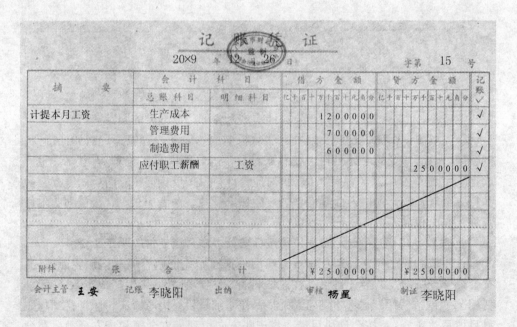

图 5-16　业务 12 的记账凭证 15#

业务 13：12 月 26 日，安泰公司计提职工福利费。

首先填制记账凭证日期及编号，然后根据原始凭证内容填写记账凭证摘要；按会计分录所涉及的会计科目，在总账科目栏内分别填写"生产成本"、"管理费用"、"制造费用"、"应付职工薪酬"；在明细科目栏内对应"应付职工薪酬"处填写"福利费"；按会计科目借、贷记账方向填列借方金额和贷方金额，在合计栏内计算借、贷发生额合计数，两者应相等；最后列明附件张数，并由相关人员在凭证上签名或盖章。如图 5-17 所示。

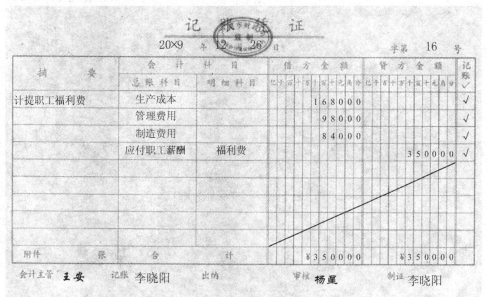

图 5-17　业务 13 的记账凭证 16#

业务 14：12 月 27 日，安泰公司分摊本月各部门应负担的水电费。

首先填制记账凭证日期及编号，然后根据原始凭证内容填写记账凭证摘要；按会计分录所涉及的会计科目，在总账科目栏内分别填写"生产成本"、"管理费用"、"制造费用"、"其他应付款"；在明细科目栏内对应"其他应付款"处填写"水电费"；按会计科目借、贷记账方向填列借方金额和贷方金额，在合计栏内计算借、贷发生额合计数，两者应相等；最后列明附件张数，并由相关人员在凭证上签名或盖章。如图 5-18 所示。

业务 15：12 月 28 日，安泰公司用银行存款支付本月的借款费用。

首先填制记账凭证日期及编号，然后根据原始凭证内容填写记账凭证摘要；按会计分录所涉及的会计科目，在总账科目栏内分别填写"财务费用"、"银行存款"；对应会计科目按借、贷记账方向填列借方金额和贷方金额，在合计栏内计算借贷发生额合计数，两者应相等；最后列明附件张数，并由相关人员在凭证上签名或盖章。如图 5-19 所示。

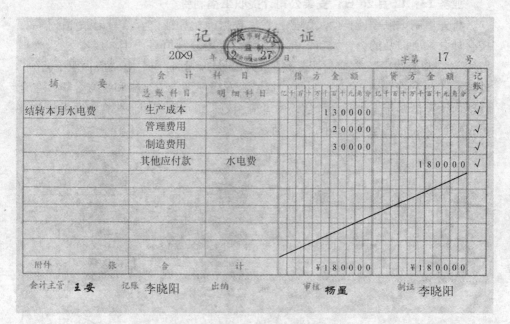

图 5-18　业务 14 的记账凭证 17<sup>#</sup>

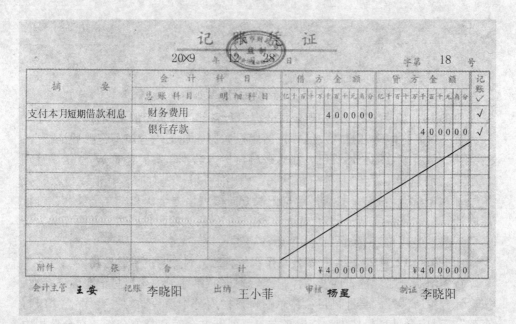

图 5-19　业务 15 的记账凭证 18<sup>#</sup>

**业务16：12月28日，安泰公司发生的制造费用在期末要结转到生产成本。**

首先填制记账凭证日期及编号，然后根据原始凭证内容填写记账凭证摘要；按会计分录所涉及的会计科目，在总账科目栏内分别填写"生产成本"、"制造费用"；对应会计科目按借、贷记账方向列借方金额和贷方金额，在合计栏内计算借、贷发生额合计数，两者应相等；最后列明附件张数，并由相关人员在凭证上签名与盖章。如图5-20所示。

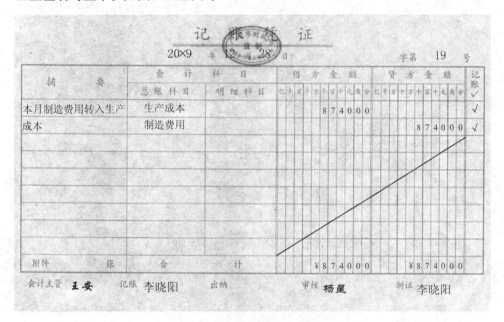

图5-20　业务16的记账凭证19#

**业务17：12月28日，安泰公司生产产品所用的成本，在会计期末将其结转至完工的产成品中。**

首先填制记账凭证日期及编号，然后根据原始凭证内容填写记账凭证摘要；按会计分录所涉及的会计科目，在总账科目栏内分别填写"库存商品"、"生产成本"；对应会计科目按借、贷记账方向列借方金额和贷方金额，在合计栏内计算借、贷发生额合计数，两者应相等。最后列明附件张数，并由相关人员在凭证上签名或盖章。如图5-21所示。

**业务18：12月28日，安泰公司销售产品，将收到的部分货款存入银行，未收到的部分确认为债权。**

首先填制记账凭证日期及编号，然后根据原始凭证内容填写记账凭证摘要；按会计分录所涉及的会计科目，在总账科目栏内分别填写"银行存款"、"应收账款"、"主营业务收入"、"应交税费"；在明细科目栏内对应"应交税费"处填写应"交增值税（销项税额）"；按会计科目借、贷记账方向填列借方金额和贷方金额，在合计栏内计算借、贷发生额合计数，两者应相等；最后列明附件张数，并由相关人员在凭证上签名或盖章。如图 5-22 所示。

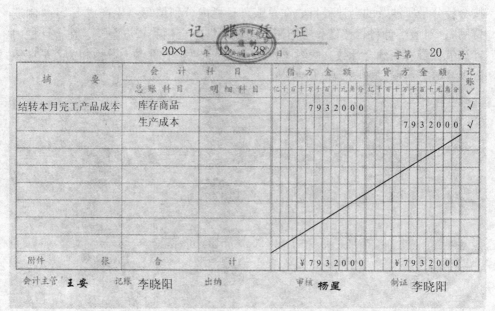

图 5-21　业务 17 的记账凭证 20#

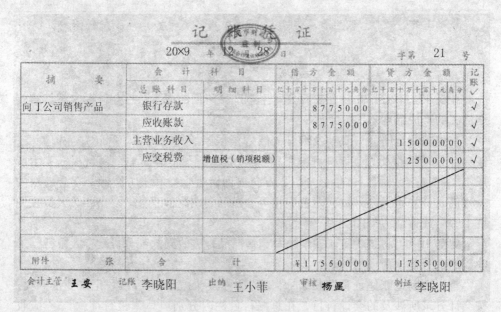

图 5-22　业务 18 的记账凭证 21#

**业务 19：安泰公司支付销售产品时的搬运费，该笔费用属于销售费用。**

首先填制记账凭证日期及编号，然后根据原始凭证内容填写记账凭证摘要；按会计分录所涉及的会计科目，在总账科目栏内分别填写"销售费用"、"库存现金"；对应会计科目按借、贷记账方向填列借方金额和贷方金额，在合计栏内计算借、贷发生额合计数，两者应相等；最后列明附件张数，并由相关人员在凭证上签名或盖章。如图 5-23 所示。

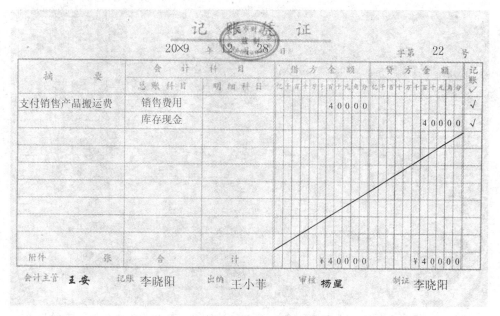

图 5-23 业务 19 的记账凭证 22#

**业务 20：12 月 28 日，安泰公司根据产品销售金额计提的消费税。**

首先填制记账凭证日期及编号，然后根据原始凭证内容填写记账凭证摘要；按会计分录所涉及的会计科目，在总账科目栏内分别填写"营业税金及附加"、"应交税费"；在明细科目栏内对应"应交税费"处填写"应交消费税"，按会计科目借、贷记账方向填列借方金额和贷方金额，在合计栏内计算借、贷发生额合计数，两者应相等；最后列明附件张数，并由相关人员在凭证上签名或盖章。如图 5-24 所示。

**业务 21：12 月 28 日，安泰公司向灾区捐款属于营业外支出。**

首先填制记账凭证日期及编号，然后根据原始凭证内容填写记账凭证摘要；按会计分录所涉及的会计科目，在总账科目栏内分别填写"营业外支出"、"银行存款"；对应会计科目按借、贷记账方向填列借方金额和贷方金额，在合计栏内计算借、贷发生额合计数，两者应相等；最后列明附件张数，并由相关人员在凭证上签名或盖章。如图 5-25 所示。

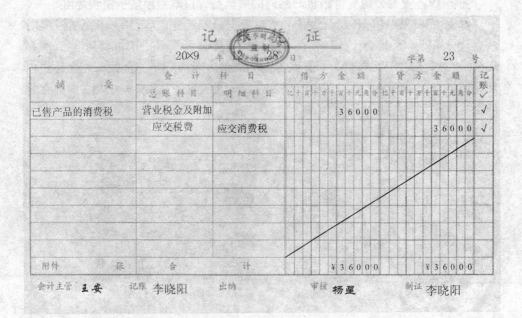

图 5-24　业务 20 的记账凭证 23#

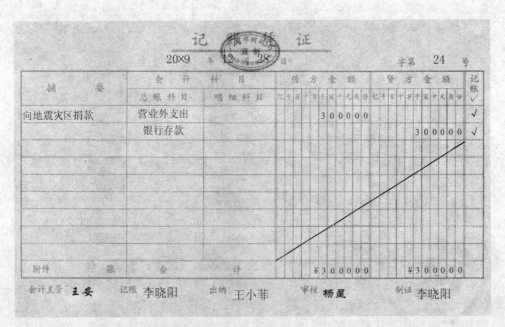

图 5-25　业务 21 的记账凭证 24#

**业务22：12 月 28 日，安泰公司收到其他单位的违约金。**

首先填制记账凭证日期及编号，然后根据原始凭证内容填写记账凭证摘要；按会计分录所涉及的会计科目，在总账科目栏内分别填写"库存现金"、"营业外收入"；对应会计科目按借、贷记账方向填列借方金额和贷方金额，在合计栏内计算借贷发生额合计数，两者应相等；最后列明附件张数，并由相关人员在凭证上签名或盖章。如图 5-26 所示。

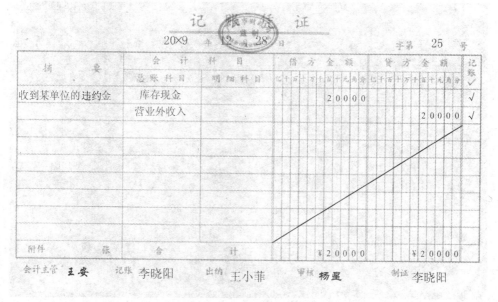

图 5-26　业务 22 的记账凭证 25#

**业务23：12 月 29 日，安泰公司按标准计算已售产品的销售成本。**

首先填制记账凭证日期及编号，然后根据原始凭证内容填写记账凭证摘要，按会计分录所涉及的会计科目，在总账科目栏内分别填写"主营业务成本"、"库存商品"；对应会计科目按借、贷记账方向填列借方金额和贷方金额，在合计栏内计算借、贷发生额合计数，两者应相等；最后列明附件张数，并由相关人员在凭证上签名或盖章。如图 5-27 所示。

**业务24：12 月 29 日，安泰公司按规定将成本及费用类账户的期末余额转入本年利润。**

首先填制记账凭证日期及编号，然后根据原始凭证内容填写记账凭证摘要；按会计分录所涉及的会计科目，在总账科目栏内分别填写"本年利润"、"主营业务成本"、"销售费用"、"营业外支出"、"营业税金及附加"、"管理费用"和"财务费用"；对应会计科目按借、贷记账方向填列借方金额和贷方金额，在合计栏内计算借、贷发生额合计数，两者应相等；最后列明附件张数，并由相关人员在凭证上签名或盖章。如图 5-28 所示。

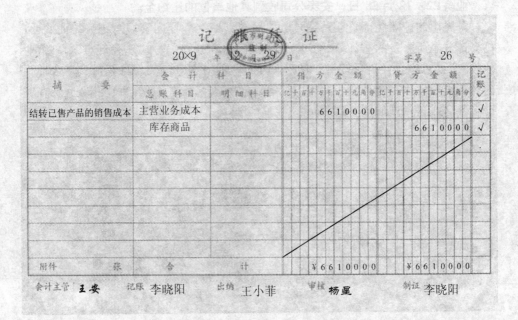

记 账 凭 证

20×9 年 12 月 29 日　　　字第 26 号

| 摘　要 | 会 计 科 目 | | 借 方 金 额 | 贷 方 金 额 | 记账√ |
|---|---|---|---|---|---|
| | 总账科目 | 明细科目 | 亿千百十万千百十元角分 | 亿千百十万千百十元角分 | |
| 结转已售产品的销售成本 | 主营业务成本 | | 6 6 1 0 0 0 0 | | √ |
| | 库存商品 | | | 6 6 1 0 0 0 0 | √ |
| | | | | | |
| | | | | | |
| | | | | | |
| | | | | | |
| | | | | | |
| 附件　　张 | 合　　计 | | ¥6 6 1 0 0 0 0 | ¥6 6 1 0 0 0 0 | |

会计主管 王安　　记账 李晓阳　　出纳 王小菲　　审核 杨星　　制证 李晓阳

图 5-27　业务 23 的记账凭证 26#

记 账 凭 证

20×9 年 12 月 29 日　　　字第 27 号

| 摘　要 | 会 计 科 目 | | 借 方 金 额 | 贷 方 金 额 | 记账√ |
|---|---|---|---|---|---|
| | 总账科目 | 明细科目 | 亿千百十万千百十元角分 | 亿千百十万千百十元角分 | |
| 结转成本、费用到本年利润 | 本年利润 | | 9 2 8 4 0 0 0 | | √ |
| | 主营业务成本 | | | 6 6 1 0 0 0 0 | √ |
| | 销售费用 | | | 1 0 4 0 0 0 0 | √ |
| | 营业外支出 | | | 3 0 0 0 0 0 | √ |
| | 营业税金及附加 | | | 3 6 0 0 0 | √ |
| | 管理费用 | | | 8 9 8 0 0 0 | √ |
| | 财务费用 | | | 4 0 0 0 0 0 | √ |
| | | | | | |
| 附件　　张 | 合　　计 | | ¥9 2 8 4 0 0 0 | ¥9 2 8 4 0 0 0 | |

会计主管 王安　　记账 李晓阳　　出纳　　审核 杨星　　制证 李晓阳

图 5-28　业务 24 的记账凭证 27#

同时，安泰公司将本年收入结转入本年利润科目：首先填制记账凭证日期及编号，然后根据原始凭证内容填写记账凭证摘要；按会计分录所涉及的会计科目，在总账科目栏内分别填写"主营业务收入"、"营业外收入"、"本年利润"；对应会计科目按借、贷记账方向填列借方金额和贷方金额，在合计栏内计算借、贷发生额合计数，两者应相等；最后列明附件张数，并由相关人员在凭证上签名或盖章。如图 5-29 所示。

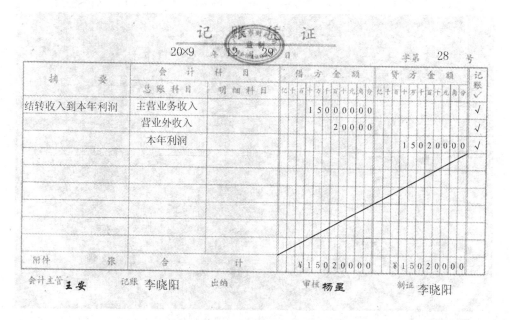

图 5-29　业务 24 的记账凭证 28#

**业务 25：12 月 30 日，安泰公司根据本年利润计算应交的所得税费用。**

首先填制记账凭证日期及编号，然后根据原始凭证内容填写记账凭证摘要；按会计分录所涉及的会计科目，在总账科目栏内分别填写"所得税费用"、"应交税费"；在明细科目栏内对、应"应交税费"处填写"应交所得税"；按会计科目借、贷记账方向填列借方金额和贷方金额，在合计栏内计算借、贷发生额合计数，两者应相等；最后列明附件张数，并由相关人员在凭证上签名或盖章。如图 5-30 所示。

然后，将所得税费用转入本年利润科目：首先填制记账凭证日期及编号，然后根据原始凭证内容填写记账凭证摘要；按会计分录所涉及的会计科目，在总账科目栏内分别填写"本年利润"、"所得税费用"；对应会计科目按借、贷记账方向填列借方金额和贷方金额，在合计栏内计算借、贷发生额合计数，两者应相等；最后列明附件张数，并由相关人员在凭证上签名或盖章。如图 5-31 所示。

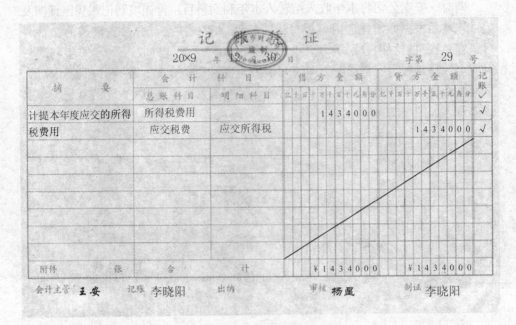

图 5-30　业务 25 的记账凭证 29#

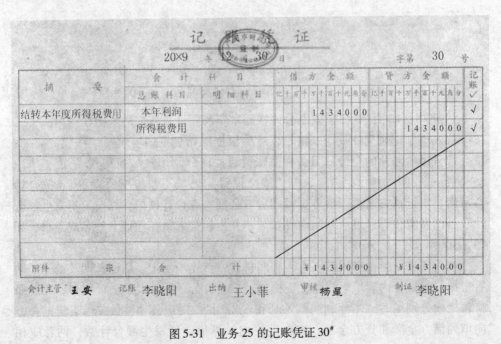

图 5-31　业务 25 的记账凭证 30#

**业务 26：12 月 30 日，期末安泰公司按规定将本年利润转入利润分配科目。**

首先填制记账凭证日期及编号，然后根据原始凭证内容填写记账凭证摘要；按会计分录所涉及的会计科目，在总账科目栏内分别填写"本年利润"、"利润分配"；对应会计科目按借、贷记账方向填列借方金额和贷方金额，在合计栏内计算借、贷发生额合计数，两者应相等；最后列明附件张数，并由相关人员在凭证上签名或盖章。如图 5-32 所示。

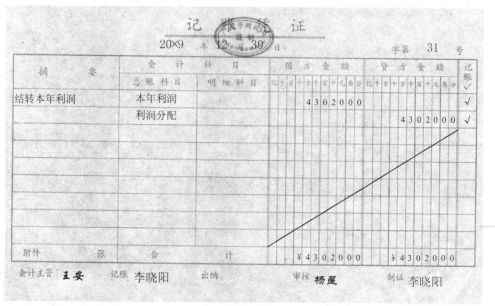

图 5-32 业务 26 的记账凭证 31#

**业务 27：12 月 31 日，期末安泰公司按净利润的 10% 计提盈余公积。**

首先填制记账凭证日期及编号，然后根据原始凭证内容填写记账凭证摘要；按会计分录所涉及的会计科目，在总账科目栏内分别填写"利润分配"、"盈余公积"；对应会计科目按借、贷记账方向填列借方金额和贷方金额，在合计栏内计算借、贷发生额合计数，两者应相等；最后列明附件张数，并由相关人员在凭证上签名或盖章。如图 5-33 所示。

**业务 28：12 月 31 日，经董事会批准，安泰公司向投资者分配利润。**

首先填制记账凭证日期及编号，然后根据原始凭证内容填写记账凭证摘要；按会计分录所涉及的会计科目，在总账科目栏内分别填写"利润分配"、"应付股利"；对应会计科目按借、贷记账方向填列借方金额和贷方金额，在合计栏内计算借、贷发生额合计数，两者应相等；最后列明附件张数，并由相关人员在凭证上签名或盖章。如图 5-34 所示。

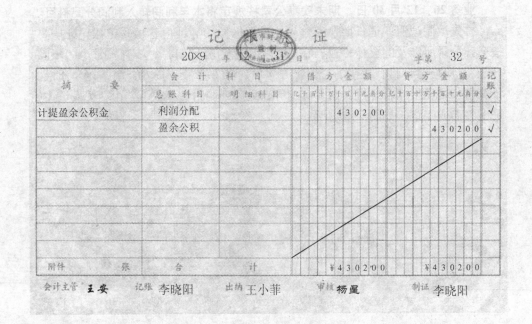

图 5-33 业务 27 的记账凭证 32#

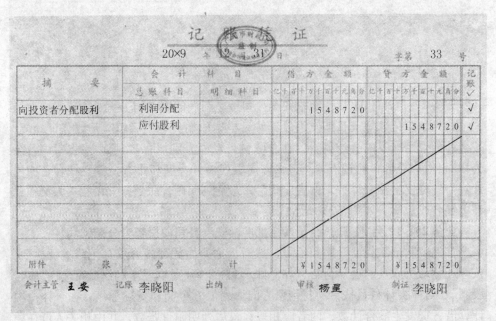

图 5-34 业务 28 的记账凭证 33#

业务30：12月31日，安泰公司用银行存款支付股利。

首先填制记账凭证日期及编号，然后根据原始凭证内容填写记账凭证摘要；按会计分录所涉及的会计科目，在总账科目栏内分别填写"应付股利"、"银行存款"；对应会计科目按借、贷记账方向填列借方金额和贷方金额，在合计栏内计算借、贷发生额合计数，两者应相等；最后列明附件张数，并由相关人员在凭证上签名或盖章。如图5-35所示。

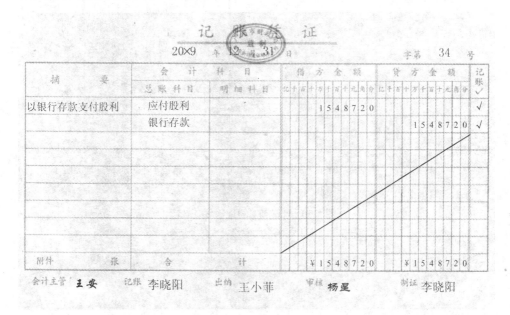

图 5-35   业务 30 的记账凭证 34#

业务31：12月31日，安泰公司用银行存款支付本期应交的消费税和所得税。

首先填制记账凭证日期及编号，然后根据原始凭证内容填写记账凭证摘要；按会计分录所涉及的会计科目，在总账科目栏内分别填写"应交税费"、"银行存款"，在明细科目栏内对应"应交税费"处分别填写"应交所得税"、"应交消费税"；按会计科目借、贷记账方向填列借方金额和贷方金额，在合计栏内计算借、贷发生额合计数，两者应相等；最后列明附件张数，并由相关人员在凭证上签名或盖章。如图5-36所示。

业务32：12月31日，安泰公司用银行存款支付本期应交增值税。

首先填制记账凭证日期及编号，然后根据原始凭证内容填写记账凭证摘要；按会计分录所涉及的会计科目，在总账科目栏内分别填写"应交税费"、"银行存款"；在明细科目栏内对应"应交税费"处填写"应交增值税"；按会计科目借、贷记账方向填列借方金额和贷方金额，在合计栏内计算借、贷发生额合计数，两者应相等；最后列明附件张数，并由相关人员在凭证上签名或盖章。如图5-37所示。

**记 账 凭 证**

20×9 年 12 月 31 日　　字第 35 号

| 摘要 | 会计科目：总账科目 | 会计科目：明细科目 | 借方金额 | 贷方金额 | 记账✓ |
|---|---|---|---|---|---|
| 以银行存款支付税金 | 应交税费 | 应交所得税 | 1434000 | | √ |
| | | 应交消费税 | 36000 | | √ |
| | 银行存款 | | | 1470000 | √ |
| 附件　张 | 合 | 计 | ¥1470000 | ¥1470000 | |

会计主管 王安　记账 李晓阳　出纳 王小菲　审核 杨星　制证 李晓阳

图 5-36　业务 31 的记账凭证 35#

**记 账 凭 证**

20×9 年 12 月 31 日　　字第 36 号

| 摘要 | 会计科目：总账科目 | 会计科目：明细科目 | 借方金额 | 贷方金额 | 记账✓ |
|---|---|---|---|---|---|
| 以银行存款支付增值税 | 应交税费 | 应交增值税 | 1445000 | | √ |
| | 银行存款 | | | 1445000 | √ |
| 附件　张 | 合 | 计 | ¥1445000 | ¥1445000 | |

会计主管 王安　记账 李晓阳　出纳 王小菲　审核 杨星　制证 李晓阳

图 5-37　业务 32 的记账凭证 36#

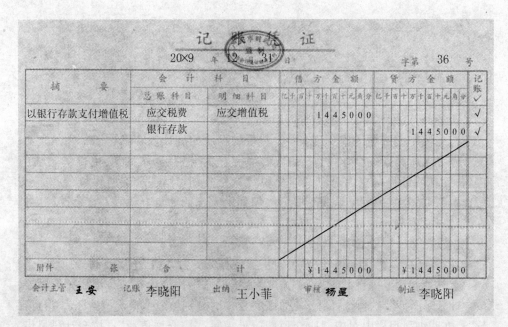

**业务 33：12 月 31 日，安泰公司支付给职工的困难补助。**

首先填制记账凭证日期及编号，然后根据原始凭证内容填写记账凭证摘要；按会计分录所涉及的会计科目，在总账科目栏内分别填写"应付职工薪酬"、"库存现金"；在明细科目栏内对应"应付职工薪酬"处写福利费；按会计科目借、贷记账方向填列借方金额和贷方金额，在合计栏内计算借、贷发生额合计数，两者应相等；最后列明附件张数，并由相关人员在凭证上签名或盖章。如图 5-38 所示。

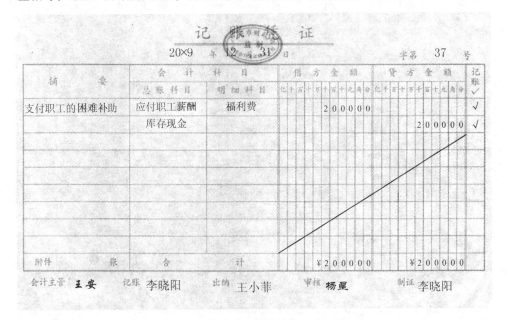

图 5-38　业务 33 的记账凭证 37#

**业务 34：12 月 31 日，安泰公司支付水电费。**

首先填制记账凭证日期及编号，然后根据原始凭证内容填写记账凭证摘要；按会计分录所涉及的会计科目，在总账科目栏内分别填写"其他应付款"、"银行存款"；在明细科目栏内对应"其他应付款"处填写"水电费"；按会计科目借、贷记账方向填列借方金额和贷方金额，在合计栏内计算借、贷发生额合计数，两者应相等；最后列明附件张数，并由相关人员在凭证上签名或盖章。如图 5-39 所示。

**业务 35：12 月 31 日，安泰公司支付职工工资。**

首先填制记账凭证日期及编号，然后根据原始凭证内容填写记账凭证摘要；按会计分录所涉及的会计科目，在总账科目栏内分别填写"应付职工薪酬"、"银行存款"；在明细科目栏内对应"应付职工薪酬"处填写"工资"；按会计科目借、贷记账方向填列借方金额和贷方金额，在合计栏内计算借、贷发生额合计数，两者应相等；最后列明附件张数，并由相关人员在凭证上签名或盖章。如图 5-40 所示。

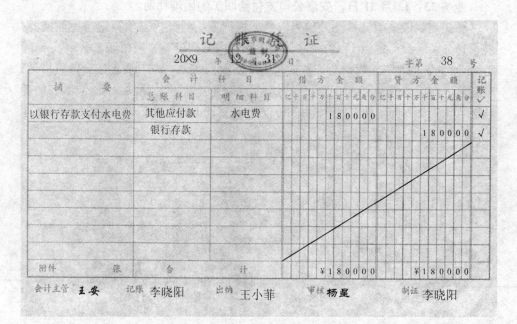

图 5-39　业务 34 的记账凭证 38#

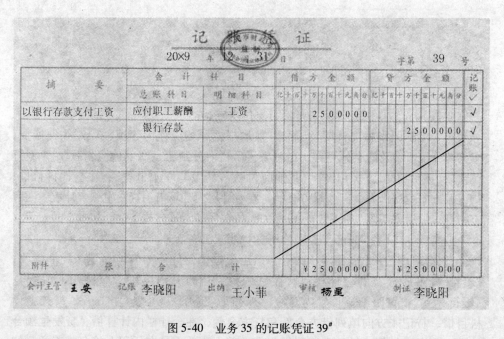

图 5-40　业务 35 的记账凭证 39#

## 第二节 账册实操

### 一、会计账簿的含义及作用

会计账簿简称账簿，是指由一定格式、相互联系的若干账页组成，用来序时、分类地全面记录和反映经济业务事项的会计簿籍。

会计账簿登记是指在填制和审核会计凭证的基础上，对经济业务进行汇总、整理。与会计凭证相比，会计账簿能更进一步地反映企业经济业务全貌，满足生产经营的需要。设置和登记会计账簿是会计核算的一项重要环节，在企业经营管理中具有十分重要的作用，主要体现在以下几个方面：

（1）全面、系统地反映会计主体在一定时期内所发生的各项资金运动，储存所需要的各项会计信息，为编制会计报表提供依据。

（2）有效地监督经济业务的运行，确保财产物资的安全、完整以及资金的合理使用。

（3）根据记录的会计信息进行会计分析，查找问题，改善经营管理，提高经济效益。

### 二、会计账簿的种类

企业均应按照会计核算的基本要求和会计规范，并结合自身经济业务的特点和经营管理的需要，设置必要的会计账簿。可以按不同的标准将会计账簿进行分类。

#### （一）按用途进行分类

1. 序时账簿

序时账簿也称日记账，是指按照各项经济业务发生或完成时间的先后顺序，逐日逐笔进行登记的账簿。按其记录内容的不同，序时账簿又分为普通日记账和特种日记账两种。在会计实务中，为了简化记账手续，除库存现金和银行存款设置日记账外，其他科目一般不设置日记账。

2. 分类账簿

分类账簿是指对全部经济业务按照会计要素的具体类别而设置的分类账户进行登记的账簿。按其反映指标的详细程度不同，分类账簿又分为总分类账簿和明细分类账簿。总分类账簿简称总账，是指根据总分类科目开设账户，用来记录全部经济业务，提供总括核算资料的分类账簿。明细分类账簿简称明细账，是指根据明细分类科目开设账户，用来记录某一类经济业务，提供明细核算资料的分类账簿。

### 3. 备查账簿

备查账簿也称辅助账簿，是指对某些在序时账簿和分类账簿等主要账簿中都不予登记或登记不够详细的经济业务进行补充登记的账簿，如设置租入固定资产登记簿等。

#### （二）按账页格式进行分类

##### 1. 两栏式账簿

两栏式账簿是指只有借方和贷方两个基本金额的账簿。如收入、费用类账户也都可以采用两栏式账簿。

##### 2. 三栏式账簿

三栏式账簿是指设有借方、贷方和余额三个基本栏目的账簿。如日记账、总分类账，资本、债权、债务明细账可以采用三栏式账簿。

##### 3. 多栏式账簿

多栏式账簿是指在账簿的两个基本栏目及借方和贷方按需要分设若干专栏的账簿。如收入、费用明细账可以采用多栏式账簿。

#### （三）按账本形式进行分类

##### 1. 订本账簿

订本账簿简称订本账，是指在启用前，将编有顺序页码的一定数量账页装订成册的账簿。这种账簿的优点是可以避免账页散失，防止账页被抽换，比较安全；缺点是同一账簿在同一时间只能由一人登记，这样不便于记账人员分工记账。总分类账，现金、银行存款日记账均应采用订本账形式。

##### 2. 活页账簿

活页账簿简称活页账，是指将一定数量的账页置于活页夹内，可根据记账内容的变化而随时增加或减少部分账页的账簿。活页账的优点是可以根据实际需要增添账页，不会浪费账页，使用灵活，并且便于同时分工记账；缺点是账页容易散失和被抽换。明细分类账一般采用活页账簿形式。

##### 3. 卡片账簿

卡片账簿简称卡片账，是指将一定数量的卡片式账页存放于专设的卡片箱中，账页可以根据需要随时增添的账簿。其特点与活页账基本相同。卡片账一般适用于财产明细核算，如固定资产卡片。

## 三、会计账簿的设置与登记

### （一）会计账簿的基本要素

会计账簿的形式和格式多种多样，但均应具备以下基本要素：

#### 1. 封面

封面主要标明账簿的名称，如总分类账簿、现金日记账、材料物资明细账。

2. 扉页

扉页主要列明科目索引及账簿使用登记表。科目索引一般列于账簿最前面；账簿使用登记表列于账簿后面。

3. 账页

账页是账簿的主要内容，其格式因经济业务内容的不同而有所不同。一般包括以下内容：① 账户名称以及科目、二级或明细科目。② 登账的日期栏。③ 记账凭证的种类和号数栏。④ 摘要栏。⑤ 借、贷金额和余额栏。⑥ 总页次和分账户页次栏。

**（二）会计账簿的记账规则**

1. 启用账簿的规则

会计账簿是重要的会计档案，为确保账簿记录的规范和完整，明确记账责任，在启用账簿时应注意以下几点：

（1）应在账簿扉页上附"账簿使用登记表"或"账簿启用表"。

（2）会计人员调动工作时，应注明交接日期、接办人员和监交人姓名，并由交接双方人员签名或盖章。

（3）启用订本式账簿时，对未印制顺序号的账簿，应从第一页至最后一页按顺序编定页数，不得跳页、缺号。启用活页式账页时，应按账页顺序编号并定期装订成册，装订后再按实际使用的账页顺序编定页数，另加目录，记明每个账户的名称和页次。

2. 登记账簿的规则

（1）会计账簿登记要及时、准确。会计凭证日期、编号、业务内容摘要、金额和其他有关资料逐项记入账内，同时记账人员要在记账凭证上签名或者盖章，并注明已经登账的符号（如打"√"），表示已经记账。

（2）书写要清晰、整洁。登记账簿时，要用蓝色或黑色墨水书写，不得用圆珠笔（银行的复写账簿除外）或者铅笔书写。红色墨水只能用于制度规定的范围内，如按红字冲账的记账凭证，在不设减少金额栏的多栏式账页中登记减少数等情况。

（3）记录要连贯。各种账簿要按账页顺序连续登记，不得跳行、隔页。如发生跳行、隔页，应将空行、空页画线注销，或注明"此行空白"或"此页空白"字样，并由记账人员签名或盖章。每登记满一张账页结转下页时，应当结出本页合计数和余额，写在本页最后一行和下页第一行有关栏内，并在本页的摘要栏内注明"转后页"字样，在次页的摘要栏内注明"承前页"字样。

**（三）会计账簿的格式和登记方法**

1. 日记账的格式和登记方法

（1）现金日记账的格式和登记方法。现金日记账是指用来记录库存现金每天的收入、支出和结存情况的账簿。其格式一般采用三栏式，必须使用订本式账簿。现金日记账登记的方法是，由出纳人员根据与现金收付有关的记账凭证，按时间顺序逐日、逐笔进行登记，逐日结出现金余额，与库存现金实存额核对，检查每日库存现金收付是否有误。

（2）银行存款日记账的格式和登记方法。银行存款日记账是指用来记录银行存款每日的收入、支出和结余情况的账簿。银行存款日记账应按企业在银行开立的账户和币种分别设置，每个银行账户设置一本日记账。银行存款日记账的格式和登记方法与现金日记账相同，也必须采用订本式账簿。

2. 分类账的格式和登记方法

（1）总分类账的格式和登记方法。总分类账是指按照总分类账户分类登记全部会计信息的账簿。总分类账一般采用借方、贷方和余额三栏式订本账簿。总分类账既可以根据记账凭证逐笔登记，也可以根据经过汇总的科目汇总表或汇总记账凭证等登记。由于总分类账能够全面、总括地反映经济业务情况，并为编制会计报表提供资料，因而任何单位都要设置总分类账。

（2）明细分类账的格式和登记方法。明细分类账是指根据二级科目或明细科目，分类、连续地记录经济业务以提供明细核算资料的账簿。各种明细分类账可根据业务量的大小和经营管理需要，依据记账凭证、原始凭证或汇总原始凭证，逐日、逐笔或定期汇总登记。明细分类账一般采用活页式账簿，其格式主要有三栏式、多栏式、数量金额式三种。

1）三栏式明细分类账。三栏式明细分类账是指设有借方、贷方和余额三个栏目，用以分类核算各项经济业务，提供详细核算资料的账簿。其格式与三栏式总账格式相同，适用于进行金额核算的账户。

2）多栏式明细分类账。多栏式明细分类账是指将属于同一个总账科目的各个明细科目合并在一张账页上进行登记的账簿。它适用于成本费用类科目的明细核算。

3）数量金额式明细分类账 。数量金额式明细分类账的借方、贷方和余额都分别设有数量、单价和金额三个专栏，适用于既要进行金额核算又要进行数量核算的账户。

登记账簿时应注意，总分类账与其所属的明细分类账分别以总括指标和详细指标的形式反映同一事项；记账时，总分类账与其所属的明细分类账应采用平行登记原则，即同期登记、同方向登记和同金额登记。

## 四、对账和结账

### （一）对账

对账是指在相关经济业务入账后，对账簿记录进行核对的会计核算程序。会计对账保证账簿记录的完整、正确、真实，为编制会计报表提供真实、可靠的数据资料。会计对账工作分为三步：账证核对、账账核对、账实核对。

1. 账证核对

账证核对是指将各种账簿的记录（内容、数量、金额和会计科目）与有关会计凭证进行核对。

2. 账账核对

账账核对是指在账证核对的基础上，对各种账簿之间的有关数据进行核对。它主要包括：总分类账的各账户借、贷方发生额合计数及期末余额合计数是否相符；明细分类账的本期借、贷方发生额合计数及期末余额合计数与总分类账应该分别核对相符；现金日记账和银行存款日记账的本期借、贷方发生额合计数及期末余额合计数与总分类账应该分别核对相符；会计部门有关财产物资的明细分类账期末余额与财产物资保管或使用部门的有关财产物资明细分类账期末余额是否相符。

3. 账实核对

账实核对是指在账账核对的基础上，对各种财产物资的账面余额与实存数额相核对。账实核对一般是通过财产清查进行的。它的具体内容包括现金日记账账面余额与实地盘点的库存现金实有数相核对，银行存款日记账账面余额与开户银行对账单相核对，各种财产物资明细分类账账面余额与其清查盘点后的实存数相核对，各种应收、应付款明细分类账账面余额与有关债务、债权单位的账目相核对。

（二）结账

结账是指在将本期内所发生的经济业务全部登记入账后，于会计期末按照规定的方法结算各账户的本期发生额和期末余额。

1. 结账的主要程序

（1）结账前，必须将本期内发生的各项经济业务全部登记入账。按照会计核算的要求，进行账项调整的账务处理，并在此基础上，进行其他有关转账业务的账务处理，以计算确定本期的成本、费用、收入和利润。

（2）结账时，应结出每个账户期末余额，并将期末余额结转下期。

2. 结账的方法

期末结账主要采用画线结账法。即期末结出各账户的本期发生额和期末余额后，加以画线标记，将期末余额结转下期。账户不同采用的结账方法也不同，具体的方法如下：

（1）月结。它是指先在各账户本月份最后一笔记录下面画一条通栏红线，表示本月结束；然后，在红线下面结出本月发生额和月末余额，如果没有余额，在余额栏内写上"平"或"0"符号，并在摘要栏内注明"本月合计"或"×月份发生额及余额"字样；最后，再在摘要栏下面画一条通栏红线，表示完成月结工作。

（2）季结。它是指在本季度最后一个月的月结下面画一条通栏红线，表示本季结束。季结的结账方法与月结基本相同，只是摘要栏内注明"本季合计"或"第×季度发生额及余额"字样。

（3）年结。它是指在12月份月结下面（需办理季结的，应在第四季度的季结下面）画一条通栏红线，结算填列全年12个月的月结发生额和年末余额，如果没有余额，在余额栏内写上"平"或"0"符号，并在摘要栏内注明"本年合计"或"年度发生额及余额"字样；然后，在下一行的摘要栏内注明"年初余额"字样，将年初借（贷）方余额抄列于借（贷）方栏内，再在下一行的摘要栏内注明"结转下年"字样，同时将年末借（贷）方余额列入贷（借）方栏内；最后，计算借、贷方合计数，并在合计数下面画通栏双红线表示封账，表示完成了年结工作。需要更换新账的，应在进行年结的同时，在新账的第一行摘要栏内注明"上年结转"或"年初余额"字样，并将上年的年末余额以相同方向记入新账中的余额栏内。

## 五、会计账簿的保管与更换

### 1. 会计账簿的保管

会计账簿是企业重要的经济资料，必须建立管理制度，妥善保管。账簿的保管要分工明确，指定专人管理，未经领导和会计负责人或者有关人员批准，非经管人员不能随意借阅查看会计账簿，以保证账簿的安全和防止任意涂改账簿等问题发生。年度终了更换并启用新账后，对更换下来的旧账要整理装订，造册归档。

根据《会计档案管理办法》的规定，总分类账、明细分类账、辅助账、日记账均应保存15年。其中，现金、银行存款日记账要保存25年，涉外和对私改造账簿应永久保存。保管期满后，应按照规定的审批程序报经批准后才能销毁。

### 2. 会计账簿的更换

为清晰地反映各个会计年度的财务状况和经营成果，年度终了时都要更换并启用新账。更换新账的程序是，年终结账后，在本年有余额的账户"摘要"栏内注明"结转下年"字样，在第二年更换新账时，注明各账户的年份，在第一行"日期"栏内写明1月1日，"记账凭证"栏空置不填，将各账户的上年末余额直接抄入新账余额栏内，并注明余额的借、贷方向。

现金日记账、银行存款日记账、总分类账、大多数明细分类账原则上应每年更换一次。但一些财产物资明细账不必每年更换一次，第二年使用时，可直接在上年终了的双画线下面记账。

## 六、会计账簿登记示例

延用综合案例，根据相关的原始凭证和记账凭证登记"材料采购"、"原材料"、"应付职工薪酬"明细科目如图 5-41 ~ 5-46 所示（其他明细账略）。

图 5-41　"材料采购——线路板"明细分类账

图 5-42　"材料采购——液晶显示器"明细分类账

图 5-43　"原材料——线路板"明细分类账

原材料 分类账 SUBSIDIARY LEDGER

账号　　总页码
页次

账户名称 液晶显示器

| 20X9年 月 日 | 凭证 编号 | 摘要 DESCRIPTION | 借方 | 贷方 | 借或贷 | 余额 | 核对 |
|---|---|---|---|---|---|---|---|
| 12 4 | 7 | 结转入库材料 | 5000000 | | 借 | 5000000 | |
| 12 5 | 9 | 结转相应材料成本 | 500000 | | 借 | 5500000 | |
| 12 8 | 10 | 生产领用原材料 | | 4000000 | 借 | 1500000 | |
| | | 本月发生额及余额 | 5500000 | 4000000 | 借 | 1500000 | |

图 5-44 "原材料——液晶显示器"明细分类账

应付职工薪酬 分类账 SUBSIDIARY LEDGER

账号　　总页码
页次

账户名称 工资

| 20X9年 月 日 | 凭证 编号 | 摘要 DESCRIPTION | 借方 | 贷方 | 借或贷 | 余额 | 核对 |
|---|---|---|---|---|---|---|---|
| 12 26 | 15 | 计提本月应发工资 | | 2500000 | 贷 | 2500000 | |
| 12 31 | 39 | 以银行存款支付工资 | 2500000 | | 平 | 0 | |
| | | 本月发生额及余额 | 2500000 | 2500000 | 平 | 0 | |

图 5-45 "应付职工薪酬——工资"明细分类账

应付职工薪酬 分类账 SUBSIDIARY LEDGER

账号　　总页码
页次

账户名称 福利费

| 20X9年 月 日 | 凭证 编号 | 摘要 DESCRIPTION | 借方 | 贷方 | 借或贷 | 余额 | 核对 |
|---|---|---|---|---|---|---|---|
| 12 26 | 16 | 计提职工福利费 | | 350000 | 贷 | 300000 | |
| 12 31 | 37 | 支付职工的困难补助 | 200000 | | 贷 | 150000 | |
| | | 本月发生额及余额 | 200000 | 350000 | 贷 | 150000 | |

图 5-46 "应付职工薪酬——福利费"明细分类账

根据各种记账凭证逐笔登记总分类账，如图 5-47 ~ 图 5-78 所示。

| 总页编 | 200 |
| --- | --- |
| 本户页次 | 1 |

## 总账

会计科目名称及编号 库存现金

| 20×9年 月 日 | 凭证编号 | 摘要 | 借方 | 贷方 | 借或贷 | 余额 |
| --- | --- | --- | --- | --- | --- | --- |
| 12 2 | 4 | 提取备用金 | 1000000 | | 借 | 1000000 |
| 12 28 | 22 | 支付销售产品搬运费 | | 40000 | 借 | 960000 |
| 12 28 | 25 | 收到某单位的违约金 | 20000 | | 借 | 980000 |
| 12 31 | 37 | 支付职工的困难补助 | | 200000 | 借 | 780000 |
| | | 本月发生额及余额 | 1020000 | 240000 | 借 | 780000 |

图 5-47　"库存现金"总账

| 总页编 | 200 |
| --- | --- |
| 本户页次 | 2 |

## 总账

会计科目名称及编号 银行存款

| 20×9年 月 日 | 凭证编号 | 摘要 | 借方 | 贷方 | 借或贷 | 余额 |
| --- | --- | --- | --- | --- | --- | --- |
| 12 1 | 1 | 收到刘东升投资 | 30000000 | | 借 | 30000000 |
| 12 1 | 2 | 公司向银行贷款 | 40000000 | | 借 | 70000000 |
| 12 2 | 3 | 公司向银行贷款 | 20000000 | | 借 | 90000000 |
| 12 2 | 4 | 提取备用金 | | 1000000 | 借 | 89000000 |
| 12 4 | 5 | 购买原材料 | | 3802500 | 借 | 85197500 |
| 12 5 | 8 | 支付采购员张勇报销的差旅费等费用 | | 650000 | 借 | 84547500 |
| 12 12 | 11 | 预付次年全年的保险费 | | 500000 | 借 | 84047500 |
| 12 16 | 12 | 支付本月的广告费 | | 1000000 | 借 | 83047500 |
| 12 20 | 13 | 预收 C 公司货款 | 8000000 | | 借 | 91047500 |
| 12 28 | 18 | 支付本月短期借款利息 | | 400000 | 借 | 90647500 |
| 12 28 | 21 | 向丁公司销售产品 | 8775000 | | 借 | 99422500 |
| 12 28 | 24 | 向地震灾区捐款 | | 300000 | 借 | 99122500 |
| 12 31 | 34 | 以银行存款支付股利 | | 1548720 | 借 | 97573780 |
| 12 31 | 35 | 以银行存款支付税金 | | 1470000 | 借 | 96103780 |
| 12 31 | 36 | 以银行存款支付增值税 | | 1445000 | 借 | 94658780 |
| 12 31 | 38 | 以银行存款支付水电费 | | 180000 | 借 | 94478780 |
| 12 31 | 39 | 以银行存款支付工资 | | 2500000 | 借 | 91978780 |
| | | 本月发生额及余额 | 106775000 | 14796220 | 借 | 91978780 |

图 5-48　"银行存款"总账

总页码 200
本户页次 3

会计科目名称及编号 材料采购

| 20×9年 月 | 日 | 凭证编号 | 摘要 | 借方 | 贷方 | 借或贷 | 余额 |
|---|---|---|---|---|---|---|---|
| 12 | 4 | 5 | 购买原材料 | 6500000 | | 借 | 6500000 |
| 12 | 4 | 6 | 结转到货的原材料 | | 1500000 | 借 | 5000000 |
| 12 | 4 | 7 | 结转到货的原材料 | | 5000000 | 平 | 0 |
| 12 | 5 | 8 | 分摊采购员张勇报销的差旅费等费用 | 650000 | | 借 | 650000 |
| 12 | 5 | 9 | 结转相应的原材料成本 | | 650000 | 平 | 0 |
| | | | 本月发生额及余额 | 7150000 | 7150000 | 平 | 0 |

图 5-49　"材料采购"总账

总页码 200
本户页次 4

会计科目名称及编号 原材料

| 20×9年 月 | 日 | 凭证编号 | 摘要 | 借方 | 贷方 | 借或贷 | 余额 |
|---|---|---|---|---|---|---|---|
| 12 | 4 | 6 | 结转到货的原材料（线路板） | 1500000 | | 借 | 1500000 |
| 12 | 4 | 7 | 结转到货的原材料（液晶显示器） | 5000000 | | 借 | 6500000 |
| 12 | 5 | 9 | 结转相应材料成本 | 650000 | | 借 | 7150000 |
| 12 | 8 | 10 | 生产领用原材料 | | 5000000 | 借 | 2150000 |
| | | | 本月发生额及余额 | 7150000 | 5000000 | 借 | 2150000 |

图 5-50　"原材料"总账

总页码 200
本户页次 5

会计科目名称及编号 库存商品

| 20×9年 月 | 日 | 凭证编号 | 摘要 | 借方 | 贷方 | 借或贷 | 余额 |
|---|---|---|---|---|---|---|---|
| 12 | 28 | 20 | 结转本月完工产品成本 | 7932000 | | 借 | 7932000 |
| 12 | 29 | 26 | 结转已售产品的销售成本 | | 6610000 | 借 | 1322000 |
| | | | 本月发生额及余额 | 7932000 | 6610000 | 借 | 1322000 |

图 5-51　"库存商品"总账

| 总页码 | 200 |
| --- | --- |
| 本户页次 | 6 |

## 总账

会计科目名称及编号 固定资产

| 20×9年 | | 凭证编号 | 摘要 | 借方 | | | | | | | | | | | 贷方 | | | | | | | | | | | 借或贷 | 余额 | | | | | | | | | | |
| --- | --- | --- | --- | --- | --- | --- | --- | --- | --- | --- | --- | --- | --- | --- | --- | --- | --- | --- | --- | --- | --- | --- | --- | --- | --- | --- | --- | --- | --- | --- | --- | --- | --- | --- | --- | --- |
| 月 | 日 | | | 十 | 亿 | 千 | 百 | 十 | 万 | 千 | 百 | 十 | 元 | 角 | 分 | 十 | 亿 | 千 | 百 | 十 | 万 | 千 | 百 | 十 | 元 | 角 | 分 | | 十 | 亿 | 千 | 百 | 十 | 万 | 千 | 百 | 十 | 元 | 角 | 分 |
| 12 | 1 | 1 | 收到王安投资 | | | | 2 | 0 | 0 | 0 | 0 | 0 | 0 | 0 | 0 | | | | | | | | | | | | | 借 | | | | 2 | 0 | 0 | 0 | 0 | 0 | 0 | 0 | 0 |
| | | | 本月发生额及余额 | | | | 2 | 0 | 0 | 0 | 0 | 0 | 0 | 0 | 0 | | | | | | | | | | | | | 借 | | | | 2 | 0 | 0 | 0 | 0 | 0 | 0 | 0 | 0 |

图 5-52 "固定资产"总账

| 总页码 | 200 |
| --- | --- |
| 本户页次 | 7 |

## 总账

会计科目名称及编号 累计折旧

| 20×9年 | | 凭证编号 | 摘要 | 借方 | | | | | | | | | | | 贷方 | | | | | | | | | | | 借或贷 | 余额 | | | | | | | | | | |
| --- | --- | --- | --- | --- | --- | --- | --- | --- | --- | --- | --- | --- | --- | --- | --- | --- | --- | --- | --- | --- | --- | --- | --- | --- | --- | --- | --- | --- | --- | --- | --- | --- | --- | --- | --- | --- |
| 月 | 日 | | | 十 | 亿 | 千 | 百 | 十 | 万 | 千 | 百 | 十 | 元 | 角 | 分 | 十 | 亿 | 千 | 百 | 十 | 万 | 千 | 百 | 十 | 元 | 角 | 分 | | 十 | 亿 | 千 | 百 | 十 | 万 | 千 | 百 | 十 | 元 | 角 | 分 |
| 12 | 25 | 14 | 计提本月固定资产折旧 | | | | | | | | | | | | | | | | | | | 8 | 0 | 0 | 0 | 0 | 0 | 贷 | | | | | | | | 8 | 0 | 0 | 0 | 0 | 0 |
| 12 | 12 | | 本月发生额及余额 | | | | | | | | | | | | | | | | | | | 8 | 0 | 0 | 0 | 0 | 0 | 贷 | | | | | | | | 8 | 0 | 0 | 0 | 0 | 0 |

图 5-53 "累计折旧"总账

| 总页码 | 200 |
| --- | --- |
| 本户页次 | 8 |

## 总账

会计科目名称及编号 无形资产

| 20×9年 | | 凭证编号 | 摘要 | 借方 | | | | | | | | | | | 贷方 | | | | | | | | | | | 借或贷 | 余额 | | | | | | | | | | |
| --- | --- | --- | --- | --- | --- | --- | --- | --- | --- | --- | --- | --- | --- | --- | --- | --- | --- | --- | --- | --- | --- | --- | --- | --- | --- | --- | --- | --- | --- | --- | --- | --- | --- | --- | --- | --- |
| 月 | 日 | | | 十 | 亿 | 千 | 百 | 十 | 万 | 千 | 百 | 十 | 元 | 角 | 分 | 十 | 亿 | 千 | 百 | 十 | 万 | 千 | 百 | 十 | 元 | 角 | 分 | | 十 | 亿 | 千 | 百 | 十 | 万 | 千 | 百 | 十 | 元 | 角 | 分 |
| 12 | 1 | 1 | 收到李泰投资 | | | | 1 | 0 | 0 | 0 | 0 | 0 | 0 | 0 | 0 | | | | | | | | | | | | | 借 | | | | 1 | 0 | 0 | 0 | 0 | 0 | 0 | 0 | 0 |
| | | | 本月发生额及余额 | | | | 1 | 0 | 0 | 0 | 0 | 0 | 0 | 0 | 0 | | | | | | | | | | | | | 借 | | | | 1 | 0 | 0 | 0 | 0 | 0 | 0 | 0 | 0 |

图 5-54 "无形资产"总账

| 总页码 | 200 |
|---|---|
| 本户页次 | 9 |

会计科目名称及编号 预付账款

| 20×9年 | | 凭证编号 | 摘要 | 借方 | 贷方 | 借或贷 | 余额 |
|---|---|---|---|---|---|---|---|
| 月 | 日 | | | 十亿千百十万千百十元角分 | 十亿千百十万千百十元角分 | | 十亿千百十万千百十元角分 |
| 12 | 12 | 11 | 预付次年全年的保险费 | 500000 | | 借 | 500000 |
| | | | 本月发生额及余额 | 500000 | | 借 | 500000 |
| | | | | | | | |

图 5-55 "预付账款"总账

| 总页码 | 200 |
|---|---|
| 本户页次 | 10 |

会计科目名称及编号 应收账款

| 20×9年 | | 凭证编号 | 摘要 | 借方 | 贷方 | 借或贷 | 余额 |
|---|---|---|---|---|---|---|---|
| 月 | 日 | | | 十亿千百十万千百十元角分 | 十亿千百十万千百十元角分 | | 十亿千百十万千百十元角分 |
| 12 | 28 | 21 | 向丁公司销售产品 | 8775000 | | 借 | 8775000 |
| | | | 本月发生额及余额 | 8775000 | | 借 | 8775000 |
| | | | | | | | |

图 5-56 "应收账款"总账

| 总页码 | 200 |
|---|---|
| 本户页次 | 11 |

会计科目名称及编号 预收账款

| 20×9年 | | 凭证编号 | 摘要 | 借方 | 贷方 | 借或贷 | 余额 |
|---|---|---|---|---|---|---|---|
| 月 | 日 | | | 十亿千百十万千百十元角分 | 十亿千百十万千百十元角分 | | 十亿千百十万千百十元角分 |
| 12 | 20 | 13 | 预收C公司货款 | | 8000000 | 贷 | 8000000 |
| | | | 本月发生额及余额 | | 8000000 | 贷 | 8000000 |
| | | | | | | | |

图 5-57 "预收账款"总账

| 总页码 | 200 |
| --- | --- |
| 本户页次 | 12 |

总　账

会计科目名称及编号 短期借款

| 20×9年 | | 凭证编号 | 摘　要 | 借　方 | | | | | | | | | | | 贷　方 | | | | | | | | | | | 借或贷 | 余　额 | | | | | | | | | | |
|---|---|---|---|---|---|---|---|---|---|---|---|---|---|---|---|---|---|---|---|---|---|---|---|---|---|---|---|---|---|---|---|---|---|---|---|---|---|
| 月 | 日 | | | 十亿千百十万千百十元角分 | | | | | | | | | | | 十亿千百十万千百十元角分 | | | | | | | | | | | 贷 | 十亿千百十万千百十元角分 | | | | | | | | | | |
| 12 | 1 | 2 | 公司向银行贷款 | | | | | | | | | | | | | | | | 4 0 0 0 0 0 0 0 | | | | | | 贷 | | | | | 4 0 0 0 0 0 0 0 | | | | | | |
| | | | 本月发生额及余额 | | | | | | | | | | | | | | | | 4 0 0 0 0 0 0 0 | | | | | | 贷 | | | | | 4 0 0 0 0 0 0 0 | | | | | | |

图 5-58　"短期借款"总账

| 总页码 | 200 |
| --- | --- |
| 本户页次 | 13 |

总　账

会计科目名称及编号 长期借款

| 20×9年 | | 凭证编号 | 摘　要 | 借　方 | | | | | | | | | | | 贷　方 | | | | | | | | | | | 借或贷 | 余　额 | | | | | | | | | | |
|---|---|---|---|---|---|---|---|---|---|---|---|---|---|---|---|---|---|---|---|---|---|---|---|---|---|---|---|---|---|---|---|---|---|---|---|---|---|
| 月 | 日 | | | 十亿千百十万千百十元角分 | | | | | | | | | | | 十亿千百十万千百十元角分 | | | | | | | | | | | 贷 | 十亿千百十万千百十元角分 | | | | | | | | | | |
| 12 | 2 | 3 | 公司向银行贷款 | | | | | | | | | | | | | | | | 2 0 0 0 0 0 0 0 | | | | | | 贷 | | | | | 2 0 0 0 0 0 0 0 | | | | | | |
| | | | 本月发生额及余额 | | | | | | | | | | | | | | | | 2 0 0 0 0 0 0 0 | | | | | | 贷 | | | | | 2 0 0 0 0 0 0 0 | | | | | | |

图 5-59　"长期借款"总账

| 总页码 | 200 |
| --- | --- |
| 本户页次 | 14 |

总　账

会计科目名称及编号 应付账款

| 20×9年 | | 凭证编号 | 摘　要 | 借　方 | | | | | | | | | | | 贷　方 | | | | | | | | | | | 借或贷 | 余　额 | | | | | | | | | | |
|---|---|---|---|---|---|---|---|---|---|---|---|---|---|---|---|---|---|---|---|---|---|---|---|---|---|---|---|---|---|---|---|---|---|---|---|---|---|
| 月 | 日 | | | 十亿千百十万千百十元角分 | | | | | | | | | | | 十亿千百十万千百十元角分 | | | | | | | | | | | 贷 | 十亿千百十万千百十元角分 | | | | | | | | | | |
| 12 | 4 | 5 | 购买原材料 | | | | | | | | | | | | | | | | | 3 8 0 2 5 0 0 | | | | | 贷 | | | | | | 3 8 0 2 5 0 0 | | | | | |
| | | | 本月发生额及余额 | | | | | | | | | | | | | | | | | 3 8 0 2 5 0 0 | | | | | 贷 | | | | | | 3 8 0 2 5 0 0 | | | | | |

图 5-60　"应付账款"总账

总页码 200
本户页次 15

总 账

会计科目名称及编号 应付职工薪酬

| 20×9年 月 日 | 凭证编号 | 摘要 | 借方 | 贷方 | 借或贷 | 余额 |
|---|---|---|---|---|---|---|
| 12 26 | 15 | 计提本月工资 | | 2 500 000 | 贷 | 2 500 000 |
| 12 26 | 16 | 计提职工福利费 | | 350 000 | 贷 | 2 850 000 |
| 12 31 | 37 | 支付职工的困难补助 | 200 000 | | 贷 | 2 650 000 |
| 12 31 | 39 | 以银行存款支付工资 | 2 500 000 | | 贷 | 150 000 |
| | | 本月发生额及余额 | 2 700 000 | 2 850 000 | 贷 | 150 000 |

图 5-61　"应付职工薪酬"总账

总页码 200
本户页次 16

总 账

会计科目名称及编号 应交税费

| 20×9年 月 日 | 凭证编号 | 摘要 | 借方 | 贷方 | 借或贷 | 余额 |
|---|---|---|---|---|---|---|
| 12 4 | 5 | 购买原材料（应交增值税） | 1 105 000 | | 借 | 1 105 000 |
| 12 28 | 21 | 向丁公司销售产品 | | 2 550 000 | 贷 | 1 445 000 |
| 12 28 | 23 | 已售产品的消费税 | | 36 000 | 贷 | 1 481 000 |
| 12 30 | 29 | 计提本年应交的所得税费用 | | 1 434 000 | 贷 | 2 915 000 |
| 12 31 | 35 | 以银行存款支付税金 | 1 470 000 | | 借 | 1 445 000 |
| 12 31 | 36 | 以银行存款支付增值税 | 1 445 000 | | 平 | 0 |
| | | 本月发生额及余额 | 4 020 000 | 4 020 000 | 平 | 0 |

图 5-62　"应交税费"总账

总页码 200
本户页次 17

总 账

会计科目名称及编号 其他应付款

| 20×9年 月 日 | 凭证编号 | 摘要 | 借方 | 贷方 | 借或贷 | 余额 |
|---|---|---|---|---|---|---|
| 12 27 | 17 | 计提本月水电费 | | 180 000 | 贷 | 180 000 |
| 12 31 | 38 | 以银行存款支付水电费 | 180 000 | | 平 | 0 |
| | | 本月发生额及余额 | 180 000 | 180 000 | 平 | 0 |

图 5-63　"其他应付款"总账

<table>
<tr><td>总页码</td><td>200</td></tr>
<tr><td>本户页次</td><td>18</td></tr>
</table>

## 总账

会计科目名称及编号 实收资本

| 20×9年 月 | 日 | 凭证编号 | 摘要 | 借方 | 贷方 | 借或贷 | 余额 |
|---|---|---|---|---|---|---|---|
| 12 | 1 | 1 | 公司收到投资 | | 6000000 0 | 贷 | 6000000 0 |
| | | | 本月发生额及余额 | | 6000000 0 | 贷 | 6000000 0 |

图 5-64　"实收资本"总账

<table>
<tr><td>总页码</td><td>200</td></tr>
<tr><td>本户页次</td><td>19</td></tr>
</table>

## 总账

会计科目名称及编号 盈余公积

| 20×9年 月 | 日 | 凭证编号 | 摘要 | 借方 | 贷方 | 借或贷 | 余额 |
|---|---|---|---|---|---|---|---|
| 12 | 31 | 32 | 计提盈余公积 | | 430200 | 贷 | 430200 |
| | | | 本月发生额及余额 | | 430200 | 贷 | 430200 |

图 5-65　"盈余公积"总账

<table>
<tr><td>总页码</td><td>200</td></tr>
<tr><td>本户页次</td><td>20</td></tr>
</table>

## 总账

会计科目名称及编号 本年利润

| 20×9年 月 | 日 | 凭证编号 | 摘要 | 借方 | 贷方 | 借或贷 | 余额 |
|---|---|---|---|---|---|---|---|
| 12 | 29 | 27 | 结转本月的成本、费用 | 9284000 | | 借 | 9284000 |
| 12 | 29 | 28 | 结转本月收入 | | 15020000 | 贷 | 5736000 |
| 12 | 30 | 30 | 结转本年度所得税费用 | 1434000 | | 贷 | 4302000 |
| 12 | 30 | 31 | 结转本年利润 | 4302000 | | 平 | 0 |
| | | | 本月发生额及余额 | 15020000 | 15020000 | 平 | |

图 5-66　"本年利润"总账

| 总页码 | 200 |
| --- | --- |
| 本户页次 | 21 |

总　账

会计科目名称及编号　利润分配

| 20×9年 月 | 日 | 凭证编号 | 摘要 | 借方 | 贷方 | 借或贷 | 余额 |
| --- | --- | --- | --- | --- | --- | --- | --- |
| 12 | 30 | 31 | 结转本年利润 | | 4302000 | 贷 | 4302000 |
| 12 | 31 | 32 | 计提盈余公积 | 430200 | | 贷 | 3871800 |
| 12 | 31 | 33 | 向投资者分配股利 | 1548720 | | 贷 | 2323080 |
| | | | 本月发生额及余额 | 1978920 | 4302000 | 贷 | 2323080 |

图 5-67　"利润分配"总账

| 总页码 | 200 |
| --- | --- |
| 本户页次 | 22 |

总　账

会计科目名称及编号　生产成本

| 20×9年 月 | 日 | 凭证编号 | 摘要 | 借方 | 贷方 | 借或贷 | 余额 |
| --- | --- | --- | --- | --- | --- | --- | --- |
| 12 | 8 | 10 | 生产领用原材料 | 5000000 | | 借 | 5000000 |
| 12 | 25 | 14 | 计提本月固定资产折旧 | 560000 | | 借 | 5560000 |
| 12 | 26 | 15 | 计提本月工资 | 1200000 | | 借 | 6760000 |
| 12 | 26 | 16 | 计提职工福利费 | 168000 | | 借 | 6928000 |
| 12 | 27 | 17 | 结转本月水电费 | 130000 | | 借 | 7058000 |
| 12 | 28 | 19 | 本月制造费用转入生产成本 | 874000 | | 借 | 7932000 |
| 12 | 28 | 20 | 结转本月完工产品成本 | | 7932000 | 平 | 0 |
| | | | 本月发生额及余额 | 7932000 | 7932000 | 平 | 0 |

图 5-68　"生产成本"总账

| 总页码 | 200 |
|---|---|
| 本户页次 | 23 |

总账

会计科目名称及编号 制造费用

| 20×9年 | | 凭证编号 | 摘要 | 借方 | 贷方 | 借或贷 | 余额 |
|---|---|---|---|---|---|---|---|
| 月 | 日 | | | | | | |
| 12 | 25 | 14 | 计提本月固定资产折旧 | 160000 | | 借 | 160000 |
| 12 | 26 | 15 | 计提本月工资 | 600000 | | 借 | 760000 |
| 12 | 26 | 16 | 计提职工福利费 | 84000 | | 借 | 844000 |
| 12 | 27 | 17 | 结转本月水电费 | 30000 | | 借 | 874000 |
| 12 | 28 | 19 | 本月制造费用转入生产成本 | | 874000 | 平 | 0 |
| | | | 本月发生额及余额 | 874000 | 874000 | 平 | 0 |

图 5-69 "制造费用"总账

| 总页码 | 200 |
|---|---|
| 本户页次 | 24 |

总账

会计科目名称及编号 主营业务收入

| 20×9年 | | 凭证编号 | 摘要 | 借方 | 贷方 | 借或贷 | 余额 |
|---|---|---|---|---|---|---|---|
| 月 | 日 | | | | | | |
| 12 | 28 | 21 | 向丁公司销售产品 | | 15000000 | 贷 | 15000000 |
| 12 | 29 | 28 | 结转收入到本年利润 | 15000000 | | 平 | 0 |
| | | | 本月发生额及余额 | 15000000 | 15000000 | 平 | 0 |

图 5-70 "主营业务收入"总账

| 总页码 | 200 |
|---|---|
| 本户页次 | 25 |

总账

会计科目名称及编号 主营业务成本

| 20×9年 | | 凭证编号 | 摘要 | 借方 | 贷方 | 借或贷 | 余额 |
|---|---|---|---|---|---|---|---|
| 月 | 日 | | | | | | |
| 12 | 29 | 26 | 结转已售产品的销售成本 | 6610000 | | 借 | 6610000 |
| 12 | 29 | 27 | 结转成本、费用到本年利润 | | 6610000 | 平 | 0 |
| | | | 本月发生额及余额 | 6610000 | 6610000 | 平 | 0 |

图 5-71 "主营业务成本"总账

| 总页码 | 200 |
|---|---|
| 本户页次 | 26 |

## 总账

会计科目名称及编号 销售费用

| 20×9年 | | 凭证编号 | 摘要 | 借方 | | | | | | | | | | | 贷方 | | | | | | | | | | | 借或贷 | 余额 | | | | | | | | | | |
|---|---|---|---|---|---|---|---|---|---|---|---|---|---|---|---|---|---|---|---|---|---|---|---|---|---|---|---|---|---|---|---|---|---|---|---|---|---|
| 月 | 日 | | | 十 | 亿 | 千 | 百 | 十 | 万 | 千 | 百 | 十 | 元 | 角 | 分 | 十 | 亿 | 千 | 百 | 十 | 万 | 千 | 百 | 十 | 元 | 角 | 分 | | 十 | 亿 | 千 | 百 | 十 | 万 | 千 | 百 | 十 | 元 | 角 | 分 |
| 12 | 16 | 12 | 支付本月的广告费 | | | | | 1 | 0 | 0 | 0 | 0 | 0 | 0 | | | | | | | | | | | | | 借 | | | | | 1 | 0 | 0 | 0 | 0 | 0 | 0 |
| 12 | 28 | 22 | 支付销售产品搬运费 | | | | | | 4 | 0 | 0 | 0 | 0 | | | | | | | | | | | | | | 借 | | | | | 1 | 0 | 4 | 0 | 0 | 0 | 0 |
| 12 | 29 | 27 | 结转成本、费用到本年利润 | | | | | | | | | | | | | | | | | 1 | 0 | 4 | 0 | 0 | 0 | 0 | 平 | | | | | | | | | | | 0 |
| | | | 本月发生额及余额 | | | | | 1 | 0 | 4 | 0 | 0 | 0 | 0 | | | | | | 1 | 0 | 4 | 0 | 0 | 0 | 0 | 平 | | | | | | | | | | | 0 |

图 5-72　"销售费用"总账

| 总页码 | 200 |
|---|---|
| 本户页次 | 27 |

## 总账

会计科目名称及编号 管理费用

| 20×9年 | | 凭证编号 | 摘要 | 借方 | | | | | | | | | | | 贷方 | | | | | | | | | | | 借或贷 | 余额 | | | | | | | | | | |
|---|---|---|---|---|---|---|---|---|---|---|---|---|---|---|---|---|---|---|---|---|---|---|---|---|---|---|---|---|---|---|---|---|---|---|---|---|---|
| 月 | 日 | | | 十 | 亿 | 千 | 百 | 十 | 万 | 千 | 百 | 十 | 元 | 角 | 分 | 十 | 亿 | 千 | 百 | 十 | 万 | 千 | 百 | 十 | 元 | 角 | 分 | | 十 | 亿 | 千 | 百 | 十 | 万 | 千 | 百 | 十 | 元 | 角 | 分 |
| 12 | 25 | 14 | 计提本月固定资产折旧 | | | | | | 8 | 0 | 0 | 0 | 0 | | | | | | | | | | | | | | 借 | | | | | | 8 | 0 | 0 | 0 | 0 |
| 12 | 26 | 15 | 计提本月工资 | | | | | | 7 | 0 | 0 | 0 | 0 | | | | | | | | | | | | | | 借 | | | | | | 7 | 8 | 0 | 0 | 0 |
| 12 | 26 | 16 | 计提本月职工福利费 | | | | | | 9 | 8 | 0 | 0 | 0 | | | | | | | | | | | | | | 借 | | | | | | 8 | 7 | 8 | 0 | 0 |
| 12 | 27 | 17 | 结转本月水电费 | | | | | | 2 | 0 | 0 | 0 | 0 | | | | | | | | | | | | | | 借 | | | | | | 8 | 9 | 8 | 0 | 0 |
| 12 | 29 | 27 | 结转成本、费用到本年利润 | | | | | | | | | | | | | | | | | | 8 | 9 | 8 | 0 | 0 | 0 | 平 | | | | | | | | | | | 0 |
| | | | 本月发生额及余额 | | | | | | 8 | 9 | 8 | 0 | 0 | 0 | | | | | | | 8 | 9 | 8 | 0 | 0 | 0 | 平 | | | | | | | | | | | 0 |

图 5-73　"管理费用"总账

| 总页码 | 200 |
|---|---|
| 本户页次 | 28 |

## 总账

会计科目名称及编号 财务费用

| 20×9年 | | 凭证编号 | 摘要 | 借方 | | | | | | | | | | | 贷方 | | | | | | | | | | | 借或贷 | 余额 | | | | | | | | | | |
|---|---|---|---|---|---|---|---|---|---|---|---|---|---|---|---|---|---|---|---|---|---|---|---|---|---|---|---|---|---|---|---|---|---|---|---|---|---|
| 月 | 日 | | | 十 | 亿 | 千 | 百 | 十 | 万 | 千 | 百 | 十 | 元 | 角 | 分 | 十 | 亿 | 千 | 百 | 十 | 万 | 千 | 百 | 十 | 元 | 角 | 分 | | 十 | 亿 | 千 | 百 | 十 | 万 | 千 | 百 | 十 | 元 | 角 | 分 |
| 12 | 28 | 18 | 支付本月短期借款利息 | | | | | | 4 | 0 | 0 | 0 | 0 | 0 | | | | | | | | | | | | | 借 | | | | | | 4 | 0 | 0 | 0 | 0 | 0 |
| 12 | 29 | 27 | 结转成本、费用到本年利润 | | | | | | | | | | | | | | | | | | 4 | 0 | 0 | 0 | 0 | 0 | 平 | | | | | | | | | | | 0 |
| | | | 本月发生额及余额 | | | | | | 4 | 0 | 0 | 0 | 0 | 0 | | | | | | | 4 | 0 | 0 | 0 | 0 | 0 | 平 | | | | | | | | | | | 0 |

图 5-74　"财务费用"总账

总页码 200
本户页次 29

会计科目名称及编号 营业税金及附加

| 20×9年 | | 凭证编号 | 摘要 | 借方 | 贷方 | 借或贷 | 余额 |
|---|---|---|---|---|---|---|---|
| 月 | 日 | | | 十亿千百十万千百十元角分 | 十亿千百十万千百十元角分 | | 十亿千百十万千百十元角分 |
| 12 | 28 | 23 | 已售产品的消费税 | 3 6 0 0 0 | | 借 | 3 6 0 0 0 |
| 12 | 29 | 27 | 结转成本、费用到本年利润 | | 3 6 0 0 0 | 平 | 0 |
| | | | 本月发生额及余额 | 3 6 0 0 0 | 3 6 0 0 0 | 平 | |

图 5-75 "营业税金及附加"总账

总页码 200
本户页次 30

会计科目名称及编号 营业外收入

| 20×9年 | | 凭证编号 | 摘要 | 借方 | 贷方 | 借或贷 | 余额 |
|---|---|---|---|---|---|---|---|
| 月 | 日 | | | 十亿千百十万千百十元角分 | 十亿千百十万千百十元角分 | | 十亿千百十万千百十元角分 |
| 12 | 28 | 25 | 收到某单位的违约金 | | 2 0 0 0 0 | 贷 | 2 0 0 0 0 |
| 12 | 29 | 28 | 结转收入到本年利润 | 2 0 0 0 0 | | 平 | 0 |
| | | | 本月发生额及余额 | 2 0 0 0 0 | 2 0 0 0 0 | 平 | |

图 5-76 "营业外收入"总账

总页码 200
本户页次 31

总 账

会计科目名称及编号 营业外支出

| 20×9年 | | 凭证编号 | 摘要 | 借方 | 贷方 | 借或贷 | 余额 |
|---|---|---|---|---|---|---|---|
| 月 | 日 | | | 十亿千百十万千百十元角分 | 十亿千百十万千百十元角分 | | 十亿千百十万千百十元角分 |
| 12 | 28 | 24 | 向地震灾区捐款 | 3 0 0 0 0 0 | | 借 | 3 0 0 0 0 0 |
| 12 | 29 | 27 | 结转成本、费用到本年利润 | | 3 0 0 0 0 0 | 平 | 0 |
| | | | 本月发生额及余额 | 3 0 0 0 0 0 | 3 0 0 0 0 0 | 平 | |

图 5-77 "营业外支出"总账

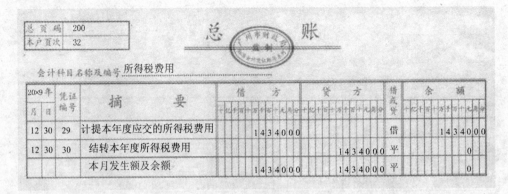

图 5-78　"所得税费用"总账

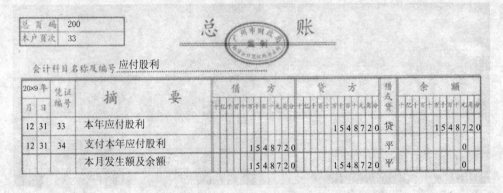

图 5-79　"应付股利"总账

# 第三节　更正与补充的方法

会计核算时，由于计量、确认、记录等方面的原因会出现错账的现象，如账表、账证、账账不相符。掌握错账发生的规律，可以有针对性地开展查找错账的工作，缩短会计人员查错账的时间，提高会计核算效率。在实际工作中，错账查找及更正的方法如下。

## 一、错账的查找方法

### （一）顺查法

顺查法是指按照账务处理的顺序，沿着原始凭证、账簿、会计报表的填制顺序逐步进行检查的一种方法。首先检查记账凭证是否填制正确，然后将记账凭证、原始凭证与相关账簿记录逐笔进行核对，最后检查相关账户的发生额和余额。这种方法可以发现重记、漏记、错记科目，错记金额等。其优点是检查的范围大，比较详尽，不易遗漏；缺点是工作量大，工作时间较长。因此在实际工作中，一般适用时间跨度长，会计核算十分混乱的错账。

### （二）逆查法

逆查法在实际工作中分为两种。第一种是从会计报表、账簿、原始凭证逆账务处理的程序进行检查。首先检查各相关账户的余额是否正确，然后将相关账簿按照记录的顺序由后向前与相关记账凭证或原始凭证进行逐笔核对，最后检查相关记账凭证的填制是否正确。这种检查方法的优缺点与顺查法基本相同，在实际工作中，一般适用由于某种原因造成后期差错的可能性较大的错账。

第二种是按照账务处理的时间顺序，由后向前逆时间进行查找。如发现 10 月份的账表不相符，出现总账不平衡，账账也不相符，可以首先查 9 月份的账表，看账表、账账是否相符，总账是否平衡。如果依然不符，再向 8 月份查找。依此类推，直至检查到账表相符、总账平衡、账账相符的月份为止，然后以此月份为基础，再往后查，直至检查出发生错账的原因并加以更正。这种方法的优点是可以确定发生错账的月份，可以在一定的范围内有目的地进行查找。

### （三）抽查法

抽查法是指对整个会计账簿的记账记录，抽取其中的一部分进行检查的一种方法。如出现错账时，可按照具体情况分段检查，将某部分的账簿记录同相关的记账凭证或原始凭证进行核对；也可根据错账发生的位数有针对性地查找。如果金额差错是角、分，只需查找元以下尾数即可；如果金额差错是整数的千位、万位，相对应也只需查找千位、万位数即可。这种检查方法的优点是审查范围小，时间短，可以减少工作量。

### （四）数字法

数字法是指在错账的查找过程中运用数字发现错账的规律的一种方法。它具体可分为以下几种方法：

#### 1. 除二法

除二法的具体应用过程如下：在查账过程中，如果发现错账的相差数额用二除后，得到的商是账户中的某一数额，那么错账的原因就有可能是借、贷方向记反，或者是将资产类科目记入了负债类科目或所有者权益类科目，这时就可以查找账上与差错一半金额相同的数字，或检查有无记反方向或记错科目的现象，这样差错数就找出来了。除二法是一种最常见而且简便的查错账方法。

#### 2. 除九法

除九法涉及以下几种情况：第一种是数字移位。当数字后移（即大变小）时，在试算平衡时，正确数字与错误数字的差额是一个正数，这个差额数除以 9 后所得的商数与账上错误的数额正好相等。若数字前移（即小变大），试算平衡时会发现正确数与错误数的差额是一个负数，这个差额除以 9 后所得的商数再乘以 10，得到的绝对数与账上的错误数恰好相等。如 2 000 错记为 200 或 20 000，它的差数为 1 800 或 18 000，它们的差数和每个数字之和都是九的倍数，将差数分别用九除得的商则是 200 和 2 000，只要查找这个数字就可以了。第二种是邻数颠倒。它是指在登记账簿时将相邻的两个数字互换了位置。如 54 错记为 45，或 34 错记为 43。如果前大后小颠倒为后大前小，在试算平衡时，正确数与错误数的差额是一个正数，这个差额除以 9 后所得的商数中的有效数字正好与相邻颠倒两数的差额相等，并且不大于 9。可以根据这个规律在差值相同的两个邻数范围内查找。如果前小后大颠倒为前大后小，在试算平衡时，正确数与错误数的差额是一个负数，其他特征同上。如将 81 误记为 18，则差数是 63，63 ÷ 9 = 7，所以错数前后两数之差肯定是 7，这样只需查 70、81、92 就可以了。

### （五）试算平衡法

试算平衡法是指利用资产和负债、所有者权益之间的恒等关系来检查各类账户记账、过账过程中是否存在差错的一种方法。根据借贷记账法的规则，每笔经济业务的会计分录中借、贷双方都是相等的，因此，将一定时期内的经济内容登记入账后，所有账户的借方本期发生额合计数和贷方本期发生额合计数必然相等。依此类推，期末结账时，所有账户的借方期末余额合计数和所有账户的贷方期末余额合计数也必然相等。利用试算平衡表对整个账户进行审查，只要思路清晰，错账问题就可以迎刃而解。本章第四节将对试算平衡表的编制进行详细的说明。

总而言之，错账虽然给会计核算工作带来一定的影响，但只要会计人员从具体的实际出发，灵活运用以上的方法和技巧，并将这些方法有效地结合起来，反复加以核实，一定会准确地查找出错账的原因并及时更正。

## 二、错账更正的方法

错账更正的会计处理，应区分不同情况，按规定分别采用不同方法，不得随意涂改、挖补。错账更正的方法主要有以下几种：

（1）画线更正法，也称红线更正法。它是指先在错误的文字正中画一条红色横线注销，并要求原字迹仍可辨认，然后将正确的文字或数字用蓝字或黑字填写在画线的上方，并由更正人员在更正处盖章。对于文字错误的，可只画去错误的部分；数字错误的，则应全部画线，不能只更正个别错误数字。这种方法一般适用于账簿记录有错误而所依据的记账凭证没有错误的情况。

（2）红字更正法。它是指如发现记账凭证中借、贷会计科目或记账方向有错误，致使账簿记录错误时，先用红字填制一张与错误记账凭证内容完全相同的记账凭证，并据以用红字登记入账，冲销原有错误的账簿记录，然后再用蓝字填制一张正确的记账凭证，并据以用蓝字登记入账；如发现因记账凭证金额大于应记的正确金额，致使账簿登记错误，而会计科目及记账方向都没有错误时，只需将多记的金额用红字填制一张与原错误记账凭证所记录的借、贷科目和方向相同的记账凭证，并据以登记入账，冲销多记金额。

（3）补充登记法，也称蓝字补记法。它是指如发现借、贷方向和会计科目正确，只是所记金额小于应记的正确金额时，将少记的金额用蓝字填制一张记账凭证，并据以登记入账。如业务5中结转到货的原材料50 000元，填制记账凭证时误记金额为5 000元，但会计科目和借、贷方向均无误，在更正时，应用蓝字或黑字编制如图5-80所示的记账凭证。

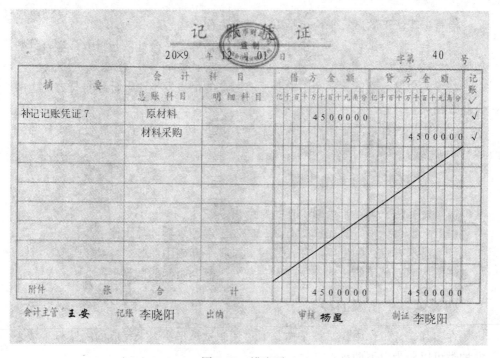

图5-80　错账更正

# 第四节　试算平衡

在本书第四章中，我们提到过"试算平衡"。试算平衡是指根据会计平衡公式的基本原理，按照记账规则的要求，通过汇总计算和比较来检查各类账户记录是否正确的一种方法。

## 一、试算平衡的公式

采用借贷记账法，不仅每一笔会计分录的借贷发生额相等，而且，当一定期间的全部经济业务的会计分录记账后，所有账户的借方发生额与贷方发生额也必然相等，同理，全部账户借方期末余额与贷方期末余额也必然相等，就是会计上所说的"自动平衡"机制，这也是试算平衡的依据。会计试算平衡的基本公式如下：

全部账户的借方期初余额合计数＝全部账户的贷方期初余额合计数

全部账户的借方发生额合计数＝全部账户的贷方发生额合计数

全部账户的借方期末余额合计数＝全部账户的贷方期末余额合计数

## 二、试算平衡的内容

借贷记账法下的试算平衡包括以下三个方面的内容：

（1）会计分录试算平衡。检查每笔业务的借方金额合计数与贷方金额合计数相等。

（2）账户发生额试算平衡。检查所有账户的借方发生额合计数与贷方发生额合计数相等。

（3）账户余额试算平衡。检查所有账户的期初（末）借方余额合计数与期初（末）贷方余额合计数相等。

## 三、试算平衡的工作步骤

借贷记账法下试算平衡的工作步骤如下：

（1）根据会计恒等式完成所有账户的发生额和余额计算工作。

（2）将所有账户的发生额和余额过到试算平衡表中。

（3）按照会计恒等式和借贷规则进行发生额和余额的试算平衡。

## 四、试算平衡表的种类

在实际会计工作中，试算平衡是通过编制试算平衡表来完成的。试算平衡表的种类可以分为以下两种：

（1）将本期发生额和期末余额分别列表编制进行试算平衡，如表 5-1 和表 5-2所示。

表 5-1　总分类账户余额试算平衡表

年　　月　　日　　　　　　　　　　　　　　单位：元

| 会 计 科 目 | 借 方 余 额 | 贷 方 余 额 |
|---|---|---|
|  |  |  |
|  |  |  |
|  |  |  |
| 合计 |  |  |

**表5-2    总分类账户本期发生额试算平衡表**

年    月    日                                                                   单位：元

| 会 计 科 目 | 借方发生额 | 贷方发生额 |
|---|---|---|
|  |  |  |
|  |  |  |
| 合    计 |  |  |

（2）将本期发生额和期末余额合并在一张表上进行试算平衡，如表5-3所示。

**表5-3    总分类账户本期发生额及余额试算平衡表**

年    月    日                                                                   单位：元

| 会 计 科 目 | 期 初 余 额 | | 本 期 发 生 额 | | 期 末 余 额 | |
|---|---|---|---|---|---|---|
|  | 借方 | 贷方 | 借方 | 贷方 | 借方 | 贷方 |
|  |  |  |  |  |  |  |
|  |  |  |  |  |  |  |
| 合    计 |  |  |  |  |  |  |

　　试算平衡表是检查账簿记录是否正确的一种方法。但借贷试算平衡，并不能说明账户记录是绝对正确的，因为有些错误并不影响试算结果的平衡关系。如一笔或多笔经济业务借、贷双方同时多记或者少记，或借、贷记账方向弄反，或多笔差错的借、贷双方金额正好可以互相抵销，这样的错误不一定能通过试算平衡发现。试算结果平衡了，只是表明不存在明显的记账、过账差错，并不等于记账过程不存在差错。因此，会计人员在从事会计活动时，必须保持认真负责、精益求精的工作态度。

## 五、试算平衡表填制示例

　　延用综合案例，结合第四章第六节中"T"形账户格式，通过以下不同账户的余额的计算公式，说明每个账户的发生额和余额的变化关系。假设期初余额均为零，不同账户的余额的计算公式如下：

资产和费用类账户：

期末余额 = 期初余额 + 本期借方发生额 − 本期贷方发生额

负债、所有者权益和收入类账户：

期末余额 = 期初余额 + 本期贷方发生额 − 本期借方发生额

根据这两个公式计算出所有账户的期末余额。如库存现金期末余额 = 0 + 10 200 − 2 400 = 7 800。再按照余额的正常方向，资产和费用类账户的余额在借方，负债和所有者权益以及收入类账户的余额在贷方，将余额填列在试算平衡表中，就可以进行试算平衡检查。计算结果如表 5-4 所示。

表 5-4　账户本期发生额及期末余额试算平衡表

| 账 户 名 称 | 本期发生额 | | 期 末 余 额 | |
|---|---|---|---|---|
| | 借方 | 贷方 | 借方 | 贷方 |
| 库存现金 | 10 200 | 2 400 | 7 800 | |
| 银行存款 | 1 067 750 | 147 962.20 | 919 787.80 | |
| 材料采购 | 71 500 | 71 500 | | |
| 原材料 | 71 500 | 50 000 | 21 500 | |
| 库存商品 | 79 320 | 66 100 | 13 220 | |
| 固定资产 | 200 000 | | 200 000 | |
| 累计折旧 | | 8 000 | | 8 000 |
| 无形资产 | 100 000 | | 100 000 | |
| 预付账款 | 5 000 | | 5 000 | |
| 应收账款 | 87 750 | | 87 750 | |
| 预收账款 | | 80 000 | | 80 000 |
| 短期借款 | | 400 000 | | 400 000 |
| 长期借款 | | 200 000 | | 200 000 |
| 应付账款 | | 38 025 | | 38 025 |
| 应付职工薪酬 | 27 000 | 28 500 | | 1 500 |
| 应交税费 | 40200 | 40200 | | |
| 其他应付款 | 1 800 | 1 800 | | |
| 实收资本 | | 600 000 | | 600 000 |
| 盈余公积 | | 4 302 | | 4 302 |
| 本年利润 | 150 200 | 150 200 | | |
| 利润分配 | 19 789.20 | 43 020 | | 23 230.80 |
| 生产成本 | 79 320 | 79 320 | | |
| 制造费用 | 8 740 | 8 740 | | |
| 主营业务收入 | 150 000 | 150 000 | | |
| 主营业务成本 | 66 100 | 66 100 | | |
| 销售费用 | 10 400 | 10 400 | | |
| 管理费用 | 8 980 | 8 980 | | |
| 财务费用 | 4 000 | 4 000 | | |
| 营业税金及附加 | 360 | 360 | | |
| 营业外收入 | 200 | 200 | | |
| 营业外支出 | 3 000 | 3 000 | | |
| 所得税费用 | 14 340 | 14 340 | | |
| 合计 | 2 277 449.20 | 2 277 449.20 | 1 355 057.80 | 1 355 057.80 |

# 第五节 报表实操

企业财务会计报表是反映企业财务状况和经营成果的书面文件，是财务会计工作的一项重要内容。日常会计核算虽能提供企业经营活动和财务收支情况的会计信息，但由于日常核算资料数量较多，不能集中、概括地反映企业的财务状况和经营成果，因此在日常会计核算的基础上，应定期地对日常会计核算资料进行分类汇总，编制成财务会计报表，以满足各方面的使用者。

## 一、财务会计报表的种类

为了便于企业财务会计报表的汇总、比较与分析，我国对财务会计报表的种类、格式和内容作了统一规定。按不同的标准财务会计报表可分为以下几大类：

1. 按照财务会计报表的使用者不同分类

（1）对内会计报表。它是指向企业内部管理部门提供的财务会计报表。

（2）对外会计报表。它是指向企业外部使用者提供的财务会计报表。

2. 按照财务会计报表所反映的经济内容的不同分类

（1）资产负债表。它是指反映企业在某一特定日期财务状况的会计报表。

（2）利润表。它是指反映企业一定会计期间经营成果的会计报表。

（3）现金流量表。它是指反映企业一定会计期间内现金流入、流出以及结余情况的会计报表。

3. 按照财务会计报表的编报时间不同分类

（1）中期会计报表。它包括月报、季报和半年报。

（2）年度会计报表。它也称年终决算报表。

4. 按照财务会计报表的编制单位不同分类

（1）单位会计报表。它是指独立核算单位编制的本单位的会计报表。

（2）汇总会计报表。它是指上级主管部门根据基层单位的会计报表汇总编制的会计报表。

## 二、财务会计报表的填制要求

为保证财务会计报表的编制质量，充分发挥财务会计报表的作用，满足各方面使用者的需求，财务会计报表在编制时应符合以下条件：

1. 数字真实、可靠

财务会计报表应依据会计账簿记录编制，以保证财务会计报表数字的真实、可靠，如实地反映企业的财务状况和经营成果。编制财务会计报表前还必须对账证、账实进行相符性检查，以确保会计账簿记录所提供的会计信息数字的准确性。

2. 编制及时、准确

企业应加强内部各部门的协作与配合，按规定的程序和时间及时编制，及时传递财务会计报表，以便报表使用者及时了解企业的财务状况和经营成果。财务会计报表中有些项目的数字必须根据账簿记录进行分析、计算后才能填列，如应收账款期末余额，就应选择正确的计算方法，保证计算结果的准确。

3. 内容完整

财务会计报表必须按照规定的种类、格式和内容来编制，不应有遗漏。对于应填列的项目，无论是表内项目还是补充资料都必须填列齐全，需要加以文字说明的必须配以简要说明，以便报表使用者理解和利用。

## 三、资产负债表的编制

### （一）资产负债表的概念及结构

资产负债表是根据"资产 = 负债 + 所有者权益"这一基本公式，将企业一定期间的资产、负债和所有者权益项目，按照一定的分类标准和一定的次序编制而成的。其基本结构由表头、正表和补充资料三部分构成。

1. 表头

表头包括名称、编号、编制单位、编制时间和金额单位。

2. 正表

正表包括资产、负债、所有者权益项目。

（1）资产类项目。按其流动性的强弱，资产分为流动资产和非流动资产两类。流动资产项目包括"货币资金"、"交易性金融资产"、"应收账款"等，非流动资产项目包括"长期股权投资"、"固定资产"和"无形资产"等。

（2）负债类项目。按其承担经济义务期限的长短，负债分为流动负债和非流动负债两类。流动负债项目包括"应付账款"、"预收账款"、"应付职工薪酬"和"应交税费"等，非流动负债项目包括"长期借款"、"应付债券"和"长期应付款"等。

（3）所有者权益项目。它包括"实收资本"、"资本公积"和"盈余公积"等。

3. 补充资料

补充资料包括融资租入固定资产的原价、法人资本、外商资本等。

资产负债表中各项目不仅列示期末数，还列示年初数，采用这种前后两期对比的方式，更清晰地反映了企业财务状况变动情况以及企业经营发展趋势，提高了资产负债表的利用效率。

### （二）资产负债表的格式

资产负债表一般分为报告式和账户式两种。在我国，资产负债表采用账户式形式。

（1）报告式资产负债表，也称垂直式资产负债表，是指将资产、负债、所有者权益项目按垂直方式排列于表格的上下两段的资产负债表。其简化格式如表5-5所示。

**表5-5　资产负债表**

编制单位：　　　　　　　　　　　年　月　日　　　　　　　　　　单位：元

| 项　　目 | 行　　次 | 期 末 余 额 | 年 初 余 额 |
|---|---|---|---|
| 资产 | | | |
| 流动资产 | | | |
| 非流动资产 | | | |
| 资产合计 | | | |
| 负债 | | | |
| 流动负债 | | | |
| 非流动负债 | | | |
| 负债合计 | | | |
| 所有者权益 | | | |
| 实收资本 | | | |
| 资本公积 | | | |
| 未分配利润 | | | |
| 所有者权益合计 | | | |

（2）账户式资产负债表。账户式资产负债表分为左、右两个部分，将资产类项目排列在表的左方，反映全部资产的分布及存在形态；负债和所有者权益项目排列在表的右方，反映全部负债和所有者权益的内容及构成情况。资产负债表左、右两方对应平衡。其简化格式如表5-6所示。

**表5-6　资产负债表**

编制单位：　　　　　　　　　　　年　月　日　　　　　　　　　　单位：元

| 资产： | 负债： |
|---|---|
| 　流动资产 | 　流动负债 |
| 　长期资产 | 　长期负债 |
| 　固定资产 | 所有者权益： |
| 　无形资产 | 　实收资本 |
| 　其他资产 | 　资本公积 |
| | 　盈余公积 |
| | 　未分配利润 |

左边项目是根据资产的变现能力排列的，可以反映企业的支付能力，结合右边的负债和所有者权益综合分析，可以判断企业的短期与长期偿债能力。右边项目是根据需要偿还债务的先后顺序排列的，与左边的资产类项目联系起来，可以反映企业的偿债能力。

**（三）资产负债表的填列方法**

（1）资产负债表的"年初数"应根据上年资产负债表的"期末数"填列。如果本年度资产负债表各项目的名称和内容与上年度不相一致，应对上年年末资产负债表各项目的名称和数字按本年的规定进行调整，将调整后的数字填入本表"年初数"栏内。

（2）资产负债表的"期末数"一栏，应根据资产、负债、所有者权益等账户的期末余额填列。具体填列方法如下：

1）货币资金。它反映企业库存现金、银行结算户存款、外埠存款、银行汇票存款、信用卡存款等的合计数。本项目应根据"库存现金"、"银行存款"、"其他货币资金"账户的期末余额合计数填列。

2）交易性金融资产。它反映企业为交易目的而持有的债券投资、股票投资、基金投资等交易性金融资产的公允价值。本项目应根据"交易性金融资产"账户的期末余额，减去"短期投资跌价准备"账户的期末余额后的金额填列。

3）应收票据。它反映企业收到的未到期收款而且也未向银行贴现的商业承兑汇票和银行承兑汇票等应收票据余额。本项目应根据"应收票据"账户的期末余额填列。

4）应收账款。它反映企业因销售商品、提供劳务等而应向购买单位收取的各种款项，减去已计提的坏账准备后的净额。本项目应根据"应收账款"和"预收账款"账户所属各明细账户的期末借方余额合计，减去"坏账准备"账户中有关应收账款计提的坏账准备期末余额后的金额填列。

5）预付款项。它反映企业预付给购货单位的款项。本项目应根据"预付账款"和"应付账款"账户所属各明细账户的期末借方余额合计金额填列。

6）应收利息。它反映企业因持有交易性金融资产、持有至到期投资和可供出售金融资产等应收取的利息。本项目应根据"应收利息"账户的期末余额填列。

7）应收股利。它反映企业应收取其他单位分配的现金股利和利润。本项目应根据"应收股利"账户的期末余额填列。

8）其他应收款。它反映企业应收和暂付给其他单位和个人的款项。本项目应根据"其他应收款"账户的期末余额填列。

9）存货。它反映企业期末在库、在途和在加工中的各项存货的可变现净值，包括各种材料、商品、在产品、半成品、包装物、低值易耗品和委托代销商品等。本项目应根据"材料采购"、"原材料"、"库存商品"、"委托加工物资"、"生产成本"和"劳务成本"等账户的期末余额合计，减去"存货跌价准备"账户期末余额后的金额填列。材料和库存商品采用计划成本或售价核算的小企业，应按加或减"材料成本差异"或"商品进销差价"后的金额填列。

10）一年内到期的非流动资产。它反映企业非流动资产项目中在一年内到期的金额。它包括一年内到期或可收回的"持有至到期投资"、"长期待摊费用"和"长期应收款"。本项目应根据上述账户计算分析后填列。

11）其他流动资产。它反映企业除以上流动资产项目外的其他流动资产。本项目应根据相关账户的期末余额填列。

12）可供出售金融资产。它反映企业持有的可供出售金融资产的公允价值。本项目根据"可供出售金融资产"账户的期末余额填列。

13）持有至到期投资。它反映企业持有至到期投资的摊余价值。本项目根据"持有至到期投资"账户期末余额减去"持有至到期投资减值准备"账户期末余额和一年内到期的投资部分后的金额填列。

14）长期应收款。它反映企业长期应收款净额。本项目根据"长期应收款"期末余额，减去"未确认融资收益"账户期末余额和一年内到期部分后的金额填列。

15）长期股权投资。它反映企业不准备在1年内（含1年）变现的各种股权性质投资的可收回金额。本项目应根据"长期股权投资"账户的期末余额减去"长期股权投资减值准备"账户期末余额后的金额填列。

16）固定资产。它反映企业固定资产的净值。本项目根据"固定资产"账户期末余额，减去"累计折旧"和"固定资产减值准备"账户期末余额后的金额填列。

17）在建工程。它反映企业尚未达到预定可使用状态的在建工程价值。本项目根据"在建工程"账户的期末余额填列。

18）工程物资。它反映企业为在建工程准备的各种物资的价值。本项目根据"工程物资"账户的期末余额填列。

19）固定资产清理。它反映企业因出售、毁损、报废等原因转入清理但尚未清理完毕的固定资产的账面价值，固定资产清理过程中所发生的清理费用、变价收入等各项金额的差额。本项目应根据"固定资产清理"账户的期末借方余额填列；如"固定资产清理"账户期末为贷方余额，应以负号"−"填列。

20）无形资产。它反映企业持有的各项无形资产的期末可收回金额。本项目应根据"无形资产"账户期末余额，减去"累计摊销"和"无形资产减值准备"账户的期末余额后的金额填列。

21）开发支出。它反映企业在开发无形资产过程中发生的，尚未形成无形资产成本的支出。本项目应根据"研发支出"账户的期末余额填列。

22）长期待摊费用。它反映小企业尚未摊销的摊销期限在1年以上（不含1年）的各项费用。本项目应根据"长期待摊费用"账户的期末余额减去将于1年内（含1年）摊销的部分后的金额填列。

23）商誉。它反映企业商誉的价值。本项目应根据"商誉"账户的期末余额填列。

24）递延所得税资产。它反映企业根据可抵扣暂时性差异形成的递延所得税资产。本项目根据"递延所得税资产"账户的期末余额填列。

25）其他非流动资产。它反映企业除以上资产以外的其他非流动资产。本项目应根据相关账户的期末余额填列。

26）短期借款。它反映企业借入尚未归还的1年期以内（含1年）的借款。本项目应根据"短期借款"账户的期末余额填列。

27）交易性金融负债。它反映企业因发行短期债券等所形成的交易性金融负债的公允价值。本项目应根据"交易性金融负债"账户的期末余额填列。

28）应付票据。它反映企业因购买商品等而开出并承兑的，尚未到期付款的应付票据。它包括银行承兑汇票和商业承兑汇票。本项目应根据"应付票据"账户的期末余额填列。

29）应付账款。它反映企业购买原材料、商品和接受劳务供应等而应付给对方单位的款项。本项目应根据"应付账款"和"预付账款"账户所属各明细账户的期末贷方余额合计数填列。

30）预收款项。它反映企业预收购买单位的款项。本项目根据"预收账款"和"应收账款"账户所属各明细账户的期末贷方余额合计填列。

31）应付职工薪酬。它反映企业应付未付的工资和社会保险费等职工薪酬。本项目应根据"应付职工薪酬"账户的期末贷方余额填列。如"应付职工薪酬"账户期末为借方余额，以负号"－"填列。

32）应交税费。它反映企业期末未缴、多缴或未抵扣的各种税金。本项目应根据"应交税费"账户的期末贷方余额填列。如"应交税费"账户期末为借方余额，以负号"－"填列。

33）应付利息。它反映企业应付未付的各种利息。本项目根据"应付利息"账户的期末余额填列。

34）应付股利。它反映企业尚未支付的现金股利或利润。本项目应根据"应付股利"账户的期末余额填列。

35）其他应付款。它反映企业所有应付和暂收其他单位和个人的款项。本项目应根据"其他应付款"账户的期末余额填列。

36）一年内到期的非流动负债。它反映企业各种非流动负债在一年之内到期的金额。它包括一年内到期的"长期借款"、"长期应付款"和"应付债券"。本项目应根据上述账户分析计算后填列。

37）其他流动负债。它反映企业除以上流动负债以外的其他流动负债。本项目应根据相关账户的期末余额填列。

38）长期借款。它反映企业借入尚未归还的1年期以上（不含1年）的各期借款。本项目应根据"长期借款"账户的期末余额减去一年内到期部分后的金额填列。

39）应付债券。它反映企业尚未偿还的各种长期债券的摊余价值。本项目应根据"应付债券"账户期末余额减去一年内到期部分的金额填列。

40）长期应付款。它反映企业除长期借款、应付债券以外的各种长期应付款。本项目应根据"长期应付款"账户的期末余额，减去"未确认融资费用"账户期末余额和一年内到期部分的长期应付款后的金额填列。

41）预计负债。它反映企业计提的各种预计负债。本项目根据"预计负债"账户的期末余额填列。

42）递延所得税负债。它反映企业根据应纳税暂时性差异确认的递延所得税负债。本项目根据"递延所得税负债"账户的期末余额填列。

43）其他非流动负债。它反映企业除以上非流动负债项目以外的其他非流动负债。本项目应根据有关账户的期末余额填列。

44）实收资本（或股本）。它反映企业各投资者实际投入的资本总额。本项目应根据"实收资本（或股本）"账户的期末余额填列。

45）资本公积。它反映企业资本公积的期末余额。本项目应根据"资本公积"账户的期末余额填列。

46）盈余公积。它反映企业盈余公积的期末余额。本项目应根据"盈余公积"账户的期末余额填列。

47）未分配利润。它反映企业尚未分配的利润。本项目应根据"本年利润"账户和"利润分配"账户的期末余额计算填列，如为未弥补的亏损，在本项目内以负号"－"填列。

（四）资产负债表编制示例

利用前述表5-4"试算平衡表"中的资料，编制安泰公司20×9年12月31日的资产负债表，如表1-1所示。

### 四、利润表的编制

1. 利润表的基本结构

利润表有单步式和多步式两种结构。我国采用单步式利润表，其格式主要由表头、正表、补充资料三部分构成。

（1）表头。它包括名称、编制单位、编号、金额单位和编制日期。

（2）正表。它包括营业收入、营业利润、利润总额、净利润和每股收益五个方面的内容。

（3）补充资料。它包括不能在正表中反映的一些资料。

2. 利润表的填列方法

（1）月份利润表"本年累计数"栏反映各项目自年初起至本月末止的累计实际发生额。年度利润表"上年数"栏中填列上年全年累计实际发生额。

（2）利润表各项目主要根据各损益类科目的发生额分析填列，具体方法如下：

1）营业收入。它反映企业经营主要业务和其他业务所确认的收入总额。

2）营业成本。它反映企业经营主要业务和其他业务发生的实际成本总额。

3）营业税金及附加。它反映企业经营业务应负担的消费税、城市维护建设税、资源税、土地增值税和教育费附加等。

4）销售费用。它反映企业在销售商品过程中发生的包装费、广告费以及为销售本企业商品而专设的销售机构的职工薪酬、业务费等经营费用。

5）管理费用。它反映企业为组织和管理生产经营发生的管理费用。

6）财务费用。它反映企业筹集生产经营所需资金等而发生的筹资费用。

7）资产减值损失。它反映企业各项资产发生的减值损失。

8）公允价值变动收益。它反映企业因交易性金融资产、交易性金融负债，以及采用公允价值模式计量的投资性房地产等的公允价值变动形成的应计入当期的利得或损失。

9）营业外收入。它反映企业发生的与其经营活动无直接关系的各项收入。

10）营业外支出。它反映企业发生的与其经营活动无直接关系的各项支出。

11）所得税费用。它反映企业根据所得税准则确认的应从当期利润总额中扣除的所得税费用。

12）基本每股收益。它应根据归属于普通股股东的当期利润除以当期实际发行在外普通股的加权平均数计算确定。

13）稀释每股收益。企业存在稀释性潜在普通股的，稀释每股收益应根据其影响分别调整归属于普通股股东的当期净利润以及发行在外普通股的加权平均数计算确定。

3. 利润表的勾稽关系

利润表编制的原理是"收入 - 费用 = 利润"的会计平衡公式和收入与费用的配比原则。计算利润时，企业应以收入为起点，计算出当期的利润总额和净利润额。其利润总额和净利润额的形成的计算步骤如下：

（1）以主营业务收入为起点计算营业利润，目的是考核企业经营获利能力。

营业利润＝主营业务净收入＋其他业务收入－主营业务成本－其他业务成本－营业税金及附加－销售费用－管理费用－财务费用＋公允价值变动收益（净损失以负号"－"填列）＋投资净收益

式中　主营业务净收入——主营业务收入减去销售退回和销售折让、折扣后的金额；

营业税金及附加——包括营业税、消费税、城市维护建设税、资源税、土地增值税和教育费附加等；

公允价值变动收益——包括交易性金融资产、交易性金融负债，以及以公允价值模式计量的投资性房地产等，其公允价值变动形成的应计入当期损益的利得或损失。

（2）在营业利润的基础上，加营业外收支净额，计算出当期利润总额，目的是考核企业的综合获利能力。

利润总额＝营业利润＋营业外收支净额

其中：营业外收支净额＝营业外收入-营业外支出

处置非流动资产损失应单独列示。

（3）在利润总额的基础上，减去所得税费用，计算出当期净利润（或亏损），目的是考核企业的最终获利能力。

4. 利润表编制示例

利润表各项目主要根据各损益类科目的发生额分析填列。将安泰公司20×9年12月各损益类科目的发生额进行分析填列，编制成的利润表如表1-2所示。

# 第六节　现金流量表编制

现金流量表是指以收付实现制为基础，反映企业在一定会计期间现金和现金等价物的流入和流出的会计报表。

现金流量表中的现金包括库存现金和银行存款。现金是指企业库存现金以及可以随时用于支付的存款。现金等价物是指企业持有的期限短，流动性强，易于转换为已知金额现金、价值变动风险很小的投资。企业从银行提取现金，或用现金购买短期国库券等现金和现金等价物之间的流动不属于现金流量。

现金流量表从经营活动、投资活动和筹资活动三个方面展示有关企业现金流量的全部信息。经营活动产生的现金流量是企业偿还债务本息的主要衡量指标，经营活动的净现金流入占总现金净流入量比例越高，企业的财务基础越稳固，偿还债务和对外筹资的能力越强。企业利息的收取及本金的偿还、股利的获得、股价变动收益等，都取决于企业现金流量的金额、时间及确定性。投资者和债权人利用现金流量表的信息资料，对企业偿还债务、支付股利和对外投资的能力进行评价，为他们在投资与信贷决策时提供依据。

## 一、现金流量表的基本结构

（1）表头。它包括名称、编号、编制单位、编制时间和金额单位。

（2）正表。它包括经营活动产生的现金流量、投资活动产生的现金流量、筹资活动产生的现金流量。其中，各类现金流量又分为现金流入量与现金流出量。

（3）补充资料。它反映除正表以外的信息，如将净利润调节为经营活动现金流量，不涉及现金收支的重大投资和筹资活动，现金及现金等价物净变动情况等。

## 二、现金流量表的填制方法

### （一）经营活动产生的现金流量

1. 经营活动产生的现金流入

（1）销售商品、提供劳务收到的现金。它反映企业销售商品、提供劳务实际收到的现金（含销售收入和应向购买者收取的增值税税额）。它包括本期销售商品、提供劳务收到的现金，以及前期销售商品和前期提供劳务本期收到的现金和本期预收的账款，减去本期销售本期退回的商品和前期销售本期退回的商品支付的现金。企业销售材料等业务收到的现金，也在本项目反映。本项目可以根据"库存现金"、"银行存款"、"应收账款"、"应收票据"、"主营业务收入"、"其他业务收入"等科目分析填列。

（2）收到的税费返还。它反映企业收到返还的增值税、营业税、企业所得税、消费税、关税和教育费附加返还款等各种税费。

（3）收到的其他与经营活动有关的现金。它反映企业除了销售商品、提供劳务收到的现金以外的其他与经营活动有关的现金流入，如罚款收入、经营租赁收到的租金收入等。其他现金流入如金额较大的，应单列项目反映。本项目可以根据"库存现金"、"银行存款"、"营业外收入"等科目分析填列。

2. 经营活动产生的现金流出

（1）购买商品、接受劳务支付的现金。它反映企业购买材料、商品和接受劳务时实际支付的现金。它包括本期购买材料、商品和接受劳务支付的现金（包括增值税进项税额），以及本期支付前期购买商品、接受劳务的未付款项和本期预付款项。本期发生的购货退回收到的现金应从本项目内减去。本项目可以根据"库存现金"、"银行存款"、"应付账款"、"应付票据"等科目分析填列。

（2）支付给职工以及为职工支付的现金。它反映企业实际支付给职工，以及为职工支付的现金。它包括本期实际支付给职工的工资、奖金、各种津贴和补贴等，以及为职工支付的其他费用。企业为职工支付的养老、失业等社会保险基金、补充养老保险、住房公积金，支付给职工的住房困难补助，以及支付给职工或为职工支付的其他福利费用等，应按职工的工作性质和服务对象，分别在本项目和在"购建固定资产、无形资产和其他长期资产所支付的现金"项目中反映。本项目可以根据"库存现金"、"银行存款"、"应付工资"等科目分析填列。

（3）支付的各项税费。它反映企业按规定支付的各种税费。它包括本期发生并支付的税费，以及本期支付以前各期发生的税费和预缴的税金，如教育费附加、矿产资源补偿费、印花税、房产税、土地增值税、车船税、预缴的营业税等。它不包括计入固定资产价值的税费和实际支付的耕地占用税等，也不包括因多计等原因于本期退回的各项税费。本项目可以根据"库存现金"、"银行存款"、"应交税金"等科目分析填列。

（4）支付的其他与经营活动有关的现金。它反映企业除上述各项目外，支付的其他与经营活动有关的现金流出。如罚款、差旅费、业务招待费等现金支出。其他现金流出如金额较大的，应单列项目反映。

**（二）投资活动产生的现金流量**

1. 投资活动产生的现金流入

（1）收回投资收到的现金。它反映企业出售、转让或到期收回除现金等价物以外的交易性金融资产、长期股权投资而收到的现金，以及收回长期债权投资本金而收到的现金。它不包括长期债权投资收回的利息，以及收回的非现金资产。本项目可以根据"库存现金"、"银行存款"、"交易性金融资产"和"长期股权投资"等科目的记录分析填列。

（2）取得投资收益收到的现金。它反映企业因股权性投资和债权性投资而取得的现金股利、利息，不包括股票股利。本项目可以根据"库存现金"、"银行存款"和"投资收益"等科目分析填列。

（3）处置固定资产、无形资产和其他长期资产收回的现金净额。它反映企业处置固定资产、无形资产和其他长期资产所取得的现金（包括因资产损失而收到的保险赔偿），减去为处置这些资产而支付的有关费用后的净额。本项目可以根据"库存现金"、"银行存款"和"固定资产清理"等科目分析填列。

（4）处置子公司及其他营业单位收到的现金净额。它反映企业处置子公司及其他营业单位所取得的现金减去相关处置费用后的净额。

（5）收到的其他与投资活动有关的现金。它反映企业除了上述各项以外，收到的其他与投资活动有关的现金。其他现金流入如金额较大的，应单列项目反映。本项目可以根据有关科目分析填列。

2. 投资活动产生的现金流出

（1）购建固定资产、无形资产和其他长期资产支付的现金。它反映企业购买、建造固定资产，取得无形资产和其他长期资产所支付的现金及增值税，以及应由在建工程和无形资产负担的职工薪酬现金支出。它不包括为购建固定资产而发生的借款利息资本化的部分，以及融资租入固定资产支付的租赁费。借款利息和融资租入固定资产支付的租赁费，在筹资活动产生的现金流量中反映。本项目可以根据"库存现金"、"银行存款"、"固定资产"、"在建工程"和"无形资产"等科目分析填列。

（2）投资支付的现金。它反映企业进行权益性投资和债权性投资支付的现金。它包括企业为取得除现金等价物以外的股权性投资与债权性投资而支付的现金以及支付的佣金、手续费等附加费用。本项目可以根据"库存现金"、"银行存款"、"长期股权投资"、"长期债权投资"和"交易性金融资产"等科目分析填列。

（3）取得子公司及其他营业单位支付的现金净额。它反映企业为取得子公司及其他营业单位所支付的现金净额。

（4）支付的其他与投资活动有关的现金。它反映企业除了上述各项以外，支付的其他与投资活动有关的现金流出。其他现金流出如金额较大的，应单列项目反映。本项目可以根据有关科目分析填列。

**（三）筹资活动产生的现金流量**

1. 筹资活动产生的现金流入

（1）吸收投资收到的现金。它反映企业以发行股票、债券等方式收到的现金，减去直接支付给金融企业的佣金、手续费等的净额。本项目可以根据"库存现金"、"银行存款"和"实收资本"等科目分析填列。

（2）取得借款收到的现金。它反映企业举借各种短期、长期借款所收到的现金。本项目可以根据"库存现金"、"银行存款"、"短期借款"、"长期借款"等科目分析填列。

（3）收到的其他与筹资活动有关的现金。它反映企业除上述各项目外，收到的其他与筹资活动有关的现金，如接受现金捐款等。本项目可以根据有关科目分析填列。

2. 筹资活动产生的现金流出

（1）偿还债务支付的现金。它反映企业以现金偿还债务的本金。它包括偿还金融企业的借款本金等。企业偿还的借款利息，在"分配股利、利润或偿付利息所支付的现金"项目中反映。本项目可以根据"库存现金"、"银行存款"、"短期借款"和"长期借款"等科目分析填列。

（2）分配股利、利润或偿付利息支付的现金。它反映企业实际支付的现金股利，支付给其他投资单位的利润以及现金支付的借款利息等。本项目可以根据"库存现金"、"银行存款"、"应付利润"、"财务费用"和"长期借款"等科目分析填列。

（3）支付的其他与筹资活动有关的现金。它反映企业除了上述各项外，支付的其他与筹资活动有关的现金。如支付的现金捐款、融资租入固定资产支付的租赁费等。本项目可以根据有关科目分析填列。

**（四）汇率变动对现金及现金等价物的影响**

它反映企业外币现金流量折算为人民币时，所采用的现金流量发生日的即期汇率或平均汇率折算的人民币金额和"现金及现金等价物净增加额"中外币现金净增加额按期末汇率折算的人民币金额之间的差额。

## 三、现金流量表的勾稽关系

我国的现金流量表分为基本部分和补充资料两部分。

基本部分采用直接法编制，即以本期营业收入为计算起点，调整与经营活动有关的流动资产和流动负债的增减变化，列示实际收到现金的营业收入和其他收入、实际付出现金的营业成本和其他费用，计算出现金流入量和现金流出量及其净额。

补充资料采用间接法编制，即在当期净利润的基础上，调整有关项目。

虽然采用直接法和间接法对现金流量的计算方法不同，但是最后计算出的现金净流量是相同的。现金流量表的勾稽关系主要体现在表内各项目之间及与其他报表之间的对应关系上。

1. 现金流量表（基本部分）表内项目的勾稽关系

（1）"销售商品、提供劳务收到的现金"项目加上"收到的租金"、"收到的增值税销项税和退回的增值税"、"收到的除增值税以外的其他税费返还"和"收到的其他与经营活动有关的现金"等项目，其数额等于"经营活动现金流入小计"金额。

（2）"购买商品、接受劳务支付的现金"项目加上"经营租赁支付的现金"、"支付给职工以及为职工支付的现金"、"支付的增值税税款"、"支付的所得税税款"、"支付的除增值税、所得税以外的其他税费"和"支付的其他与经营活动有关的现金"等项目，其数额等于"经营活动现金流出小计"金额。

（3）"经营活动现金流入小计"金额减去"经营活动现金流出小计"金额，等于"经营活动产生的现金流量净额"。

（4）"收回投资收到的现金"项目加上"分得股利或利润收到的现金"、"取得债券利息收入收到的现金"、"处置固定资产、无形资产和其他长期资产收回的现金净额"和"收到的其他与投资活动有关的现金"等项目，其数额等于"投资活动现金流入小计"金额。

（5）"购建固定资产、无形资产和其他长期资产支付的现金"项目，加上

"权益性投资支付的现金"、"债权性投资支付的现金"和"支付的其他与投资活动有关的现金"等项目，其数额等于"投资活动现金流出小计"金额。

（6）"投资活动现金流入小计"金额，减去"投资活动现金流出小计"金额，等于"投资活动产生的现金流量净额"。

（7）"吸收权益性投资所收到的现金"项目，加上"发行债券收到的现金"、"取得借款收到的现金"、"收到的其他与筹资活动有关的现金"等项目，其数额等于"筹资活动现金流入小计"金额。

（8）"偿还债务支付的现金"项目，加上"发生筹资费用支付的现金"、"分配股利或利润支付的现金"、"偿还利息支付的现金"、"融资租赁支付的现金"、"减少注册资本支付的现金"和"支付的其他与筹资活动有关的现金"等项目，其数额等于"筹资活动现金流出小计"金额。

（9）"筹资活动现金流入小计"金额，减去"筹资活动现金流出小计"金额，等于"筹资活动产生的现金流量净额"。

（10）"经营活动产生的现金流量净额"加上"投资活动产生的现金流量净额"和"筹资活动产生的现金流量净额"，其数额等于"现金及现金等价物净增加额"。

2. 现金流量表（补充资料）表内项目的勾稽关系

（1）将净利润调节为经营活动的现金流量：在"净利润"项目的基础上，加"计提的坏账准备或转销的坏账"、"固定资产折旧"、"无形资产摊销"、"处置固定资产、无形资产和其他长期资产的损失（减：收益）"、"固定资产报废损失"、未引起现金变动的"财务费用"和"投资损失（减：收益）"、"递延税款贷项（减：借项）"、"存货的减少（减：增加）"、"经营性应收项目的减少（减：增加）"、"经营性应付项目的增加（减：减少）"、"增值税增加净额（减：减少）"等项目，其数额等于"经营活动产生的现金流量净额"金额。

（2）"现金的期末余额"项目减去"现金的期初余额"，加上"现金等价物的期末余额"，减去"现金等价物的期初余额"，其数额等于"现金及现金等价物净增加额"。

3. 现金流量表基本部分与补充资料的勾稽关系

（1）基本部分的"经营活动产生的现金流量"项目的金额，等于补充资料"经营活动产生的现金流量净额"项目的金额。

（2）基本部分的"现金及现金等价物净增加额"项目的金额，等于补充资料"现金及现金等价物净增加额"项目的金额。

4. 现金流量表与其他报表的勾稽关系

现金流量表项目大多数是根据账户记录分析填列的，但也有部分项目可以根据利润表或资产负债表等报表编制，因此现金流量表同这些报表之间存在一定的勾稽关系。

（1）在没有现金等价物的情况下，现金流量表基本部分与补充资料的"现金及现金等价物净增加额"项目与资产负债表"货币资金"项目的年末数与年初数之差额应相等。

（2）现金流量表补充资料的"净利润"项目应同损益表的"净利润"项目相等。

（3）现金流量表补充资料的"存货的减少（或增加）"项目，应同资产负债表"存货"项目减年初数之差相等。

（4）现金流量表补充资料的"经营性应收项目的减少（或增加）"项目，应同资产负债表"应收票据"、"应收账款"、"其他应收款"项目的年末数减去年初数的差额的合计数相等。

（5）现金流量表补充资料的"经营性应付项目的增加（或减少）"项目，应同资产负债表"应付票据"、"应付账款"、"其他应付款"项目的年末数减去年初数的差额的合计数相等。

（6）现金流量表附注中的"递延税款贷项（减借项）"，应与年末资产负债表中"递延税款"贷项年末与年初之差，减去"递延税款"借项年末与年初之差的差相等。

（7）在没有发生坏账转销和已转销的坏账又收回的情况下，现金流量表补充资料中的"计提的坏账准备和转销的坏账"项目与资产负债表中"坏账准备"的年末数与年初数之差相等。

（8）在没有发生固定资产处置，以固定资产投资等情况下，现金流量表补充资料中的"固定资产折旧"项目与资产负债表中"累计折旧"的年末数和年初数之差相等。

（9）在没有购入无形资产，无形资产处置和以无形资产投资等情况下，现金流量表补充资料中的"无形资产摊销"项目与年末资产负债表中"无形资产"的年末数和年初数之差相等。

（10）在没有用存货偿还非经营性负债，没有用存货对外投资和用存货交换固定资产、无形资产和其他长期资产的情况下，现金流量表补充资料中的"存货的减少（减增加）"与资产负债表中"存货"的年末与年初之差相等。

（11）现金流量表附注中的"净利润"和"投资损失（减收益）"项目与年度利润表中的同名项目相等。

## 四、现金流量表编制示例

由于综合案例所涉及的业务简单，业务量少，因此可以通过记账凭证逐张分析每笔记录对现金流量表的影响，而对未产生现金流量的记账凭证则不作分析。其步骤如下：

**（一）根据记账凭证记录确定对现金流量表的影响项目**

（1）记账凭证 1#，安泰公司收到银行存款投资，银行存款增加 300 000 元，属于筹资活动产生的现金流量，应在"吸收投资收到的现金"项目中反映。该凭证中其他投资不涉及现金及现金等价物，因此不产生现金流量。

（2）记账凭证 2#，安泰公司向银行短期贷款，银行存款增加 400 000 元，属于筹资活动产生的现金流量，应在"取得借款收到的现金"项目中反映。

（3）记账凭证 3#，安泰公司向银行长期贷款，银行存款增加 200 000 元，属于筹资活动产生的现金流量，应在"取得借款收到的现金"项目中反映。

（4）记账凭证 4#，安泰公司从银行提取现金，是现金和现金之间的流动，不属于现金流量表的核算范围。

（5）记账凭证 5#，安泰公司购买原材料，银行存款减少 38 025 元，属于经营活动产生的现金流量，应在"购买商品、接受劳务支付的现金"项目中反映。

（6）记账凭证 8#，安泰公司支付采购员的差旅费，银行存款减少 6 500 元，属于经营活动产生的现金流量，应在"支付其他与经营活动有关的现金"项目中反映。

（7）记账凭证 11#，安泰公司支付次年设备保险费，银行存款减少 5 000 元，属于经营活动产生的现金流量，应在"支付其他与经营活动有关的现金"项目中反映。

（8）记账凭证 12#，安泰公司支付本月的广告费，银行存款减少 10 000 元，属于经营活动产生的现金流量，应在"支付其他与经营活动有关的现金"项目中反映。

（9）记账凭证 13#，安泰公司预收 C 公司货款，银行存款增加 80 000 元，属于经营活动产生的现金流量，应在"销售商品、提供劳务收到的现金"项目中反映。

（10）记账凭证 18#，安泰公司支付本月的短期借款利息，银行存款减少 4 000元，属于筹资活动产生的现金流量，应在"分配股利、利润或偿付利息支付的现金"项目中反映。

（11）记账凭证 21#，安泰公司销售产品，银行存款增加 87 750 元，属于经营活动产生的现金流量，应在"销售商品、提供劳务收到的现金"项目中反映。

（12）记账凭证 22#，安泰公司支付销售产品的搬运费，库存现金减少 400元，属于经营活动产生的现金流量，应在"支付其他与经营活动有关的现金"项目中反映。

（13）记账凭证 24#，安泰公司向地震灾区捐款，银行存款减少 3 000 元，属于经营活动产生的现金流量，应在"支付其他与经营活动有关的现金"项目中反映。

（14）记账凭证25#，安泰公司收到某单位的违约金，库存现金增加200元，属于经营活动产生的现金流量，应在"收到其他与经营活动有关的现金"项目中反映。

（15）记账凭证34#，安泰公司向投资者支付股利，银行存款减少15 487.20元，属于筹资活动产生的现金流量，应在"分配股利、利润或偿付利息支付的现金"项目中反映。

（16）记账凭证35#，安泰公司支付所得税、消费税，银行存款减少14 700元，属于经营活动产生的现金流量，应在"支付的各项税费"项目中反映。

（17）记账凭证36#，安泰公司支付增值税税款，银行存款减少14 450元，属于经营活动产生的现金流量，应在"支付的各项税费"项目中反映。

（18）记账凭证37#，安泰公司向困难职工发放补助，库存现金减少2 000元，属于经营活动产生的现金流量，应在"支付给职工以及为职工支付的现金"项目中反映。

（19）记账凭证38#，安泰公司支付水电费，银行存款减少1 800元，属于经营活动产生的现金流量，应在"支付其他与经营活动有关的现金"项目中反映。

（20）记账凭证39#，安泰公司向职工发放工资，银行存款减少25 000元，属于经营活动产生的现金流量，应在"支付给职工以及为职工支付的现金"项目中反映。

**（二）确定各项目的影响数**

1. "销售商品、提供劳务收到的现金"项目

80 000 + 87 750 = 167 750（元）

2. "收到其他与经营活动有关的现金"项目

200（元）

3. "购买商品、接受劳务支付的现金"项目

38 025（元）

4. "支付给职工以及为职工支付的现金"项目

2 000 + 25 000 = 27 000（元）

5. "支付的各项税费"项目

14 700 + 14 450 = 29 150（元）

6. "支付其他与经营活动有关的现金"项目

6 500 + 5 000 + 10 000 + 400 + 3 000 + 1 800 = 26 700（元）

7. "吸收投资收到的现金"项目

300 000（元）

8. "取得借款收到的现金"项目

400 000 + 200 000 = 600 000（元）

9. "分配股利、利润或偿付利息支付的现金"项目

4 000 + 15 487.20 = 19 487.20（元）

### （三）填制现金流量表

根据以上计算所得的各项目的影响数，填写现金流量表如表1-3所示。

## 思 考 题

1. 什么是会计凭证？它在会计核算中有何作用？
2. 按其用途和填制方式的不同，会计凭证可以分为哪几类？
3. 原始凭证、记账凭证必须具备哪些基本要素？
4. 审核会计凭证主要应从哪些方面着手进行？
5. 什么是会计账簿？它在会计核算中有何作用？
6. 会计账簿按用途可以分为哪几类？
7. 错账更正的方法有哪几种，各在什么情况下采用？
8. 什么是试算平衡？借贷记账法下的试算平衡包括哪几个方面的内容？
9. 财务会计报表是如何分类的？
10. 财务会计报表的编制要求有哪些？

## 练 习 题 一

### 一、目的

练习会计凭证的填制、现金日记账和银行存款日记账的登记。

### 二、资料

假设某企业9月30日部分科目余额如表5-7所示。

#### 表5-7 部分科目余额表

单位：元

| 科 目 名 称 | 借 方 余 额 | 贷 方 余 额 |
|---|---|---|
| 银行存款 | 100 000 | |
| 固定资产 | 100 000 | |
| 实收资本 | | 200 000 |

10月份该企业发生以下经济业务：

（1）10月3日，从银行提取现金2 000元。

（2）10月4日，向易达公司购入 A 材料，货款为 40 000 元，增值税税额为 6 800 元，材料已验收入库，款项尚未支付。

（3）10月5日，业务员张三出差，向财务部预支差旅费 500 元。

（4）10月6日，以库存现金 200 元购买办公用品。

（5）10月8日，向建设银行借入短期借款 100 000 元，并存入银行。

（6）10月8日，车间领用 A 材料 30 000 元，用于生产甲产品。

（7）10月9日，购入一台不需安装的设备，买价为 30 000 元，增值税税额为 5 100 元，款项以银行存款支付。

（8）10月10日，售给长城公司甲产品 100 件，售价为 300 元/件，增值税税率为 17%，款项尚未收到。

（9）10月11日，以银行存款支付电话费 800 元。

（10）10月12日，从银行提取现金 30 000 元，准备发放工资。

（11）10月15日，以库存现金发放工资 30 000 元。

（12）10月16日，售给宏达公司 300 件甲产品，售价为 300 元/件，增值税税率 17%，款项已收，并存入银行。

（13）10月18日，业务员张三出差回来，报销差旅费 450 元，交回现金 50 元。

（14）10月20日，以库存现金支付职工困难补助 500 元。

（15）10月28日，以银行存款支付本月应负担的银行借款利息 1 500 元。

（16）10月30日，收到长城公司前欠货款 35 100 元，款项存入银行。

（17）10月31日，以库存现金支付车间设备保险费 600 元。

# 练习题二

## 一、目的

练习财务会计报表的编制。

## 二、资料

承练习一的资料，该企业还发生以下业务：

（1）10月31日，将本月工资进行分配，其中生产车间工人工资为 20 000 元，车间管理人员工资为 3 000 元，公司管理人员为 7 000 元。

（2）10月31日，按本月工资总额的 14% 计提职工福利。

（3）10月31日，计提本月固定资产折旧 10 000 元，其中车间用固定资产折旧为 8 000 元，公司用固定资产折旧为 2 000 元。

（4）10 月 31 日，结转分配本月应付的水电费 3 000 元，其中生产车间为 2 200元，公司管理部门为 800 元。

（5）10 月 31 日，结转本月完工产品成本 67 020 元，假定完工产品全部对外销售。

（6）10 月 31 日，结转本月销售产品成本。

（7）10 月 31 日，计算本月利润总额。

（8）10 月 31 日，按利润总额的 25% 计算并结转应交所得税。

（9）10 月 31 日，按净利润的 10% 提取盈余公积。

# 第六章　计算机会计账务实操

　　第五章的手工会计实操建立了"可视化"的会计业务流程，相比于手工会计实操而言，本章的计算机会计账务实操主要讲述的是会计软件的具体应用和基本技术，目的在于掌握会计信息的主要处理流程。在本部分内容的学习过程中，请注意手工会计和计算机会计的区别和联系。会计信息化操作技能是一项财会实用技能、是非会计人士学习会计的主要实用目的——要会用会计信息、用好会计信息，必须通过实际操作练习才可切实掌握。现在大多数企业和单位已实现了会计电子计算机化（会计电算化）——无论你是否是财务人员，会计电算化基本操作技能已成为公司管理者的基本和必需的业务技能。

　　会计电算化大大提高了会计的时效性、准确性和使用效率，使得会计成为一件轻松和高效的事情，也使得人们从关注会计的一般账务质量到关注会计数据结果分析。该部分的会计电算化实操主要讲述内容不是会计内容（该内容完全和前面的手工会计账务的内容相同），而是会计软件的具体使用和基本计算机账务技术。

　　本章以前面介绍的安泰公司的财务数据为例，采用用友软件进行计算机操作，账套启用日期设置为 2009 年 12 月，安泰公司财务部李晓阳任安泰公司的账套主管兼会计主管，王小菲任出纳，兼管凭证审核（用友软件中凭证制单和审核不能为同一个人），其他事项暂略。本章主要内容是：会计电算化简介、会计软件的基本框架和基础设置、总账系统的初始化设置、总账系统的日常业务处理、期末业务处理和会计报表的编制。

## 第一节　计算机会计简介

　　人们曾把"计算机会计"称为"会计电算化"，意思就是用计算机来实现会计工作的电子计算机化。目前，计算机会计的主要内容仍然是原来的会计电算化。当然，目前的计算机会计的内容比原来会计电算化的内容更丰富。下面主要介绍计算机会计的核心内容——总账系统的账务操作。

### 一、会计电算化信息系统的含义

　　会计电算化信息系统是以电子计算机为主，借助当代电子技术和信息技术，对会计数据进行采集、存储、加工、传递和输出的信息系统。会计电算化信息系统利用电子计算机，遵循一定的程序和方法，替代人工记账、算账、报账，以及部分地替代人完成对会计信息的记录、计量、分析、预测、决策等过程，最终为核算单位及其上级主管部门提供相关的会计信息，为有效地组织和运用企业现有的资金资源提供决策支持信息。会计电算化信息系统的组成要素主要是计算机硬件、软件、会计数据文件、会计人员和会计信息系统的运行规程，其核心是各项功能齐备的财务软件。

## 二、会计电算化信息系统与手工会计信息系统的联系及区别

1. 会计电算化信息系统与手工会计信息系统的联系

（1）系统目标和功能相同。会计电算化信息系统和手工会计信息系统的目标都是为企业内、外部的决策者等信息使用者提供核算单位的会计信息及其他重要的非会计信息，为企业管理者和信息使用者提供有效的组织和管理企业现有的资金资源的信息。

（2）基本的会计理论与方法相同。两者都遵循会计的基本假设、会计恒等式、复式记账的基本原理，采用一定的程序和方法对会计事项进行记录、计量、核算和反映。

（3）两者均要求遵守相关法规和准则。无论是会计电算化信息系统，还是手工会计信息系统，两者都要遵守《企业会计准则》和《企业会计制度》等相关会计法律、法规和制度的规定。

（4）编制会计报表，保存会计档案的要求相同。会计电算化信息系统与手工会计信息系统都要求按照一定的原则、方式、方法编制财务会计报表，保存相关的会计档案。

2. 会计电算化信息系统与手工会计信息系统的区别

（1）会计账务处理程序不同。以电子计算机为主的会计电算化信息系统显著区别于传统的会计实务，会计信息的处理与传输呈现出高度的自动化、实时化、集成化、综合化、电子化、无纸化等特点。在会计电算化信息系统中，整个账务处理流程分为三个环节：输入、处理和输出。从输入会计凭证到输出会计报表，都是通过电子计算机和相关的程序自动处理，系统提供各种中间资料的查询功能，只要会计软件的程序正确且运行正常，账证、账账、账表一定是相符的。如手工会计记账中，总分类账与其所属明细分类账采用平行登记原则所起的互相稽核作用，在会计电算化信息系统中已经不再适用。在会计电算化信息系统中，记账过程是一个虚过程，并不生成实际的账，平时只将记账凭证保存在一起，在需要时电算化程序可以瞬间成账。整个账务处理流程具有高度的规范性、连续性、严密性、集成性，呈现出高度的一体化趋势，极大地提高了财务会计报告的

准确性和时效性。

（2）簿记规则不同。会计电算化信息系统的簿记规则显著区别于手工会计的簿记规则。在手工会计中，总分类账（总账）和其所属明细分类账（明细账）是平行登记的。传统会计下的填制凭证、登账、过账、结账、试算平衡、对账等诸多程序，在会计电算化信息系统中发生了根本性的改变。各种明细账、日记账、总账等簿籍材料，是手工会计信息系统的必备之物；而会计电算化信息系统中的账是凭证库文件及相关数据自动派生而来的，账户的存储也并不一定要借助于账簿来完成。总之，在会计电算化信息系统中，以簿记为主的传统会计组织方式发生了根本性的改变。

（3）信息存储介质不同，会计档案管理呈现新特点。传统的手工会计信息系统的存储介质主要是纸质会计档案，具有直观、可视性。在会计电算化信息系统中，存储的是电子会计数据，不具备直观、可视性。存储会计档案的载体本身也发生了变化，会计档案存储在计算机硬盘、软盘以及其他磁性介质或光盘中，必须在特定的计算机硬件与软件系统环境中才可视。根据1999年1月1日起施行的《会计档案管理办法》规定，采用电子计算机进行会计核算的单位，需要保存电子会计数据和纸质会计档案双重会计数据。

（4）人员分工和组织机构不同。传统的手工会计下，填制凭证、登账、过账、结账、试算平衡、对账、内部稽核等由不同的人员和组织机构分工完成。在会计电算化信息系统下，由于账务处理程序主要是数据的输入、处理和输出，因此，会计电算化信息系统下的人员分工主要侧重于对指令的操作，以及电算化程序的运行和管理等。

（5）会计内部控制不同。在会计电算化环境下，企业内部控制制度的形式、内容以及控制重点都发生了新的变化。虽然传统的手工会计和会计电算化内部控制的基本要求和目标没有变，但是在会计电算化信息系统下，会计信息处理的自动化、核算程序的综合化、数据处理的高度集中化以及数据存储的隐形化，使得会计业务处理程序和工作组织发生了质的变化，由此给会计电算化信息系统内部控制体系带来了新的特点。

（6）会计工作的质量和效率不同。在手工会计中，低效率的重复抄录和计算大大增加了会计信息出错的可能性。会计电算化利用现代电子计算机技术、信息技术，可以提高会计核算质量，促进会计工作规范化和标准化，减轻会计人员的劳动强度，提高会计工作效率，更好地实现会计的职能。

## 三、用友 ERP-U8（V8.50）的安装和删除

以用友财务软件为例，演示如何利用财务软件进行会计实际操作。

### （一）用友 ERP-U8 对硬件、软件环境的需求

用友 ERP-U8 的系统运行环境包括硬件环境和软件环境。硬件环境包括计算机、外围设备、网络设备、通信设备以及计算机房等，软件环境主要包括系统操作软件、工具软件、财务应用软件和财务管理软件开发工具以及数据库系统等。

1. 硬件环境（最低配置）

客户端：主频 500MHz 以上，内存 128MB 以上，硬盘建议在 1GB 以上。

服务器：主频 700MHz 以上，内存 256MB 以上，硬盘一般在 10GB 以上。

2. 软件环境

操作系统：服务器操作系统为 Windows 2000 Server 或以上，后台数据库支持 SQL Server 2000；客户端操作系统为 Windows 98/NT/2000/XP，推荐同时安装其他 Windows 更新补丁。

浏览器：微软 IE 浏览器 IE6.0 + SP1 或以上版本。

网络协议：TCP/IP 协议。

### （二）用友 ERP-U8 会计信息系统的安装

在实际工作中，如果企业购买用友公司的财务软件，用友公司一般会提供上门指导、安装的服务。企业也可以自行安装。

1. 安装 SQL Server 2000 数据库

用友 ERP-U8 使用的后台数据库是微软公司开发的 SQL Server 2000 数据库，SQL Server 2000 有简版 MSDE、标准版、个人版等多种版本。安装用友财务软件必须先安装数据库文件 SQL Server 2000（也可以直接安装用友附带的 MSDE，但若软件运行出现问题，数据则不能恢复）。

2. 安装 MSDE 的方法

用友财务软件中自带一个 SQL 简版 MSDE，安装方法如下：

（1）将用友 ERP-U8 光盘放入光驱中，找到文件夹\ MS \ MSDE2000 下的图标 MSDEStp2000. exe。

（2）双击图标 MSDEStp2000. exe，系统进入安装程序。

（3）选择需要安装的"程序文件路径"和"数据文件路径"，单击"确定"按钮，进入安装进度指示，如图 6-1 所示。

（4）安装完成，重启计算机。

3. 安装用友 ERP-U8 财务管理软件

（1）将用友 ERP-U8 光盘置入光驱，系统自动进入安装界面。也可以打开光盘，双击 SETUP. EXE 文件，启动安装界面。如图 6-2 所示。

（2）弹出"许可证协议"对话框，单击"是"按钮，进入"客户信息"对话框，输入"用户名"和"公司名称"等信息，也可以采用默认设置。

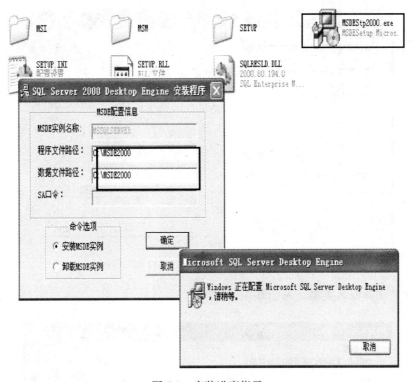

图 6-1　安装进度指示

图 6-2　启动安装界面

（3）选择安装软件的目的地文件夹，可以选择默认路径，也可以单击"浏览"按钮，选择需要安装软件的盘符和文件夹。如图 6-3 所示。

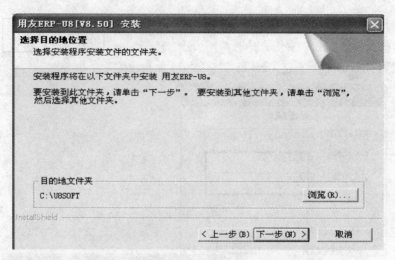

图 6-3 选择需要安装软件的盘符和文件夹

（4）选择安装类型，见图 6-4。

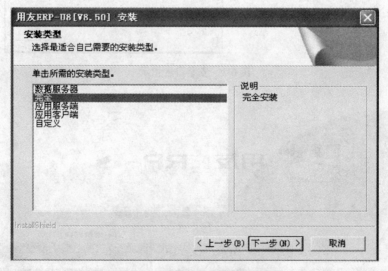

图 6-4 "安装类型"界面

用友财务软件提供多种安装类型，单机安装用友财务软件时一般选择"完全"选项。

（5）安装完成，系统提示需要重新启动计算机。在此，勾选"是，立即重新启动计算机。"复选框（也可以选择稍后重启计算机，系统将在下次重启时启动软件）。

（6）如果用友财务软件是安装在服务器上的，或者选中完全安装，则重启计算机后，系统提示需要配置 U8 服务。单击"是"按钮，弹出"配置 U8 服务"窗口，如图 6-5 所示。如果安装类型选择的是"应用客户端"，则不提示配置 U8 服务。

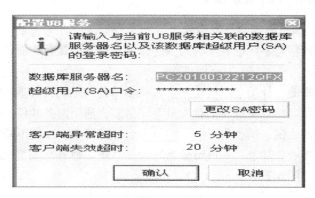

图 6-5　"配置 U8 服务"界面

（7）单击"确认"按钮，弹出"U8 服务管理器［V8.50］"窗口，提示系统服务已经启动，同时，在任务栏的右下角会出现"－U8 系统服务已启动"的相关图标，软件安装完毕。如图 6-6 所示。

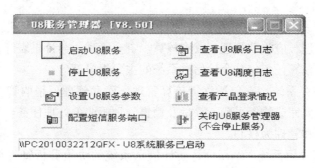

图 6-6　"U8 服务管理器［V8.50］"界面

### （三）用友 ERP-U8 的删除

用友财务软件的删除和其他软件的删除类似。双击"控制面板"中的"添加/删除程序"图标，选中"用友 ERP-U8"，单击"更改/删除"按钮，就可以按照系统提示删除用友软件。

**说明：**本章以前面介绍的安泰公司的财务数据为例进行讲解。账套启用日期设置为 2009 年 12 月。安泰公司财务部李晓阳任安泰公司的财务主管；杨星任会计，负责凭证审核；王小菲任出纳。其他事项略。

## 第二节 财务软件的基本框架和基础设置

### 一、财务软件的基本框架

#### (一) 会计信息系统的基本构成

目前,会计信息系统已经不再局限于传统会计下的核算职能,而是逐渐向管理型职能延伸。

基于计算机的会计信息系统是一个人机相结合的系统,其基本要素涵盖硬件资源、软件资源、信息资源和会计人员等。目前,通用财务软件一般都涵盖了企业生产经营的产、供、销、人、财、物等多个经济环节,功能不断完善。典型的会计信息系统按业务功能,一般可分为三大子系统:财务系统、购销存系统、管理决策系统,如图6-7所示。

图 6-7 会计信息系统的三大系统

(1) 财务系统。它主要由账务处理(也称总账)、薪资管理、固定资产管理、应付款管理、应收款管理、成本核算、资金管理、会计报表等系统组成,主要完成会计的核算任务,是会计信息系统的主要组成部分。

(2) 购销存系统。它包括存货核算管理、库存管理、采购管理和销售管理等子系统,主要完成物资采购、存货及销售管理等业务处理任务。购销存管理部分以库存核算和管理为核心。

(3) 管理决策系统。本部分是会计信息系统的决策分析管理部分,主要用于完成会计管理和简单的会计决策任务,一般包括财务分析、资金管理、销售预测、财务计划和预测、领导查询和决策支持等子系统。

会计信息系统的各组成模块功能相互独立,结合成一个有机整体,基本上能够满足企、事业单位会计核算和管理的需求,共同构成了会计信息系统的功能结构。

#### (二) 典型和基本的会计信息系统介绍

财务软件一般是一个集成的大系统,其中涉及核算的主要有账务、报表、应收、应付、工资与固定资产等系统。鉴于本书的读者对象是非会计专业人员,因此,本书重点讲解账务处理系统,对其他子系统只作简略介绍,以起到融会贯通的作用。

1. 账务处理系统

账号处理系统，也称总账系统，遵循国际通用的复式记账原理处理会计事项，是整个会计核算的核心。其他业务处理子系统，如工资管理系统、固定资产管理系统等，一般都需要读取账务处理系统的数据进行核算，并且要将系统处理结果汇总生成记账凭证传递给账务处理系统进行处理。账务处理系统力求实现会计循环的高度自动化和会计业务数据的高度共享。该系统规范性和综合性强，一致性好，是整个会计信息系统的核心。一般的账务处理系统功能结构如图6-8所示。

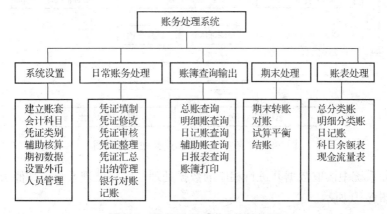

图 6-8　账务处理系统功能结构图

账务处理系统是一个几乎在所有企业都通用的系统，由于设计思路的差异，目前市场上不存在两个完全相同的财务软件。

账务处理系统有一整套完整的业务处理流程，从建立账套和初始化设置开始，然后启用账套进入周而复始的日常账务处理，日常最基本的业务就是凭证处理。账务处理系统的业务处理流程如图6-9所示。

2. 会计信息系统的其他子系统

用友财务软件中还包含应收款管理子系统、应付款管理子系统、固定资产管理子系统、工资管理子系统、存货核算子系统以及 UFO 报表子系统等。

3. 账务处理系统与其他子系统的关系

账务处理系统在会计信息系统中处于核心地位，它与其他系统有着密切的联系。账务处理系统除与其他子系统共享会计编码方案、会计科目、存货分类、存货档案、部门档案等基础数据之外，还与其他系统互相传递数据。其中，应收、应付、工资、固定资产、存货、成本、资金等子系统需要将会计处理业务编制成记账凭证，并直接存入账务处理系统；成本、报表、财务分析等多个子系统也需

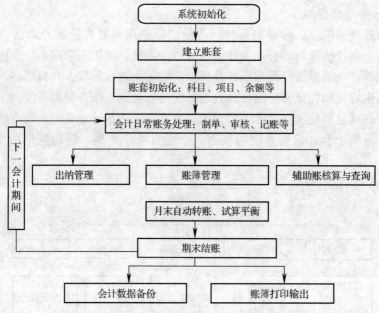

图 6-9　账务处理系统的业务处理流程图

要从账务系统中读取数据并进行相应的数据处理。账务处理系统与其他子系统的关系如图 6-10 所示。

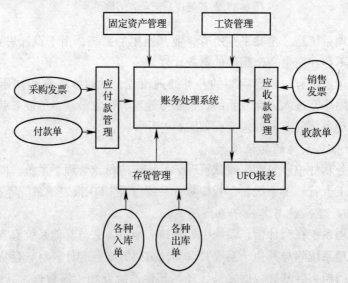

图 6-10　账务处理系统与其他子系统的关系图

## 二、会计电算化岗位设置和权限分配

### 1. 明确会计电算化岗位职责和权限的必要性

实现会计电算化以后，会计数据的来源渠道和方式、会计核算的操作形式等都显著不同于传统手工会计下的操作。传统的按照核算和管理的内容及工作性质来划分的会计岗位设置已经不适应会计电算化环境。因此，在实现会计电算化后，会计工作必须按照规范化、科学化、合理化的原则重新进行岗位职责和权限分配，加强对会计电算化系统使用和维护人员的职责和权限管理，才能使整个会计电算化系统高效、协调地运作。

### 2. 会计电算化岗位的划分

《会计电算化工作规范》中提出了建立会计电算化岗位责任制的原则："实行会计电算化的单位，要建立会计电算化岗位责任制，要明确每个岗位的职责范围，切实做到事事有人管，人人有专责，办事有要求，工作有检查。"按照这一原则和会计电算化工作的特点，应科学、合理地设置会计工作岗位，明确各岗位的职责和权限。实现会计电算化后，企业的会计岗位设置应由传统的以总账报表岗位为中心转变为以系统管理员岗位为核心的岗位架构。目前，实行会计电算化的工作岗位一般分为基本会计岗位和会计电算化岗位。

基本会计岗位主要包括会计主管、出纳、会计核算各岗位，稽核、会计档案管理岗位等，必须由取得会计从业资格证的人员担任。各企业可以根据本企业所处的行业特点、企业规模、业务繁简、人员编制等情况，在符合内部牵制的要求下，可一人一岗，也可一人多岗或者多人一岗，实行定期轮换和回避制度。

会计电算化岗位是指直接管理、操作、维护计算机及会计核算软件的工作岗位。根据计算机系统开发、操作、维护的特点，结合会计工作的要求，会计电算化岗位一般可分为如下几种：

（1）电算主管。电算主管负责电算化系统的日常管理，协调计算机及财务软件系统的运行，负责数据输出的正确性，建立电算化系统审批制度，完善企业现有管理制度。电算主管可由会计主管兼任。

（2）软件操作员。软件操作员应严格按照相关操作程序操作计算机和会计软件，负责输入记账凭证和原始凭证等会计数据，输出记账凭证、会计账簿、报表和进行部分会计数据处理工作。企业应鼓励基本会计岗位的会计人员兼任软件操作员的职责。

（3）审核记账。此岗位负责对输入计算机的会计数据（记账凭证和原始凭证等）进行审核，操作财务软件登记机内账簿，对打印输出的账簿、报表进行确认。此岗位可由会计主管兼任。

（4）电算维护。此岗位负责保证计算机硬件、软件的正常运行，管理机内会计数据。维护人员一般不得实际操作会计数据。

（5）电算审查。此岗位负责监督计算机及财务软件系统的运行，审查会计电算化系统各工作岗位的设置、内部牵制制度等是否合理，及时向会计主管反映系统存在的问题或隐患，提出处理意见，防止利用计算机舞弊。此岗位可由会计稽核人员兼任。

（6）数据分析。此岗位负责对计算机内的会计数据进行分析，结合本单位的实际情况，制定出合适的会计数据分析方法、分析模型，为决策提供翔实、准确、确凿的数据分析报告，以满足核算单位经营管理的需求。此岗位可由会计主管兼任。

（7）会计档案资料保管员。此岗位负责会计凭证、账表等会计档案的保管与安全保密工作，并在规定期限内，向各类会计电算化岗位人员催交各种会计资料。

（8）软件开发。此岗位主要负责本单位会计软件的开发和维护工作，无权进行会计业务处理。

在设置会计电算化岗位时，应注意不相容岗位的设置。如软件操作岗位与审核记账、电算维护、电算审查岗位为不相容岗位。

3. 会计电算化岗位及其权限的设置

会计电算化岗位及其权限设置在系统初始化时完成，在人员变动时可以进行相应的调整。电算主管负责定义各具体操作人员的权限。具体操作人员可以修改自己的操作口令，但无权更改他人的口令，也无权更改自己和他人的操作权限。此外，基本会计岗位和会计电算化岗位，可在保证会计数据安全以及内部牵制的前提下交叉设置，各岗位人员应保持相对稳定。

4. 中小企业实行会计电算化的岗位设置

大型企业会计电算化岗位的设置一般比较复杂，如上所述。中小企业规模小，业务量不多，会计部门人数少，实行会计电算化后，其岗位划分在满足内部牵制制度的要求下可以适当合并，设置一些必需的岗位即可。如可由会计主管兼任电算主管和审核记账岗位，由会计人员任软件操作员和电算维护员，另外单独设置出纳岗位。

## 三、系统管理

### （一）系统管理概述

财务软件各模块之间相对独立，相互联系，数据共享，提供了有效的管理。为实现一体化的管理，必须为这些模块设置公用的基础信息，应当建立相同的账套和年度账，集中管理操作员和操作员权限。用友财务软件设计了一个独立的系统管理模块，由系统管理模块为各个子系统提供统一的环境，统一管理整个财务软件的公共任务。

系统管理模块的主要功能是对各个子系统进行统一的操作管理和数据维护，可以完成账套的建立、修改、删除和备份，建立操作员，设置操作员权限，预置会计科目，账套备份等操作。一般情况下，企业的信息管理人员（系统管理软件中的操作员 admin）或财务主管使用该模块。系统管理模块的主要功能如下：

（1）管理账套。它包括新建账套，修改、引入和输出账套等。

（2）管理账套中的年度账。它包括年度账的建立、引入、输出和年度数据结转、清空年度数据等。

（3）管理系统操作员及其权限，为系统设立统一的安全机制。它包括数据库的备份、功能表及上机日志的设置等。

（4）设置系统自动备份计划。

系统管理模块的操作流程如图 6-11 所示。

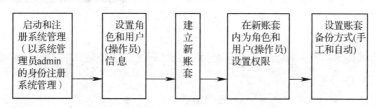

图 6-11　系统管理模块的操作流程图

系统允许以系统管理员和账套主管两种身份注册进入系统管理模块。

以系统管理员身份注册进入系统，可以管理和维护整个会计信息系统，包括建立、引入、输出账套，设置操作员及其权限，系统维护等工作。系统管理员只能进入系统管理模块，不能操作具体账套。

以账套主管的身份注册进入系统管理，可以修改和管理其主管的账套，包括建立、清空、引入、输出年度账和年末结账。账套主管可以为其主管的账套设置操作员及其权限，既可以登录系统管理模块，也可注册登录所主管的账套，进行账务处理。

**（二）系统管理的相关操作**

1. 启动和注册系统管理

【例 6-1】　以系统管理员的身份注册登录系统管理模块。

操作方法如下：

（1）单击"开始"按钮，依次指向"程序\用友 ERP-U8 \系统服务\系统管理"，单击"系统管理"，弹出"系统管理"窗口，如图 6-12 所示。

（2）单击"系统"菜单中的"注册"子菜单，打开"注册【系统管理】"对话框，如图 6-13 所示。

（3）选择服务器：在客户端登录，则选择服务端的服务器名称；在服务端登录或单机用户，则选择本地服务器。

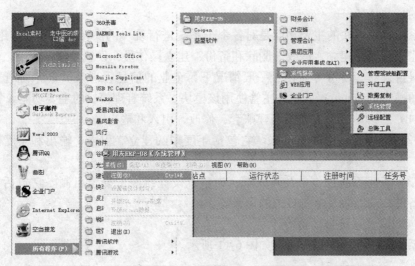

图 6-12　启动和注册系统管理

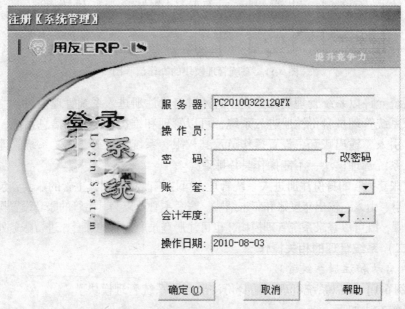

图 6-13　"注册【系统管理】"界面

（4）输入操作员名称和密码。如要修改密码，则选中"改密码"复选框。在"操作员"文本框输入"admin"，密码为空（系统管理员的名称是系统默认并固定的，用户名为 admin，密码默认为"空"），如图 6-14 所示。

（5）单击"确定"按钮，进入系统管理模块，如图 6-15 所示。

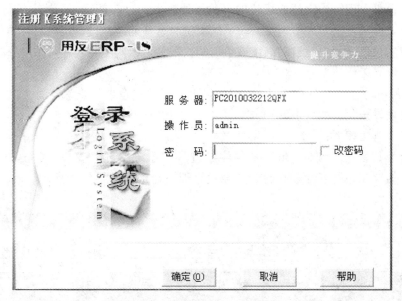

图 6-14　输入操作员名称和密码

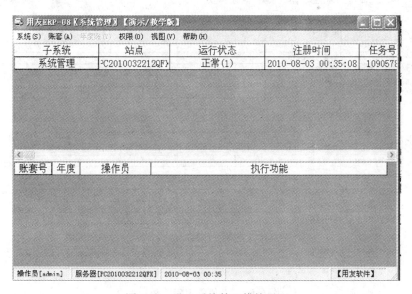

图 6-15　进入系统管理模块界面

**2. 设置角色与用户（即操作员）**

用户是指有权登录用友财务软件，并具体操作系统的人。可以理解为具体的操作人员，如张三、李四等。每次登录用友财务软件时，系统都要求进行身份验证，只有合法的用户才可以登录系统。

　　角色可以理解为岗位或职位的名称，如董事、财务总监、会计主管等。大、中型企业业务复杂，人员繁多，职员的岗位时常变动，在设置用户的时候为其赋予相应的角色，用户就自动继承该角色的权限，可以避免频繁地为用户分配操作权限，提高工作效率。

　　【例6-2】　增加角色：代码：DSZ-ZJL，职位：董事长兼总经理（也可以试试自己增设角色，如董事等）。

　　操作方法如下：

　　（1）以系统管理员 admin 身份注册进入"系统管理"窗口，单击"权限"菜单中的"角色"子菜单，打开"角色管理"窗口，如图6-16所示。

图6-16　　"角色管理"界面

　　（2）单击"增加"按钮，弹出"增加角色"对话框，如图6-17所示。

　　（3）输入"角色 ID：DSZ-ZJL"，角色名称"董事长兼总经理"，单击"增加"按钮保存设置即可。如图6-18所示。

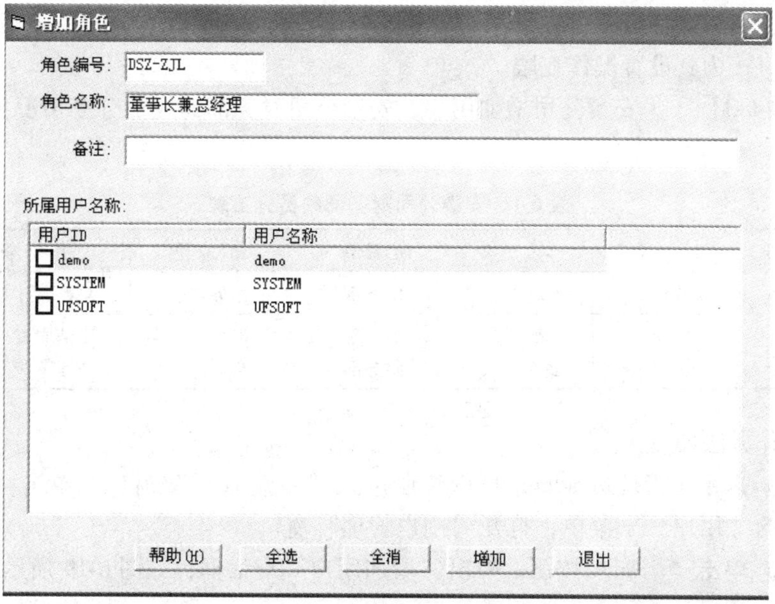

图 6-17 "增加角色"界面

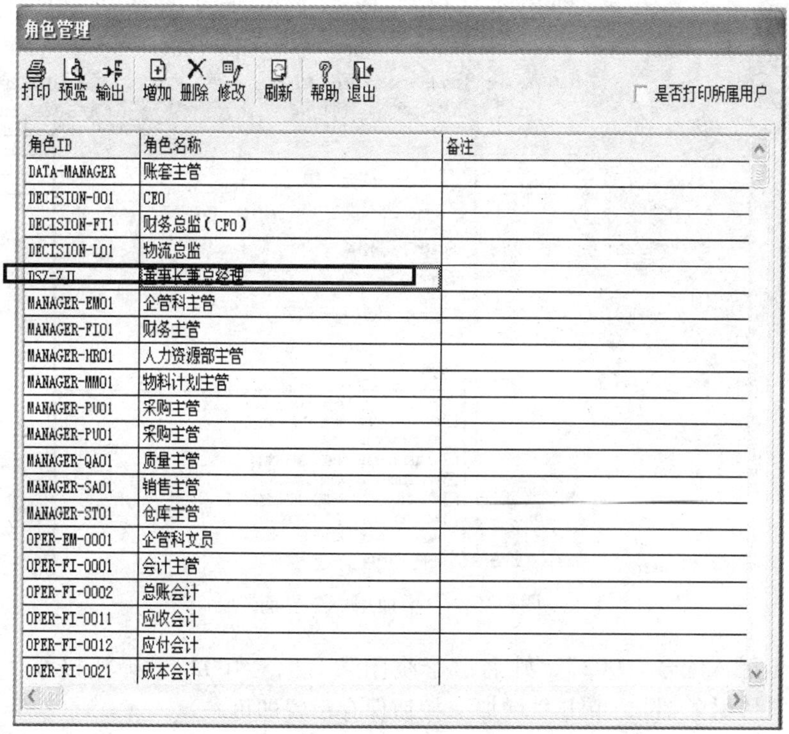

图 6-18 "角色管理"界面

注：对于业务简单，人员相对较少的公司，如安泰公司，也可以不设置岗位角色，直接为其设置操作权限。

【例 6-3】 为安泰公司增加用户。安泰公司财务部的成员分工情况如表 6-1 所示。

表 6-1 安泰公司财务部成员分工表

| 编 号 | 姓 名 | 口 令 | 所属部门 | 角 色 | 主要职责 |
|---|---|---|---|---|---|
| 002 | 李晓阳 | 002 | 财务部 | 账务主管 | 总账会计等 |
| 003 | 王小菲 | 003 | 财务部 | 出纳 | 出纳职责 |
| 004 | 杨星 | 004 | 财务部 | 会计 | 凭证审核 |

操作方法如下：

（1）以系统管理员 admin 身份注册进入"系统管理"窗口，单击"权限"菜单中的"用户"子菜单，打开"用户管理"窗口。

（2）单击"增加"按钮，弹出"增加用户"对话框，如图 6-19 所示。

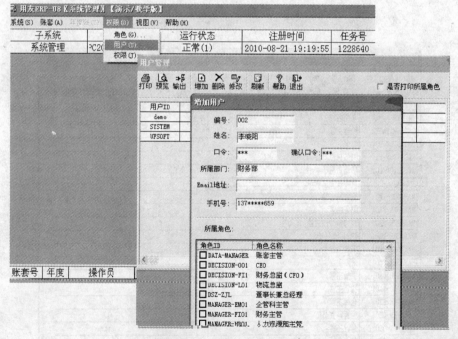

图 6-19 "增加用户"界面

（3）输入编号"002"，姓名"李晓阳"，口令"002"，确认口令"002"，所属部门"财务部"，单击"增加"按钮保存设置即可。

（4）依次录入其他操作员的相关信息。

如要将"总账会计"角色赋予用户"李晓阳",则首先打开用户设置窗口,双击"李晓阳",打开"修改用户信息"对话框,勾选"总账会计"角色,单击"修改"按钮保存设置,则李晓阳自动继承该角色的权限,如图6-20所示。

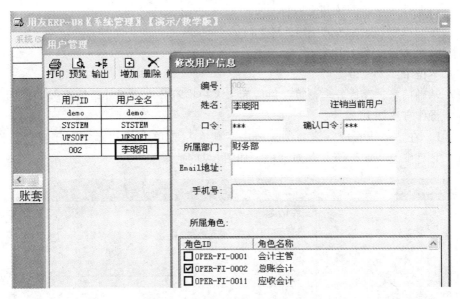

图6-20  "修改用户信息"界面

3. 账套管理

账套是核算单位的完整的账簿体系。一般来说,可以为企业中每一个独立核算的单位建立一个账套,并对账套进行统一的管理。账套管理主要包括账套的建立、修改、备份和删除、引入等。

(1)建立账套。建立账套是指在财务软件中为会计核算单位建立一套符合其核算要求的账簿体系。以用支财务软件为例,用友账套一般包含如下信息:

1)账套信息。它主要包括账套代码(也称账套编号)、账套名称、账套存储路径和账套启用的会计日期等内容。

2)核算单位基本信息。它主要包含核算单位的常用信息,一般包括核算单位的全称、简称、地址、邮政编码、电子邮件、法人代表、电话、传真和纳税人登记号等。

3)账套核算信息。它主要包括企业类型、所属行业性质、账套主管、记账本位币、编码方案和数据精度等。

【例6-4】 以安泰公司为例，为安泰公司建立新账套。

账套名称：安泰电子设备有限责任公司。

账套号：666。

账套存储路径：系统默认路径。

所属企业类型：工业企业。

行业性质：新会计制度科目。

账套启用日期：2009年12月1日。

账套主管：李晓阳。

本位币：人民币。

基础信息：存货分类核算，供应商、客户均不分类，无外币核算。

操作方法如下：

1）在"系统管理"窗口中，单击"账套"菜单中的"建立"子菜单，打开"创建账套—账套信息"对话框，如图6-21所示。

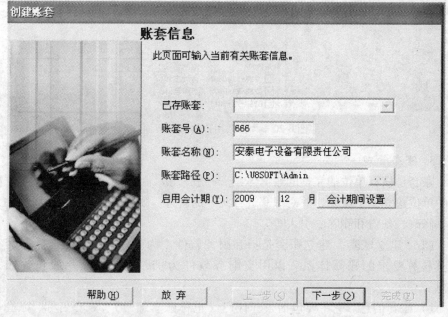

图6-21 "创建账套—账套信息"界面

2）输入账套信息：账套号为"666"，账套名称为"安泰电子设备有限责任公司"，启用会计期为"2009年12月"，其他采用默认设置。单击"下一步"，弹出"创建账套—单位信息"对话框，如图6-22所示。

3）依次填写"单位信息"对话框。单击"下一步"，弹出"创建账套—核算类型"对话框，如图6-23所示。

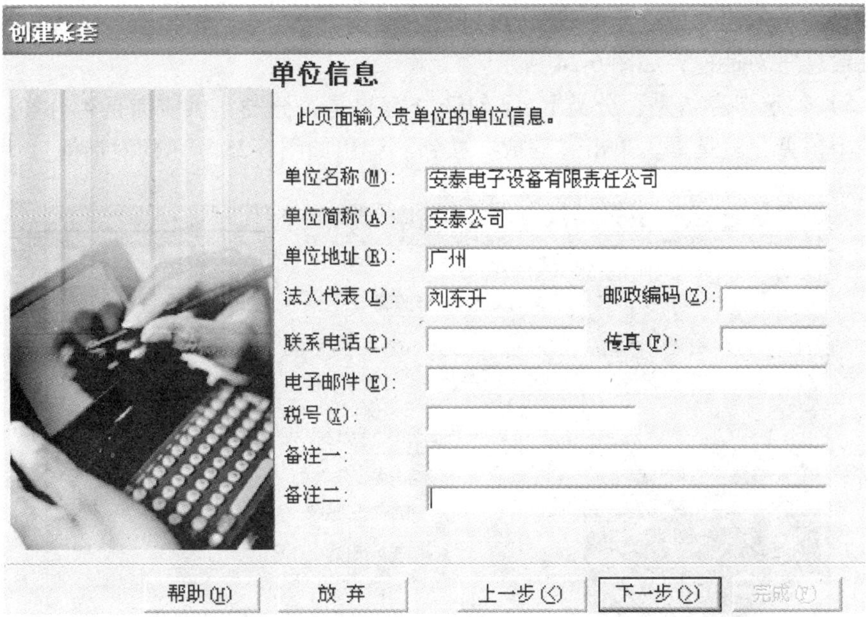

图 6-22 "创建账套—单位信息"界面

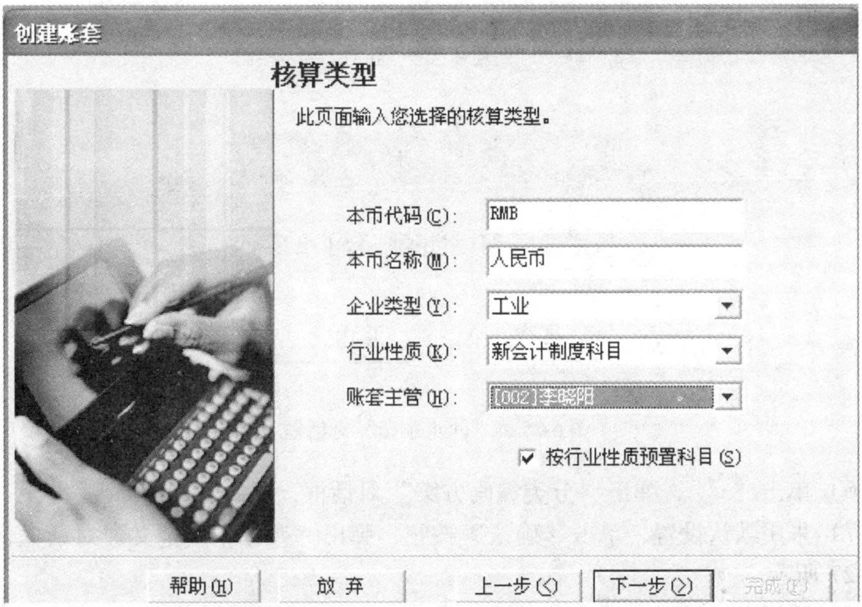

图 6-23 "创建账套—核算类型"界面

4）依次填写"核算类型"对话框，如图 6-23 所示。请一定按本图操作，尤其要注意勾选"按行业性质预置科目"。单击"下一步"，弹出"创建账套—基础信息"对话框，如图 6-24 所示。

5）勾选"存货是否分类"，不勾选"客户是否分类，供应商是否分类，有无外币核算"复选框，单击"完成"按钮，弹出如图 6-25 所示的对话框。

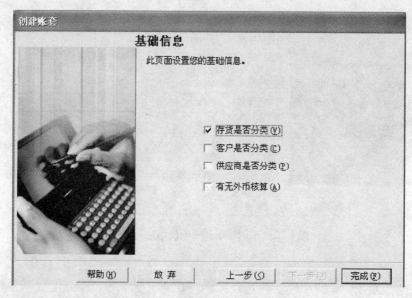

图 6-24　"创建账套—基础信息"界面

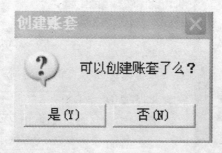

图 6-25　"创建账套"对话框

6）单击"是"，弹出"分类编码方案"对话框，如图 6-26 所示。

7）采用默认设置，单击"确认"按钮，弹出"数据精度定义"对话框，如图 6-27 所示。

8）采用默认设置，单击"确认"按钮，弹出如图 6-28 所示的对话框。

9）单击"是"按钮，进入"系统启用"设置界面，如图 6-29 所示。

图 6-26 "分类编码方案"界面

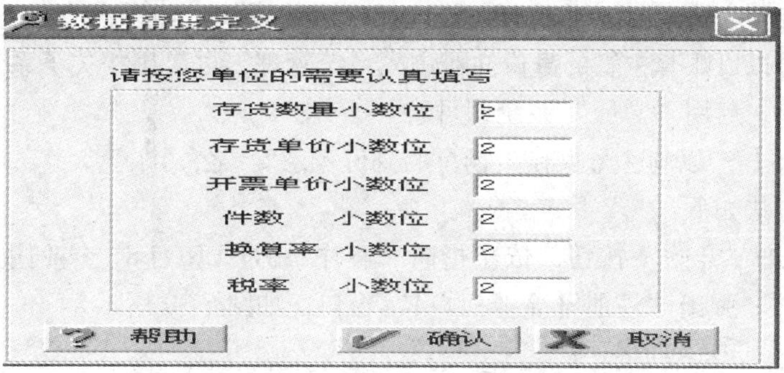

图 6-27 "数据精度定义"界面

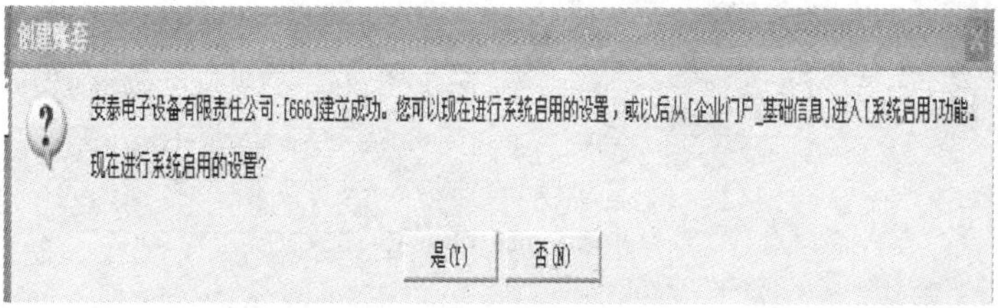

图 6-28 "创建账套"对话框

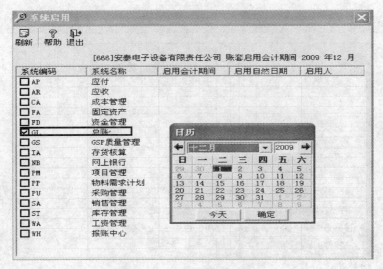

图 6-29　"系统启用"界面

10）勾选"总账"模块，录入系统启用的会计日期"2009.12.1"，单击"确定"按钮，系统弹出"确实要启用当前系统吗?"的提示信息，单击"是"按钮，最后单击"退出"。

注：在建立账套时，可根据需要选择启用的模块。如果没有勾选相应的模块，以后可以以账套主管的身份注册进入系统管理，再启用相关子系统。666 账套业务简单，启用"总账"系统即可。

【例 6-5】　以 004 号操作员杨星的身份登录安泰公司账套。

操作方法如下：

1）单击"开始"按钮，依次指向"程序\用友 ERP-U8 \企业门户"，单击"企业门户"，弹出"注册【企业门户】"窗口，如图 6-30 所示。

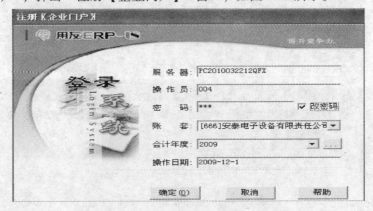

图 6-30　"注册【企业门户】"界面

2）在操作员框中录入"004"，密码"004"，（需要修改密码，则勾选"改密码"复选框，弹出密码修改窗口后，可以进行修改），选择账套为"666"，会计年度为"2009"，操作日期为"2009-12-1"，单击"确定"按钮，登录到"用友 ERP-U8 门户"对话框，如图 6-31 所示。

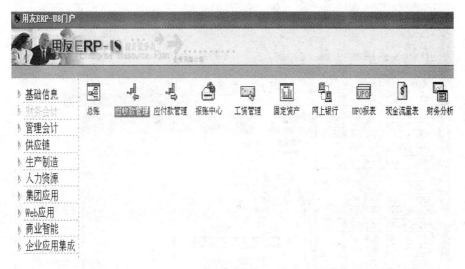

图 6-31　"用友 ERP-U8 门户"界面

（2）设置操作员的权限。该功能主要用于对已经设置的操作员进行授权，赋予其一定的操作权限。在角色和用户设置完毕，新建账套完成之后，需要为角色和用户设置具体的权限。用友财务软件中只有系统管理员和该账套的账套主管才有权进行权限分配，但是两者的权限存在区别：系统管理员可以指定账套主管以及对各个账套的操作员设置权限，而账套主管只可以对所管辖的账套的操作员设置权限。操作员权限设置包括增加、修改和删除等。

在实际工作中，一个账套可以定义多个账套主管，系统默认账套主管自动拥有该账套的全部权限。用友财务软件系统中必须有两个以上用户，因为凭证制单和审核不能为同一个人。

【例 6-6】　为 666 账套安泰公司 003 号操作员王小菲赋予出纳权限。

操作方法如下：

1）以系统管理员 admin 的身份或账套主管 002 李晓阳的身份（本次操作以账套主管 002 号李晓阳的身份）注册进入"系统管理"窗口，单击"权限"菜单中的"权限"子菜单，打开"操作员权限"设置窗口。

2）选中"王小菲"，单击"修改"按钮，勾选出纳和出纳签字等相应权限。本例中，选中"出纳"以及"总账—凭证"下属的"出纳签字"复选框。如

图 6-32所示。

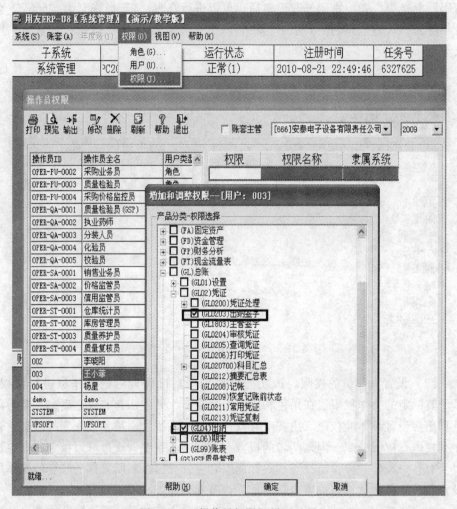

图 6-32 "操作员权限"设置过程

3）单击"确定"按钮，可以在"操作员权限"窗口看到该操作员王小菲对指定账套及其指定年限所拥有的权限，如图 6-33 所示。

可以采用类似方法继续赋予其他操作员权限。

（3）备份账套与删除账套。账套的备份是指将财务软件系统产生的数据备份保存到不同的介质上。为了防止数据遭到恶意篡改、破坏或意外丢失而给企业核算工作造成不必要的损失，企业应及时将财务数据备份到硬盘、软盘、光盘及其他存储介质上，以长期保存财务数据。

账套备份有手工备份和自动备份两种，下面分别进行介绍。

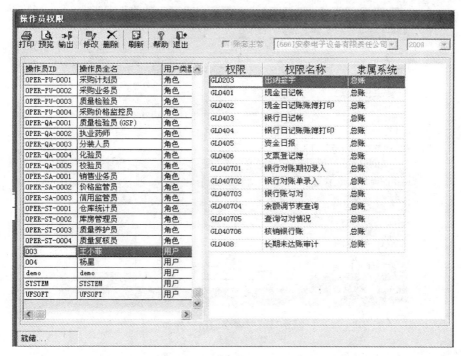

图 6-33 "操作员权限"界面

【例 6-7】 将 666 账套手工备份到 C 盘中的"666 账套备份"文件夹中。
操作方法如下：

1）在 C：\U8SOFT 中建立"666 账套备份"文件夹。

2）以系统管理员的身份注册登录系统管理模块。在"系统管理"窗口中，单击"账套"菜单下"输出"子菜单，打开"账套输出"对话框。如图 6-34 所示。

3）单击"账套号"下拉列表框右端的下拉按钮，选择"666 安泰电子设备有限责任公司"选项（如果想删除账套，应选中"删除当前输出账套（D）"复选框），单击"确认"按钮。

4）系统进行压缩进程，进入"选择备份目标"对话框，如图 6-35 所示。

5）选择账套备份路径，选择 C 盘中的 U8SOFT 下的"666 账套备份"文件夹，单击"确定"按钮，系统备份数据。

6）备份完毕，系统弹出"硬盘备份完毕"信息框，单击"确定"按钮，完成账套备份操作。

**特别提示**：如果在学校实验室中使用财务软件，建议用本人的 U 盘备份。U盘最好专盘专用，容量不小于 4G，并防止病毒入侵。在实际工作中，由于企业财务数据的重要性，按照规定，需要多做几份备份，并妥善保管。

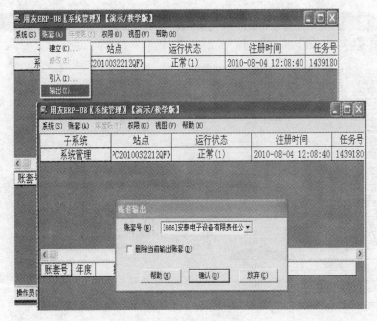

图 6-34 "账套输出"界面

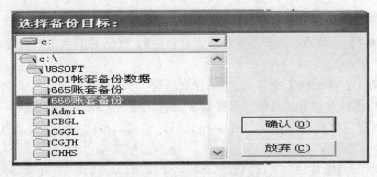

图 6-35 "选择备份目标"界面

承例【6-7】 设置 666 账套的自动备份计划。

【要求】计划编号：0001；计划名称：备份 666 账套数据；备份类型：账套备份；发生频率：每天；开始时间：17：00：00；有效触发：1 小时；保留天数：7 天；备份路径：C：\U8SOFT\666 账套自动备份。

操作方法如下：

1）以系统管理员的身份登录系统，在"系统"菜单下单击"设置备份计划"项，弹出"备份计划设置"窗口。

2）单击"增加"按钮，弹出"增加备份计划"对话框，如图 6-36 所示。

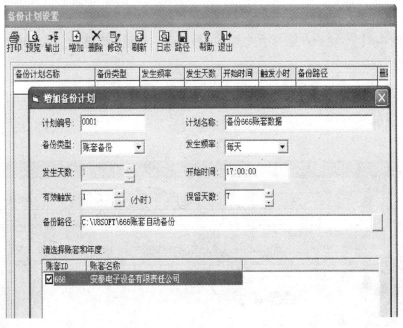

图 6-36　"增加备份计划"界面

3）录入自动备份计划的相关信息：计划编号为"0001"，计划名称为"备份 666 账套数据"，备份类型为"账套备份"，发生频率为"每天"，开始时间为"17：00：00"，有效触发为"1"，保留天数为"7"，备份路径为"C：\U8SOFT\666 账套自动备份"，勾选"666 安泰电子设备有限责任公司"，单击"增加"按钮保存设置，单击"退出"，显示设置成功信息，如图 6-37 所示。

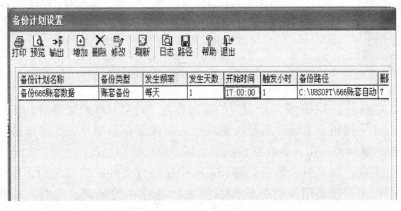

图 6-37　"备份计划设置"界面

（4）引入账套。在某些情况下，需要将系统外的账套数据引入本系统中，需要使用用友财务软件中的账套引入功能。

【例6-8】 将666账套手工备份的数据引入到用友财务软件系统中。

操作方法如下：

1）打开"系统管理窗口"，以系统管理员的身份登录系统。

2）单击"账套"菜单项的"引入"按钮，弹出"引入账套数据"对话框，如图6-38所示。

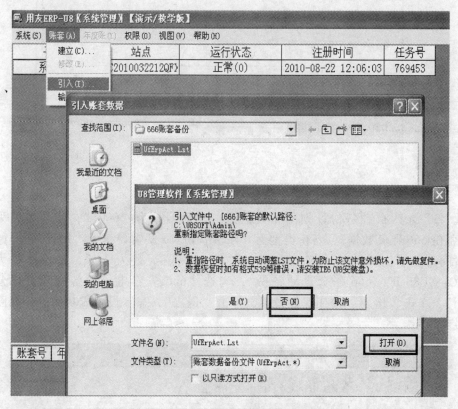

图6-38 "引入账套数据"界面

3）在查找范围中选择需要引入的账套数据"C：\666账套备份\UfErpAct"，单击"打开"按钮，系统提示是否更改引入的账套存储路径，如果单击"否"，则系统按照默认路径引入666账套数据，存储路径可以更改。

特别注意，如果引入的账套号和系统中已经存在的账套号相同，则系统会提示是否引入并覆盖用友财务软件系统中已经存在的账套，此时，需要慎重处理。

# 第三节　总账系统的初始设置

## 一、基础信息的设置

总账系统的初始设置就是将通用财务管理软件转化为适合本企业使用的专用财务管理软件的过程。

基础信息是整个财务系统运行的基础，企业中各个部门都要用到基础信息的数据。用友 ERP-U8 中，总账的初始设置包含基础信息设置（基本信息、基础档案、数据权限和单据设置）和会计科目、外币及汇率期初余额、凭证类别、结算方式、编码档案等的设置。以下将分别进行介绍（会计科目设置在财务设置中进行介绍）。

### （一）基本信息设置

【例 6-9】　以账套主管 002 号李晓阳的身份登录账套，设置 666 账套安泰公司的基本信息。设置"系统启用（只启用总账系统）"模块、"编码方案（默认）"和"数据精度（默认）"。

操作方法如下：

（1）单击"开始\ 程序\ 用友 ERP-U8 \ 企业门户"，打开"注册【企业门户】"对话框，如图 6-39 所示。

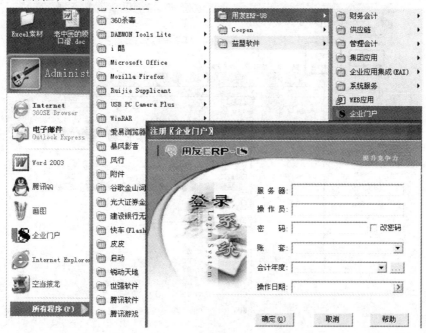

图 6-39　"注册'企业门户'"界面

（2）选择服务器类型，默认为本地计算机，输入操作员"002"，密码为初始密码"002"（也可以修改，勾选"改密码"即可进行修改），账套为"666安泰电子设备有限责任公司"，会计年度为"2009"，操作日期为"2009-12-01"，如图6-40所示。

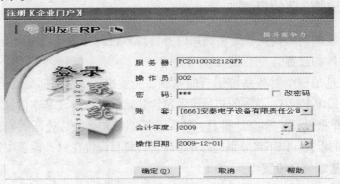

图6-40　设置"注册'企业门户'"

（3）单击"确定"按钮，注册成功，弹出"用友ERP-U8门户"界面。

（4）在"控制台"界面，打开"基础信息"项，双击"基本信息"图标，弹出"基本信息"对话框，双击"系统启用"，弹出"系统启用"对话框，勾选"总账"即可，如图6-41所示。

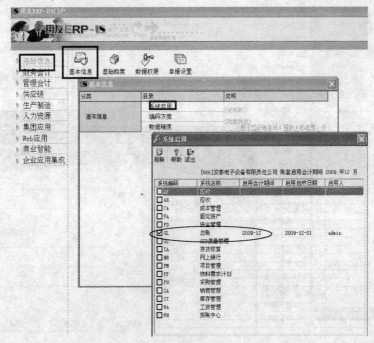

图6-41　"系统启用"界面

（5）同理，双击"编码方案"，弹出"分类编码方案"对话框，采用默认设置，单击"确认"按钮（编码方案也可以进行更改）。

（6）同理，双击"数据精度"，弹出"数据精度定义"对话框，采用默认设置，单击"确认"按钮（数据精度也可以重新进行定义）。

（7）退出，完成设置。

**（二）基础档案设置**

基础档案是系统运行的基础。系统应根据企业的实际情况，结合系统基础设置的基本要求，为新建账套建立相关的基础档案信息，这样才能在后续的账务处理中引用这些基础档案信息。

基础档案设置包括企业机构人员的设置、与企业存在业务往来关系的客户和供应商等单位基本信息的设置、与存货计量与分类等相关信息的设置、财务信息及收付结算等信息的设置。

打开"用友 ERP-U8 门户"，双击"基础档案"图标，弹出"基础档案"对话框，在此，可以进行"机构设置"、"往来单位"、"存货"等基础档案信息的录入设置，如图 6-42 所示。

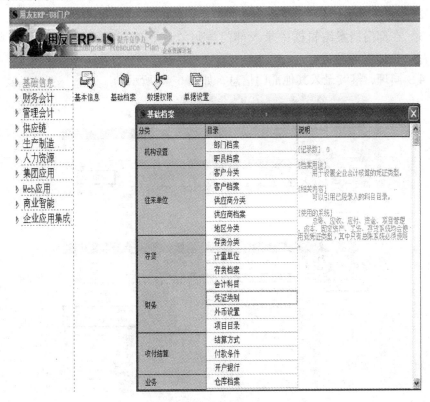

图 6-42 "基础档案"界面

### 1. 机构设置

用友财务软件中的机构设置主要包含部门档案和职员档案两项设置。

（1）设置部门档案信息。部门是指具有财务核算或业务管理要求的单元组织。部门档案信息一般包含部门编码、部门名称（如董事会、销售部、技术部等）、负责人、部门属性、电话、地址等详细信息。操作员打开机构设置中的部门档案对话框，单击"增加"按钮，则可依次录入相关信息，单击"保存"按钮即可，也可以进行"设置"、"修改"和"删除"等操作。

【例 6-10】　为 666 账套设置简要的部门档案信息，具体要求如下：

部门编码：1，名称：董事会。

部门编码：2，名称：财务部。

部门编码：3，名称：采购部。

操作方法如下：

1）在"控制台"界面，打开"基础信息"项，双击"基础档案"图标，弹出"基础档案"对话框，双击"机构设置"下的"部门档案"，弹出"部门档案"对话框。

2）单击"增加"按钮，弹出部门档案编辑框。

3）在部门档案编辑框中录入部门编码"1"，部门名称"董事会"，单击"保存"按钮保存设置。

4）同理，继续录入其他部门信息，如图 6-43 所示。

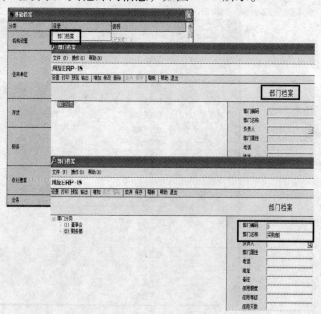

图 6-43　"部门档案"界面

5）单击"退出"按钮，退出部门档案编辑。

注意：用友财务软件中部门档案的编码规则如下：一级部门编号为 1~9 的一位数字，如"董事会"的编码设置为"1"，其下属部门的编号为 01~99 的两位数字。

（2）设置职员档案信息。职员档案是指账套中需要进行核算和会计业务管理的职员的信息。企业不必为每个职工都设置职员信息，一般设置各部门负责人信息即可。如销售部门只需要设置销售部负责人，无须设置每一个销售人员的信息。职员档案在"机构设置—职员档案"中进行设置。

在用友财务软件中只有设置了部门档案之后才可以设置职员档案。

【例6-11】 在 666 账套中，为职员编码 100 号的刘东升、101 号的王安、102 号的李泰设置职员信息（刘东升为董事长兼总经理，王安、李泰分别为董事），为财务部职员编码为 002 号的李晓阳、003 号的王小菲、004 号的杨星（李晓阳为账务主管，王小菲为出纳，杨星为会计）设置职员信息。

操作方法如下：

1）双击图 6-42 所示的"职员档案"目录，打开"职员档案"对话框。

2）选中"董事会"，单击"增加"按钮，弹出"增加职员档案"对话框，如图 6-44 所示。

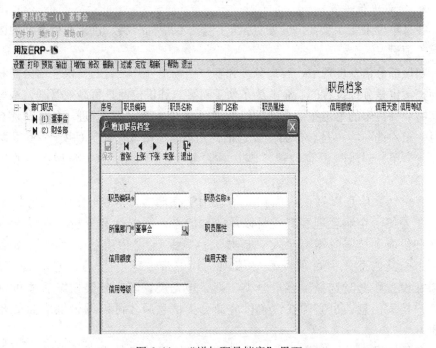

图 6-44 "增加职员档案"界面

3）在职员编码中录入"100"，再填好所属部门、职员属性等其他信息，单击"保存"即可。如图6-45所示。

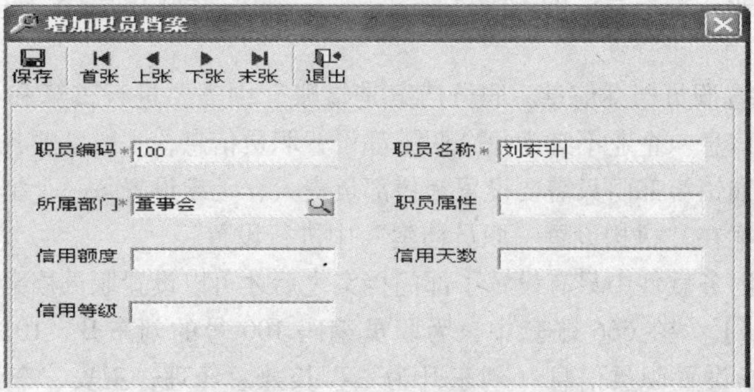

图6-45 "增加员工档案"界面

4）继续单击"增加"按钮，录入董事会其他人员的相关信息并保存。

5）选中"财务部"，单击"增加"按钮，弹出"增加职员档案"对话框，分别录入002号李晓阳、003号王小菲、004号杨星的相关信息，保存即可。

**2. 往来单位设置**

往来单位主要涉及客户分类、客户档案、供应商分类、供应商档案和地区分类等五项设置。

在该部分信息设置中，客户分类和客户档案是分开设置的，供应商分类和供应商档案也是分开设置的。企业为了便于对客户和供应商进行高效管理，最好对与其有业务往来的单位按照合适的标准进行分类，分别实行管理。如果在建立账套时，未勾选"客户是否分类"复选框，则不能使用该功能。（由于666账套业务非常简单，建账时没有勾选"客户是否分类"，因此，666账套不能使用该功能。）

客户档案信息以及供应商档案信息用于存储客户和供应商相关的档案信息，主要便于企业管理客户资料以及数据的录入、统计和分析。在设置客户档案和供应商档案时需要录入"基本"、"联系"、"信用"、"其他"等多张选项卡，其信息分为可填项和必填项，其中带"＊"号的信息为必填项。如果在设置账套时选择了客户分类，则必须先设置客户分类档案后才可以编辑客户档案信息，也必须在设置供应商分类信息后才可以编辑供应商的相关信息。

在具体操作中，客户分类的设置和客户档案信息的设置，以及供应商分类的设置和供应商档案信息的设置，类似于机构设置中部门档案和职员档案的设置。

此外，地区分类也是为了更有效地管理企业的客户和供应商，便于财务软件的数据统计和分析。其设置的具体操作类似于部门档案的设置。

3. 存货设置

用友 ERP-U8 的存货设置主要包含存货分类、计量单位和存货档案设置。

企业拥有原材料、产成品等多项存货，为了提高存货的管理效率以及方便对存货数据的统计、分析和控制，一般要求对存货进行分类管理。用友财务软件提供了存货分类管理功能。存货分类管理首先需要对存货进行分类设置，进行分类编码，实现数字化管理。用友财务软件存货分类设置和部门档案设置的具体操作类似。

计量单位是衡量存货的基本物质单位，不同的存货有不同的计量单位，也是系统核算存货时不可或缺的计量标准。在编辑存货档案之前需要先设置存货计量单位。

存货档案是指与存货相关的各种信息。存货档案设置功能完成对存货目录的设立和管理，便于企业管理各项存货并进行数据统计和分析。用友财务软件中，对存货档案的设置主要包括存货的成本、控制、其他和质检信息。

在具体操作时，打开用友 ERP-U8 企业门户，分别单击"基础档案—存货"下属的"存货分类"、"计量单位"、"存货档案"等目录，按照系统提示，依次录入相关信息并保存设置即可。

4. 财务设置

用友财务软件系统的财务设置主要包含会计科目、凭证类别、外币和项目目录四项设置。

（1）设置会计科目。用友财务软件中提供了"按行业预设科目"选项，建账时若勾选该项目，则系统会按新建账套的行业类型预设一级（总账）会计科目，用户可根据本企业的核算特点新增部分会计科目或明细科目。

【例 6-12】 在 666 账套中，在"银行存款"会计科目下，新增会计科目"建行存款"，科目编码：100201（666 账套建立时，系统已经自动预设了一级会计科目）。

操作方法如下：

1）在用友 ERP-U8 门户，双击"基础档案"，弹出"基础档案"对话框，双击"财务—会计科目"，弹出"会计科目"对话框，如图 6-46 所示。

2）单击"增加"按钮，弹出"会计科目—新增"对话框。

3）依次录入科目编码为"100201"，科目中文名称为"建行存款"，相关"辅助核算"区域中各复选框等。如图 6-47 所示。

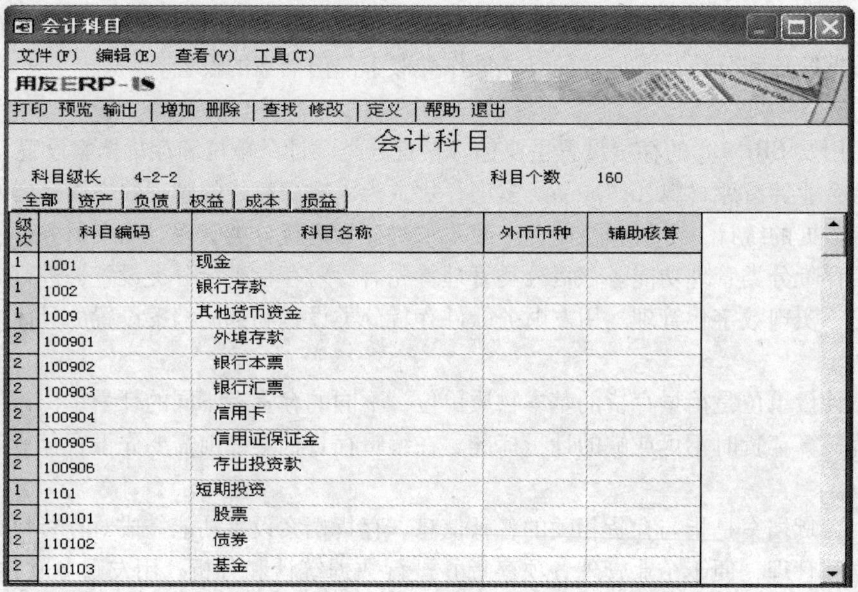

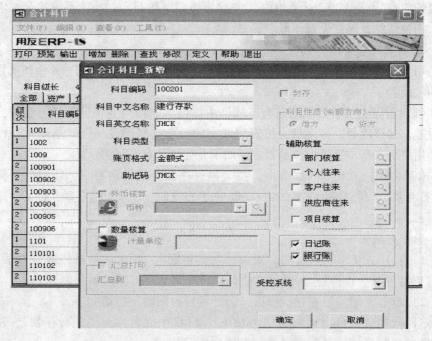

图 6-46    "会计科目"界面

图 6-47    "会计科目—新增"界面

4）单击"确定"按钮，保存设置并退出。

用友财务软件中，还可以对会计科目进行"修改"、"删除"操作。具体操作方法：在"会计科目"窗口选定待操作科目，单击"修改"或"删除"按钮即可对该科目进行修改或者删除操作。

【例6-13】　在666账套中，指定"现金"和"银行存款"科目。

指定会计科目是指定出纳的专管科目，只有指定科目后，才可以执行出纳签字，查看现金和银行存款日记账，从而实现对库存现金和银行存款管理的保密性控制。在指定"现金"和"银行存款"科目之前，需要在建立这两个科目时选中"日记账"复选框。

操作方法如下：

1）在"会计科目"窗口，单击"编辑—指定科目"按钮，打开"指定科目"窗口。

2）单击"现金总账科目"单选按钮，选中"1001 现金"，单击" > "，将"1001 现金"科目选入"已选科目"栏。如图6-48所示。

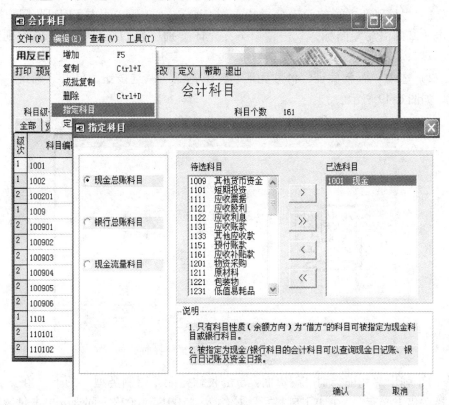

图6-48　指定"现金"科目过程

3）同理，单击"银行总账科目"单选按钮，将"1002 银行存款"选入"已选科目"栏。

4）单击"确认"按钮。

（2）设置凭证类别。为了登账和管理方便，很多企业需要分类管理记账凭证，因此，应对记账凭证进行分类管理。用友财务软件提供五种凭证分类方式供用户进行选择：记账凭证，收款凭证、付款凭证、转账凭证，现金凭证、银行凭证、转账凭证，现金收款凭证、现金付款凭证、银行收款凭证、银行付款凭证、转账凭证，自定义。

凭证分类不影响记账的结果，一般分为收款凭证、付款凭证、转账凭证三种。企业的业务量少时也可以不对记账凭证进行分类，选中"记账凭证"一种分类方式即可。

【例 6-14】 将某账套的凭证类别设置为"收款凭证、付款凭证、转账凭证"三种类型。

操作方法如下：

1）以该账套主管的身份登录用友财务软件，打开"用友 ERP-U8 门户"，双击"基础档案"图标，双击"财务—凭证类别"窗口，打开"凭证类别预置"窗口。

2）选中"收款凭证、付款凭证、转账凭证"单选按钮，单击"确定"按钮。如图 6-49 所示。

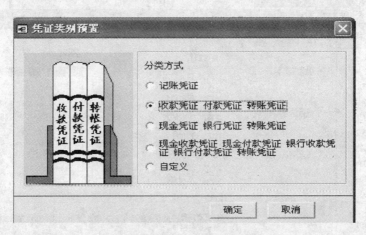

图 6-49 "凭证类别预置"界面

3）弹出"凭证类别"编辑框，单击收款凭证"限制类型"的下三角按钮，选择"借方必有"；在"限制科目"栏输入"1001，1002"。同理，单击付款凭证"限制类型"的下三角按钮，选择"贷方必有"，在"限制科目"栏输入

"1001，1002"；转账凭证的"限制类型"为"凭证必无"，在"限制科目"栏
输入"1001，1002"。如图6-50所示。

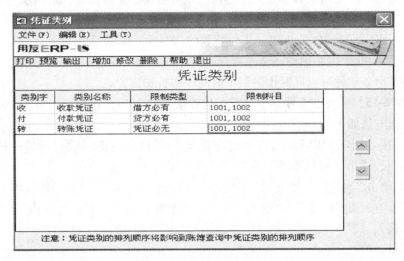

图6-50　"凭证类别"界面

4）设置完毕，单击"退出"按钮。

注：由于666账套业务非常简单，因此，在凭证类别设置时直接勾选"记
账凭证"分类方式。

（3）外币设置与项目目录设置。涉及外币业务的企业需要进行外币设置，
设置外币和汇率。汇率设置仅录入固定汇率和浮动汇率两种。

使用固定汇率记账的用户，在每月制单前应预先录入当月的记账汇率，否则
系统找不到当月汇率，将默认当月汇率为零；使用变动汇率记账的用户，在当天
制单时，应预先录入当天的汇率，否则系统会出错。

此外，企业在实际工作中，需要对多种类型的项目（如在建工程、项目研
发等）进行分类核算和管理。用友财务软件具有该项管理功能，需要进行项目
目录设置。

5. 收付结算设置

用友财务软件的收付结算设置主要包含结算方式、付款条件、开户银行
设置。

（1）结算方式设置。为了便于管理和提高银行对账的效率，用友财务软件
提供了设置银行结算方式的功能。用友财务软件中的结算方式和财务结算方式一
致，主要分为现金结算和支票结算等。

结算方式设置主要涉及"结算方式编码"、"结算方式名称"和"是否票据
管理"三项，结算方式的编码规则为"＊＊＊"。

结算方式设置的具体的操作方法和客户分类设置类似。

（2）付款条件设置。用友财务软件中的付款条件类似于财务管理中的现金折扣。现金折扣是指核算单位为了尽快回笼资金而给予客户在一定期限内的折扣优惠，其目的是鼓励客户尽早付款。如"2/10，1/20，n/30"表示客户在 10 天内付款，可以享受 2% 的折扣（支付货款的 98%），在 20 天内付款可以享受 1% 的折扣，在 30 天内必须偿还全部货款。

用友财务软件可以同时提供四个时间段的折扣设置。

**【例 6-15】** 在 666 账套中，设置付款条件为 2/10，1/20，n/30。

操作方法如下：

1）在"用友 ERP-U8 门户 基础档案"窗口，双击"收付结算—付款条件"按钮，弹出"付款条件"窗口。

2）单击"增加"，弹出"付款条件"编辑窗口。在"付款条件编码"中输入"1"；在"信用天数"中输入"30"；"优惠天数 1"中输入"10"，"优惠率"中输入"2"；"优惠天数 2"中输入"20"，"优惠率"中输入"1"。如图 6-51 所示。

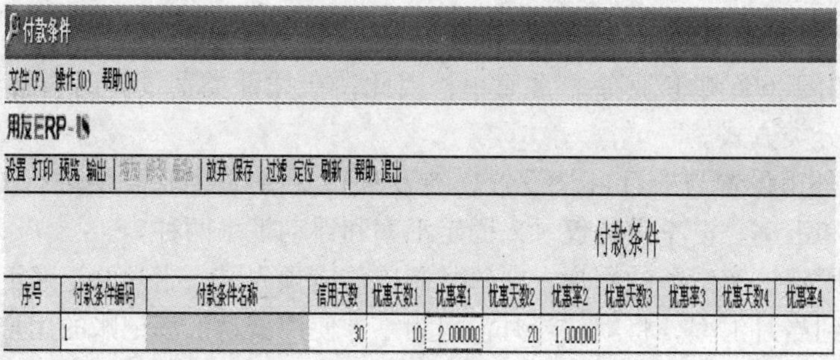

图 6-51 "付款条件"界面

3）单击"保存"按钮，系统自动弹出"付款条件名称"为"2/10，1/20，n/30"。

（3）开户银行设置。由于经营管理的需要，企业往往拥有多个开户银行账号，用友财务软件支持企业具有多个开户行及账号。开户银行一旦被引用，则不能修改或删除。

开户银行的设置主要包括开户银行编码、开户银行名称和银行账号设置。

具体操作方法：双击"收付结算—开户银行"，打开"开户银行"编辑窗口，单击"增加"，输入"开户银行编码"、"开户银行名称"、"银行账号"等信息，单击"保存"即可。

6. 业务设置

业务设置主要包含仓库档案、收发类别、采购类型、销售类型和产品结构等的设置。

**（三）数据权限设置**

数据权限是指角色可使用的功能，解决的是角色能在哪里做什么的问题，如操作员甲能否查看北京分公司销售部张三的销售订单问题。用友财务软件的数据权限设置功能非常强大，包括数据权限控制设置、数据权限设置和金额权限分配设置等。鉴于本书的读者对象是非会计专业人员，本部分内容不作详述。

**（四）单据设置**

在实际工作中，企业往往自行设置本企业常用的单据，如采购订单、销售订单等。用友财务软件具有强大的单据设置功能，主要包含单据格式设置和单据编号设置两项内容。

## 二、总账系统的基础数据设置

总账系统的基础数据设置包含会计科目设置、存货设置、外币及汇率设置、凭证类别设置和会计科目的期初余额录入等多项内容。除了期初余额录入之外，其他基础信息的设置在本书前面章节中已介绍了，本部分主要介绍财务处理系统的基础数据设置。

1. 总账期初余额的录入

初次使用账务处理系统时，应当将手工账目下的期初余额录入会计信息系统。若是在年初建账，输入年初余额即可；如果是在年中建账，则需要输入建账月份的期初余额和本年到此的累计发生额。如某企业是在 2008 年 10 月开始实行会计电算化的，则应将 2008 年 9 月末手工账下各科目的期末余额及 1~9 月的累计发生额录入账务处理系统。

在期初余额的录入中，红字用负号输入，余额和累计发生额的录入从最末级科目开始，系统自动生成上级科目的余额和累计发生额数据。

期初余额的录入方法：依次登录用友 ERP-U8 门户—财务会计—总账—系统菜单—设置—期初余额，打开"期初余额录入"编辑窗口，输入余额数据，如在"现金"栏输入"10 000"，按回车键确认。操作方法如图 6-52 所示。

2. 辅助科目期初余额的录入

对于设置为辅助核算的科目，系统自动为其开设辅助账页。因此，设置了辅助核算的科目总账的期初余额是由辅助账的期初明细账汇总后的数据。在输入该类科目的期初余额时，必须先输入各明细账的数据。

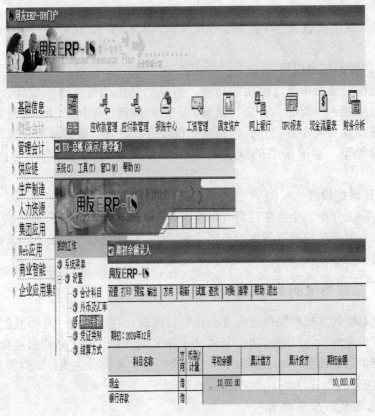

图 6-52 "期初余额录入"界面

【例 6-16】 要求为下面会计科目录入辅助科目期初余额。

会计科目：2121 应付账款；日期：2009 年 11 月 30 日；供应商：广州四维；摘要：购买商品；方向：贷；金额：30 000 元。

操作方法如下：

（1）登录相关的账套。

（2）执行"财务会计—总账—设置—期初余额"，进入"期初余额录入"窗口。

（3）双击"应付账款"的期初余额栏，进入"供应商往来期初"窗口。

（4）单击"增加"按钮，弹出"供应商往来期初"对话框。

（5）输入上述相关的辅助核算信息。如图 6-53 所示。

3. 试算平衡

试算平衡的功能就是检验数据录入的正确性，即借方余额是否等于贷方余额。操作员首次执行会计电算化时，应该将所有手工账下设置的会计科目余额录入会计信息系统，期初余额录入完毕之后应该进行试算平衡。如果试算平衡，系

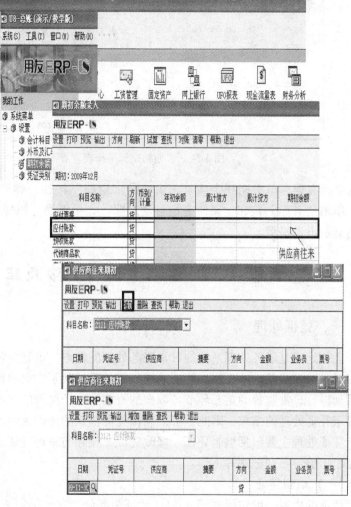

图 6-53　"供应商往来期初"界面

统会显示"试算结果平衡"。期初余额试算不平衡将不能记账，但是可以填制凭证；记账后不能再录入和修改期初余额，也不能结转上年余额，只能浏览。如果要修改，需要将所有记账的凭证取消记账后才可以。因此，录入期初余额之后，一定要检查数据录入的准确性，直到数据试算平衡为止。

操作方法如下：

（1）输完所有的科目余额，在"期初余额录入"窗口，单击"试算"按钮，打开"期初试算平衡表"对话框，如图 6-54 所示。

（2）单击"确认"按钮。如果期初余额不平衡，则修改余额直至平衡为止。

此外，用友财务软件系统自动完成对账功能，检查总账、明细账和辅助账的

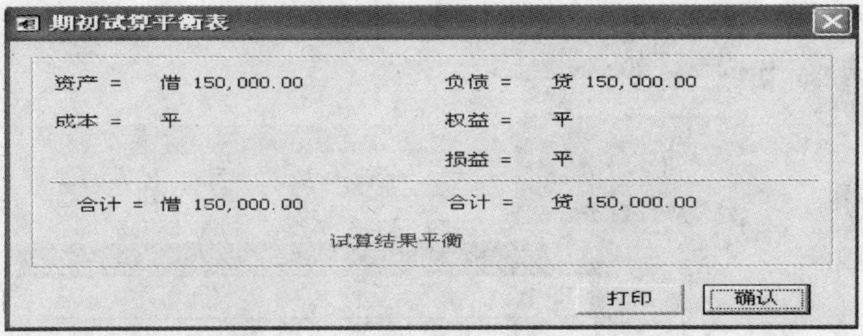

图 6-54 "期初试算平衡表"界面

数据是否有误。单击期初余额录入窗口的"对账"按钮，弹出"期初对账"窗口，单击"开始"按钮，系统开始自动对账。如果无误，则显示对账成功信息，否则显示出错提示。

# 第四节 总账系统的日常处理

## 一、凭证处理

凭证处理是账务处理系统的日常账务处理的起点，也是企业日常会计核算业务中最经常和最基础的工作。凭证的借、贷关系反映了企业的日常业务，是对经济活动进行日常监督的重要环节。数据的查询、电子账簿的准确性和完整性完全依赖于凭证处理的结果，因此，必须确保凭证输入的正确无误。

凭证处理主要包括填制凭证、修改凭证、删除与整理凭证、查询凭证、审核凭证、出纳签字和记账等工作。

### （一）填制凭证

凭证的内容一般包括两部分：① 凭证头部分。它包括凭证类别、凭证编号、凭证日期和附单据数等内容。② 凭证正文部分。它包括摘要、科目名称和金额等内容。填写凭证时，需要同时填写如上两部分。

在实际工作中，主要有两种方式填制记账凭证：① 直接在系统中根据审核无误的原始凭证填制记账凭证，称为前台处理。② 先由人工制单再集中输入计算机，称为后台处理。下面介绍第一种凭证输入方式。

【例 6-17】 12 月 8 日，生产领用一批原材料，全部用于生产产品。领用的总金额为 50 000 元，分别是线路板 10 000 元、液晶显示器 40 000 元，要求填制会计电算化凭证（666 账套，综合案例业务 7）。

操作方法如下：

（1）以制单员"002 李晓阳"的身份注册登录企业门户。

（2）在"用友 ERP-U8 门户"窗口，打开"财务会计\总账"窗口，选择"凭证\填制凭证"，打开"填制凭证"对话框，如图 6-55 所示。

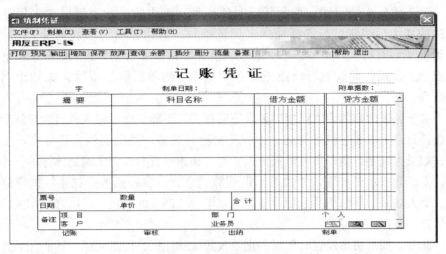

图 6-55　"填制凭证"界面

（3）单击工具栏上的"增加"或"制单"中的"增加凭证"按钮，激活凭证填制界面，增加一张新凭证。

（4）填制凭证头。输入凭证类型，制单日期："2009.12.08"，附单据数："1"。

（5）填制凭证的相关内容。摘要："生产领用原材料"，借方科目名称："410101"，金额："50 000"；贷方科目名称："121101"，金额"10 000"，贷方科目名称："121102"，金额"40 000"，如图 6-56 所示。

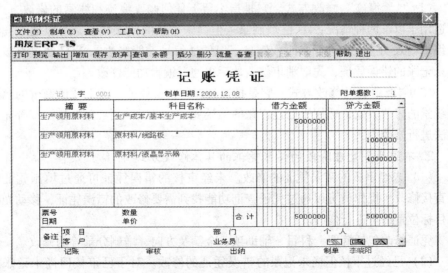

图 6-56　填制记账凭证

（6）单击"保存"按钮，弹出"凭证已经成功保存"信息框，单击"确定"按钮。

关于凭证头的说明：填制凭证时凭证类别可以输入，也可以单击凭证字旁边的放大镜按钮进行选择输入。凭证编号一般由系统分类按月自动编号，每类凭证每月都从0001号开始编号。系统默认制单日期为进入账务系统前输入的业务日期，可以进行修改或者参照输入。附单据数是指输入原始单据的张数。

关于凭证内容的说明：摘要要求简明扼要，不能空白。录入科目时必须录入末级科目，可以通过科目编码，中、英文科目名称，助记码输入。金额不能为零，如果为红字，则以负数形式输入。对于初始设置时设置了辅助核算的会计科目，系统会提示要求输入相关的辅助核算信息，内容包括客户往来、供应商往来、个人往来、部门核算、项目核算，双击所要修改的项目，可以修改相关的辅助信息。

此外，如果初始设置时凭证类别是按照收款凭证、付款凭证、转账凭证进行设置的，则应该区分业务中是否涉及现金与银行收付款业务分别填制三类凭证。填制有辅助核算信息的会计凭证时，输完要求辅助核算的科目后，系统会弹出"辅助项"对话框，应该选择输入相应的辅助信息。

### （二）修改凭证

#### 1. 凭证的修改方式

手工会计下凭证的修改方式已经不再适用会计电算化环境。会计电算化账务处理系统针对不同的业务处理阶段，提供了以下两种不同的修改方式：

（1）"无痕迹"修改方式。它是指不留下任何修改痕迹和线索的修改方式。它适用于以下两种情况：① 已填制录入但尚未审核的错误凭证，可以通过凭证的编辑输入功能直接进行修改或删除，但凭证编号不能修改。② 已经过审核但尚未记账的错误凭证，先取消审核，然后再通过编辑功能修改。

（2）"有痕迹"修改方式。它是指通过保留错误凭证，留下凭证修改的痕迹和线索的修改方式，适用于已经记账的错误凭证，可以采用红字冲销法或补充登记法进行修改。

#### 2. 不同业务处理阶段的错账凭证的具体修改方式

（1）未经审核的错误凭证的修改。未经审核的错误凭证可通过填制凭证功能直接修改。操作员可以通过凭证查询功能找到需要修改的错误凭证，移动光标到目标位置即可进行修改。

凭证修改包括摘要、科目、辅助项、金额及方向、增删分录等的修改。

（2）已经过审核但尚未记账的错误凭证的修改。对于已审核但尚未记账的凭证，如果有误，应先由审核人取消审核签字后，再由制单人对此张凭证通过编辑功能进行修改。在此，审核人不得进行凭证的修改。

具体操作方法如下：

1）以审核人的身份注册登录企业门户。

3）打开"凭证审核"对话框，录入查询条件，查询到需要修改的凭证。

3）单击"取消审核"按钮，取消审核签字。

4）以原制单员的身份重新登录注册企业门户。

5）进入"填制凭证"对话框，按照未审核凭证的修改程序完成凭证修改操作。

（3）已记账的错误凭证的修改。对于已审核且已经记账的错误凭证，常用红字冲销法进行修改。对于已经记账的凭证，如果发现其有错误，则需要编制一张红字凭证冲销错误凭证，再编制一张正确的凭证。编制红字冲销凭证可以自动进行。填制红字冲销凭证时，需要输入制单月份、需冲销的凭证类别和凭证编号。

【例6-18】 在666账套中的业务8中（12月12日，以银行存款预付次年全年的设备保险费5 000元），将借方科目误记为"待摊费用"（正确的科目应该为"预付账款"），并且已经审核入账。要求更改此张错误凭证。

操作方法如下：

1）在"填制凭证"对话框中，单击"制单"菜单中的"冲销凭证"子菜单，弹出"冲销凭证"选择对话框，如图6-57所示。

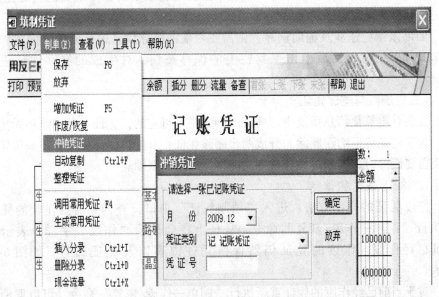

图6-57 "冲销凭证"选择界面

2) 在"冲销凭证"选择对话框中，输入要冲销的凭证的制单月份、凭证类别和凭证号，然后单击"确定"按钮，系统自动按原错误凭证填制一张红字冲销凭证，即金额为红色（表示负数）的凭证。如图 6-58 所示。

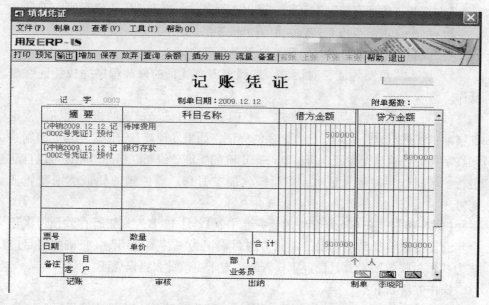

图 6-58　填制红色记账凭证

3) 单击工具栏上的"增加"按钮，按新增凭证填制方法填制正确的凭证，并进行保存。

如果该张凭证涉及辅助核算，则需要对辅助核算信息进行修改，同时修改制单日期等信息，然后单击工具栏上的保存按钮，对生成的红字凭证进行存储。

**（三）删除与整理凭证**

在会计电算化信息系统中，凭证的删除是不可逆的，凭证一经删除将无法恢复。为了避免凭证的误删除，分成两步删除凭证：首先将凭证作废，在确认凭证确实需要删除时，再通过凭证整理功能将凭证彻底删除。

1. 作废/恢复凭证

作废凭证的操作方法：进入"填制凭证"窗口，查询到需要作废的凭证后执行"制单—作废/恢复"命令，凭证上将会显示"作废"字样，表示该凭证已经作废。作废的凭证仍然保留凭证内容以及凭证编号。如图 6-59 所示。

对于当前已经作废的凭证重新执行"制单—作废/恢复"命令，可以取消作废标志，重新恢复为有效凭证。

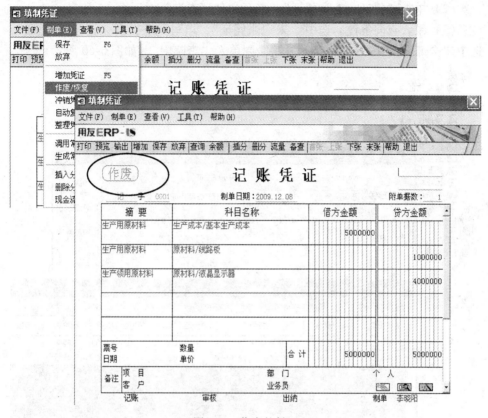

图 6-59　作废的凭证

## 2. 整理凭证

如果企业作废的凭证太多或者不想保留已经作废的凭证，用友财务软件可以通过整理凭证功能将其彻底删除。整理凭证功能将对未记账凭证重新编号，确保凭证编号连续。

用友财务软件的整理凭证功能只能对未审核的凭证进行整理。

### （四）查询凭证

凭证填制功能是各账簿数据的输入口，也提供强大的数据查询功能。用友财务软件可以查询符合条件的凭证信息，也可以查询到当前科目的最新余额以及联查明细账等。

【例 6-19】　以 002 号操作员的身份查询 666 账套 12 月份由李晓阳制单的所有未记账的凭证。

操作方法如下：

（1）以 002 号操作员的身份登录用友 ERP-U8 门户，打开"财务会计—总账"系统。

（2）单击"凭证—查询凭证"，打开"凭证查询"对话框。

（3）录入查询条件，选中"未记账凭证"，填写凭证类别"记 记账凭证"，选中"全部"、记账月份"2009.12"、制单人"李晓阳"，如图6-60所示。

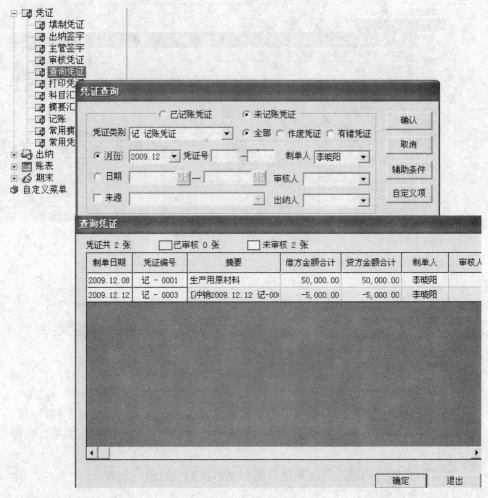

图6-60　"凭证查询"界面

（4）单击"确认"按钮，弹出查询凭证结果提示。

（5）单击"确定"按钮或"退出"按钮。

**（五）审核凭证**

1. 凭证审核的目的及会计内部控制机制

（1）凭证审核的目的。审核凭证是指审核员按照财会制度的规定，对制单员填制的记账凭证进行检查核对，其目的主要有以下两个：① 防止错误和舞弊。为了防止凭证制单过程中的错误以及恶意舞弊行为，需要对填制凭证的正确性和合法性进行检查核对。这种审查主要审核记账凭证是否与原始凭证相符，会计分录摘要是否简明扼要，会计科目是否正确，数据金额是否与原始凭证相符，以及是否违反相关的财经法律法规等。审查过程中发现错误或有异议的凭证，审核员不能直接进行修改，应予以标错并交与制单人员修改后，再次进行审核。② 为记账提供标记（只有经过审核签字的凭证才能记账）。

（2）凭证审核的会计内部控制机制。会计电算化的内部控制一直是财务管理软件中非常重要的一环，凭证审核从会计内部控制制度出发，凭证审核功能应满足内部控制的要求，具体体现如下：① 只有具有审核权限的操作员才能执行本功能。② 审核和制单的权限应该分开，审核人和制单人不能是同一个人。③ 凭证一经审核，就不能修改、删除，只有取消审核后才能进行修改、删除处理。④ 只有审核人自己才具有取消审核的权限。

2. 凭证审核的方法

计算机账务处理系统提供了两种审核机制：静态屏幕审核法和二次录入校验法。以下主要介绍静态屏幕审核法，即由计算机将待审核凭证显示在屏幕上，由审核员通过目测等方式对已输入的凭证进行检查，若审核员发现凭证填制有误或认为有异议，则标错并交由制单人修改后重新审核；若审核无误则按签字按钮执行审核签字，表明审核通过。

【例6-20】 在666账套中，以003号操作员王小菲的身份审核2009年12月份0003号记账凭证。

操作方法如下：

（1）以操作员王小菲的身份注册登录企业门户，打开"财务会计—总账"，点击"凭证—审核凭证"，打开"凭证审核"选择对话框，如图6-61所示。

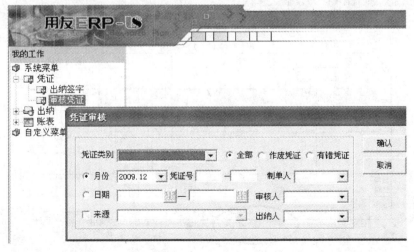

图6-61 "凭证审核"界面

（2）设置凭证审核查询范围条件。在此，填写凭证类别"记 记账凭证"，月份"2009.12"，凭证号"0003"（若在范围选择时保持默认状态，则针对审核日期前所有未审核凭证进行审核，审核完一张凭证，系统自动进入下一张待审核凭证界面）。如图 6-62 所示。

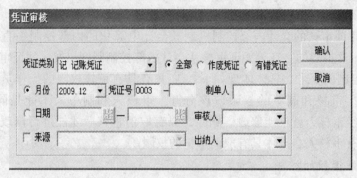

图 6-62　审核记账凭证

（3）单击"确认"按钮，进入"审核凭证"审核对话框。

（4）检查凭证信息。若检查无误，单击工具栏"审核"按钮，系统在该凭证底部的"审核"位置处自动添加审核人姓名"王小菲"，完成对该张凭证的审核，如图 6-63 所示（若认为该张凭证有问题，可单击工具栏"标错"按钮，系统在该张凭证的左上角标注"有错"字样，单击"确定"按钮，完成标错处理。对已标错凭证，再次单击"标错"按钮可取消"有错"字样）。

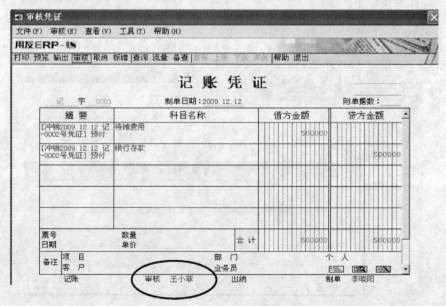

图 6-63　完成审核记账凭证

（5）单击"退出"按钮。

如果有未审核完的凭证，单击"下张"按钮，可以执行对其他凭证的审核。不能审核"作废"凭证，也不能对其进行标错；只有取消作废标记之后才可以审核。

如果发现已审核的凭证有错误，如果凭证尚未记账，则可通过系统的"取消审核"功能，直接将审核员的签字取消即可。

此外，用友财务软件账务处理系统提供了主管签字功能。某些企业基于会计内部控制的角度，要求会计主管对所有的记账凭证执行审核签字后方能记账，在这种情况下，需要使用主管签字功能。使用主管签字功能时应首先在系统"选项"中选择系统控制参数"凭证必须经由主管会计签字"，这样凭证才需要进行主管签字。

3. 出纳签字

出纳签字是指出纳人员对制单员填制的带有库存现金、银行存款科目的凭证进行检查核对，主要核对出纳科目的金额是否正确。审查认为错误或有异议的凭证，交与填制人员修改后再核对。出纳签字是一种特殊的凭证审核操作。如果系统设置了出纳凭证必须由出纳签字，则未经过出纳签字的凭证审核人员不能进行审核。

在会计电算化信息系统中，要进行出纳签字，必须设置如下两项内容：

（1）在设置系统控制参数时在"选项"栏中选中"出纳凭证必须经由出纳签字"复选框，这样出纳凭证才需要进行出纳签字，如图6-64所示。

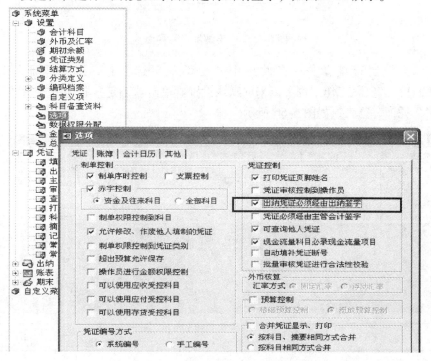

图 6-64　设置"出纳凭证必须经由出纳签字"

（2）指定出纳签字会计科目后，才能进行出纳签字。

【例6-21】 更换操作员，以出纳"王小菲"的身份登录666账套，对出纳凭证进行出纳审核签字。

操作方法如下：

（1）在用友 ERP-U8 门户，单击"控制台—重注册"按钮，打开"注册企业门户"窗口，以"王小菲"的身份重新注册登录666账套，单击"财务会计—总账"，选中"系统菜单—凭证—出纳签字"，打开"出纳签字"对话框，如图6-65所示。

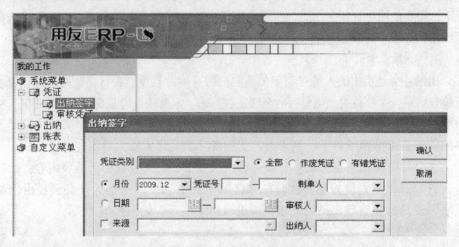

图6-65 "出纳签字"界面

（2）设定查询条件。在此选中"全部"单选按钮，选择凭证的月份"2009.12"。实际工作中也可以采取默认设置。单击"确定"按钮，显示"出纳签字"凭证一览表，如图6-66所示。

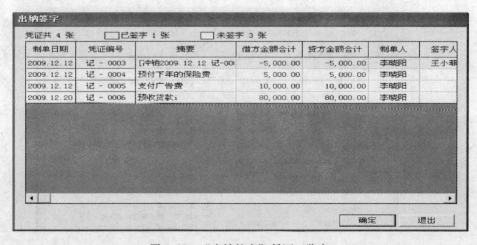

图6-66 "出纳签字"凭证一览表

（3）选择需要签字的凭证，双击打开"出纳签字"窗口。

（4）检查凭证信息。若检查结果无误，则单击工具栏中的"签字"按钮，系统在该凭证底部的"出纳"位置处自动添加出纳姓名"王小菲"，完成对该张凭证的出纳签字。如图6-67所示。

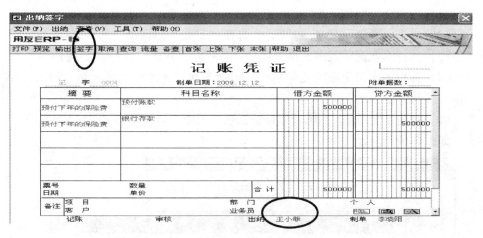

图6-67　完成出纳签字功能

（5）出纳签字完成后，单击工具栏"退出"按钮。单击"取消"按钮可以结束本次出纳签字操作。此外，出纳签字完成一张凭证后，单击"下张"按钮可以对下一张凭证执行审核签字功能。

**（六）记账**

记账是指将凭证记录的信息登录到具有固定的账户结构的账簿中去，也称登账，是财会工作的重要环节。记账凭证只有经过审核签字后，才可以登记总账、明细账、日记账及其他账簿。

手工方式下的记账工作非常烦琐，需要若干财会人员花费大量时间才能完成，且由于数据的频繁抄录，极易出错。在会计电算化信息系统中，记账变得非常简单、准确。有记账权限的操作员只要使用记账模块，记账工作便由计算机自动、准确、高效地完成。在会计电算化下，记账采用向导方式，过程更加明确，不用任何人工干预，且记账不受时间限制，可以一天记多次账，也可以多天记一次账。

首次使用会计电算化信息系统，如果期初余额试算不平衡，则不能进行记账。不能对未审核的凭证执行记账功能，记账范围应该等于或者小于已经审核的范围。记账过程中，不得中断退出；如果因故中断记账，系统将自动调用"恢复记账前状态"恢复数据，然后重新执行记账工作。上月没有结账，本月也不能结账。

此外，用友财务软件还提供了"取消记账"功能。在某些情况下，由于账务处理业务本身存在先后程序以及误操作问题从而引起记账信息错误，此时需要使用该软件的"取消记账"功能对已记账凭证取消记账。为了避免该操作引发信息混乱，在账务处理系统中，只有主管会计有此项权限。

**【例6-22】** 以002号操作员李晓阳的身份对666账套未记账凭证执行记账功能。操作方法如下：

（1）以002号操作员李晓阳的身份登录666账套。

（2）单击"总账—凭证—记账"，打开"记账"对话框。

（3）选择本次记账范围，单击"全选"按钮，单击"下一步"按钮。

（4）弹出本次待记账的凭证范围，包括本次待记账的凭证张数，单击"下一步"按钮。

（5）单击"记账"，系统开始自动记账。记账完毕，弹出记账成功提示。

如图6-68所示。

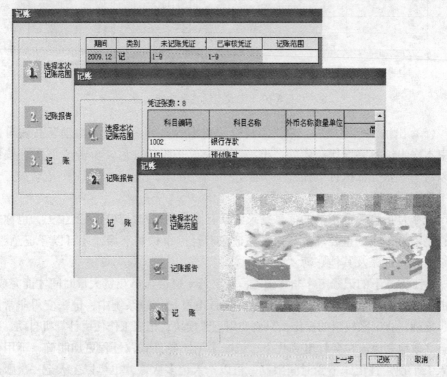

图6-68　"记账"界面

## 二、出纳管理

出纳掌管企业现金的收支，出纳管理是财会核算管理的最基本、最重要的工作之一。按照有关规定和制度，出纳办理本企业的现金收付和银行结算业务，登记现金和银行存款日记账，保管库存现金和各种有价证券，保管有关财务印章及有关票据等工作。

在会计电算化信息系统中，出纳管理工作主要包括对收（付）款凭证的出纳审核签字（前述凭证处理部分已经进行了介绍），收（付）款单据填制，支票等票据管理，银行对账，库存现金和银行存款日记账以及资金日报表的查询和输出，以及对长期未达账项提供审计报告等。

### 三、账簿管理

企业的经济业务经过制单、出纳签字、审核、记账等会计处理程序之后，在计算机系统中形成了正式的电子会计账簿。账簿管理包括基本会计核算账簿的查询、统计、打印输出以及各种辅助账的查询和输出等操作。

#### （一）账簿管理的含义

1. 基本会计核算账簿管理

基本会计核算账簿管理主要是指科目账的管理，主要包括总账、明细账、日记账、余额表、多栏账等的查询和输出等。

2. 辅助账管理

辅助账管理主要包括客户往来、供应商往来、个人往来、部门核算、项目核算辅助账簿的总账、明细账的查询和输出，以及部门收支分析和统计输出等。

#### （二）账簿管理的一般操作

要对账簿进行查询和输出，一般首先需要登录总账系统，单击"账表"下面的查询内容。如单击"科目账"下面的"明细账"，则打开"明细账查询条件"对话框，输入相关的查询条件，如选中"月份综合明细账"，单击"确定"按钮，系统会将符合条件的记录列示出来，如图6-69所示。

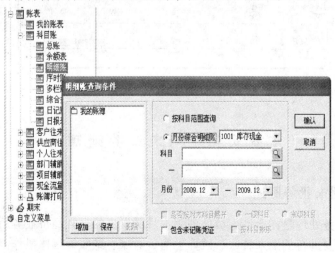

图6-69　"明细账查询条件"界面

双击查询窗口显示的记录，如"摘要：支付销售搬运费"，还可以进行相关的数据联查，如图 6-70 所示。

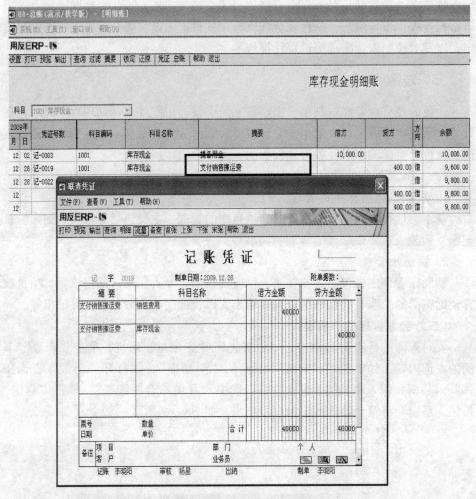

图 6-70 "联查凭证"界面

## 第五节 期末业务处理

### 一、期末业务概述

期末业务处理是指会计人员处理完本月所发生的日常经济业务后，在每个会计期末都需要进行的期末转账、试算平衡、对账、结账等具体操作。期末会计业务具有较强的规律性，可由计算机自动完成操作。

1. 期末业务的特点

（1）业务多集中在会计期末。

（2）数据来源于系统中的会计账簿。

（3）没有证明经济业务是否发生的原始凭证。

（4）期末业务处理有一定的程序。

2. 期末业务处理的基本要求。

（1）必须事先定义自动转账凭证模块。

（2）期末自动转账凭证每月只能生成一次，需要严格控制。

（3）为了保证转账数据的完整性和准确性，在自动生成转账凭证前必须将本月的业务全部登记入账。

（4）必须严格按照业务先后顺序进行转账，否则可能导致系统数据出错。

（5）系统自动生成的记账凭证属于未记账凭证，需经过审核才能登记入账。

总账系统期末的转账处理通过自动转账功能模块实现。自动转账功能模块分为转账定义凭证模块和转账生成凭证模块两个部分。利用转账定义凭证模块可以设置自动转账凭证模板，利用转账生成凭证模块可以依据模板定义规则生成自动转账凭证。总账系统提供六种转账形式，如下所述。

## 二、总账系统的期末具体转账形式

1. 自定义转账设置与凭证生成

自定义结转是系统中最具灵活性的自动结转设置方式，任何期末费用分摊和计提、部门核算、税金计算、结转业务等均可通过自定义结转方式进行定义。自动转账业务同时适用于期末转账业务和日常业务处理。如果往来业务是在应收、应付系统中处理的，那么，在总账系统中需按科目总额进行结转。

【例6-23】　设置综合案例中业务16的自动转账（12月28日，将本月发生的制造费用转入生产成本），并生成自动转账凭证。会计分录如下：

借：生产成本/基本生产成本（410101）　　取对方科目计算结果

　　贷：制造费用（4105）　　　　　　　期末余额

操作方法如下：

（1）在"总账"窗口，打开"期末　转账定义—自定义转账"命令，打开"自定义转账设置"对话框。

（2）单击"增加"按钮，打开"转账目录"对话框，依次录入转账序号、转账说明和凭证类别。

（3）在"科目编码"栏录入"410101"，双击"方向"栏，选择"借"。

（4）向右移动对话框下方的滚动条，双击"金额公式"栏，单击随后显示的放大镜按钮，打开"公式向导"对话框。

（5）在列表框中选择相应的公式，在此，选中公式名称"取对方科目计算结果"，单击"下一步"，打开下一个"公式向导"对话框。

（6）在"科目"栏输入科目代码（在此，取默认值），单击"完成"按钮，如图 6-71 所示。

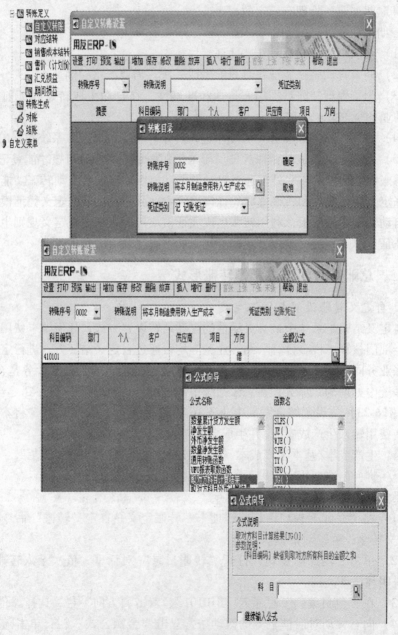

图 6-71 自定义转账借方科目设置过程

（7）返回"自定义转账设置"窗口，单击"增行"按钮，按如上步骤输入贷方分录的摘要、科目编码"4105"和方向"贷"，打开"公式向导"对话框。

（8）在"公式向导"对话框中将公式名称设为"期末余额"，单击"下一步"按钮。

（9）在"科目"文本框中输入科目编码"4105"、期间"月"，单击"完成"按钮。

（10）自定义转账分录完成，单击"保存"按钮，如图 6-72 所示。

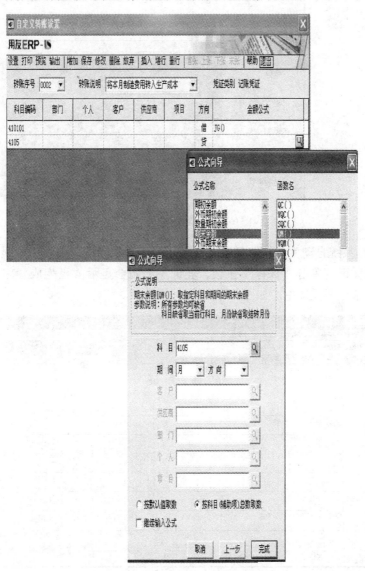

图 6-72　自定义转账贷方科目设置过程

（11）在"总账"窗口中，打开"期末—转账生成"命令，打开"转账生成"对话框。

（12）选中"自定义转账"单选框，系统右边弹出已经设置的自定义转账内容；选择需要转账的项目，双击"是否结转"栏，出现"Y"标记后，点击"确定"按钮。如图 6-73 所示。

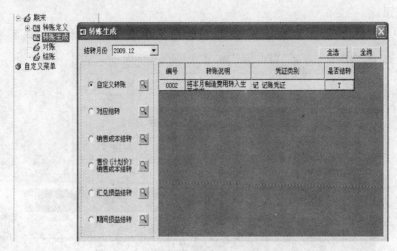

图 6-73　"转账生成"界面

（13）系统自动生成转账凭证，在打开的"转账生成"窗口中会显示已经生成的转账凭证。单击"保存"按钮，凭证左上角会显示"已生成"字样并被自动追加到未记账凭证中。如图 6-74 所示。

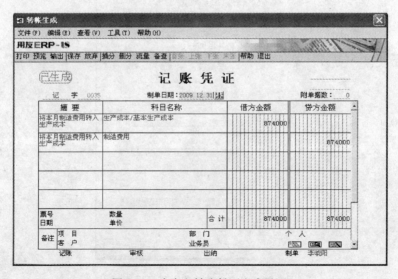

图 6-74　自定义转账凭证生成界面

此外，综合案例中的业务 25 也可以通过自定义转账方式自动编制记账凭证。其会计分录如下：

借：所得税费用（5701）　　　　　　　取对方科目计算结果

　　贷：应交税费/应交所得税（217106）　本年利润（3131）×25%

其中，贷方"应交税费/应交所得税（217106）"金额公式的设置如图 6-75 所示。其他自定义转账业务可参照前述步骤。

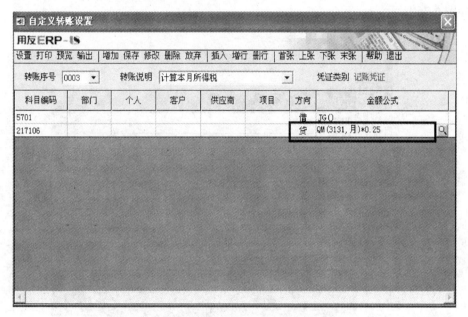

图 6-75　贷方余额公式的自定义转账设置显示

### 2. 对应结转及凭证生成

对应结转可进行两个科目的一对一结转，也提供科目的一对多结转功能。对应结转的科目可为上级科目，但其下级科目的结构必须一致，即具有相同的明细科目且能一一对应。如有辅助核算，则两个科目的辅助核算类型也必须一一对应。此功能只能用于结转期末余额。

【例 6-24】　综合案例中的业务 26，结转本年利润到利润分配（借：本年利润　43 020，贷：利润分配　43 020）。

转出科目编码：3131，转出科目名称：本年利润。

转入科目编码：314115，转入科目名称：利润分配/未分配利润。

结转系数：1。

操作方法如下：

（1）在"总账"窗口中，单击"期末—转账定义—对应结转"按钮，打开"对应结转设置"对话框。

（2）设置对应结转的编号、凭证类别、摘要和转出科目"3131"。

（3）单击"增行"按钮，设置转入科目"314115"和结转系数"1"。

（4）设置完毕，单击"保存"按钮。

（5）在"总账"窗口中，执行"期末—转账生成"命令，打开"转账生成"对话框。

（6）选中"对应结转"单选框，系统右边弹出已经设置的对应结转内容。如图6-76所示。

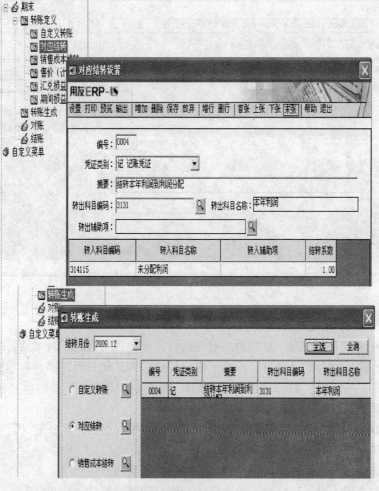

图6-76　"对应结转设置"过程

（7）选择需要转账的项目，单击"确定"按钮，系统自动生成转账凭证。单击"保存"按钮，凭证左上角会显示"已生成"字样，系统自动将该张凭证追加到未记账凭证中，如图6-77所示。

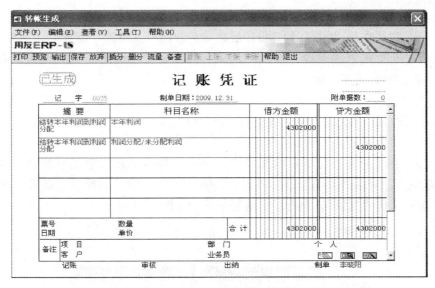

图 6-77　对应结转凭证生成界面

### 3. 销售成本结转

销售成本等于系统计算各类商品销售成本并进行结转。销售成本结转涉及三个会计科目"库存商品"、"主营业务收入"和"主营业务成本"，结转时，要求将这三个科目及其下级明细科目设置相同的结构，同时要求设置为数量核算，但不能设置为往来辅助账，否则将不能采用全月平均销售成本结转方法进行定义。

### 4. 商品售价（计划价）销售成本结转

按商品售价（计划价）结转销售成本或调整月末成本。

### 5. 汇兑损益结转

汇兑损益是指在持有外币货币性资产或负债期间，由于外币汇率的变动而引起的外币货币性资产或负债的价值发生变动而产生的损益。如果外币已经结清，则不适合在总账系统中结转汇兑损益，汇兑损益只处理外币存款户、外币现金、外币结算的各种债权和债务。在总账系统中，根据期末外币总额和汇率计算汇兑损益。总账系统汇兑损益的结转，需要先定义计算汇兑损益的自动转账凭证，期末由系统自动生成汇兑损益凭证。

### 6. 期间损益结转

会计期间终了时，需要将损益类科目的余额结转到本年利润科目中以及时反映企业的经营成果。期间损益结转的主要是收入和费用类科目，损益计算结转主要包括将本期取得的各项收入和费用结转到"本年利润"账户以及计算并结转所得税。

【例 6-25】　以 002 号操作员李晓阳的身份登录企业门户，结清 666 账套 2009 年 12 月份的损益类账户（666 账套中的业务 24）。

操作方法如下：

（1）以操作员"002"的身份注册登录企业门户，单击"财务会计—总账"按钮，打开总账管理系统，单击"期末—转账定义—期间损益"按钮，进入"期间损益结转设置"窗口。

（2）设置凭证类别，在"本年利润"科目文本框输入科目代码"3131"，单击下方列表框中任意位置，将显示"损益科目编号"和"损益科目名称"等。单击"确定"按钮。

（3）在"总账"窗口系统菜单中，单击"期末—转账生成"按钮，打开"转账生成"对话框，填写结转月份"2009.12"，选中"期间损益结转"单选框，类型选择"支出"，单击"全选"按钮，如图6-78所示。

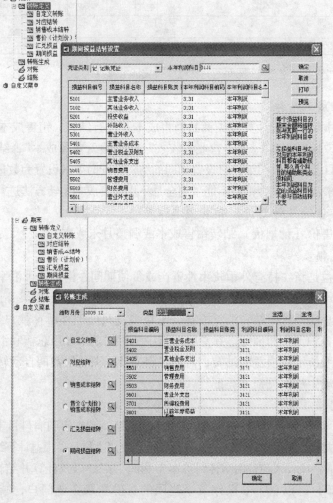

图6-78　"期间损益结转"设置过程

（4）单击"确定"按钮，系统自动计算相关数据，将成本、费用类账户的期末余额转入本年利润账户，生成转账凭证，单击"保存"按钮即可。如图6-79所示。

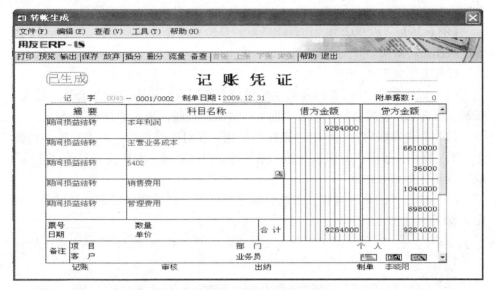

图 6-79　期间损益结转凭证生成界面

（5）同理，结转收入类科目到本年利润账户。注意在"转账生成"窗口中将转账类型选择为"收入"。

注意：在期末转账过程中，若自动转账生成的凭证类别、制单日期和附单据数与实际有出入，则可在凭证上直接修改；若生成的转账凭证无误，一般单击凭证窗口工具栏"保存"按钮保存凭证即可，此时生成的凭证自动归入未记账凭证中。

### 三、对账及试算平衡

1. 对账

对账是会计业务处理的一项重要工作，它是指为了确保账簿记录的正确、完整与真实性，在有关经济业务入账以后，会计人员所进行的账簿记录的核对。手工方式下的对账工作非常烦琐，包括账证核对、账账核对和账实核对三部分。在会计电算化信息系统中，对账的内容已发生了很大变化，主要包括总账与明细账、总账与辅助账以及各个子系统与总账系统的核对。

一般说来，只要正确地录入记账凭证，由计算机自动完成记账后的各种账簿都应该是正确、平衡的。会计信息系统中的账证不符和账账不符主要来源于程序的非法操作、计算机病毒感染等。因此，为了保证账证相符、账账相符，企业应经常使用"对账"功能进行对账，至少一个月一次，一般可在月末结账前进行。

2. 试算平衡

试算平衡是指将系统中设置的所有科目的期末余额按会计平衡公式"借方余额＝贷方余额"进行平衡检验，并输出科目余额表及是否平衡信息。

**【例6-26】** 以002号操作员李晓阳的身份登录企业门户，对2009年12月份的数据进行对账。

操作方法如下：

（1）以操作员"002"的身份注册登录企业门户，单击"财务会计—总账"按钮，打开总账管理系统，单击"期末—对账"按钮，进入"对账"窗口。

（2）勾选对账内容，单击"选择"按钮，在对账月份的"是否对账"栏作上"Y"标记，单击"对账"按钮，系统开始自动对账；对账完毕显示"正确"或"错误"的对账结果。

（3）单击"试算"按钮，系统自动进行试算，试算完毕显示试算结果。如图6-80所示。

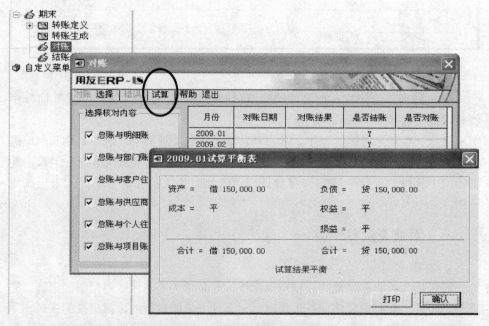

图6-80 "试算平衡表"界面

（4）单击"确认"或"退出"按钮，退出对账程序。

## 四、结账

结账一般在会计期末进行，是指计算并结转各账户的本期发生额和期末余额，形成下月的期初数据。其实质是终止本期的账务处理工作并为下期的会计处理工作作准备。结账后当月将不再允许进行经济业务处理，结账后当期的数据也不能修改。

在会计电算化信息系统中，必须在处理完本月所有的经济业务后才可以结账；结账工作必须逐月连续进行，如果上月未结账，则本月不能结账；期末结账工作是总账系统核算期末处理的最后一项工作，只有其他子系统已完成结账处理，总账系统才可以进行结账。

【**例6-27**】 以002号操作员李晓阳的身份登录企业门户，对666账套中的2009年12月份的数据进行结账处理。

操作方法如下：

（1）以操作员"002"的身份注册登录企业门户，单击"财务会计—总账"按钮，打开总账管理系统，单击"期末—结账"按钮，进入"结账"窗口。

（2）单击结账月份"2009.12"按钮，如图6-81所示。

图6-81 "结账"界面

（3）单击"下一步"按钮。

（4）单击"对账"按钮，系统对要结账的月份进行账账核对，如图6-82所示。

（5）单击"下一步"按钮，系统显示"2009年12月工作报告"。

（6）检查工作报告，单击"下一步"。

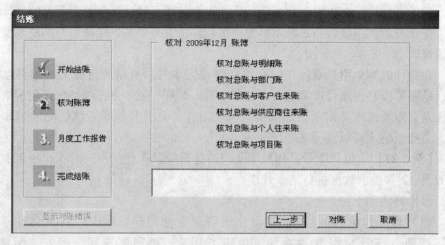

图 6-82　账账核对

（7）单击"结账"按钮，系统进行结账处理（如符合结账要求，系统将进行结账，否则不予结账）。

特别需要注意的是，只有具有结账权限的人才可以进行结账。结账前，系统会进行数据备份。结账完毕之后，就可以进行报表的编制工作了。

# 第六节　主要财务会计报表的制作

企业完成了日常的会计处理业务之后，就要进行财务会计报表的编制。财务会计报表综合反映了企业在一定时期内的财务状况、经营成果和现金流量，是会计核算的总括性报告文件。手工会计和会计电算化信息系统，都需要定期编制财务会计报表。

用友财务软件中专门用来编制各种财务会计报表的子系统是电子报表系统。该系统具有强大的报表编制和数据处理功能，也可以通过会计凭证和账簿数据定义自动生成报表数据。

## 一、电子报表系统概述

电子报表系统的基本概念包括报表结构、报表单元报表状态、报表的编制方式等。

### （一）报表结构

电子报表可分为简单报表和复合报表。无论是哪一种报表，一般都由标题、表头、表体和表尾四个基本要素组成。

（1）标题。它主要用于标注报表的名称。

（2）表头。它主要描述报表的编制单位、编制时间、编制计量单位和报表栏目名称等内容。

（3）表体。表体是报表的数据部分，是报表的主体和核心。表体由表格元素或单元组成。

（4）表尾。表尾是用以辅助说明的部分，主要说明编制人、审核人、附注等。

## （二）报表单元

报表单元是指由表行和表列所确定的，专门用于填列各类数据的方格。报表单元是构成报表的基本元素，也是组成报表的最小单位，每一个单元都有固定的地址、内容和格式。

（1）单元地址。表体是由若干行和列组成二维表，通过行和列组合可以找到二维表中任何位置的数据。每一个单元格唯一地确定一个单元地址，每个单元就是一个变量。确定一个数据所在位置的要素为 < 列 >、< 行 >（命名遵照 EX-CEL 命名规则），如 D10 表示第 10 行第 4 列的数据单元。可以对单元进行定义、赋值、输出等操作，也可以在表达式中引用单元。

（2）单元内容。报表格式中的单元内容包含计算公式、数值型数据和字符型数据。类似于 EXCEL 中公式的编辑，在输入计算公式时一般以 " = " 开头，表示公式的录入。如 " = D6 + D7 + D10" 就是表示录入公式。

（3）单元格式。报表的单元格式主要是指单元数据的显示或打印输出的格式，包括字体、字号、对齐方式、数据类型、边框、数据颜色和背景色等。

## （三）报表状态

电子报表系统的状态分为格式状态和数据状态两种。设计报表格式和报表数据处理分别是在两种不同的状态下进行的。

（1）格式状态。格式状态主要用于设计报表的格式，如设计报表尺寸、行高、列宽、单元属性与风格、组合单元、关键字等。格式状态下所做的操作作用于本报表所有的表页。报表的单元公式（计算公式）、审核公式、舍位平衡公式也在格式状态下定义。在格式状态下只能看到报表的格式，不能看到报表数据，不能进行数据的录入、计算等操作。

（2）数据状态。数据状态用于报表的数据处理。在该状态下，不能修改报表的格式，可以输入数据、增删表页、审核、舍位平衡等。在数据状态下，能看到报表的全部内容，包括格式和数据。

## （四）报表的编制方式

用友财务软件中，财务会计报表主要有两种编制方式：① 由用户根据本企业的特点和要求自己定义编制的符合本企业核算特点的报表，一般由通用报表系统生成。② 通过系统预先设定的格式和取数函数，由专用报表模块生成预置报表。

（1）自定义报表。自定义报表是指由用户定义生成的报表。在企业常用的报表中，资产负债表、损益表、现金流量表等对外报表以及部分内部管理报表，一般使用自定义方式编制。

（2）报表模板。一般财务软件都在程序设计时预置了某些报表的格式和数据公式，使用时用户按照规定的程序调用即可。财务软件系统提供了常用报表的模式模板。报表模板方便、快捷，用户只需要输入少量参数或者进行简单的设置就可以迅速建立一张符合需要的财务会计报表。

对于报表模板没有提供标准格式但是本企业经常使用的报表，财务软件还可以将其定制为报表模板，以后使用时直接调用该模板即可。

## 二、电子报表系统的主要功能与操作流程

### （一）电子报表系统的主要功能

电子报表系统的基本功能一般通过菜单或工具栏图标方式提供，采用集成操作界面的方式操作。它一般包含文件管理、报表定义（模板）等功能，如图6-83所示。

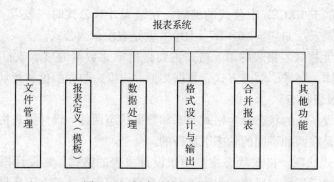

图 6-83　报表系统的基本功能图

1. 文件管理功能

报表系统除能完成一般文件的管理外，还提供以下多种文件管理功能：

（1）数据文件类型转换功能。用友电子报表文件可以转换为文本文件、DBF文件、EXCEL文件等多种文件类型，如可以将"资产负债表.rep"文件转换为"资产负债表.xls"文件。

（2）报表导出功能。用友电子报表系统可以将各种报表导出生成备份文件数据。

（3）报表维护功能。它包括报表删除、报表更名、报表结构复制、报表数据备份和恢复功能。

### 2. 报表定义（模板）功能

它包括报表模板管理、报表与单元格式定义等。用友财务软件内置了十几种套用格式和多个行业的标准财务报表模板，方便用户便捷、快速的调用。此外，该软件还提供了自定义功能，用户可以根据本企业的特点和要求，自定义设置编制出符合本企业核算特点的报表。

### 3. 数据处理功能

用友财务软件具有强大的数据处理功能，包括报表重算，表页的增、删与排序管理，图形处理，报表汇总，报表分析和报表排序等。

### 4. 格式设计和输出功能

用友财务软件可以设置报表的尺寸、表头、标题、行高列宽、网格线、字体、颜色、显示背景等，从而设置出实用、美观的图表。通过报表的输出设置功能，可以实现报表的打印输出、屏幕显示输出、文件类型转换输出等。

### 5. 合并报表功能

该功能可以实现报表的上报、接收和合并处理等操作。

### 6. 其他功能

除了上述功能外，用友财务软件还可以通过各种图表处理，采用比较分析、比率分析、结构分析等方法进行各种财务分析，实现多种财务管理功能。

### （二）电子报表系统的操作流程

编制报表的操作流程主要是两步：首先定义报表，然后生成报表。定义报表相当于电子报表系统的初始化设置，需要定义单元格的格式、取数函数、审核公式等。只要报表的格式和取数关系不变，报表定义以后就无须修改。报表的生成和输出经常会有小的变动，需要经常修改。一般情况下，电子报表系统的操作流程如图 6-84 所示。

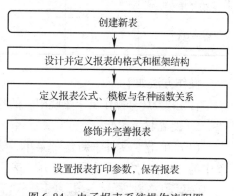

图 6-84　电子报表系统操作流程图

## 三、报表系统的初始化设置

报表系统的初始化设置主要包括报表格式设计、公式设置和模板设置。

要使用用友电子报表系统设计报表格式，编制报表，首先应该启动报表系统，建立一张空白报表，在该空白报表的基础上设计报表格式。

【例 6-28】　以 002 操作员"李晓阳"的身份登录用友电子报表系统。

操作方法如下：

（1）以操作员"李晓阳"的身份登录"用友 ERP-U8 门户"。

（2）在"用友 ERP-U8 门户"，双击"控制台—财务会计—UFO 报表"，弹出"UFO 报表"窗口。

**（一）报表格式设计**

它主要是对报表的外观格式进行设计，包括设计报表尺寸、表标题、表日期、定义组合单元、画表格线、输入报表项目、定义报表的行高列宽、设置报表的单元属性等。

下面举例说明如何设计报表格式，从而设计出一张符合本企业核算要求的会计报表。

**【例 6-29】** 以 002 号操作员李晓阳的身份，设计一张 666 账套的简易资产负债表，如表 6-2 所示。

表 6-2    666 账套资产负债表（简易）

| 单位名称：×××× | | | ××××年 | | ××月 |
|---|---|---|---|---|---|
| 资　　产 | 期　初　数 | 期　末　数 | 负　　债 | 期　初　数 | 期　末　数 |
| 流动资产 | | | 流动负债 | | |
| 长期投资 | | | 长期负债 | | |
| 固定资产 | | | 负债总计 | | |
| 无形及其他资产 | | | 所有者权益 | | |
| 资产总计 | | | 负债及所有者权益总计 | | |

操作方法如下：

首先以 002 号操作员"李晓阳"的身份登录企业门户，打开"UFO 报表"系统。

1. 设置报表尺寸

（1）单击"文件—新建"菜单，进入新建 UFO 报表窗口，单击"格式"菜单中的"表尺寸"菜单项，打开"表尺寸"对话框，如图 6-85 所示。

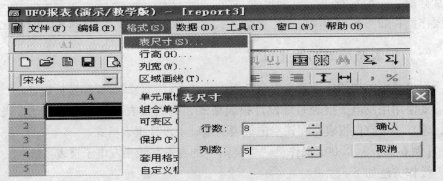

图 6-85　"表尺寸"界面

（2）直接输入或单击对话框上中微调按钮输入行数"8"、列数"5"。

（3）单击"确认"按钮完成表尺寸设置。

2. 调整报表的行高或列宽

报表的尺寸可以采用默认设置，也可以随意调整报表的尺寸大小，即调整报表的行高或列宽。

如：定义上述报表第1行的行高为14mm，第2～8行的行高为9mm，操作如下：

（1）在报表的"格式"状态下，选中需要定义的区域A1：E1。

（2）单击"格式"菜单，选择"行高"，打开"行高"对话框。

（3）在行高对话框录入"14"，单击"确认"即可，如图6-86所示。

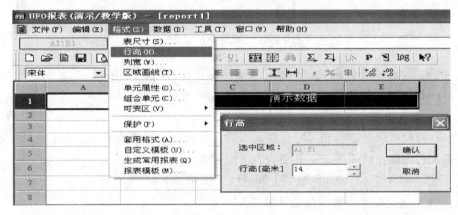

图6-86　"UFO"报表界面

（4）同理，可以设置第2～8行的行高。

行高和列宽的单位为mm，列宽的设置和行高的设置类似。此外，还可以通过鼠标左键拖曳的方式来调整行高和列宽，也可以利用"编辑"菜单下的"插入"或"追加"按钮增加行、列数。

3. 设置组合单元

如果单元中信息太多，数据需要一个比较大的单元。为了完整、美观地输入和显示这些信息，需要将部分单元进行组合，就要用到"格式"菜单下的"组合单元"命令。如需要将表格的标题、编制单位等信息进行单元组合。

如：将上表的单元A1：E1 和A2：E2 分别组合成一个单元，操作如下：

（1）选定欲组合的单元区域A1：E1。

（2）单击"格式"菜单中的"组合单元"菜单，弹出"组合单元"对话框，如图6-87所示。

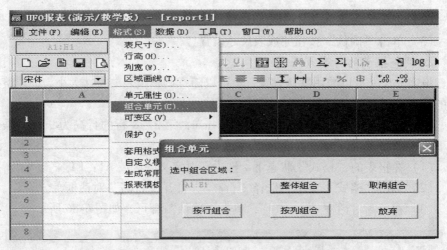

图 6-87　"组合单元"界面

（3）单击"整体组合"按钮，完成所选单元的组合操作。

（4）同理，可以设置 A2：E2 组合单元。

4. 画表格线

在数据状态下，报表尺寸设置完成后，报表没有任何表格线，为了满足报表查询和打印输出的需要，有必要为表格设置表格线。

如：为报表 A3：E8 区域划上网格线，操作如下：

（1）选定报表需要画线的区域"A3：E8"。

（2）单击"格式"菜单中的"区域画线"菜单项，系统弹出"区域画线"对话框，如图 6-88 所示。

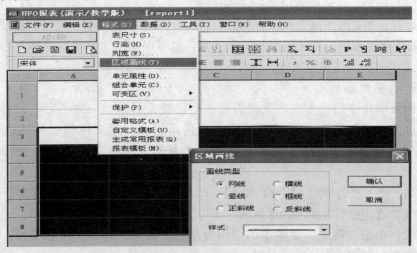

图 6-88　"区域画线"界面

（3）选择"网线"，同时选择线条样式，然后单击"确认"按钮完成设置。

5. 输入报表项目

报表项目是指报表的文字内容，主要包括报表的表头内容、表体内容和表尾项目等。

6. 设置单元格属性

为了使报表更符合阅读习惯，更加美观清晰，需要设置单元格的属性。单元格的属性设置主要包括字体、字号、字型、对齐方式、背景图案等。

如：设置"666 账套资产负债表（简易）"的单元风格。要求：字体为宋体，字号为 16 号，字体为粗体，颜色为红色，对齐：水平方向为居中，垂直方向为居中。

（1）在报表"格式"状态下，选择"666 账套资产负债表（简易）"所在的组合单元。

（2）单击"格式"菜单中的"单元属性"，进入"单元属性"对话框。

（3）选择"字体图案"，进入"字体图案"对话框。选择字体为"宋体"，字体为"粗体"，字号为"16"，前景色为"红色"；再选择"对齐"选项卡，水平方向选择"居中"，垂直方向选择"居中"，如图 6-89 所示。

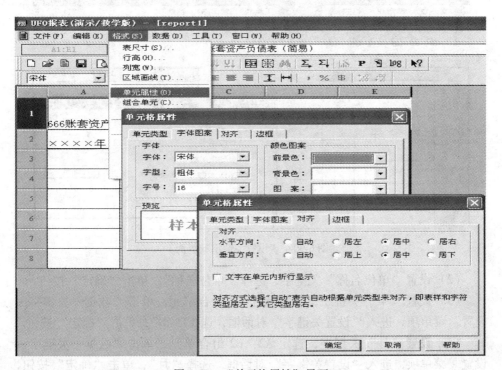

图 6-89　"单元格属性"界面

（4）单击"确定"按钮保存设置（以同样的方式完成对其他项目单元风格的设置）。

7. 设置关键字

关键字是一种特殊数据单元，游离于单元格之外，可以唯一标识表页，因此常用于大量的表页快速查找中。每个报表可以定义多个关键字，但在同一张表中不能重复。在"格式"状态下可以设置关键字的显示位置，在"数据"状态下录入关键字的值。

用友 UFO 报表系统提供了六种关键字——单位名称、单位编码、年、季、月、日，企业也可以根据自己的需要自定义关键字。

如：为上述 666 账套"资产负债表"设置关键字："单位名称"、"年"、"月"，并调整关键字的位置。要求：单位名称偏移量"0"，年偏移量"-45"，月偏移量"-5"（此时的设置比较美观，漂亮）。操作如下：

（1）在"格式"状态下，选择欲放置关键字的 A2：E2 组合单元，单击"数据—关键字—设置"菜单项，进入"设置关键字"对话框，如图 6-90 所示。

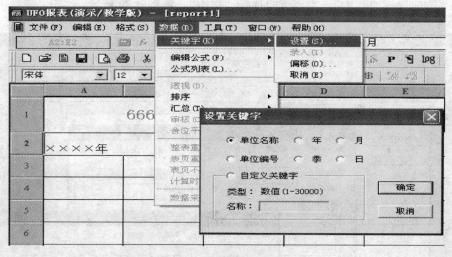

图 6-90  "设置关键字"界面

（2）设置"单位名称"关键字，选择"单位名称"，单击"确定"按钮。

（3）设置"年"关键字，选定 A2：E2 组合单元，单击"数据—关键字—设置"菜单项，进入"设置关键字"对话框，选择"年"，单击"确定"按钮。

（4）设置"月"关键字，选定 A2：E2 组合单元，单击"数据—关键字—设置"菜单项，进入"设置关键字"对话框，选择"月"，单击"确定"按钮，完成关键字设置。

（5）调整关键字位置，单击"数据—关键字—偏移"，进入"定义关键字偏移"对话框，如图6-91所示。

图6-91　"定义关键字偏移"界面

（6）输入年偏移量"－45"，月偏移量"－5"，单击"确定"按钮，完成关键字偏移处理。

（7）单击"确定"按钮，完成对整个报表格式的设计。

**（二）报表公式设置**

在电子报表系统中，报表公式设置主要包括计算公式（单元公式）定义、审核公式定义以及舍位平衡公式定义。报表公式的设置只能在格式状态下进行。

1. 报表计算公式

报表计算公式是指用于定义会计报表各组成部分数据间运算关系的公式，也称报表单元公式或报表取数公式，其目的是为报表数据单元进行赋值。它一般由目标单元、运算符、函数和运算符序列组成。

报表计算公式包括从报表内部取数公式、从账务处理系统取数公式、报表间取数公式。

（1）报表内部取数公式定义。报表内部取数公式可以用表单元名称的加、减、乘、除等运算方式定义，也可以通过函数方式定义。

【**例6-30**】　编制一张"货币资金表"，格式如表6-3所示，要求用表内取数公式定义期初数合计单元（C6）和期末数合计单元（D6）。

**表 6-3　货币资金表**

| 项　　　目 | 行　　次 | 期　　初 | 期　　末 |
|---|---|---|---|
| 库存现金 | 1 | | |
| 银行存款 | 2 | | |
| 其他货币资金 | 3 | | |
| 合计 | | | |

操作方法如下：

1）选择 C6 单元。

2）按键盘上的"＝"键或单击工具栏上的"fx"按钮，弹出"定义公式"对话框，如图 6-92 所示。

图 6-92　"定义公式"界面

3）在"定义公式"对话框中，输入计算公式"C3 ＋ ＋ C4 ＋ C5"或者"PTOTAL（C3：C5）"。

4）单击"确认"按钮，完成对 C6 单元的公式定义，此时，单元显示"公式单元"字样。

5）重复上述步骤，定义 D6 单元的取数公式为"D3 ＋ D4 ＋ D5"或"PTOTAL（D3：D5）"。

（2）账务处理系统取数公式定义。自账务处理系统取数的公式也称账务函数。账务函数的基本格式如下：

函数名（"科目编码"，会计期间，["方向"]，[账套号]，[会计年度]，[编码1]，[编码2]）

说明如下：

1）科目编码也可以是科目名称，必须用双引号引起来。

2）会计期间可以是"年"、"季"、"月"等变量，也指具体表示年、季、月的数。

3）方向即"借"或"贷"，可以省略。

4）账套号为数字，也可默认为第一账套。

5）会计年度即数据取数的年度，可以省略。

6）编码1、编码2与科目编码的核算账类有关，可以取科目的辅助账，如职员编码等，如无辅助核算则省略。

用友财务软件账务函数如表6-4所示。

表6-4 用友财务软件账务函数

| 总 账 函 数 | 金 额 式 | 数 量 式 | 外 币 式 |
| --- | --- | --- | --- |
| 期初余额函数 | QC（ ） | SQC（ ） | WQC（ ） |
| 期末余额函数 | QM（ ） | SQM（ ） | WQM（ ） |
| 发生额函数 | FS（ ） | SFS（ ） | WFS（ ） |
| 累计发生额函数 | LFS（ ） | SLFS（ ） | WLFS（ ） |
| 条件发生额函数 | TFS（ ） | STFS（ ） | WTFS（ ） |
| 对方科目发生额函数 | DFS（ ） | SDFS（ ） | WDFS（ ） |
| 净额函数 | JE（ ） | SJE（ ） | WJE（ ） |
| 汇率函数 | HL（ ） | | |

【例6-31】 定义666账套资产负债表"短期借款（科目代码2101）"的"期初余额"和"期末余额"的取数公式。

操作方法如下：

1）选择G6单元，按键盘上的"＝"键或单击工具栏上的"fx"按钮，进入"定义公式"对话框，如图6-93所示。

图6-93 "定义公式"界面

2）在"定义公式"对话框中，单击"函数向导"按钮，进入"函数向导"对话框，如图 6-94 所示。

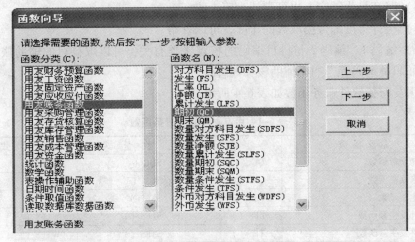

图 6-94 "函数向导"界面

3）在函数分类中选择"用友账务函数"，在函数名中选择"期初（QC）"，单击"下一步"按钮，进入"用友账务函数"对话框，如图 6-95 所示。

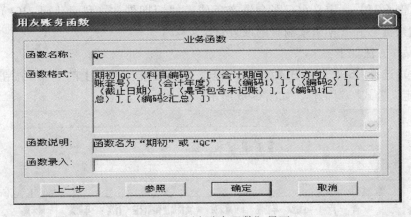

图 6-95 "用友账务函数"界面

4）单击"参照"按钮，进入"账务函数"参数设置对话框，选择科目"2101"，期间"月"，方向"贷"，其他保持默认设置，单击"确定"按钮，返回"用友账务函数"对话框，如图 6-96 所示。

5）在"用友账务函数"对话框中，单击"确定"按钮，返回"定义公式"对话框。

6）在"定义公式"对话框中，单击"确认"按钮，完成公式定义。

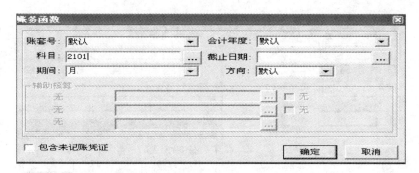

图 6-96　"财务函数"界面

7）依照上述步骤，定义短期借款的期末余额。

（3）报表间取数公式定义。用友财务软件还具有报表与报表之间取数的功能，表间取数需要在引用单元之前加上报表的名称，基本格式如下：

＜表名＞！＜单元＞或者＜表名＞！＜表页＞！＜单元＞

如"资产负债表！C12"表示引用资产负债表的第 12 行第 3 列的值。

**2. 审核公式定义**

审核公式是指将报表数据之间的勾稽关系用公式表示出来，主要用于检查报表内或报表间各数据之间的勾稽关系是否正确。报表审核公式包括验证关系公式和提示信息两部分。

**3. 舍位平衡公式定义**

该公式的主要功能是对报表数据进行进位或小数取整，以及重新调整报表舍位之后平衡关系，以避免破坏原数据间的平衡关系。

**（三）报表模板设置**

用友财务软件系统提供了常用报表的模式模板，利用报表模板可以迅速建立一张符合需要的财务报表。企业也可以将常用报表自定义为报表模板并保存，方便以后直接调用。本书主要介绍调用系统自带的报表模板编制会计报表。

**【例 6-32】**　以 002 操作员"李晓阳"的身份调用系统现有的报表模板，编制 666 账套的"资产负债表"。

操作方法如下：

（1）以 002 操作员"李晓阳"的身份注册登录 UFO 报表系统。

（2）单击"文件"菜单中的"新建"菜单，或工具栏上的新建命令图标，创建一张新报表。

（3）单击"格式"菜单中的"报表模板"菜单项，进入"报表模板"选择对话框，如图 6-97 所示。

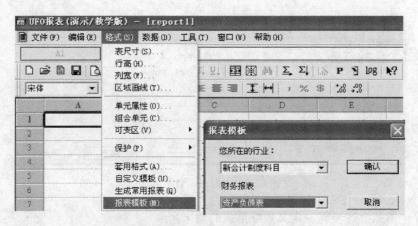

图 6-97　"报表模板"界面

（4）单击右边下拉列表框按钮，选择行业为"新会计制度科目"，财务报表类型为"资产负债表"，单击"确认"按钮，弹出模板格式覆盖信息提示对话框。

（5）单击"确定"按钮，系统自动完成报表设置，如图 6-98 所示。

| 资产 | 行次 | 年初数 | 期末数 | 负债和所有者权益（或股东权益） | 行次 | 年初数 | 期末数 |
|---|---|---|---|---|---|---|---|
| 流动资产： | | 演示数据 | | 流动负债： | | | |
| 货币资金 | 1 | 公式单元 | 公式单元 | 短期借款 | 68 | 公式单元 | 公式单元 |
| 短期投资 | 2 | 公式单元 | 公式单元 | 应付票据 | 69 | 公式单元 | 公式单元 |
| 应收票据 | 3 | 公式单元 | 公式单元 | 应付账款 | 70 | 公式单元 | 公式单元 |
| 应收股利 | 4 | 公式单元 | 公式单元 | 预收账款 | 71 | 公式单元 | 公式单元 |
| 应收利息 | 5 | 公式单元 | 公式单元 | 应付工资 | 72 | 公式单元 | 公式单元 |
| 应收账款 | 6 | 公式单元 | 公式单元 | 应付福利费 | 73 | 公式单元 | 公式单元 |
| 其他应收款 | 7 | 公式单元 | 公式单元 | 应付股利 | 74 | 公式单元 | 公式单元 |
| 预付账款 | 8 | 公式单元 | 公式单元 | 应交税金 | 75 | 公式单元 | 公式单元 |
| 应收补贴款 | 9 | 公式单元 | 公式单元 | 其他应交款 | 80 | 公式单元 | 公式单元 |
| 存货 | 10 | 公式单元 | 公式单元 | 其他应付款 | 81 | 公式单元 | 公式单元 |
| 待摊费用 | 11 | 公式单元 | 公式单元 | 预提费用 | 82 | 公式单元 | 公式单元 |
| 一年内到期的长期债权投资 | 21 | | | 预计负债 | 83 | 公式单元 | 公式单元 |
| 其他流动资产 | 24 | | | 一年内到期的长期负债 | 86 | | |
| 流动资产合计 | 31 | 公式单元 | 公式单元 | 其他流动负债 | 90 | | |
| 长期投资： | | | | | | | |
| 长期股权投资 | 32 | 公式单元 | 公式单元 | 流动负债合计 | 100 | 公式单元 | 公式单元 |

图 6-98　"资产负债表"界面

（6）修改和完善报表，定义取数公式或修改已有公式。

（7）单击"文件"菜单中的"保存"按钮或工具栏上的保存图标，弹出

"另存为"对话框。

（8）选择报表存储的目标位置，录入文件名"安泰公司资产负债表"，单击"另存为"按钮完成报表定义。

**（四）利用模板生成会计报表**

（1）单击"文件"菜单下的"打开"命令，调用报表模板中已设计好格式的报表文件。

（2）单击"格式/数据"切换按钮，切换到"数据"状态。

（3）单击"数据"菜单中的"关键字"子菜单，选择"录入"命令，弹出"录入关键字"对话框，录入关键字，如图6-99所示。

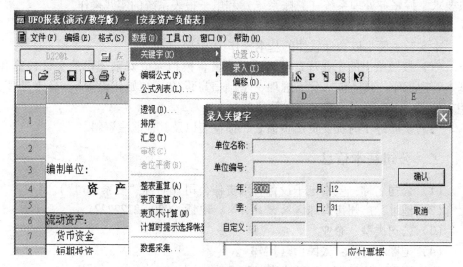

图6-99 "录入关键字"界面

（4）单击"是"按钮，系统自动完成报表数据计算填充。如果发现数据有误，在"格式"状态下检查函数公式，修改后再在"数据"状态下进行整表重算，单击"数据—整表重算"按钮，则本表中所有的表页都重新计算。

（5）单击"文件"菜单中的"保存"菜单或工具栏上的保存命令图标，选择保存位置，录入文件名，单击"确定"按钮。

# 附：会计软件综合实验数据

本部分采用案例教学法，以本书中前述案例中的安泰公司作为背景资料，应用会计电算化的基本技术，通过用友 ERP-U8（V8.50）会计软件的实施，完成企业的电算化核算和管理，演绎常用会计软件的实操过程。

## 一、实验内容与要求

1. 实验内容

"纸上得来终觉浅，绝知此事要躬行。"会计电算化的基本知识和技术只有通过完整的上机模拟训练，才能更准确、更系统地了解会计软件系统的基本结构和强大功能。本实验内容包括以下部分：

（1）计算机的基本操作。它主要包括 Windows 操作系统，微机局域网和 Internet、SQL 数据库、WORD、EXCEL 等软件的基本操作。

（2）会计软件的基本操作。鉴于本书主要面向非会计专业的读者，本实验只要求掌握账务处理系统（总账系统）和电子报表系统的实践操作。

2. 实验要求

本实验主要是以会计软件的基本操作为主实施的。

（1）按照给出的企业背景资料建立账套，模拟完成安泰公司的会计核算和基本管理工作，具体包括系统管理、基础信息设置（初始化设置）、日常处理、期末处理、报表编制和账表输出等环节。

（2）实验终了时提交资产负债表、损益表以及其他账表资料。

## 二、公司基本信息

（1）公司名称：安泰电子设备有限责任公司（简称"安泰公司"）。

（2）地址：广州市海珠区×××××，电话：020-22222222。

（3）公司类型：企业。

（4）记账本位币：人民币（RMB）。

（5）账套启用日期：2009 年第 12 期。

## 三、会计科目设置与期初余额的录入（由于是新设企业，没有期初余额或期初余额默认为0）

（1）以用友 ERP-U8（V8.50）软件内置的"新企业会计制度"一级科目编码为依据进行适当的修改，设置安泰公司的一级科目编码。

（2）在"材料采购"和"原材料"科目下面分别增加"线路板"和"液晶显示器"的明细科目。

（3）"应交税费"需要核算到三级科目。如"应交税费——应交增值税——进项税额"等。

（4）"利润分配"科目下面需要增设二级明细科目核算。

## 四、安泰公司 2009 年 12 月份的基本经济业务及会计分录

基本经济业务及会计分录请参见本书第四章第五节业务 1 ~ 业务 35。

## 五、编制安泰公司 2009 年 12 月份的会计报表（资产负债表、利润表和现金流量表）

### 资产负债表

编制单位：安泰电子设备有限责任公司　　　　2009 年 12 月 31 日

会企 01 表
单位：元

| 资　产 | 行次 | 年初数 | 期　末　数 | 负债和所有者权益<br>（或股东权益） | 行次 | 年初数 | 期　末　数 |
|---|---|---|---|---|---|---|---|
| 流动资产： | | | | 流动负债： | | | |
| 货币资金 | 1 | | 927 587.80 | 短期借款 | 68 | | 400 000.00 |
| 短期投资 | 2 | | | 应付票据 | 69 | | |
| 应收票据 | 3 | | | 应付账款 | 70 | | 38 025.00 |
| 应收股利 | 4 | | | 预收账款 | 71 | | 80 000.00 |
| 应收利息 | 5 | | | 应付工资 | 72 | | 1 500.00 |
| 应收账款 | 6 | | 87 750.00 | 应付福利费 | 73 | | |
| 其他应收款 | 7 | | | 应付股利 | 74 | | |
| 预付账款 | 8 | | 5 000.00 | 应交税金 | 75 | | |
| 应收补贴款 | 9 | | | 其他应交款 | 80 | | |
| 存货 | 10 | | 34 720.00 | 其他应付款 | 81 | | |
| 待摊费用 | 11 | | | 预提费用 | 82 | | |
| 一年内到期的长期<br>债权投资 | 21 | | | 预计负债 | 83 | | |
| 其他流动资产 | 24 | | | 一年内到期的长期负债 | 86 | | |
| 流动资产合计 | 31 | | 1 055 057.80 | 其他流动负债 | 90 | | |
| 长期投资： | | | | 流动负债合计 | 100 | | 519 525.00 |
| 长期股权投资 | 32 | | | 长期负债： | | | |
| 长期债权投资 | 34 | | | 长期借款 | 101 | | 200 000.00 |
| 长期投资合计 | 38 | | | 应付债券 | 102 | | |
| 固定资产： | | | | 长期应付款 | 103 | | |
| 固定资产原价 | 39 | | 200 000.00 | 专项应付款 | 106 | | |
| 减：累计折价 | 40 | | 8 000.00 | 其他长期负债 | 108 | | |
| 固定资产净值 | 41 | | 192 000.00 | 长期负债合计 | 110 | | 200 000.00 |
| 减：固定资产<br>减值准备 | 42 | | | 递延税项： | | | |
| 固定资产净额 | 43 | | 192 000.00 | 递延税款贷项 | 111 | | |
| 工程物资 | 44 | | | 负债合计 | 114 | | 719 525.00 |
| 在建工程 | 45 | | | | | | |
| 固定资产清理 | 46 | | | | | | |
| 固定资产合计 | 50 | | 192 000.00 | 所有者权益（或股东权益）： | | | |
| 无形资产及其他资产： | | | | 实收资本（或股本） | 115 | | 600 000.00 |
| 无形资产 | 51 | | 100 000.00 | 减：已归还投资 | 116 | | |
| 长期待摊费用 | 52 | | | 实收资本（或股本）净额 | 117 | | 600 000.00 |
| 其他长期资产 | 53 | | | 资本公积 | 118 | | |
| 无形资产及其他资<br>产合计 | 60 | | 100 000.00 | 盈余公积 | 119 | | 4 302.00 |
| | | | | 其中：法定公益金 | 120 | | |
| 递延税项： | | | | 未分配利润 | 121 | | 23 230.80 |
| 递延税款借项 | 61 | | | 所有者权益（或股东<br>权益）合计 | 122 | | 627 532.80 |
| 资产总计 | 67 | | 1 347 057.80 | 负债和所有者权益（或股<br>东权益）总计 | 135 | | 1 347 057.80 |

## 利润表

会企 02 表

单位名称：安泰电子设备有限责任公司　　　　2009 年 12 月　　　　单位：元

| 项　目 | 行　数 | 本　月　数 | 本年累计数 |
|---|---|---|---|
| 一、主营业务收入 | 1 | 150 000.00 | 150 000.00 |
| 　减：主营业务成本 | 4 | 66 100.00 | 66 100.00 |
| 　　　主营业务税及附加 | 5 | 360.00 | 360.00 |
| 二、主营业务利润（亏损以"－"号填列） | 10 | 83 540.00 | 83 540.00 |
| 　加：其他业务利润（亏损以"－"号填列） | 11 | | |
| 　减：销售费用 | 14 | 10 400.00 | 10 400.00 |
| 　　　管理费用 | 15 | 8 980.00 | 8 980.00 |
| 　　　财务费用 | 16 | 4 000.00 | 4 000.00 |
| 三、营业利润（亏损以"－"号填列） | 18 | 60 160.00 | 60 160.00 |
| 　加：投资收益（亏损以"－"号填列） | 19 | | |
| 　　　补贴收入 | 22 | | |
| 　　　营业外收入 | 23 | 200.00 | 200.00 |
| 　减：营业外支出 | 25 | 3 000.00 | 3 000.00 |
| 四、利润总额（亏损总额以"－"号填列） | 27 | 57 360.00 | 57 360.00 |
| 　减：所得税 | 28 | 14 340.00 | 14 340.00 |
| 五、净利润（净亏损以"－"号填列） | 30 | 43 020.00 | 43 020.00 |

**补充资料：**

| 项　目 | 本年累计数 | 上年实际数 |
|---|---|---|
| 1. 出售、处置部门或被投资单位所得收益 | | |
| 2. 自然灾害发生的损失 | | |
| 3. 会计政策变更增加（或减少）利润总额 | | |
| 4. 会计估计变更增加（或减少）利润总额 | | |
| 5. 债务重组损失 | | |
| 6. 其他 | | |

制表人：　　　　　　　　　　会计主管：　　　　　　　　　　单位负责人：

## 现金流量表

会企 03 表

单位名称：安泰电子设备有限责任公司　　　2009 年　　　　　　　　单位：元

| 项　　目 | 行　次 | 金　额 |
|---|---|---|
| 一、经营活动产生的现金流量： | | |
| 销售商品、提供劳务收到的现金 | 1 | 167 750.00 |
| 收到的税费返还 | 2 | |
| 收到的其他与经营活动有关的现金 | 3 | 200.00 |
| 现金流入小计 | 4 | 167 950.00 |
| 购买商品、接受劳务支付的现金 | 5 | 44 525.00 |
| 支付给职工以及为职工支付的现金 | 6 | 27 000.00 |
| 支付的各项税费 | 7 | 29 150.00 |
| 支付的其它与经营活动有关的现金 | 8 | 24 200.00 |
| 现金流出小计 | 9 | 124 875.00 |
| 经营活动产生的现金流量净额 | 10 | 43 075.00 |
| 二、投资活动产生的现金流量： | | |
| 收回投资所收到的现金 | 11 | |
| 取得投资收益所收到的现金 | 12 | |
| 处置固定资产、无形资产和其他长期资产所收回的现金净额 | 13 | |
| 收到的其他与投资活动有关的现金 | 14 | |
| 现金流入小计 | 15 | |
| 购建固定资产、无形资产和其他长期资产所支付的现金 | 16 | |
| 投资所支付的现金 | 17 | |
| 支付的其他与投资活动有关的现金 | 18 | |
| 现金流出小计 | 19 | |
| 投资活动产生的现金流量净额 | 20 | |
| 三、筹资活动产生的现金流量： | | |
| 吸收投资所收到的现金 | 21 | 300 000.00 |
| 借款所收到的现金 | 22 | 600 000.00 |
| 收到的其他与筹资活动有关的现金 | 23 | |
| 现金流入小计 | 24 | 900 000.00 |
| 偿还债务所支付的现金 | 25 | |
| 分配股利、利润或偿付利息所支付的现金 | 26 | 15 487.20 |
| 支付的其他与筹资活动有关的现金 | 27 | |
| 现金流出小计 | 28 | 15 487.20 |
| 筹资活动产生的现金流量净额 | 29 | 884 512.80 |
| 四、汇率变动对现金的影响额 | 30 | |
| 五、现金及现金等价物净增加额 | 31 | 927 587.80 |

制表人：　　　　　　　　　　　　　　　　会计主管：

单位负责人

# 第七章　会计相关学科体系简介

会计，从它的产生来看，已有几千年的历史。它是在人类的生产过程中，为适应经济管理的需要而产生的，并且随着企业管理的发展而发展。到了20世纪中期，会计已被普遍认为是一门科学，它已经形成了一套比较成熟的理论方法体系。从广义上来看，会计的范围非常广泛，它不仅包括传统意义上的财务会计，还包括由此发展起来的财务管理、管理会计、审计等相关学科；而狭义的会计则主要是指财务会计和管理会计。

## 第一节　财务会计与财务管理

### 一、财务会计简介

财务会计是指以货币为主要计量单位，运用专门的方法，对单位已发生的交易或事项进行确认和计量，同时按照既定的格式和要求编制财务报告，以定期向单位外部提供有关反映单位财务状况、经营成果和现金流量的信息。财务会计实质上是从传统的会计模式发展而来的一个重要的会计分支，因此被称为传统会计。同时，由于它注重单位外部决策者的信息需要，因此也称对外报告会计。

#### （一）财务会计信息的内容

对于企业的财务会计来说，外部信息使用者主要包括政府机构、企业外部投资者、债权人以及其他与其有利益关系的单位、个人及管理当局。因此，财务会计主要应当提供以下信息：

（1）关于企业所拥有或控制的经济资源，以及引起这些资源变动的各种交易、事项和情况的信息。

（2）关于企业在特定会计期间的经营成果，即企业经营活动所引起的资产、负债和所有者权益的变动与结果的信息。

（3）关于企业现金流入、流出情况的信息。

（4）反映企业管理层如何利用企业的经济资源开展经济业务，进行资源的保值、增值活动，履行受托责任的信息。

#### （二）财务会计信息的作用

财务会计的主要目标，就是为外部利益相关者提供经济决策所需要的财务会计信息，因此，财务会计信息的主要作用如下：

（1）财务会计信息能够帮助国家有关部门了解财经法规的执行情况以及考核国民经济各部门的运行情况，实行必要的宏观调控，通过各种经济杠杆和政策倾斜，优化社会资源的配置。

（2）财务会计信息通过全面、系统、连续地反映和监督企业经济资源的利用情况与运用效果，有助于所有者了解企业的财务状况与经营成果，评估管理者对受托经济管理责任的履行情况。

（3）财务会计信息所反映的企业过去的财务状况与经营成果，有助于投资者与债权人预测企业未来的生产经营状况，为其进行投资、信贷决策提供必要的依据。

（4）财务会计信息有助于企业内部管理者了解其生产经营情况，有利于改善经营管理、提高经济效益，促进企业快速、稳定地发展。

（5）财务会计信息为投资者、债权人、员工、业务关联企业等相关利益群体与企业签订、执行经济契约提供必要的依据。

总之，财务会计所提供的信息（包括有关单位财务状况、经营状况和现金流量变动的各种财务信息和非财务信息），一方面要能满足国家宏观调控、优化社会资源配置的需要，另一方面又要有利于投资者、债权人等相关利益主体作出投资、信贷决策及其他有关经济决策。

### （三）财务会计的一般原则

财务会计的一般原则是指导会计数据处理、会计信息加工、传递和利用的准绳。如图 7-1 所示，它主要包括以下原则：

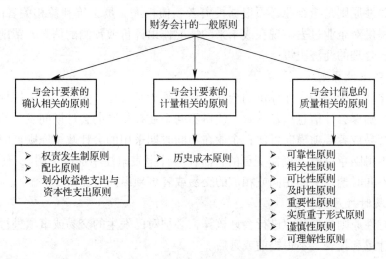

图 7-1 财务会计的一般原则

### 1. 权责发生制原则

权责发生制原则是指企业进行会计核算，凡是当期已实现的收入和已发生或应当负担的费用，不管款项是否收付，都应作为当期的收入和费用；凡是不属于当期的收入和费用，即使款项已经在当期收付，也不应作为当期的收入和费用。

### 2. 配比原则

配比原则是指企业进行会计核算，应当将收入与其成本、费用相互配比，同一会计期间的各项收入和与其相关的成本、费用，应当在同一会计期间确认。

### 3. 划分收益性支出与资本性支出原则

划分收益性支出与资本性支出原则是指企业进行会计核算，应当根据经济业务性质合理地划分收益性支出与资本性支出。凡是支出所产生的经济效益仅涉及本年度（或一个营业周期）的，该支出应计为收益性支出；凡是支出所产生的经济效益涉及几个会计年度（或几个营业周期）的，该支出应计为资本性支出。

### 4. 历史成本原则

历史成本原则是指企业进行会计核算，各项财产物资在取得时应按其实际成本计量；其后，各项财产物资如发生减值，应当按照会计准则规定计提相应的减值准备。除法律、法规和国家统一的会计制度另有规定者外，企业一律不得自行调整财产物资的账面价值。

### 5. 可靠性原则

可靠性原则是指企业进行会计核算，应当以实际发生的交易或事项为依据进行确认、计量和报告，如实反映企业的财务状况、经营成果和现金流量。

### 6. 相关性原则

相关性原则是指企业必须根据投资者、债权人、员工等利益相关者的需要，为他们提供对企业过去、现在或未来的情况作出评价或预测的信息，帮助他们作出科学、合理的经济决策。

### 7. 可比性原则

可比性原则是指企业提供的会计信息必须相互可比：企业应当采用规定的会计政策，确保会计信息口径一致，使得不同企业在相同的会计期间发生的相同或相似的交易或者事项横向可比；企业在不同时期采用的会计政策原则上应当保持一致，不得随意更改（确需变更的，需在会计报表附注中加以说明），使得同一企业在不同时期发生的相同或相似的交易或者事项纵向可比。

### 8. 及时性原则

及时性原则是指企业进行会计核算，必须对已发生的交易或事项进行及时的确认、计量和报告，不得提前或延后。

### 9. 重要性原则

重要性原则是指企业提供的会计信息应当反映企业生产经营活动中的所有重

要交易或事项。在编制财务报告时应根据经济事项的性质和金额大小判断其重要性，对重要的事项要单独列报，对不具有重要性的事项，应根据其性质或功能进行合并列报。

10. 实质重于形式原则

实质重于形式原则是指企业进行会计核算，应当以交易或事项的经济实质而不是形式作为会计确认、计量和报告的依据。

11. 谨慎性原则

谨慎性原则是指企业在进行会计核算时，不应高估资产或收益，不应低估负债或费用，不得计提秘密准备。

12. 可理解性原则

可理解性原则是指企业提供的会计信息应当清晰明了，便于信息的使用者理解和使用。

## 二、财务管理简介

财务管理是企业管理的重要组成部分，是市场经济发展的产物。财务管理是指在一定的经营管理目标下，根据财经法规制度，运用管理知识、技能和方法，组织单位或企业的财务活动，处理其财务关系。

### （一）财务活动

财务活动是指企业筹措、运用、耗费、收益以及分配资金等一系列经济活动的总称。狭义的财务活动是指企业的筹资活动、投资活动和收益分配活动。

1. 筹资活动

筹资活动是指企业根据其生产经营的需要，通过金融市场筹措和集中资本的财务行为。它是财务活动的起点，是企业生存和发展的前提。

从整体上看，所有企业都可以通过向所有者（股东）筹资和向债权人筹资两种渠道筹集资金。企业对筹资活动的管理，主要体现在以下几个方面：① 确定合适的筹资规模，既能够满足企业生产经营活动的资金需求，又不会因为大量闲置资金的存在而导致经营的低效率。② 选择适当的筹资种类，进行科学的筹资组合，使企业能够以最低的筹资成本和最小的筹资风险取得生产经营活动所需的资金，保持合理的资本结构，保证企业经营的效率与安全。

2. 投资活动

投资活动是指企业使用资本，谋求最大的资本收益、实现资本保值增值的活动。它是企业财务活动的中心环节，决定着企业的发展前景。

对企业投资活动的管理，就是合理、科学地组织和配置企业的各种资源，以实现企业价值的最大化。这就决定了企业在开展投资活动的过程中，必须考虑以下几点：① 未来长期的自由现金流量的规模与规律；② 投资的机会成本；③ 投资的风险；④收益的可持续性。

### 3. 收益分配活动

收益分配活动是指将企业实现的资本收益在相关利益主体间分配的活动。

企业的收益分配必须依法进行，兼顾投资者、债权人、员工以及企业自身的经济利益，正确协调企业当前利益与长远利益的矛盾，以促进企业长期可持续发展。企业税后利润的分配，首先要弥补以前年度亏损，然后提取法定盈余公积金（可用于弥补以前年度亏损或用于转增资本金）和法定公益金（主要用于满足职工福利需求），剩余部分则向投资者分配。

### （二）财务关系

财务关系是指在组织财务活动的过程中，企业与其内部和外部各方面经济主体发生的经济利益关系。它包括企业与国家税务机关、投资者、受资者、债权人、债务人、员工之间的关系，以及企业内部各责任部门之间的关系。

#### 1. 企业与国家税务机关之间的财务关系

税务机关是指由国家授权向企业征收有关税金的部门。它与企业之间是征税和纳税的关系。企业必须按照税法规定，按时、足额地缴纳各种税款。

#### 2. 企业与投资者之间的财务关系

投资者是企业的所有者。它与企业之间是投资与分享投资收益的关系：企业从投资者那里筹集资本用于生产经营活动，并将经营所得的收益按法律及相关规定进行分配。

#### 3. 企业与受资者之间的财务关系

企业是受资者的所有者。它与受资者之间是投资与分享投资收益的关系：企业以其法人财产向受资者投资，并根据投资比例从受资者处获得投资收益，实现资本的保值增值。

#### 4. 企业与债权人之间的财务关系

企业与债权人之间存在资本借贷的财务关系。企业从债权人处筹集资金用于生产经营活动，必须及时支付货款或归还借款本息，实现资本运动的良性循环。

#### 5. 企业与债务人之间的财务关系

企业与债务人之间存在资本借贷的财务关系。企业要制定科学、合理的信用政策，以确保债务人按期支付货款或按时归还借款本息，减少呆账、坏账，保证资金安全。

#### 6. 企业与员工之间的财务关系

企业与员工之间是支付报酬的经济利益关系。员工通过提供劳动，保证企业生产经营活动的正常进行；企业应根据员工提供的劳动数量和质量向其合理地支付报酬，实现企业的高效运作。

7. 企业内部各责任部门之间的关系

企业内部各部门之间是一种分工交易、内部结算的财务关系。它包括两方面内容：① 以财务部门为中心，由财务部门与其他部门进行收支结算的关系，如向财务部门报销、领款等。② 企业内部各责任部门之间由于提供产品或劳务而产生的收支结算关系。这种内部交易关系是建立在企业内部职责分工基础上的，它的有效实施必须以科学、合理的经济责任制度和经济核算制度为依据。

财务活动与财务关系是同一事物的两种表现形式，企业组织财务活动的过程同时就是处理财务关系的过程，而企业对财务关系的处理也一直贯穿于管理财务活动的过程中。总之，财务活动与财务关系都为一个共同的目标服务——实现企业价值最大化。

**（三）财务管理的特点**

综上所述，财务管理具有以下特点：

1. 财务管理是一种价值管理

由于企业生产经营活动的复杂性，它在实行分工的过程中就形成了一系列专业管理，如财务管理、人事管理、生产管理、营销管理等，它们各有专攻，侧重于经济活动的不同方面。财务管理的特点就在于它是一种价值管理。财务管理通过资金、成本、收入、利润等一系列价值指标，对企业的生产经营过程和经营结果加以合理的规划和控制，同时要处理好企业生产经营过程中的经济关系，以实现企业价值最大化的目标。

2. 财务管理是一项综合性管理工作

在企业中，任何生产经营活动一般都与资金的运动有所联系，都可以从财务活动中综合地反映出来。每一个部门都会通过资金的使用与财务管理部门发生联系；同时，每一个部门也都要接受财务管理部门的指导，科学、合理地使用资金。可见，财务管理存在于企业内部管理的各个子系统中，是通过价值管理的方式，对企业的生产经营活动进行的综合管理。

## 三、财务会计与财务管理的联系与区别

财务会计是对企业资金运动全过程的信息进行确认、计量、记录和报告的工作；财务管理是对企业财务活动和财务关系进行管理的工作。在现代企业中，财务会计与财务管理是两种具有不同职能却相互联系的管理行为。

**（一）财务会计与财务管理的联系**

在实务工作中，财务管理与财务会计相互交叉，有着密切联系。

（1）两者的根本目的相同。财务管理和财务会计的根本目的都是在于改善企业的经营管理，提高经济效益，实现企业价值的最大化。

（2）两者工作指向的对象相同。财务管理和财务会计工作的对象都是企业

资金，都是对企业的价值进行管理。

（3）财务管理以财务会计所提供的信息为基础。如果没有会计核算所提供的真实、准确、系统的数据和资料，财务管理也就无从谈起。

（4）财务管理制度是财务会计开展工作的基本依据。没有财务管理制度的指导，财务会计就失去了据以生成真实、可靠的会计资料的前提。

**（二）财务会计与财务管理的区别**

**1. 两者的主要职能不同**

财务会计的主要职能是反映和监督，即对企业已发生的交易或事项进行记录，同时编制财务报告，定期向企业外部信息使用者提供有关反映企业财务状况、经营成果和现金流量的信息。

财务管理的主要职能是管理，其工作内容主要包括有计划地筹集资金，提高资金使用效率；参与企业经营决策，实行事前控制，不断降低经营成本，增加企业利润；按照规定分配企业收入；正确处理国家、企业、投资者、债权人和员工等利益相关者的关系；对企业生产经营活动实行财务监督，维护国家财经纪律。

**2. 两者的时间侧重点不同**

财务会计是在经济业务发生以后，对其进行确认、计量、记录、报告的工作，是一种"事后"管理。

财务管理是在企业开展经济业务的过程中，运用管理知识、技能和方法，对资金的筹集、使用、分配以及各相关利益群体之间的关系进行管理的工作，是一种"事中"管理。

**3. 两者的服务对象不同**

财务会计主要为企业外部人员或单位服务，为其提供会计信息。财务管理主要从企业自身角度出发，为了满足内部管理的需要。

# 第二节 管理会计及其职能

20世纪初，伴随着泰勒的科学管理理论的诞生，管理会计从传统的会计系统中分化出来，成为一门由会计学与管理学直接结合的交叉学科。管理会计以现代管理理论为基础，运用专门的技术和方法对企业的财务信息及其他相关信息进行确认、计量、整理、对比和分析，为企业内部管理层提供预测、决策、组织、控制、评价和报告的依据，从而为其改善经营管理、提高经济效益提供服务。因此，管理会计也称内部报告会计。

## 一、管理会计的职能

管理会计的职能是管理会计本质的具体化，回答"管理会计能做些什么，能起什么作用"这一问题。早期的会计学界普遍认为会计具有反映和监督两大基本职能。但是，随着社会经济的发展，会计实践已经远远超出了单纯的事后反映和定期监督的范围，尤其是在管理会计和财务会计两大分支形成以后。现代管理会计学界普遍认可的主要有七职能说（预测、决策、计划、组织、指挥、协调、控制）、四职能说（计划、组织、控制、激励）和三职能说（计划、组织、控制）。尽管会计学界对管理会计的职能看法各异，但比较普遍的认识主要可概括为以下几个方面：

1. 预测职能

预测是指根据企业的经营目标和经营方针，利用当前可收集到的财务及其他相关信息，运用特定的方法和技术，对企业未来的发展方向（包括其未来的资金需求、现金流量、资本构成、销售、成本、利润等经济指标）进行合理的推测，为企业的内部管理者作出科学的经济决策提供信息支持。

一个企业如果要在激烈的竞争中立于不败之地，就必须对市场的发展趋势作出科学的预测，并在该预测的基础上进行规划和决策。现代企业的规划通常由两个部分组成：① 计划。② 预算。

计划是规划中用文字加以说明的部分，包括分析过去，预测未来，确定目标，选择企业发展模式和发展战略，确定实现目标所需要的资源。在企业制订计划的过程中，预测发挥着举足轻重的作用，如果没有科学的预测，计划的有效性也就无从谈起。

预算是规划中用数字和表格加以说明的部分。预算是对规划的数量说明，它是指企业在制订发展计划的时候，通过数字和表格的形式把行动计划进行定量表现。预算最典型的例子就是企业编制的全面预算和各责任部门的责任预算。全面预算确定了企业作为一个整体在未来的一段时间内要达到的目标，如销售额预计要达到多少，需要增加多少员工，预计会新开设多少个分公司等；部门责任预算则根据各部门的具体情况，把企业的总预算加以分割，具体落实到各个部门，用以指导各个部门的工作，明确责任，有利于考核各部门在预算期间完成任务的情况。预测也为预算服务，它所提供的许多数据在经过分析、整理后最终被纳入预算，成为编制企业预算的基础。

企业只有对当期的经营和长期规划的经济前景作出客观的预测，才能对有限的资源作出优化配置，才能实现可持续发展。可见，预测是管理会计的基本职能，是执行其他职能的基础。

2. 参与决策职能

决策是企业管理的核心，它扮演着引导企业在竞争中凸显优势、改进劣势、寻求机遇以及化解危机的角色。采取何种战略决策来获取企业的发展，对于管理层来说是一项重大的抉择。有些企业通过向市场提供独一无二且价格高昂的产品或服务获得成功，如计算机软件行业中的微软；有些企业则依靠向市场提供物美价廉的产品或优质的服务获得发展，如家电行业的美的。

但是参与决策不同于决策，管理会计作为参与决策的主要部门之一，要站在企业发展战略的高度，从企业的目标选择、组织结构、管理体制等内部环境到产品市场的地位、销售网络的建立等外部环境各个方面认真收集、整理相关数据信息，通过本—量—利分析、成本性态分析、边际分析、成本—效益分析等动态、静态指标分析方法，为企业管理层提供具体的决策信息，从而帮助企业获得持久的竞争优势。

3. 组织与控制职能

组织与控制的职能主要包括以下两方面的内容：① 依据计划组织企业的生产经营活动。企业制订了发展计划以后，首要的任务就是确保其经济活动按照计划的要求进行，通过整合有限的资源，以最合理、最优化的方式使用企业的人力、财力、物力，实现企业价值的最大化。② 对企业执行计划的全过程的控制。如前所述，预算以数量的形式确定了企业未来发展的目标，因此，预算便成为衡量企业执行计划质量的标准。控制是指企业将执行计划的情况与预算标准进行对比分析，及时调整计划或工作方式，确保各项经济活动不偏离既定的目标。企业控制职能的实现，是建立在有效的现代企业责任制度和程序基础上的。只有建立一整套的经济责任指标体系，把企业的经营目标具体落实到各部门，使各部门职责明晰，才能有效地进行事前、事中、事后分析和反馈，及时优化各个环节的工作，确保经济目标的实现。

4. 评价与报告职能

评价职能主要是指管理会计信息系统通过对企业的某项措施或某段时期的经营成果所作出的评估和鉴定。它已成为企业内部各责任部门以及员工业绩考核的主要依据之一。管理会计的评价职能是建立在责任会计制度基础上的。责任会计是指以划分责任中心、确定责任指标、实行绩效考核为基本内容的会计管理系统。它将会计数据指标与预算标准进行对比，并将结果同责任部门或责任人相结合，进而将权、责、利有机结合起来的一种内部控制制度。现代企业越来越重视激励机制的作用，而激励机制则是建立在责任制度基础上的，只有建立科学的评价、奖惩机制，才能充分调动员工的积极性，为企业创造价值。

报告职能是指将管理会计的执行结果通过文字、报表、图示等各种表述形式，向企业内部管理者提供其所需要的信息，使管理者对企业的生产经营活动能够进行有效的控制。

管理会计的各项职能并不是孤立的，它们相互补充，相互促进，共同发挥着一种综合性功能，即提高企业的经济效益。

## 二、管理会计的作用

管理会计从传统的会计系统中分化出来，它的作用也进一步从单纯的会计核算扩展到解析过去、控制现在、规划未来三者的有机结合。

1. 解析过去

管理会计主要是通过对财务会计所提供的信息以及其他相关信息作进一步的加工、整理、分类和分析，报告给企业内部管理层，为控制现在和规划未来做好相关的准备工作。

2. 控制现在

管理会计通过数学、统计等相关技术和方法，对企业一系列的经济指标进行对比分析，及时修正在执行规划过程中出现的偏差，使企业的经济活动严格按照决策预定的轨道，向着企业预定的目标卓有成效地进行。

3. 规划未来

管理会计根据收集到的财务及非财务信息，运用特定的方法进行定量分析，为企业管理层规划未来，作出决策提供科学、可靠的依据。

## 三、管理会计的目标

管理会计系统是单位管理系统的一个部分，它的主要内容是用于满足单位管理目标的需要；而管理会计的目标是管理会计的本质的能动体现，因此可以将它与职能联系起来，从总体目标和具体目标两个方面来分析（如图7-2所示）。

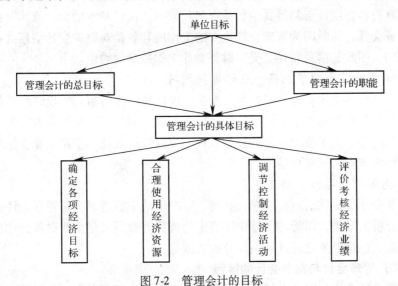

图 7-2　管理会计的目标

管理会计的总体目标就是为单位管理层服务，为其实现资源的优化配置提供信息，提高单位的经济效益。

在单位管理活动的各个阶段，包括规划、控制和制定决策等，都需要管理会计所提供的信息。对应于管理会计的各项职能，管理会计也有其相关的具体目标，分别是，确定各项经济目标，合理使用经济资源，调节控制经济活动，评价考核经济业绩。

## 四、管理会计与财务会计的联系与区别

管理会计与财务会计是现代会计的两大分支。财务会计是从传统会计模式发展起来的，它严格遵循公认的会计准则，将企业自身发生的全部经济活动按照规范的程序用规定的格式编制财务报告，侧重于对外提供财务信息。而在经济进一步发展过程中，随着企业加强了对经济活动的规划和决策，管理会计从财务会计中分离出来，在传统会计核算的基础上，成为着重为企业内部管理层服务的一门独立的会计学科。相对来说，管理会计更侧重于未来的经济活动，同时关注财务与非财务信息，主要用以满足企业内部管理层的各种决策需要，其核算方式一般由管理层的需要决定，很少受公认的会计准则的约束。因此，管理会计与财务会计之间存在着千丝万缕的联系，又存在明显的区别。

### （一）管理会计与财务会计的联系

1. 两者共享部分信息

管理会计通过多渠道取得企业内部管理层需要的信息，包括会计核算资料、业务核算资料、统计资料等其他相关资料和数据，而最基本的会计核算资料则来源于财务会计。同时因为管理会计主要的工作内容就是对财务会计信息进行加工并再利用，因此其信息质量又受到财务会计工作质量的约束。

2. 两者的基本职能相通，最终目标相同

财务会计的基本职能是对过去已发生的经济活动进行事后的反映和监督，管理会计的基本职能是对未来的经济活动的事前规划和控制，尽管双方的着眼点不同，但目的都是为了改善企业的经营管理，提高经济效益，实现企业价值的最大化。它们的职能目标是相通的。

3. 两者的主要指标相互渗透

财务会计所提供的历史成本、利润、资产负债率等指标，是管理会计据以进行决策分析的基础，而管理会计中所确定的预算等数据又是企业财务会计日常核算的前提，也是财务会计进行决算分析的依据。

### （二）管理会计与财务会计的区别

尽管管理会计与财务会计之间存在着许多联系，但两者在服务对象、基本职能、核算对象、方法程序等诸多方面存在着以下明显的区别：

1. 两者的基本职能不同

管理会计的基本职能是规划、参与决策、组织、控制、评价、报告。

财务会计则以反映、监督和报告企业的经济活动为基本职能。

2. 两者的服务对象不同

管理会计侧重于满足企业内部管理层的需求。

财务会计则主要为政府监管机构、上级主管部门、投资者、债权人、企业员工等利益相关者提供会计信息资料。

3. 两者的核算对象不同

管理会计突出企业"以人为本"的管理行为，核算对象可以是企业内部各责任部门，也可以是企业整体，可以是生产过程的某一具体环节，也可以是生产经营的全过程。

财务会计并不重视人的行为管理，它一般都是以整个企业生产经营活动的全过程为核算对象的。

4. 两者的核算方法程序不同

对于管理会计，国家没有明确的法律、法规加以规定、限制，它主要根据企业内部管理层的需要，灵活地采用会计、统计和数学等多学科的方法对信息进行加工、整理，工作的程序性不强。

财务会计必须遵守国家规定的会计制度和行业内部公认的会计准则，主要采用会计核算方法，遵循固定的会计循环程序。

5. 两者的内容特征不同

管理会计的内容跨越过去、现在、未来三个时态，但着重于规划未来。

财务会计则着重于反映过去，是一种"事后"管理行为。

6. 两者的法律责任不同

管理会计不需要定期编制报告，只在企业内部管理层有需要时编制，且没有法律规定的格式要求，不对外承担法律责任。

财务会计编制的财务报告是对外的正式报告，必须根据法律、法规的要求，按照固定的格式定期编制。

尽管管理会计与财务会计存在着诸多区别，但它们是同根同源的，在许多方面都是相辅相成的。随着经济的发展和市场的完善，原本主要用以满足企业内部管理层需要的管理会计信息也已逐渐引起外部信息使用者的重视；而在许多企业内部，采用现有的财务会计资料来满足各种内部管理报告的需要的行为也越来越普遍。

## 第三节 审 计

审计是指由具有相关能力的独立人员，依照国家法规、会计准则和审计准则，运用专门的方法，对特定经济主体的会计资料及其所反映的财政、财务收支及其他经济活动的真实性、正确性、合法性、合规性和效益性进行审查和监督，评价其经济责任，用以维护财经法纪、促进宏观调控、改善经营管理、提高经济效益的一项独立性的经济监督活动。

## 一、审计的职能

审计的职能是指审计本身所固有的内在功能。它是审计本质的客观反映，但随着社会经济的发展而发展变化。目前，审计学界对审计的职能见解各异，但比较普遍的认识是经济监督职能、经济鉴证职能和经济评价职能。其中，经济监督职能是审计的基本职能，其他两者从属于基本职能，是它的派生和扩展。

1. 经济监督职能

监督是指监察和督促。所谓经济监督，是指审计机构或人员通过对被审计单位的财政、财务收支及其他有关经济活动进行审查，使其全部或部分经济活动在规定的范围内，按照预定的目标正常进行。具体说来，一是通过对被审计单位的财务会计资料和其他相关资料进行审查，确定其会计信息符合真实性、正确性、合法性、合规性、完整性等要求，揭露弄虚作假、虚报浮夸等现象；二是通过对被审计单位的财务收支及其相关的经营管理活动的审查，确定其经济业务的真实性、合法性、效益性，揭露奢侈浪费、营私舞弊、违法违纪等现象。

2. 经济鉴证职能

鉴证包括鉴定和证明两方面的含义，是指审计机构或人员对被审计单位的经济资料所反映的财政、财务收支及其他经济活动的真实性、正确性、合法性和效益性进行审查，对其进行客观、公正的分析、判断并作出书面证明，从而为国家监管部门、上级主管部门、被审计单位的投资者与债权人、员工等其他相关利益者提供有关被审计单位的财务状况、经济成果及其变动趋势与受托经济责任履行情况的信息，为他们作出科学、合理的经济决策提供可靠依据。

在发达资本主义国家，注册会计师的审计具有鲜明的经济鉴证职能，主要表现在企业的会计报告必须经注册会计师审计鉴证后才可对外公布，供会计信息的外部使用者使用。在我国，随着市场经济的逐步发展，我国注册会计师审计的经济鉴证职能也不断得到发展与完善。1998 年，财政部宣布，除个别特殊行业外，国有企业年度会计报表不再实行财政审批制度，必须于年度终了时，在规定时间内委托注册会计师实施审计。目前，我国上市公司、国有企业及其他企业的财务报告都需经注册会计师审计。

### 3. 经济评价职能

经济评价是指审计机构或人员在对被审计单位的经济活动进行审查的基础上，根据审计依据和标准，对被审计单位的经济计划、经济决策的可行性，相关管理制度的健全性、有效性，以及经济活动的效益性进行评估和确定，并提出意见和建议，促进被审计单位改善经营管理，提高经济效益，以更有效地履行受托经济责任。可见，经济评价过程既是发现问题、肯定成绩的过程，又是提出建议、帮助改进的过程。

## 二、内部审计与外部审计

### （一）内部审计

内部审计是指由单位内部专门设立的内部审计机构或内部审计人员，按照有关的法规和制度，对本单位的财政、财务收支及其他经济活动进行监督和评价的行为。它实际上是单位最高管理层将原本属于自己的一部分监督管理工作，授权给一个专门的部门来执行。这种审计具有显著的建设性和内向服务性，目的在于协助管理层控制与监督下属责任部门改善经营管理，提高经济效益，促进本单位经济目标的实现。

内部审计的主要内容包括查明企业内部资料、数据是否真实可靠；查明企业资产核算是否健全，并保证财产物资的安全、完整；检查和评价会计、财务以及其他内部控制制度是否健全和充分；查明企业的政策、计划和规章制度是否得到贯彻执行；评价企业各部门完成各项任务的质量；提出改善经营管理的建议。

大中型的单位或企业一般都设立专职的审计部门，规模不大、审计业务较少的单位则可以不设置审计部门，只设置专职的审计人员。审计人员一般都由单位内部掌握会计、财务、审计、管理等专业知识的人员担任，同时必须具备良好的职业道德。审计部门或审计人员由单位主要负责人领导，对管理层负责。

### （二）外部审计

外部审计包括国家审计和社会审计两部分。

国家审计是指由国家专门设立的审计机关（包括审计署及其派出机构以及各省、市、自治区、县设立的各级审计机关），对被审计单位的财政、财务收支活动，执行财经法纪的情况以及经济效益性等各方面进行审查监督。国家通过财政与税收形成了大量国有资源，又通过法律授权的方式将国有资源分配给各级政府行政机关、事业单位以及国有企业管理和使用，为监管这些单位履行受托经济责任的情况，国家便通过设立审计机关的方式代表国家进行政府财政收支审计和国有企业审计，查错防弊，以保护国有资源的完全、完整，保证国有资源运用的合法性和效益性。

社会审计也称民间审计，主要以经政府主管部门批准设立的、具有相关执业能力的社会中介机构为审计主体，如经我国财政部门审核批准成立的会计师事务所。由注册会计师组成的会计师事务所是社会审计的主体，由于它们不附属于任何机构，独立核算，自负盈亏，具有法人资格，因此具有很强的独立性、客观性和公正性。社会审计是受托审计，即注册会计师只有接受了审计委托者的委托才能开展审计业务。

### （三）内部审计与外部审计的联系

所谓内部审计与外部审计，是根据审计主体的不同而对审计进行的分类。内部审计与外部审计互为补充，相互协调。它们主要有以下联系：

1. 审计的目的相同

不论是内部审计还是外部审计，都是审计监督体系的有机组成部分，其根本目的都是为了维护财经法纪，改善单位的经营管理，提高经济效益。

2. 审计的内容、范围、标准、依据、程序与方法等有很多相通和相近之处

内部审计和外部审计尽管审计的主体不同，但都以被审计单位的经济活动为审计对象，利用会计、统计、数理等特定技术和方法，来执行其审查和监督的职能。由于内部审计的经常性、预防性和有针对性，它能够对外部审计起到很好的补充作用，有了内部审计的配合与支持，外部审计能够更有效地发挥监督作用；同时，外部审计可以通过向内部审计了解情况，合理地利用内部审计成果，提高审计效率。而内部审计也可以利用外部审计提供的相关资料，提高审计效率，甚至可以与有实力、信誉好的社会审计机构结成战略合作联盟，进一步增强对单位内部的审计监督力度。

### （四）内部审计与外部审计的区别

由于内部审计机构与外部审计机构所处的地位不同，内部审计与外部审计在性质、独立性、审计方式和方法等许多方面又存在着以下不同：

1. 审计的性质不同

内部审计是由单位内部设立的审计机构或专职审计人员履行的内部审计监督，是隶属于本单位的监督管理部门的，只对本单位负责。

外部审计则是由外部审计机构以独立第三方的身份进行的审计活动。国家审计对国家权力部门负责，是一种强制性审计；而社会审计是受托审计，对委托人和社会公众负责。

2. 审计的独立性不同

内部审计作为被审计单位的一个部门，仅仅是整体中的一个部分，在组织、工作、经济等各方面都受本单位的制约，独立性受到一定的限制。

国家审计在这些方面则与被审计单位无关，具有较强的独立性。但是一般来说，国家审计并不独立于审计委托人（国家审计受国家委托，代表国家利益，它在机构设置、工作安排、经费来源等方面都受国家制约）。

社会审计既独立于审计委托人，又不受被审计单位制约，处于一种超然独立、客观公正的地位。

3. 审计的方式不同

内部审计是根据本单位的需要和安排来开展审计工作的，具有一定的任意性。

国家审计是根据相关法律规定以及政府监管部门的需要来开展的。

社会审计是受托审计，它必须满足审计委托者的要求。

4. 审计的工作范围不同

内部审计实际上是单位最高管理层的管理职能的一部分，它的工作范围涵盖单位管理流程的所有方面。

国家审计的工作范围涉及一切与国有资源有关的财政、财务收支活动。

社会审计是受托审计，因此只有与委托方订立的审计业务约定书中明确的审计内容才在其工作范围内。

5. 审计的方法不同

内部审计的方法是多种多样的，它会根据单位的具体情况，采取各种不同的方法，当然也可以包括外部审计的一些程序。

外部审计的方法则侧重于报表审计程序。

6. 审计的服务对象不同

内部审计的服务对象是单位管理层。

国家审计的服务对象是国家权力机关。

社会审计的服务对象是审计委托人和社会公众，包括投资者、债权人和员工等在内的利益相关者。

7. 审计报告的作用不同

内部审计报告一般只能作为本单位进行经营管理的参考，不向外界公开，对外并不起鉴证作用。

国家审计除涉及商业秘密或其他不宜公开的内容外，审计结果要对外公示。

社会审计报告则具有社会鉴证的作用，出于对投资者、债权人及社会公众负责的目的，需要向外界公开。

8. 审计的对象不同

内部审计的对象是单位内部财政、财务收支及其他经济活动。

国家审计的对象以各级政府机关、事业单位及大型骨干企业的财政、财务收支及资金运作情况为主。

社会审计的对象则包括一切营利及非营利单位。

9. 审计的权限不同

国家审计代表国家利益，对被审计单位的违法、违纪问题既有审查权，也有处理权，如没收违法所得、罚款等。

社会审计只能对委托人指定的被审计单位的有关经济活动进行审查、鉴证。

内部审计虽然也有审查处理权，但由于其内向服务性，使得它的强制性和独立性较国家审计弱，审查结论也没有社会审计的社会权威性高。

10. 审计依据的准则不同

在我国，内部审计依据的是中国内部审计协会制定的内部审计准则。

国家审计所依据的准则是由审计署制定的国家审计准则。

社会审计依据的审计准则是中国注册会计师协会制定的独立审计准则。

11. 审计监督的性质不同

内部审计是单位的自我审查和监督。

国家审计属于行政监督，具有强制性。

社会审计则属于社会监督，国家法律只能规定哪些企业必须由社会审计组织查账、审计，被审计单位与社会审计组织之间不存在强制性关系，而是双向自愿选择的关系。

## 三、审计与会计的联系与区别

有些人认为，审计是从会计中派生出来的一门学科，其本质还是与会计有关。事实上，审计与会计是两种不同但又相互关联的社会活动。

**（一）审计与会计的联系**

审计与会计的联系主要表现在以下几点：

1. 会计所提供的财务会计信息是审计的前提和基础

审计的对象一是会计资料，二是由会计资料及其他相关资料所反映的被审计单位的财政、财务活动及其他经济活动。

2. 会计活动自身就是审计监督的主要对象

会计活动是单位经济管理活动的重要组成部分，我国古代的"听其会计"和西方国家所谓的"听审"，都含有审查会计的意思。从本质上来说，检查会计资料只是审计的一种手段和方法。

**（二）审计与会计的区别**

随着经济的发展，审计和会计的区别越来越突出，主要表现在以下几个方面：

1. 两者产生的前提不同

会计是为了加强经济管理，对经济活动进行核算和分析的需要而产生的。

审计是因经济监督、评价的需要而产生的，是为了确定经营者或其他受托管理者的经济责任的需要而产生的。

## 2. 两者的性质不同

会计是企业经营管理的重要组成部分，主要对生产经营活动或管理过程进行反映和监督。

相对于具体的经营管理而言，审计处于独立第三方的地位，是经济监督的重要组成部分，主要对财政、财务收支及其他经济活动的真实性、合法性和效益性进行审查，具有外在性和独立性。

## 3. 两者工作的对象不同

会计的工作对象主要是资金运动过程，也即经济活动的价值方面。

审计的工作对象主要是会计资料、统计资料以及其他反映被审计单位经济业务的相关资料。

## 4. 两者工作的方法程序不同

会计工作方法体系由会计核算、会计分析、会计检查三部分组成，包括算账、记账、报告、查账等内容，其中会计核算方法包括设置账户、填制凭证、审核凭证、登记账簿、成本计算、财产清查和编制会计报表等记账、算账和报账方法，其目的是为会计信息的内部和外部使用者提供管理和决策所必需的资料。

审计方法体系包括规划方法、实施方法、管理方法等。规划方法的目的在于确定审计目标，通过合理地分配审计资源以保证审计工作的顺利进行，主要有计划制订方法、程序确定方法和方案设计方法等。实施方法的目的在于完成审计任务，通过各种措施与手段，收集充分、适当的审计证据，保证审计结论和决定有可靠的依据，主要有资料检查法、实物检查法、审计调查法、审计分析法和审计抽样法等。管理方法目的在于提高审计质量和审计效率，通过对审计过程进行控制和调节，保证各种审计资源得到有效的使用。

## 5. 两者的职能不同

会计的基本职能是对企业全部经济活动过程的确认、计量、记录、分类、汇总、报告和监督，而审计的基本职能是监督、鉴证和评价。会计虽然也具有监督职能，但这是一种自我监督行为，主要通过会计检查来实现，它主要为了保证会计业务活动本身的正确性、合法性、合规性和系统性。

审计不仅包含了检查会计账目，还包括对所有的经济活动进行实地考察、调查、分析和检验以及对计算行为的检查，即包含审核、稽查、计算之意。

会计检查只是各个单位财务会计部门的附带职能，而审计是独立于财务会计部门之外的专职监督检查。会计检查的目的主要为了保证财务会计资料的真实性和准确性，其检查范围、深度和方式都受到不同程度的限制；而审计的目的在于检查财政、财务收支及其他经济活动的真实性、合法性和效益性，审计检查会计资料只是实现审计目的的手段之一。

## 思 考 题

1. 财务会计是什么？它主要提供什么信息？

2. 试述财务会计的一般原则。

3. 财务管理是什么？它具有什么特点？

4. 财务活动主要包括哪些内容？

5. 试述财务会计与财务管理的联系与区别。

6. 管理会计是什么？试述管理会计的职能和目标。

7. 管理会计与财务会计有何关系？

8. 审计是什么？它有何职能？

9. 什么是内部审计？什么是外部审计？内部审计和外部审计有何关系？

# 第八章 会计系统中的内部控制

## 第一节 内部控制基本原理

内部控制是指单位或企业为了确保相关法律和法规的贯彻执行，保证生产经营活动的效率和效果，保护资产的安全和完整，提高会计信息质量，由管理层及所有员工共同制定、实施的一系列控制程序、控制方法和措施。

### 一、内部控制的产生和发展

内部控制是经济发展的产物，是企业规模化和资本大众化的结果。随着市场经济的发展，到 20 世纪初，企业的所有权与经营权进一步分离，为了防范与及时发现错误和弊端，企业内部逐渐形成了一些组织、指导、制约和监督生产经营活动的方法，这就是内部控制制度。

最早的内部控制主要着眼于保护财产的安全与完整，保证会计信息的正确与可靠，侧重于通过岗位的相互牵制来进行控制。随着商品经济的发展和生产规模的扩大，经济活动日趋多样化、复杂化，为了适应企业管理的需要，内部控制不断地发展、深化。总的来说，内部控制的发展变化具有以下几个特点和趋势：

（1）会计在企业管理中的作用越来越突出，从而使得其内部控制的职能和作用不断得到加强，会计控制成为重要的内部控制方式。

（2）内部控制中，会计控制和管理控制相互融合，联系日益密切，从而产生了结构化的内部控制机制。

（3）内部控制由最初简单的岗位或人员的内部牵制逐步向结构化的内部控制机制发展，实现了企业环境控制、生产经营活动控制和管理控制的有机结合。

随着企业管理实践的发展，内部控制的应用范围逐渐扩大。在现代内部控制理论中，内部控制已被认为是与管理企业经济活动密切相关的一种管理和控制活动，在企业的生产经营活动中发挥着举足轻重的作用。

### 二、内部控制的作用

在现代市场经济中，内部控制作为企业生产经营活动的自我调节和自我制约的内在机制，在其经济管理和经济监督中起着不可忽视的作用。企业规模越大，内部控制的重要性越显著。可以说，内部控制是否建立、健全以及是否得到贯彻实施，是企业经营成败的关键。内部控制可以发挥如下作用：

（1）保证企业遵守国家的法律、法规，保证企业既定方针的贯彻执行。遵守国家的法律、法规，是企业进行合法经营的先决条件。建立、健全内部控制制度，可以对企业内部的所有部门、所有流转环节进行有效的控制和监督，对发生的任何问题，都能及时发现、反映并纠正，从而有利于保证国家政策和法规得到有效的执行，也有利于企业贯彻执行既定的经营管理方针。

（2）保证会计信息的真实性、准确性和完整性。无论是企业内部管理层还是外部相关利益者，要作出科学、合理的经济决策都必须掌握真实、可靠的财务会计信息。建立、健全内部控制制度，通过控制会计信息的收集、记录和整理过程，使企业的各项经济业务被真实、完整地记录下来，并使各种错误和舞弊得到及时发现和纠正，从而保证会计信息的真实性和准确性。

（3）预防、查核和纠正错弊，有效防范企业经营风险。在企业的生产经营过程中，只有对各类风险进行有效的预防和控制，才能达到生存发展的目标，而内部控制作为企业管理的中枢环节，是防范企业风险最为有效的一种手段。建立、健全内部控制制度，能够通过对企业风险进行科学、合理的评估，找出可能出现错误和弊端的风险并设置相应控制要点，从而加强对企业经营风险薄弱环节的控制，把各种风险消灭在萌芽之中，是企业风险防范的一种最佳方法。同时，企业在实施内部控制过程中，能够及时地发现错误和弊端，并采取措施予以纠正。

（4）保护企业财产的安全、完整。财产物资是企业开展经济活动的物质基础，建立、健全内部控制制度，可以通过科学、有效的方法对货币资金的收入与支出，财产物资的采购、计量、验收、保管、领用和销售等活动进行控制和监督，防止贪污、盗窃、滥用、毁坏等不法现象的发生，从而确保财产物资的安全、完整，并能有效地纠正各种浪费行为。

（5）保证企业的有效经营，圆满实现企业目标。建立、健全内部控制制度，可以利用会计、统计、业务等各责任部门的制度规划及有关报告，把企业的生产、营销、财务等工作有机地结合在一起，实现各部门密切配合，充分发挥整体的作用。同时，内部控制系统通过明确各部门、各工作岗位的权力、职责范围和必须达到的工作要求，并将其有效地传递给员工，能使员工正确地履行所分配的职责，再配合科学、合理的奖惩制度，能够更好地激励员工，充分发挥其主观能动性，提高工作效率，纠正失误和弊端，保证实现企业的经营目标。

（6）为审计工作提供良好基础。审计工作的顺利开展必须以真实、可靠的会计信息为依据，而健全的内部控制制度，能够通过控制会计信息的收集、记录和整理过程，保证信息的准确、资料的真实，为审计工作提供良好的基础。

建立和实施内部控制制度，是为了保证企业按照预定的经营目标，实现安全、有效的经营。但是，实施内部控制的程序会产生许多成本、效率问题，因此，企业在建立、健全内部控制的时候，必须遵循成本效益原则，既不能因内部控制的缺失而对企业的运营产生负面影响，也不能一味无节制地追求完善而产生过高成本，致使内部控制得不偿失。

## 三、COSO 报告——内部控制要素

当前，美国的 COSO（Committee of Sponsoring Organizations of the Treadway Commission）委员会发表的 COSO 报告，被认为是内部控制研究领域最为权威的文献。COSO 报告站在企业的立场，将内部控制结构划分为五要素，即控制环境、风险评估、控制活动、信息与沟通和监控（见图 8-1）。

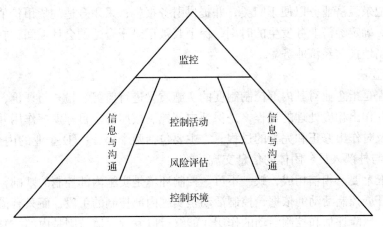

图 8-1　内部控制要素

1. 控制环境

控制环境是指构成一个单位或企业的控制氛围。它影响内部人员的内部控制意识，是内部控制其他成分的基础，决定着内部控制的规则与结构。

控制环境主要包括员工的品行与职业道德、员工的胜任能力、企业文化和经营风格、治理结构、组织机构设置与权责分配、人力资源管理、内部审计机制和反舞弊机制等内容。

2. 风险评估

风险评估是指单位或企业管理层及时识别，科学分析影响其经营战略和管理目标实现的各种不确定因素，并采取应对策略的过程。

风险评估主要包括目标设定、风险识别、风险分析和风险应对。引起风险的环境因素主要包括经营环境的变化，聘用新的员工，应用新技术，采用新的或改良的信息系统，新行业、新产品或新经营活动的出现，会计政策的变更，企业的迅猛发展，海外经营等。

3. 控制活动

控制活动是指根据风险评估结果，对所确认的风险采取必要的措施，确保单位内部控制目标得以实现的政策和程序，是实施内部控制的具体方式和载体。

控制活动必须结合单位具体业务和事项的特点与要求制定，主要包括组织规划控制，实物保护控制，审核批准控制，预算控制和内部报告控制等。

4. 信息与沟通

信息与沟通是指及时、准确、完整地收集与企业经营目标相关的各种内部和外部信息，并通过适当的方式将这些信息在企业有关层级、部门之间进行及时传递，有效沟通和正确应用的过程。

信息与沟通主要包括以下环节：识别、确认和记录有效的经济业务；序时、详细地记录经济业务以便于归类，并提供财务报告；采用合适的货币价值计量经济业务；确定经济业务发生的时期，保证其被记录于合适的会计期间；在财务报告中恰当地披露经济业务。

5. 监控

监控是指企业对其内部控制制度的实施质量进行监督、检查与评价，形成书面报告并作出相应处理的过程，是保证内部控制按照预定目标发挥作用并根据具体情况及时作出修正和完善的过程。它主要包括两个部分：① 企业的内部审计。② 企业与外部人员、团体的信息交流。

这五个要素相辅相成，缺一不可。控制环境是实施内部控制的基础，风险评估则是开展控制活动的依据，控制活动是实施内部控制的手段，而只有借助信息与沟通，风险评估和控制活动的作用才能够得以发挥，监控则是内部控制有效实施的保证。

## 四、内部控制的一般方法

内部控制的一般方法通常包括组织规划控制、授权控制、审核批准控制、预算控制、实物保护控制、会计系统控制、内部报告控制和内部审计控制等。

1. 组织规划控制

组织规划控制是指根据企业经营目标和职能任务，按照科学、精简、高效的原则，对企业组织机构设置，职务分工的合理性和有效性进行控制，形成各司其职，各负其责，便于考核，相互制约的工作机制。它是实行其他控制方法的基础。合理的岗位设置是保证企业生产经营活动有效进行的重要条件，其主要原则是"不相容职务相分离"，实现岗位的相互牵制。

2. 授权控制

授权控制是指企业必须根据职责分工，明确各部门、各岗位办理经济业务的权限范围，未经授权的人员或部门不得处理相关业务。授权控制一方面要求企业内部各级人员在其职权范围内直接开展经济业务，从而避免了相互推诿的现象，有利于提高工作效率；另一方面避免了未经授权的工作人员违规越权操作的行为，通过分散权力，相互牵制，相互监督，有利于企业生产经营活动的顺利开展。

3. 审核批准控制

审核批准控制是指企业各部门、各岗位根据授权，按照规定的方法和程序，对相关经济业务和事项的真实性、合理性、合规性以及有关资料和手续的完整性进行审查，通过签署意见并签章，作出批准、不予批准或者其他处理的决定。

4. 预算控制

预算控制是指企业要加强预算的编制、执行、监督、分析、考核等各环节的管理，即根据企业生产经营目标制定各类经济业务的预算，在业务的执行过程中随时注意不脱离预算标准，及时和定期做出反映业务执行情况的报告，分析和控制预算差异，必要时采取改进措施，确保预算的执行。

5. 实物保护控制

实物保护控制是指通过各种方式保护企业实物资产的安全。其主要措施如下：① 限制接近。它是指除经授权批准的人员外，严格限制无关人员对资产的接触。如除出纳人员以外，严格限制其他人接近现金。② 定期盘点。它是指定期盘点资产，并将盘点结果与会计记录进行比较，存在差异时应由独立于保管和记录资产的人员进行调查。③ 记录保护。它是指对各种文件资料实行限制接近，妥善保存，保留备份等保护措施。④ 财产保险。它是指通过购买保险来增加资产受损后补偿的程度或机会。⑤ 财产记录监控。它是指以建立资产个体档案的形式对资产的增减变动作及时、全面的记录，确保对实物资产的控制。

6. 会计系统控制

会计系统控制是指企业必须根据《中华人民共和国会计法》（以下简称《会计法》）、《企业会计准则》以及国家统一的会计制度，制定与本企业的生产经营活动相适应的会计制度，规范会计政策的选用标准，确定会计凭证、会计账簿、财务会计报告以及相关信息披露的账务处理程序，建立、完善会计档案的传递和保管制度，明确会计工作交接办法，充分发挥会计的反映和监督职能，确保企业财务会计信息的真实性、准确性和系统性。

7. 内部报告控制

内部报告控制是指企业必须建立和完善内部报告制度，明确财务会计及相关信息的收集、分类、汇总、分析、报告和处理程序，全面反映企业生产经营活动情况，保证内部报告的时效性和针对性，使内部管理层能有效地掌握企业动态，改善经营管理，提高经济效益。

8. 内部审计控制

内部审计本身就是内部控制的一种特殊形式，是内部控制的一个组成部分。但是，内部审计主要是对内部控制执行其控制责任的效率和质量的检查与评价，因此，它又是对内部控制执行情况的一种监督，是对其他内部控制的再控制。因此，建立、健全内部审计制度，是保证内部控制有效性的重要环节。

## 五、内部牵制

内部牵制是指在业务流程设计中，采用任何个人或部门都不能单独控制任何一项或一部分业务权利的方式来进行组织上的责任分工，使得每项业务都通过正常发挥其他个人或部门的功能进行交叉检查或交叉控制，从而实现相互牵制、相互监督，防止发生错误或舞弊。内部牵制是内部控制的核心，是组织规划控制的基础。

### （一）内部牵制的假设

内部牵制概念是建立在以下两个基本假设的基础上的：

（1）两个或两个以上的人或部门无意识地犯同样错误的可能性比单独一个人或部门犯错误的可能性小。

（2）两个或两个以上的人或部门有意识地合伙舞弊的可能性比单独一个人或部门舞弊的可能性小。

### （二）岗位设置规避——不相容职务相分离

内部牵制机制的核心内容是不相容职务的分离与牵制。不相容职务是指如果由一个人担任，既有可能发生错误和舞弊行为，又有可能掩盖其错误和弊端行为的职务。在现代企业管理中，每项业务的处理一般都必须经过授权、批准、执行、记录和检查等步骤。在不相容职务分离控制下，为达到有效的牵制目的，任何个人或部门都不能独揽业务处理的全过程，不同步骤应该交给不同的人员或部门去完成。岗位设置有以下几项要求：

（1）授权开展某项经济业务的职务必须与执行该项业务的职务分离。如确定设备采购数量和价格的职务与具体实施采购活动的职务不能由同一人兼任。

（2）执行某项经济业务的职务必须与审查该项业务过程和结果的真实性、正确性的职务分离。如具体实施设备采购的职务和监督、检查采购业务的职务不能由同一人兼任。

（3）执行某项经济业务的职务必须与记录该项业务的职务分离。如具体实施设备采购的职务与记录该采购过程和结果的职务不能由同一人兼任。

（4）保管某项财产的职务必须与记录该项财产的职务分离。如设备的保管职务和记录设备收、发、存情况的职务不能由同一人兼任。

（5）保管与记录某项资产的职务必须与账实核对的职务分离。如设备的保管职务或记录设备收、发、存情况的职务，与盘点设备并核对记录的职务不能由同一人兼任。

### （三）内部牵制的方式

内部牵制职能大致通过以下几种方式实现：

#### 1. 实物牵制

实物牵制是指由两个或两个以上工作人员共同掌管必要的实物工具，共同完成一定程序的牵制。例如，把银行印鉴交给两个或两个以上的工作人员分别保管，若非同时使用这两个或两个以上的印鉴，便无法从银行提取现金。

#### 2. 机械牵制

机械牵制是指将单位各项业务的处理程序，用文字等说明方式表示出来，以形成制度，各项业务的开展都必须遵循该项制度。机械牵制是典型的事前控制法。如某企业制定的采购制度规定，超过 10 000 元的设备采购必须遵循以下程序：由经办人员先填写申请书，经部门领导批准，再递交到审计部门，经审核无误后再向财务部门申请支付。缺少任何一道手续便无法完成设备的采购。

#### 3. 体制牵制

体制牵制是指为了防止错误和舞弊，对于每一项经济业务的处理，都必须有两个或两个以上的人共同分工负责，以相互牵制、互相制约的机制。体制牵制的基本要求是实现职责分离，它不仅要求明确各部门或个人的职责和权限，同时还要规定相互配合与制约的方法。例如，在财务报销程序中设置审核和复核两个相互独立的岗位，审核人员审核原始凭证并编制记账凭证，必须经复核人员对原始凭证和记账凭证进行审查，才能进行支付，完成报销流程。

#### 4. 簿记牵制

簿记牵制是指将原始凭证与记账凭证、会计凭证与账簿、明细账与总账、账簿与会计报表进行核对的牵制。在某种意义上，它也是程序牵制的一个方面。

### （四）内部牵制与效率

从效率角度来看，牵制是与其相背离的。如采购人员购买生产设备，首先要填写申请文件，报经主管部门批准，再向财务部门申请支付计划，这一申请过程需要耗费大量时间，降低了办事效率。由此可见，内部控制制度的实行必须以牺牲效率为代价，那么为什么还需要设立这种制度呢？这便涉及"经济人"假设问题。"经济人"假设认为，人的行为动机根源于经济诱因，只要有可能，多数人都会尽量逃避工作，逃避责任，尽最大可能地追求个人的经济利益，而这些人的个人目标都是与企业目标相矛盾的。

在企业的生产经营活动过程中，几乎每一个环节都要接触、处理大量的财产物资，如采购人员购买原材料需要支付货款，仓库管理员要管理原材料、半成品、产成品等实物资产等，几乎每个岗位都直接或间接地接触到企业的财产物资。如果任由各部门或工作人员不受限制地处理、支配财产物资，这些追求个人经济利益最大化的"经济人"就可能玩忽职守、营私舞弊，导致企业财产的大量流失，甚至使得企业的经营难以为继。因此，设立相应的内部控制制度，通过相互牵制、约束、监督"经济人"的各种自利行为，以牺牲部分效率为代价保证企业生产经营活动的正常进行。

综上所述，内部牵制机制可以通过上下牵制、左右制约的方式来实现查错防弊的功能，是实行内部控制的核心。从实践来看，内部牵制机制在现实中确实有效地减少了错误和舞弊行为。

# 第二节  财 产 清 查

财产清查是指通过实地盘点、核对等清查方法，确定经济主体的各项财产物资、货币资金以及债权债务的实存数，并与其账面结存数进行核对，从而查明账面余额跟实存数是否相等的一种会计核算的专门方法。

## 一、财产清查概述

### （一）账实不符的原因

按照会计制度的要求，任何单位都必须通过会计账簿全面、系统、连续地反映财产的增减变动以及结存情况，并通过专门的物资管理部门、工作人员管理实物财产，保证账簿记录与实物资产、资金款项等相符。但是，在会计核算过程及物资管理过程中，由于种种主观和客观原因，往往会出现某些财产物资账面余额与实存数不符的现象。它主要包括以下几个方面的原因：

（1）由于自然灾害等不可抗力事件导致财产物资的毁损。

（2）由于财产物资的物理或化学性能变化而引起的数量或质量的变化。

（3）由于管理制度不完善或工作人员的疏忽，造成收发计量错误或物资霉烂变质等损失。

（4）由于营私舞弊、贪污盗窃或非法侵占等不法行为而造成的财产损失。

（5）会计凭证或会计账簿的漏记、错记或计算错误。

### （二）财产清查的意义

以上任何一种情况的发生都可能使财产物资、债权、债务等出现账实不符的现象，这就产生了财产清查的必要性。通过对各项财产物资、债权、债务进行定期或不定期的盘点和核对，保证账实相符，可以起到如下作用：

1. 提高会计资料质量，保证会计信息系统正常运行

通过财产清查，可以确定各项财产的实存数，将实存数与账面余额进行对比分析，查明两者是否存在差异以及产生差异的原因，及时调整账簿记录，做到账

实相符，以保证账簿记录和会计报表的真实、准确、完整，为企业内部管理层以及投资者、债权人、员工等利益相关者作出合理、科学的经济决策提供可靠的会计信息。

2. 完善物资管理，保护单位财产物资的安全和完整

通过财产清查，可以使企业内部各相关责任部门了解财产物资的保管情况，如果发现财产损坏、丢失，被非法挪用或被贪污盗窃等情况，就必须查明各项财产的收发和保管制度及其执行情况，采取措施，堵塞漏洞。在清查债权、债务的过程中，企业也可以通过清理呆账、坏账，完善信用政策，加速资金结算，抓紧催收账款，减少或避免资金损失。

3. 挖掘财产物资的潜力，提高其使用效率，改善企业的经营管理

通过财产清查，企业管理层能够对各项财产物资的储备和利用情况加以核实，了解是否有超储积压、呆滞的材料物资，有利于及时采取措施，重新组合，避免浪费，充分发挥财产物资的使用效能和使用效率。

4. 促进企业遵守财经纪律，建立健全规章制度

通过财产清查，企业可以对资金结算、账务核算、财产验收保管等制度及其执行情况进行有针对性的调查研究，采取措施，建立健全各项管理制度和内部控制制度，并促使其认真贯彻执行，严格遵守财经纪律。

## 二、财产清查的种类

（1）按照清查的对象和范围，财产清查可以分为全面清查和局部清查。

全面清查是指对企业的所有财产物资、债权、债务等进行全面的盘点和核对，应包括所有的资产、负债和所有者权益。

由于内容多，范围广，投入的人力多，全面清查不可能经常进行，一般只在以下几种情况下进行：年终结算前要进行全面清查；企业撤销、合并或改变隶属关系时需要明确部门以及个人的经济责任，要进行全面清查；企业主要负责人调离工作岗位时，要进行全面清查；开展资产评估、清产核资时，要进行全面清查。

局部清查是指根据实际需要对企业的部分财产物资、债权、债务等进行的盘点和清查，它的特点是范围小、内容少，但专业性强。局部清查的主要对象是流动性较大的财产和债权、债务。如每日业务终了时必须清点现金，做到日清月结；每月月末，必须将银行存款和银行借款的账面发生额和余额与银行对账单进行核对；每月要对流动性较大的存货，如原材料、在产品和库存商品等实行有计划的重点抽查；每一会计年度至少要对债权、债务核对 1~2 次。

（2）按照清查的时间，财产清查可以分为定期清查和不定期清查。

定期清查是指按照管理制度的规定或预先计划的时间，对单位的财产物资进

行清查，它通常在年末、半年末、季末或月末结账时进行。如每日业务终了时清点现金，每月月末核对银行存款，每年年终决算前对各项资产、负债进行全面清查等，这些都是定期清查。定期清查的对象和范围不是固定的，根据实际情况的需要，它可以是全面清查，也可以是局部清查，但清查的目的都是为了及时发现账实不符，调整错误，核实损益，保证会计报表的真实和完整。

不定期清查是指事先没有规定清查的时间，根据特殊需要而进行的临时性清查。如在财产物资或现金的保管人员发生变动时，必须对其经管的财产进行清查，这种清查主要是为了明确经济责任；上级或国家有关监管部门决定对某个企业会计核算工作或生产经营活动进行审查时，必须根据审查的要求和范围对财产物资、债权、债务进行清查，这种清查主要是为了确保会计资料的真实性和准确性以及单位生产经营活动的合法性和效益性；当企业进行兼并重组，破产清算或转移所有权时，必须对企业的财产进行清查，这种清查的目的是为了了解企业真实的财务状况，即摸清家底；发生自然灾害或贪污盗窃时，必须对受损的财产物资进行清查，这种清查的目的是为了查清损失情况。

不管是定期清查还是不定期清查，都可以是全面清查，也可以是局部清查，应根据实际需要来确定。

### 三、财产清查的方法

由于不同种类的财产物资在实物形态、用途、性能、存放方式等各方面都存在差异，因此，对于不同的财产物资应选择不同的清查方法。主要有以下几种：

#### 1. 实地盘点法

实地盘点法是指将有关财产物资的收发凭证全部登记入账后，结出总账和明细账余额，在此基础上对各项财产物资的实物逐一清点，或用计量器具确定其实存数量的一种方法。这种方法适用范围较为广泛，大部分可以精确计算其实物数量的财产物资都采用这种方法，如清点现存设备的数量，库存现金的数额，厂房和办公楼等房产建筑物。

#### 2. 技术推算法

技术推算法是指按照一定的计量标准推算出财产物资实有数量的一种方法。这种方法适用于盘存数量较大，不便一一清点或难以确定实物精确量，单位价值又比较低的实物的清查。如露天堆放的燃料用煤的单位价值较低，若要一一过磅以精确地确定其库存数量，必须耗费很多人力、物力、财力和时间，因此，在考虑效率和效益的情况下，可以在抽样盘点的基础上进行技术推算，从而确定其实存数量。

#### 3. 核对账目法

核对账目法是指通过将两种或两种以上的书面资料相互对照，来验证其内容是否一致，从而确定财产物资实存数的一种方法。这种方法主要用于对存放在金融中介机构的货币资金的盘点。如银行存款的清查，可以通过将单位的银行存款日记账与银行发送过来的对账单进行核对，查清未达账项，确定银行存款的实存数。

4. 函证核对法

函证核对法是指通过发函、打电话等方式向有关单位或个人查询财产物资实存数，并让对方通过函件等方式来说明相关经济业务的实际情况，作为判断问题的依据。这种方法一般适用于往来款项，出租、出借的财产物资以及外埠存款的查询核实。

5. 评估确认法

评估确认法是指根据资产评估的价值来确定财产物资实存金额的方法。在一般情况下是由专门的评估机构根据资产的特点，通过一定的测算技术和方法来对财产物资进行评估，从而确定其货币价值。这种方法主要适用于企业改组、联营、破产清算以及单位撤销等情况。

6. 协商议价法

协商议价法是指与财产物资利益相关的各方，按照公平、互惠的原则，参考当期的市场价格，协商确定财产物资的实存金额的方法。这种方法主要在企业联营投资或以资产对外投资时使用。

## 四、财产清查结果的会计处理

财产清查的结果有两种情况：账实相符和账实不符。账实相符说明会计账簿记录真实、准确、完整，财产物资的保管安全、完整，在会计账务方面一般无须作任何调整。以下对账实不符的情况进行介绍。

账实不符存在盘盈、盘亏和毁损两种情况。盘盈是指财产物资的实存数大于账面余额，说明实物资产有溢余；盘亏和毁损是指财产物资的实存数小于账面余额，说明实物资产有短缺。针对财产清查中发现的盘盈、盘亏和毁损，在上级审批前，财务会计部门应基于客观性原则，根据清查过程中所取得的原始凭证编制记账凭证，登记有关账簿，使财产物资的实存数与账面余额保持一致，同时根据企业的相关规定，将盘盈或盘亏的实际情况及原因分析、处理建议报告企业管理层审批；在上级审批之后，财务会计部门要根据上级部门的处理意见编制相关的记账凭证，登记账簿，并向相关责任者追回损失。

为了核算和监督财产清查中查明的财产物资的盘盈、盘亏和毁损，企业必须设置"待处理财产损溢"这一账户进行处理，其借方登记发生的各项财产物资的盘亏和毁损的金额与经批准予以转销的盘盈金额，其贷方登记发生的各项财产物资的盘盈金额和经批准予以转销的盘亏与毁损金额。"待处理财产损溢"账户如果借方有余额，则说明企业有尚未处理的财产净损失；如果贷方有余额，则说明企业有尚未处理的财产净溢余。

财产清查中所发现的各项财产物资的损溢，应该在会计期末前查明原因，并报告企业管理层，同时根据管理层的意见在期末结账前作出账务处理。因此，期末处理后，"待处理财产损溢"这一账户的余额应该为零。如果由于特殊原因未能在期末结账前处理的，财务会计部门在对外提供财务报告时，必须在财务报表附注中按照有关规定对这一情况作出说明。如果之后批准处理的金额和已处理的金额不一致，必须就其差额调整下一年度会计报表相关项目的年初数。

下面就现金、银行存款、存货、固定资产的财产清查结果的账务处理进行分析。

**1. 现金清查结果的处理**

对于库存现金，主要采用实地盘点法来查明实存数。现金收支必须在每日终了时结算，并通过与现金日记账进行对比来查明账实是否相符。清查前，会计人员必须将所有已收讫、付讫的现金凭证全部登记入账并结出余额；清查完毕时，如果发现盘盈或盘亏，出纳人员必须填制"现金盘点报告表"，这是反映现金实存数的重要凭证，也是调整账簿记录的依据。

当现金发生短缺或溢余时，应先通过"待处理财产损溢——待处理流动资产损溢"账户核算，再将查明的原因、处理意见报告上级，按照上级审批的意见，在期末结账前，根据不同情况作出不同的处理。

现举例说明库存现金清查结果的账务处理。

**【例 8-1】** 12 月，公司进行现金清查，发现现金溢余。

业务 1：现金清查中发现溢余 300 元。

借：库存现金　　　　　　　　　　　　　　　300
　　贷：待处理财产损溢——待处理流动资产损溢　300

业务 2：经反复核查，未查明原因，报上级批准作为营业外收入处理。

借：待处理财产损溢——待处理流动资产损溢　300
　　贷：营业外收入　　　　　　　　　　　　　300

**【例 8-2】** 12 月，公司进行现金清查，发现现金短缺。

业务 1：现金清查中发现短缺 50 元。

借：待处理财产损溢——待处理流动资产损溢　50
　　贷：库存现金　　　　　　　　　　　　　　50

业务 2：经反复核查，属于出纳的责任，应由出纳赔偿。

借：其他应收款——出纳×××　　　　　　　50
　　贷：待处理财产损溢——待处理流动资产损溢　50

2. 银行存款清查结果的处理

对于银行存款,主要是通过核对账目法来进行清查的,即将本企业的银行日记账与银行发送过来的对账单逐笔进行核对,若银行存款日记账的余额与银行对账单的余额不一致,可能是企业或银行中的某一方记账错误或者存在未达账项,要对其分析核实并采取相应处理措施。如果存在未达账项,则应编制银行存款余额调节表检验是否存在记账错误;如果是企业记账错误造成的,则应在发现错误后及时取得原始凭证,更正或补充账务;如果是银行记账错误造成的,则应积极与银行沟通,敦促其及时查明原因并调整账务。

未达账项是指企业与银行之间由于取得凭证的时间不一致或记账的时间不一致,对于同一项业务所发生的资金变动,一方已根据结算凭证登记入账,而另一方由于尚未取得结算凭证而尚未入账,从而造成企业账面余额与银行账面余额不一致的现象。未达账项主要有以下四种情况:企业已收,银行未收;企业已付,银行未付;银行已收,企业未收;银行已付,企业未付。在对账过程中,如果发现未达账项,则应编制"银行存款余额调节表"(表 8-1 为经简化的银行存款余额调节表)来进行调整(注意,编制"银行存款余额调节表"只是一种对账工具,并不是调账的依据),如双方调整后的余额相等,说明记账一般没有错误,否则说明记账有错,应查明原因并进行更正。

**表 8-1　银行存款余额调节表**(简化)

××××公司　　　　　　　　　　　　　　　　　　　　　　　　　　银行账号：××××

日期：××××年×月×日　　　　　　　　　　　　　　　　　　　　　　　　　　单位：元

| 项　目 | 金　额 | 项　目 | 金　额 |
|---|---|---|---|
| 企业银行存款账面余额 | | 银行对账单账面余额 | |
| 加：银行已收,单位未收 | | 加：单位已收,银行未收 | |
| 减：银行已付,单位未付 | | 减：单位已付,银行未付 | |
| 调节后的存款余额 | | 调节后的存款余额 | |

3. 存货清查结果的处理

存货必须定期盘点,每年至少应盘点一次。对于盘盈、盘亏和毁损的存货,应先通过"待处理财产损溢——待处理流动资产损溢"科目核算,再将查明的原因、处理意见报告上级,按照上级审批的意见,在期末结账前,根据不同情况作出不同的处理。

现举例说明存货清查结果的会计处理:

【例 8-3】　年末,公司进行财产清查,发现盘盈一批原材料线路板。

业务 1：盘盈原材料线路板 3 000 元,在上级批准处理前作如下账务处理：

借：原材料——线路板　　　　　　　　　　　　3 000

　　贷：待处理财产损溢——待处理流动资产损溢　3 000

业务2：经查明是由于收发计量上的错误导致的，经上级批准冲减生产成本。

借：待处理财产损溢——待处理流动资产损溢　3 000

　　贷：生产成本　　　　　　　　　　　　　　　3 000

【例8-4】　年末，公司进行财产清查，发现原材料液晶显示器短缺2 000元。

业务1：发现原材料液晶显示器短缺2 000元，在上级批准处理前作如下账务处理：

借：待处理财产损溢——待处理流动资产损溢　2 000

　　贷：原材料——液晶显示器　　　　　　　　　2 000

业务2：经查明属于正常耗费，经上级批准，计入制造费用。

借：制造费用　　　　　　　　　　　　　　　　2 000

　　贷：待处理财产损溢——待处理流动资产损溢　2 000

4. 固定资产清查结果的处理

固定资产必须定期盘点，每年至少应实地盘点一次。对于盘盈、盘亏和毁损的固定资产，应先通过"待处理财产损溢——待处理固定资产损溢"科目核算，再将查明的原因、处理意见报告上级，按照上级审批的意见，在期末结账前，根据不同情况作出不同的处理。

现举例说明固定资产清查结果的会计处理：

【例8-5】　公司在财产清查中，发现一台盘盈设备。

业务1：盘盈设备的同类设备的市场价格为5 000元，估计有八成新，在上级批准处理前作如下账务处理：

借：固定资产　　　　　　　　　　　　　　　　4 000

　　贷：待处理财产损溢——待处理固定资产损溢　4 000

业务2：经反复核查，未查明原因。经上级批准，将该设备转入营业外收入处理。

借：待处理财产损溢——待处理固定资产损溢　4 000

　　贷：营业外收入——固定资产盘盈　　　　　　4 000

【例8-6】　公司在财产清查中，发现一台盘亏设备。

业务1：盘亏设备的原值为5 000元，已计提折旧2 000元，在上级批准处理前作如下账务处理：

借：待处理财产损溢——待处理固定资产损溢　3 000

　　累计折旧　　　　　　　　　　　　　　　　2 000

　　贷：固定资产　　　　　　　　　　　　　　　5 000

业务2：经查明，这是由于管理人员×××管理不当造成的损失，应由其赔偿。

借：其他应收款——管理员×××　　　　　　　　3 000
　　贷：待处理财产损溢——待处理固定资产损溢　3 000

## 思 考 题

1. 什么是内部控制？内部控制要素是什么？

2. 试述内部控制的一般方法。

3. 什么是内部牵制？为什么要实行内部牵制？内部牵制机制的核心内容是什么？

4. 内部牵制机制下的岗位设置有哪些要求？试举例说明。

5. 什么是财产清查？财产清查与内部控制有什么关系？

6. 试述财产清查的种类与方法。

7. 请写出以下会计分录：

（1）会计期末，某公司在现金清查中发现短缺30元。

（2）经反复核查，未查出短缺原因，报上级批准作为营业外支出处理。

8. 什么是未达账项？它有哪些类型？发现未达账项时，应通过什么方法对其进行调整？

9. 请写出以下会计分录：

（1）会计期末，某公司在财产清查中发现某原材料短缺2 500元。

（2）经核查是由于收发计量上的错误导致，经上级批准计入生产成本。

# 第九章 会计法规和会计职业道德

## 第一节 基本会计法规简介

### 一、我国的基本会计法规概述

世界各国由于历史背景、社会制度、文化传统、法律体系等方面的不同，对于会计法律制度的规定存在很大差异。有对会计专门立法的国家，如俄罗斯于1991年颁布的《会计法》和乌克兰于2000年起实施的《乌克兰会计报告法》。也有一些国家在制定的有关法律中包含会计法律的内容，如美国在1921年颁布的《预算与会计法案》中规定了会计监督的要求，在1933年颁布的《证券法》和1934年颁布的《证券交易法》中，规定了会计报表的编制规则；英国在1981年颁布的《公司法》中，规定了年度会计报表的格式和具体编制原则以及由独立会计师审计公司年度会计报表等内容；法国在《商法》中规定，公司年度会计报告必须真实、准确地反映企业的财务状况，必须遵循会计核算的基本原则；德国的《公司法》和《商法》也涉及会计要素、会计记录、会计信息披露、会计档案管理等诸多方面的内容。

在中国，广义的会计法是指国家权力机关和其他授权机关制定的用来规范各种会计关系的规范性文件的总称。国家通过制定一系列的法律制度来规范和指导会计工作，主要包括会计法律、会计行政法规、统一的会计制度和地方性会计法规等四个方面。

#### （一）会计法律

会计法律是指由国家最高权力机关或其授权机关经过一定立法程序制定的有关会计工作的法律。中华人民共和国成立以后的第一部会计法，是1985年1月21日第六届全国人大常委会第九次会议通过，并于1985年5月1日起正式实施的《中华人民共和国会计法》（以下简称《会计法》）。1993年10月31日，第八届全国人大常委会第五次会议和1999年10月31日第九届全国人大常委会第十二次会议对《会计法》进行了两次审议修订。现行《会计法》于2000年7月1日起正式施行。《会计法》是会计法律制度中层次最高的法律规范，是制定其他会计法规的依据，也是指导会计工作的最高准则。《会计法》的立法宗旨是规范会计行为，保证会计信息的真实、可靠和完整，充分发挥会计工作在加强国家宏观调控、提高企业经济效益。维护社会主义市场经济方面的作用。

1. 《会计法》的适用范围

《会计法》对人的效力范围：① 办理会计事务的单位和个人，包括国家机关、社会团体、公司、企业、事业单位和其他组织。② 主管机关和其他机关，包括各级财政部门以及审计、税务、人民银行、证券和保险监管等部门。《会计法》对地域的适用范围是除中国港、澳、台地区之外的中华人民共和国领域范围。《会计法》的时间效力范围为：1985 年 1 月 21 日发布的《会计法》自 1985 年 5 月 1 日起发生法律效力；从 1993 年 12 月 29 日起，修正后的《会计法》发生法律效力，修正前的规定效力终止；1999 年 10 月 31 日发布的《会计法》自 2000 年 7 月 1 日起发生法律效力，修正前的规定效力终止；修订后的《会计法》对 2000 年 7 月 1 日以前发生的会计行为没有追溯力。

2. 《会计法》的主要内容

（1）总则。它主要规定了《会计法》的立法宗旨，确立由国务院财政部门主管全国的会计工作，县级以上地方各级人民政府财政部门管理本行政区域内的会计工作等工作管理体制，明确了国家实行由国务院财政部门依法制定并公布统一的会计制度，此外还规定了会计机构和会计从业人员的基本职责，依法设账的基本要求，单位负责人的会计责任以及对会计人员的法律保护和奖励等内容。

（2）会计核算。它主要规定了单位必须如实地进行会计核算，明确以日历年度为会计年度，以人民币为记账本位币，必须按照国家统一会计制度的规定，真实、完整地填制会计凭证、会计账簿、财务会计报告和其他会计资料，单位负责人应当保证财务会计报告的真实、完整。

（3）会计监督。它主要规定了单位内部会计监督制度，相关人员在单位内部会计监督中的职责，对违法行为的检举等内容，规定了由内部监督、社会监督和政府监督组成的会计监督体系。各单位应当建立健全本单位会计监督制度，单位负责人应当保证会计机构和会计人员依法履行职责，不得授意、指使、强令会计机构和会计人员违法办理会计事项。会计机构和会计人员有权拒绝办理或者按照职权纠正违反会计法和国家统一的会计制度规定的会计事项。任何单位和个人均有权检举违反会计法和国家统一的会计制度规定的行为。财政、审计、税务、银行、证券、保险等部门应当按照有关法律、法规规定的职责，对有关单位的会计资料实施监督检查，对在监督检查中知悉的国家秘密和商业秘密负有保密义务。各单位应接受有关监督检查部门依法对其实施监督检查。

（4）会计机构和会计人员。它主要规定了会计机构的设置和会计从业人员的配备及执业资格与培训教育，会计机构内部稽核和内部控制等内容。国有大中型企业必须设置总会计师，从事会计工作的人员必须取得会计从业资格证书。会计从业人员应当遵守会计职业道德，不断提高业务素质。

此外，《会计法》还对公司、企业的会计核算作出了一些特别规定。对于有关人员违反《会计法》的具体行为内容和应负的行政责任与刑事责任也作出了原则性规定。

### （二）会计行政法规

会计行政法规是指由国务院制定并发布，或者国务院有关部门拟订并经国务院批准发布，调整经济生活中某些方面会计关系的法律规范，如国务院发布的《企业财务会计报告条例》、《总会计师条例》，以及经国务院批准、财政部发布的《企业会计准则》等。

（1）《企业财务会计报告条例》是国务院于 2000 年 6 月 21 日发布的，自 2001 年 1 月 1 日起实施。它是对《会计法》中有关财务会计报告的规定的细化。它主要规定了会计要素项目、企业财务会计报告的构成，编制和对外提供的要求、法律责任等。该条例强调任何组织和个人不得授意、指使、强令企业编制和对外提供虚假的或隐瞒重要事实的财务会计报告；要求企业负责人对本企业的财务会计报告的真实性和完整性负责；规定有关部门或机构必须依据法律、法规，索要企业财务会计报告。

（2）《总会计师条例》是《会计法》的重要配套法规。该条例共分五章二十三条，为保障总会计师依法履行职权，对总会计师的地位、作用、职责、权限、任免与奖惩等诸多方面作出了明确规定。

（3）《企业会计准则——基本准则》是进行会计核算工作必须遵循的基本要求，是规范企业会计确认、计量、报告的会计准则。它是由会计核算的前提条件、一般原则、会计要素准则和会计报表准则组成的，是对会计核算要求所作的原则性规定。

### （三）统一的会计制度

统一的会计制度是指国务院财政部门根据《会计法》制定的关于会计核算、会计监督、会计机构和会计人员以及会计工作管理的制度，包括部门规章和规范性文件，如《财政部门实施会计监督办法》、《企业会计制度》、《会计基础工作规范》、《会计档案管理办法》等。

（1）《财政部门实施会计监督办法》是财政部于 2001 年 2 月 20 日发布实施的，目的是为了规范财政部门会计监督工作，保障财政部门有效实施会计监督，保护公民、法人和其他组织的合法权益。它适用于国务院财政部门及其派出机构和县级以上地方各级人民政府财政部门，对国家机关、社会团体、公司、企业、事业单位和其他组织执行《会计法》和国家统一的会计制度的行为实施监督检查以及对违法会计行为实施行政处罚。

（2）《会计基础工作规范》是财政部于 1996 年 6 月 17 日发布实施的。其内容包括会计机构的设置和会计人员的配备、会计人员的职业道德、会计工作交接、会计核算的一般要求、会计凭证规则、会计账簿规则、财务报告规则、会计监督的内容和要求、建立和健全单位内部会计管理制度的要求等。

（3）《金融企业会计制度》是财政部于 2001 年 1 月 27 日发布，并于 2002 年 1 月 1 日起实施的。其适用范围包括中华人民共和国境内依法成立的各类金融企业，包括银行、保险公司、证券公司、信托投资公司、期货公司、基金管理公司、租赁公司和财务公司等。

**（四）地方性会计法规**

地方性会计法规是指省、自治区、直辖市人民代表大会及其常委会在与会计法律、会计行政法规不相抵触的前提下制定的有关会计方面的地方性法规。根据规定，实行计划单列市、经济特区的人民代表大会及其常务委员会在宪法、法律和行政法规允许范围内制定的会计规范性文件，也应当属于地方性会计法规。地方性会计法律制度在本行政区域内具有普遍适用效力。如各省在《会计法》等上位法的规定下制定的适合本地区的各省会计条例即属于地方性会计法规。

## 二、当前会计法律、法规存在的主要问题

（1）会计基础工作和相应的监督制度比较薄弱，存在违法现象。有的单位不按规定设置会计科目、使用会计凭证、登记账簿、编制会计报表；一些单位长期不依法建账，或者账目混乱；一些单位负责人无视《会计法》的有关规定，指使会计人员违法做账，甚至编造假账，牟取私利；还有相当一部分单位没有建立、健全内部会计监督制度，形成有效的约束机制，致使国家和本单位的利益遭受严重损失。

（2）存在执法不严、违法不究的现象。有的执法部门从本部门、本地区或者本行业的利益出发，对违法行为不闻不问，得过且过；有的执法部门出于息事宁人的考虑，将大事化小，小事化了；个别执法部门甚至与单位沆瀣一气、同流合污。

（3）会计从业人员的素质偏低，不能适应新形势下会计工作发展的要求。一方面，相当一部分会计人员没有经过严格的专业培训，不具备系统的基本的会计专业知识；另一方面，在职的会计人员中有相当一部分知识老化，对现代会计制度知之甚少，难以适应工作要求。

## 三、完善我国会计法规之对策

（1）要适应并服务于社会主义市场经济发展的要求，加快会计法律体系的建设步伐。会计法是调整会计关系、规范会计行为、确定会计工作基本制度的基

础性法律。必须坚持实事求是、尊重客观实际的原则，抓紧对现有会计法规的清理工作；对现行《会计法》的框架结构原则上可以不作变动，适当增加有关内容和章节；对不适应当前经济发展需要的有关法规，该废除的要及时废除，需要修订的要及时修订；尽快制定并逐步完善与《会计法》相配套的法律、规章和制度；同时还要强化一些相关配套法律及相关法规的实施和彼此协调配合，加大法律、法规的处罚、赔偿和执行力度，使会计法律的各项具体规定能够得到真正落实，更好地为社会主义市场经济服务。

（2）进一步加强《会计法》的宣传普及和执法检查工作，促使会计从业人员明确其各自的职责与义务，理解各项具体会计法规的执法要求，能够严格地按有关会计法规的要求搞好会计核算，实施会计监督。运用各种宣传媒介，公开披露各种监督检查信息，对于执法严格且成效显著的单位和个人，应加强宣传；对于执法过程中问题严重的单位和个人，应理直气壮地予以批评并依法追究有关当事人的法律责任。同时应提高会计从业人员的业务素质和法律意识，为会计人员依法履行职责创造一个良好的外部环境。

# 第二节 会计职业道德

## 一、会计职业道德规范的主要内容

会计职业道德是指在会计职业活动中应当遵循的、体现会计职业特征、调整会计职业关系的职业行为准则和规范。会计职业道德作为社会道德体系的重要组成部分，既吸纳社会道德规范的一般要求，如爱岗敬业、诚实守信，又突出会计职业特征，如客观公正、坚持准则等。

根据我国会计工作和会计人员的实际情况，我国会计职业道德规范的主要内容包括爱岗敬业、诚实守信、廉洁自律、客观公正、坚持准则、提高技能、参与管理和强化服务。

### 1. 爱岗敬业

爱岗敬业就是要求会计人员热爱本职工作，安心本职工作，并为做好本职工作锲而不舍，尽职尽责。对会计人员来说，爱岗意味着任何时候都要做到忠于职守，尽心尽力。敬业就是会计人员正确认识会计本质，充分认识本职工作在社会经济活动中的地位和作用，增强会计职业的荣誉感和自豪感，在职业活动中培养高度的劳动热情和创造性，以强烈的事业心和责任感从事会计工作。同时，会计工作是一项严肃细致的工作，要将严肃认真、一丝不苟的职业作风贯穿于会计工作的始终。会计人员不仅要认真地执行岗位规范，而且要在各种复杂的情况下，能够抵制各种诱惑，忠实地履行岗位职责。

### 2. 诚实守信

诚实守信是做人的基本准则，也是公民道德规范的主要内容。诚实是指言行和内心思想一致，不弄虚作假，不欺上瞒下，做老实人，说老实话，办老实事。守信，就是遵守自己所作出的承诺，讲信用，重信用，信守诺言，保守秘密。做老实人，要求会计人员言行一致，表里如一，光明正大。说老实话，要求会计人员说话诚实，不夸大，不缩小，不隐瞒，不歪曲，如实地反映和披露单位经济业务事项。办老实事，要求会计人员工作踏踏实实，勤勤恳恳。《会计法》规定，各单位必须根据实际发生的经济业务事项，进行会计核算，填制会计凭证，登记会计账簿，编制会计报告。会计人员只有根据实际发生的经济业务事项，真实、正确地记录，如实反映单位经济业务活动情况，才能实现会计核算和会计监督的真正内涵。在处理会计业务时，从原始资料的取得、凭证的整理、账簿的登记、报表的编制，到经济活动的分析，都要严格按照会计准则和会计制度进行记账、算账和报账，并做到手续完备，账目清楚，数字准确。保守秘密是指会计人员在履行自己的职责时，应树立保密观念，积极采取保密措施，对机密资料不外传、不外泄。会计人员不仅要做到不在工作岗位以外的场所谈论和评价企业的经营状况和财务数据，而且要抵制住各种各样的诱惑，除法律规定或经单位规定程序批准外，不得以任何借口和形式向其他单位和个人提供单位内部的会计数据和相关资料。

### 3. 廉洁自律

廉洁是指不收受贿赂，不贪污钱财，保持清正廉明。自律是指自我约束、自我控制、自觉地抵制自己的不良欲望，正确处理会计职业权利和职业义务的关系，增强抵制行业不正之风的能力。会计人员必须加强世界观的改造，树立科学的价值观和人生观，加强自身的道德修养，自觉抵制享乐主义、个人主义、拜金主义等错误思想，坚持会计工作原则，保持自己在会计工作过程中的清正廉洁，并敢于同违法违纪现象作斗争。

### 4. 客观公正

客观公正是会计人员必须具备的行为品德，是会计职业道德规范的灵魂。客观是指会计人员在处理会计事务时必须以实际发生的交易或事项为依据，如实反映企业的财务状况和经营成果，不掺杂个人主观意愿，不为单位领导的意见所左右。公正是指会计人员应具备正直和诚实的品质，不偏不倚地对待有关利益各方。会计人员在具体进行业务处理时，应保持客观公正的态度，实事求是，不偏不倚。会计人员通过不断提高专业技能，正确理解和把握并严格执行会计准则，不断消除非客观和非公正因素的影响，做到最大限度的客观公正。客观公正还要求会计人员对会计业务的处理，对会计政策和会计方法的选择，以及对财务会计报告的编制、披露和评价，必须独立进行职业判断，做到客观、公正、公平。

5. 坚持准则

坚持准则，要求会计人员熟悉国家法律、法规和国家统一的会计制度，始终坚持按法律、法规和国家统一的会计制度的要求进行会计核算，实施会计监督。会计作为一种经济管理活动，对会计人员的业务素质有着相当高的要求。坚持准则是会计人员胜任本职工作的基础。会计人员应当根据自己的实际需要，熟悉和掌握与会计相关的经济法律制度，如税收、金融、证券、合同等法律制度以及本部门、本单位的内部控制制度、财务管理制度等，这是遵循准则和坚持准则的前提。会计人员在进行记账、算账和报账时，必须做到遵循准则，执行准则，坚持准则。只有坚持准则，才能按准则办事，才能遵纪守法，保证会计信息的真实性和完整性。同时，会计人员在会计核算和监督时要自觉地严格遵守各项准则，自律在先，对不合法的经济业务不予受理，确保会计信息的真实性和完整性。会计人员还要经常学习和掌握准则的最新变化，了解本部门、本单位的实际情况，准确地理解和执行准则。

6. 提高技能

提高技能，要求会计人员通过学习、培训和实践等途径，持续提高会计职业技能，以达到和维持足够胜任专业的能力的活动。会计工作政策性很强，必须依据党和国家制定的方针政策和规章制度进行，因此会计工作人员必须不折不扣地按照政策办事。同时，会计工作技术性很强，这就要求会计人员以过硬的专业知识为后盾，勤学苦练，刻苦钻研，不断进取，在实践中不断磨炼自己，增强提高自身专业技能的自觉性和紧迫感。

7. 参与管理

参与管理，就是要求会计人员参与管理活动，为管理出谋划策，为管理活动服务。参与管理就是要求会计人员积极主动地向单位领导反映本单位的财务、经营状况及存在的问题，主动提出合理化建议，积极参与市场调研和预测，参与决策方案的制订和选择，参与决策的执行、检查和监督，为领导者的经营管理和决策服务当好助手和参谋。会计人员要做到业务娴熟，技能精湛，具备扎实的基本功，熟悉本单位的生产经营、业务流程和管理情况，充分利用掌握的大量会计信息，运用各种管理分析手段，对本单位的经营管理活动进行分析预测，使会计工作真正起到当家理财的作用。

8. 强化服务

强化服务，要求会计人员具有文明的服务态度、强烈的服务意识和优良的服务质量。会计人员要树立强烈的服务意识，为国家服务，为社会服务，为人民服务。会计人员要努力提高服务质量，为单位决策层、政府部门、投资人、债权人和社会公众提供真实、可靠、准确的会计信息，提供优质科学的经营决策方案。

## 二、当前会计职业道德存在的主要问题

### 1. 牟取私利，贪赃枉法，职业道德水平低下

在建立市场经济体制的过程中，社会不良风气对会计人员职业道德造成了重要的影响。一些会计人员的个人主义、拜金主义、享乐主义思想严重，丧失了法制观念，私欲不断膨胀。部分会计人员不顾会计行业实事求是、客观公正的道德规范，在个人利益的驱使下，故意伪造、变造、隐匿、毁损会计资料。他们利用职务之便监守自盗，大肆贪污、挪用公款，利用职务之便贪污、挪用公款，将国家和集体的财产转移到个人手中，侵害国家和集体的利益。少数会计人员丧失会计职业道德，借工作之便违法犯罪。一些单位负责人为了某种目的要求财会人员篡改会计数据，造假凭证、账表进行假审计、假评估。

### 2. 有法不依，执法不严，道德观念淡薄

会计工作中有法不依，违法不究的现象比较严重。不少会计人员不能做到熟悉法规、依法办事，遵纪守法意识淡薄，唯领导命令是从，缺乏职业道德和敬业精神，不关注、不学习会计法规以及财务规章制度，就更谈不上遵纪守法、依法办事。有的会计人员缺少会计专业基本的业务素质，业务知识贫乏，对会计准则、会计制度知之甚少，专业技术能力较差，业务素质低下，在工作中得过且过，缺乏积极进取、精益求精的精神。部分会计人员职业道德观念淡薄，他们不努力学习相关法律知识，对法律、法规、准则、制度不能准确地理解，处理业务时更是无法正确把握会计准则及会计核算制度，工作中马马虎虎，敷衍塞责。这种工作状态导致工作中出现无意识差错，造成账务混乱，致使会计信息失真。

## 三、会计职业道德建设的主要途径

### 1. 广泛开展会计职业道德教育

（1）会计学历教育中的职业道德教育。高等院校会计类专业就读的学生，不仅需要系统学习会计专业知识和业务技能，同时也应重视会计职业道德的教育，使自己在校期间就开始学习和了解会计职业道德规范，培养自己的会计职业道德意识和观念，增强社会责任感。

（2）会计继续教育中的职业道德教育。会计人员继续教育是指会计人员在完成某一阶段专业学习后，重新接受一定形式的知识更新的教育和培训活动。在不断更新、补充、拓展会计专业理论和业务能力的同时，通过案例研讨、专题报告、学术会议、参观学习、经验交流等形式，进行会计职业道德教育，形成良好的会计职业道德素质，这是会计职业道德教育的重要途径。其具体内容包括：

1）形势教育。通过形势教育，使会计人员充分了解国家政治、经济和社会发展状况，引导会计人员正确认识会计工作在整个国民经济发展中的重要作用，

提高广大会计人员的政治素质和思想道德水平。

2）品德教育。通过品德教育，培养会计人员的良好品德，加强爱国主义、集体主义、社会主义教育，增强会计人员的职业责任感和社会责任感，树立与社会主义市场经济相适应的道德观念和道德意识，提高职业道德自律能力。

3）法制教育。会计人员应熟悉和掌握与国家财经管理有关的法律政策和规章制度，增强运用法律武器维护会计工作权威性和规范性的意识和能力，学会运用法律的手段处理会计事务。

2. 社会各界齐抓共管

各有关部门和机构要高度重视会计职业道德建设。要根据会计职业道德规范的要求，结合本系统、本行业、本单位的特点，有针对性地制定具体职业道德规范，加大宣传力度，制定切实可行的宣传方案，开展灵活多样的宣传教育，如举办会计职业道德演讲、论坛、竞赛、有奖征文等活动，并抓好督促落实。

各新闻媒体要加强社会舆论监督，形成良好的社会舆论氛围。要以新闻舆论为载体，广泛开展会计职业道德的宣传教育，通过会计职业道德建设中正反典型的宣传报道，弘扬正义，谴责歪风邪气，引导会计人员加强职业道德修养，促进良好的会计职业道德风尚深入人心，从而在全社会形成良好的会计职业道德环境。

## 思 考 题

1. 我国目前基本的会计法规包括哪些方面？
2. 谈谈你对加强我国会计法规建设的理解。
3. 什么是会计职业道德？我国会计职业道德的主要内容是什么？
4. 我国会计职业道德教育的内容和途径有哪些？
5. 谈谈你对如何加强会计职业道德建设的理解。

# 第十章 会计准则及其制定

会计准则是一套建立在公允合理基础上的规范会计账目核算与会计报告的文件。我国的会计准则从纵向上可以分为基本准则（企业会计准则）和具体会计准则（应用准则）。具体会计准则又分为通用业务会计准则、财务报表会计准则、特殊业务会计准则和特殊行业会计准则。基本准则是概括组织会计核算工作的基本前提和基本要求，是说明会计核算工作的指导思想、基本依据、主要规则和一般程序。而具体会计准则则遵循基本准则，是针对具体经济业务制定的具体规定。在国际实践中，会计准则的制定有大陆法系国家的法定主义模式和普通法系国家的民间专业团体制定模式。中国的会计准则的制定采取的是法定主义，即由财政部统一制定。

## 第一节 经济全球化与会计准则国际趋同

自20世纪八九十年代始，经济的全球化成为一种不可抵挡的浪潮，国际贸易和投资飞速发展起来，资本的全球流通成为现实。到20世纪90年代末，伦敦证券交易所的股票价格总额中多达70%来自非英国公司，德国证券交易所上市公司中大约有80%来自60多个国家的非德国公司，而在美国证券交易委员会（Securities&Exchange Commission，SEC）登记的13 000家公司中，也有1 000多家外国上市公司。这些新的变化提出了会计准则的国际趋同要求。与此同时，跨国企业购并浪潮的兴起，在客观上也需要一个国际性的会计准则以使企业业务信息具有可比性。在德国戴姆勒·奔驰案例中，戴姆勒公司1993年的经营情况，根据德国会计标准计算为1.68亿美元利润，但是根据美国公认会计原则计算，却有10亿美元左右的巨额亏损。

与经济的全球化相呼应，20世纪90年代中后期，各国会计准则的制定机构和证券监管机构也逐渐重视国际会计准则的制定。1991年（美国）财务会计标准委员会（Financial Accounting Standards Board，FASB）宣布支持国际准则的制定，然而，它使用了诸如"国际公认会计原则"以及"全球认可的会计准则"等字眼，以显示出美国才有能力制定出高质量的准则，应该由美国来制定一套"全球会计准则"。1995年7月，国际证监会组织（International Organization of Securities Commissions，IOSCO）与国际会计准则委员会（International Accounting

Standards Committee，IASC）达成了如下协议：如果 IASC 完成 IOSCO 提出的五个大类 40 个项目的核心准则，IOSCO 将会认可这套核心准则，进而推荐给成员国的外国上市公司在编制财务报表时使用。2000 年 5 月 17 日，IOSCO 通过了 IASC 的 30 项核心准则，并将其推荐给各个成员国的证券监管机构使用。这是全球财务报告协调化的一个里程碑。在 2000 年 6 月，欧盟常设机构欧洲委员会则宣布，欧盟 7 000 多家上市公司将从 2005 年开始全面采纳国际会计准则（International Accounting Standards，IAS）以及国际财务报告准则（International Financial Reports Standards，IFRS）编制合并报表。2005 年，全球范围内要求国内上市公司使用 IAS/IFRS 的国家达到 39 个，允许国内上市公司使用 IAS/IFRS 的国家有 18 个。在欧盟，上市公司必须根据 IAS/IFRS 编制合并报表，非上市公司（超过 300 万家）根据法律要求按照本国会计准则编制财务报表，但欧盟成员国被授权允许这些公司使用 IAS/IFRS（奥地利、法国、爱尔兰、斯洛文尼亚和英国除外）。在中国、罗马尼亚、俄罗斯联邦等国家，只有一些特定的主体被允许使用 IAS/IFRS，不过其中一些国家的会计准则已经日益与 IAS/IFRS 趋同（如中国）。而在阿根廷、巴西、加拿大、智利、印度、日本和美国等国家，仍然不允许上市公司使用 IAS/IFRS。（参考文献 [44]）

美国的情况比较复杂。1996 年，美国国会要求美国证券交易委员会制定出一套国际公认的会计准则，以供在美国上市的外国公司使用。同时在该年 10 月份，美国 SEC 经过与 IASC 对话后，发表了一个有条件支持 IASC 制定适用于跨国股票上市财务报表所用的会计标准的声明。然而即使到 2000 年 IOSCO 认可 IASC 的核心准则后，SEC 仍然拒绝采纳 IAS。不过，随着 2001 年安然事件的爆发，美国的一般公认会计原则（General Acceptable Accounting Principle，GAAP）遭受了严重的挑战，美国不得不重新审视 GAAP 的效率及缺陷。美国国会也责成 SEC 对会计准则"原则导向"和"规则导向"的问题进行研究，2001 年 IASC 改组为国际会计准则理事会（International Accounting Standards Board，IASB）后，美国开始全方位地展开与 IASB 的合作。2002 年 10 月，代表世界上最具有影响力的两个会计准则制定者，即 IASB 与 FASB，签订了著名的"诺沃克协议（Norwalk Agreement）"，协商通过双方的合作，减少或消除 GAAP 与 IAS/IFRS 之间的差异，并把会计准则的不断趋同作为双方的义务。在 FASB 的主席 Bob Herz 看来，IASB 和 FASB 之间的趋同项目是一个"改进美国的财务呈报，简化美国会计准则和准则制定以及为美国市场参与者提供国际趋同的好处"的"一石三鸟"的机会。2006 年 2 月 27 日，IASB 与 FASB 发布了一项谅解备忘录，重申了双方共同制定高质量的全球资本市场通用的会计准则的目标。该备忘录在 2008 年作了更新。

在当前经济全球化的大潮冲击之下，中国更深层次地融入世界经济体系之中。在中国加入 WTO 以来，中国经济无论在广度还是深度上都快速地融入了世界经济体系，进出口贸易保持快速增长，国际贸易总量稳居世界第三位。这就要求中国必须加快会计准则国际趋同的步伐。比如，当前中国的"市场经济地位"迫切需要得到国际社会的承认，很多西方发达国家反对中国经济为"市场经济"的原因之一就是因为中国的会计准则与国际会计准则存在着差异，使得国内被调查的企业无法提交符合要求的会计账簿。实际上，改革开放以来，中国经济的市场化程度已经有了很大的提高，2003 年我国经济的市场化指数为 73.8%，不仅超过了市场经济临界水平（市场化指数为 60%），而且属于快速发展的市场经济国家。毫无疑问，在经济全球化的大背景下，会计作为国际商业语言，其地位越来越突出。因此，顺应经济全球化的浪潮，努力实现中国的会计准则与国际会计准则的趋同，提供可比和透明的财务信息，无疑是当前中国一项重要的任务。

1992 年年底，中国财政部以部长令的形式发布了《企业会计准则》。这标志着中国会计准则的正式诞生，随后又发布了《企业财务通则》、13 项行业会计制度和 10 项行业财务制度。上述的"两则"和"两制"构成了中国会计规范的基本框架。当时的"两则"和"两制"已尽可能多地实现了与国际惯例的接轨，在记账方法、会计平衡公式、会计报表体系、资本金制度、折旧方法、成本核算方法、资产减值准备、企业利润分配制度等方面实现了与国际惯例的接轨，结束了我国计划经济的会计模式，逐步确立了与市场经济相适应，并与国际惯例相"接轨"的新会计模式。1997 年 5 月 22 日，财政部发布了我国第一项具体会计准则"关联方关系及其交易的披露"，揭开了我国陆续制定具体会计准则的序幕。此后，财政部又陆续发布了 15 项具体会计准则，初步建立了我国具体会计准则的架构。具体会计准则不仅在形式上与国际会计准则"接轨"，而且在内容上也广泛地借鉴了国际会计准则。（参考文献 [45]）

然而，这一时期中国所制定的会计准则与国际会计准则之间存在的差异仍然是明显的：① 会计准则的地位和功能的差别。中国的会计准则分为基本准则和具体准则两种，基本准则相当于 IASC 以及西方发达国家在制定会计准则时确立的概念框架。然而，IASC 和西方国家确立的会计准则的概念框架并不是作为会计准则的一部分，而中国的基本准则则被明确为会计准则的内容。这一差别的存在削弱了中国对指导会计准则的基本概念和原则的深入研究。② 会计准则的覆盖面的差别。中国的会计准则的制定起步较晚。20 世纪 90 年代，中国曾经发布了 30 多项会计准则的征求意见稿，但到 2005 年之前只发布了 16 项具体的会计准则。这与 IASC 所发布的 41 项国际会计准则以及 FASB 所发布的约 150 项会计准则公告相比，差距是很明显的。另外，中国的会计准则对企业合并、金融衍生工具、物价变动、所得税会计等领域的研究仍然薄弱。③ 是否认同公允价值的差别。公允价值是目前国际上最为流行的会计计量属性，它不同于账面价值，在实践中能够较真实地反映公司经济业务的实质和公司的市场价值。中国曾经在"债务重组"、"非货币性交易"、"关联方交易"等会计领域引进公允价值的概念。但由于公允价值在我国资本市场的实践并未达到预期效果，反而使盈余操纵的问题更加突出，导致对会计信息可信性的质疑，进而危及对公允价值的认同。而在国际会计准则中，公允价值的广泛应用则是一种不可逆的趋势。④ 在具体会计处理与披露上的差别。如在采购成本的计量上，我国存货准则采用总价法，国际准则采用净价法。在现金流量表准则中，国际准则同时允许采用直接法和间接法编制正表，我国只允许采用直接法。对收到或支付的利息和股利，国际准则允许在保持一贯处理的前提下归入经营活动、投资活动或筹资活动，我国准则要求将支付的利息和股利列为筹资活动，将收到的利息列为投资活动。（参考文献［46］）

2005 年之后，中国会计准则的国际趋同有了较大的突破。在这一年的 11 月 8 日，我国财政部与 IASB 签署了联合声明，确认中国会计准则与国际财务报告准则实现了实质性趋同。2006 年 2 月 15 日，财政部颁布了 1 项基本会计准则和 38 项具体会计准则，要求自 2007 年 1 月 1 日起首先在上市公司范围内施行。这标志着适应我国市场经济要求，与国际惯例趋同的会计准则体系正式建立。企业会计准则体系的核心是围绕会计确认、计量和报告加以规范的，实现了中国会计准则与国际财务报告准则内涵上的统一。我国会计准则与国际财务报告准则只在关联方关系及其交易的披露、资产减值损失的转回、部分政府补助的会计处理等极少问题上存在差异，除此之外，实现了与国际财务报告准则的趋同。在公允价值规定方面，根据2006 年的中国企业会计准则，投资性房地产、生物资产、非货币性资产交换、债务重组等准则规定，只有存在活跃市场、公允价值能够获得并可靠计量的情况下，才能采用公允价值计量，这与国际财务报告准则的相关规定仍然存在一定的差异。值得关注的是，国际会计准则理事会也认同了中国的做法，并将如何在新兴市场经济国家中应用公允价值问题列入其主要议题加以研究。（参考文献 ［45］）

随着经济全球化与国际会计准则趋同之深化，近些年来会计准则等效成为一个极为重要的趋势。会计准则等效与会计准则趋同的区别在于：会计准则等效所是指我国企业在那些实施国际财务报告准则的国家或地区上市，无须对根据中国会计准则编制的财务报表作调整，即使有的话也只是对个别项目作出说明或者编制个别项目的调节表，而不是像以往那样根据国际财务报告准则作全面的转换。2006 年 11 月 24 日，中国会计准则委员会与欧盟代表就欧盟将中国会计准则列为第三国等效准则的安排等问题进行了深入的讨论，提出在 2009 年之前，欧盟将考虑把中国作为与国际财务报告准则趋同的国家对待。这意味着届时在欧盟上市的中国企业按照中国会计准则编制的财务报表将得到认可。令人欣慰的是，2008 年 11 月 14 日，由欧盟成员国代表组成的欧盟证券委员会（ESC）就第三国会计准则等效问题投票决定，自 2009～2011 年年底前的过渡期内，欧盟将允许中国证券发行者在进入欧洲市场时使用中国会计准则，不需要根据欧盟境内市场采用的国际财务报告准则调整财务报表。这一决定表明其已认可中国企业会计准则与国际财务报告准则实现了等效。（参考文献［45］）

然而，尽管会计准则的国际趋同已经成为一种必然趋势，仍然不能忽视中国的特殊性。为了较好地兼顾会计准则的趋同性与中国特定国情，必须坚持如下一些原则：① 坚持趋同的大方向。在世界经济一体化的进程中，任何一个不想游离于国际市场之外的经济体或组织，都不能无视这一历程。会计准则的国际趋同这一发展趋势对于中国来说是值得肯定的大方向。② 不能把趋同简单地理解为同一化。尽管经济全球化的进程是不可逆的，但由于各国在经济环境、法律制度、文化理念以及监管水平、会计信息使用者和会计人员素质等方面存在着不同程度的差异，要真正实现同一化，各国均要付出相当的代价和作出一定的让步，这对有些国家来说，甚至是难以承担的。所以，实现趋同，不能简单地追求完全地等同，而应该兼顾各国国情。近年来中国在推进会计准则之等效方面所作的努力及其成就无疑是一个良好的开端。2006 年中国发布的新企业会计准则的特点就是"求大同存小异"。"大同"所指的是我国在会计准则国际趋同的步伐上跨出了具有历史意义的一大步，如重新引入公允价值计量模式，重视对会计专业判断和审计专业判断的运用，强调对会计处理的"原则化指导"等，这一切都是为了达到在中国特有的经济环境下，与国际会计准则最大限度地趋同；"小异"则保留了在我国特有经济环境背景下的会计处理原则和方法。③ 实现会计准则的趋同要采取循序渐进的步伐。由于各国国情存在着差异，这意味着不同国家在会计准则趋同方面所作的努力程度也会有差异。中国的国情决定了中国不可能一夜之间全盘接受西方国家主导的国际会计准则，中国必须积极地，但同时是逐步地研究新情况，解决新问题，创建新机制，逐步地实现与国际会计准则的趋同与等效。④ 通过互动实现趋同。会计准则的趋同应该是世界各国之间、各国与国际财务报告准则理事会之间、国际财务报告准则理事会同各区域会计组织之间，通过沟通与协调而相互认可的过程。世界多样性特点下的国际化趋同互动是一种客观规律，只有遵循这个规律才能实现真正趋同，否则就会影响效率或效果。因此，趋同并不是中国会计准则向国际标准的单向运动，而应该是一个互动的过程。

## 第二节　会计准则制定权和过程简介

会计准则的制定权可以从以下两个层次来理解：一个层次是关于不同国家对于国际会计准则的制定权，另一个层次是关于一个国家内部对于该国会计准则的制定权。

就第一个层次而言，在国际会计准则趋同的进程中，会计准则的制定实际上是一个博弈的过程。一般而言，围绕着国际会计准则制定权展开的博弈主要是基于对会计准则的经济后果以及会计准则变迁成本的考虑。

从契约经济学的角度看，会计准则是一种会带来经济后果的公共合约。斯蒂芬·泽夫（Zeff）认为会计准则具有经济后果：会计报告将会影响企业、政府、工会、投资者和债权人的决策行为，受影响的决策行为反过来又会影响其他相关者的利益。这意味着，对会计信息的获取和利用会导致决策主体改变其决策行为，从而相应地引发市场上不同行为主体对稀缺资源的不同选择，经济后果发生改变。一方面，会计准则规范下所生成的会计信息作为资本市场调节工具会影响资源配置及其效率；另一方面，会计准则本身具有对财富的分配功能。可见，会计准则不仅是一种具有经济利益的契约，而且是以利益分配形式存在的契约。不同的会计准则生成不同的会计信息，不同会计信息通过资源配置功能和财富分配功能影响不同主体的利益。作为会计信息生成标准的会计准则对不同主体具有不同的经济后果，导致在准则制定过程中存在各种形式的利益冲突，也正是会计准则的经济后果性，利益相关者纷纷游说会计准则制定者，并对其施加压力。（参考文献［47］）如2001年IASC准备就公允价值确认股票期权并将相关费用计入损益表进行研究时，首席财务官国际协会（the Financial Executive International, FEI）曾公开发表文章进行了抨击。该文指出，费用化股票期权只会导致更大的国际分歧和会计准则全球化进程的明显倒退。同时一些大公司的管理层也发出威胁。他们认为这份议案将很快打击他们参与和支持国际会计准则委员会的热情，如果国际会计准则委员会制定的准则不具有竞争力的话，那些有竞争力的国家的会计准则将成为真正的国际标准。这些批评和威胁显然给国际会计准则委员会施加了巨大的压力，促使该委员会在制定准则时充分考虑其经济后果。

会计准则变迁的成本是会计准则制定权博弈的另一导因。作为一种制度安排，各国会计准则与国际会计准则存在不同程度的差异。采用国际会计准则意味着本国会计准则向国际会计准则的变迁，由此会产生相应的制度变迁成本。这些成本包括：① 学习新准则、培训会计人员的费用。② 与准则相关的其他制度的转变成本。③ 准则转变后造成的财务信息纵向可比性下降。④ 文化传统等因素导致新准则施行困难所带来的成本。⑤ 对于发展中国家来说，还可能存在本国会计和审计市场被发达国家会计师事务所挤占带来的损失。这些变迁成本无疑会促使各国寻求在国际会计准则制定中的主导权。也就是说，谁掌握了国际会计准则制定中的主导权，国际会计准则将更多地体现其利益，从而减小变迁成本。（参考文献［47］）

国际会计准则的博弈既有发达国家之间的博弈（主要是美国、欧盟与IASC

之间的博弈），也有发达国家与发展中国家的博弈。

美国在相当长的时间里认为其会计准则是全球最好的准则，所以对国际会计准则采取冷淡的态度。由于美国的会计准则是世界上技术最复杂，要求最高的会计准则，其他国家的公司在争取到美国证券市场上市融资时，需要做大量的报表调整工作，从而增加了这些公司的筹资成本。后来这些国家转而向欧洲证券市场或者日本、新加坡、中国香港等地的证券市场融资，从而损及美国利益。为了维护美国的国家利益，从 21 世纪 80 年代末开始，美国开始积极参与到 IASC 及会计国际化中。1988 年 FASB 以观察员的身份加入了 IASC 理事会。1991 年 FASB 宣布它支持国际性准则（但不一定是 IASC 准则）的制定。1994 ~ 1997 年 FASB 与 IASC 先后合作制定了"每股收益"和"分部报告"等准则。1997 年 IASC 开始进行重大改组，FASB 则在 1999 年被邀请参与 IASC 的重组工作。而且，SEC 在 1994 年曾表示可以接受国际会计准则第 7 号"现金流量表"以及另 3 项国际会计准则中的处理方法。1996 年 SEC 宣布支持 IASC 制定用于跨国融资活动中的国际会计准则。2000 年 SEC 又发布了一份概念公告，再一次表态寻求在更大范围内使用 IAS 的可能性。（参考文献 [48]）

1998 年 12 月，IASC 发布了"立足未来，重塑国际会计准则委员会"的研究报告。由于该报告是在原有 IASC 的模式基础上的改进，美国对此表示不满。不久，美国财务会计基金会（FAF）和 FASB 不仅提交了一份长达 35 页的评论意见，还重新发布了一份与 IASC 战略工作组性质类似的报告，以强硬的语气提出，美国必须在国际会计准则制定中发挥领导作用。2001 年 4 月 IASC 完成改组。IASC 基金会设在美国，基金受托人除任命理事会（IASB）、解释委员会（IFRIC）以及咨询委员会（SAC）成员外，还负责对 IASB 筹集资金、审批预算、效率监控及修改章程。在各委员会成员中美国均把持了重要位置和较大比例，在提名委员会中美国 SEC 前主席 Arthu Levitt 担任主席一职；在手握财权与人事权两大权力的管理委员会中，美国联邦储备局前主席 Paul Volker 担任主席，在其 19 个席位中美国占 5 个；在 IASB 的 14 位成员中美国就占了 5 位。在逐渐掌握了国际会计准则制定的主导权的基础上，美国的 FASB 从 2002 年开始推进了与 IASB 的趋同进程。在 Norwalk 合约中，双方共同承诺尽最大努力使其现有的财务报告准则具有充分的可比性，并到 2005 年开始实现真正趋同。（参考文献 [48]）

欧盟于 1995 年正式承认在欧洲上市的外国企业可以按 IAS 提供财务报告。与此同时欧盟还进一步加紧和 IASC 的交往与对话，并承诺在 2005 年以前所有上市公司按国际会计准则编制会计报表并鼓励非上市公司采用国际会计准则。作为回应，IASC 也承诺可以对欧盟作出一定的让步，即考虑欧洲会计的特点。然而，欧盟对国际会计准则的支持并非是无条件的。欧洲委员会（European Commission）在多次声明中提出要对国际会计准则引入包括技术和立法两个层面的认可机制：前者通过"欧洲财务报告咨询组"，一方面采取事前介入的方式与 IASB 接触，确保 IASB 在制定准则时充分了解和关注欧盟所提出的重大会计问题，另一方面对 IASB 发布的准则及其解释作专业评估，提出是否予以认可和采纳的意见。后者通过"会计监管委员会"负责审批"欧洲财务报告咨询组"提交的采纳国际会计准则的建议及具体时间表（如果"欧洲财务报告咨询组"主张采纳国际会计准则，立法层次予以反对，则欧洲委员会要求其证明反对的理由，并要求"欧洲财务报告咨询组"寻找替代方案）。从上述的情况来看，欧盟对国际会计准则的认可是有些"苛刻"的。这也表明，欧洲委员会不论在政治上，还是在法律上，都不可能将准则的制定权授予欧盟无法施加影响的民间会计准则制定机构。（参考文献［48］）另外，欧盟还致力于提升其自身在改组后的 IASC 中的影响，并取得了成功。在提名委员会的 7 名成员中，欧洲国家独占 3 个席位。在手握财权与人事权两大权力的管理委员会的 19 个席位中，欧洲国家占有 6 个。此外，作为会计准则制定核心机构的 IASB 的主席由 ASB 主席 David Tweedie 担任。（参考文献［57］）

综上所述，在对掌控国际会计准则制定权的 IASC 的博弈中，美国与欧盟等西方发达国家占据了主导地位。在提名委员会、管理委员会和 IASB 的成员中几乎看不到发展中国家或不发达国家的身影。事实上，在围绕着国际会计准则制定权的博弈过程中，已形成三类不同的群体：第一类是主动参与并积极主导其方向的美国等经济发达国家。第二类群体是被动接受，即基本上全盘接受 IASB 所颁布的国际会计准则的发展中国家，如塞浦路斯和肯尼亚等国。第三类群体是持拿来主义态度，既非全盘照搬，也没有能力去左右国际会计准则的制定，因此对自己有利的就拿来用，对自己不利的就暂时不用，或者虽同意使用，但设置前提条件。（参考文献［49］）

在会计准则国际趋同的进程中，中国不仅要向西方发达国家的会计准则趋同，而且要不断深化与国际会计准则的协调，积极参与国际会计准则制定权的博弈。也就是说，中国需要参考国际会计准则以及包括美、英、澳、加等西方发达国家的会计标准，但这并不意味着可以照搬这些国家的会计标准。反之，在中国特定的经济环境下，中国虽然努力寻求与国际会计准则的趋同，但同时也保留了在我国特有经济环境背景下的会计处理原则和方法。以企业合并会计准则为例，规定在同一控制下采用权益集合法核算，非同一控制下采用购买法核算等。这些存在于会计准则中的"小异"，我国在准则正式出台前已和 IASB 进行沟通。IASB 认为，我国在这一方面的实践将为国际准则提供有益的参考。并且事实上，IASB 也确实在参考了我国做法的基础上，对现行国际会计准则进行了修改。（参考文献［49］）

另外，就一个国家内部会计准则的制定权而言，按照国际上通行的做法，一般规定由证券监督管理机构授权民间组织负责制定和发布会计准则，准则制定经费由使用准则的企业负担，准则主要满足企业投融资的需要，由证监会、银监会、保监会、审计机关等经济监管部门监督使用，强调准则制定机构的独立性和准则的公认性。中国目前的做法是，会计准则的制定、发布权归财政部，由其所属的会计司具体行使这些权力，准则的监督执行权归财政部、证监会、银监会、保监会、审计署、国资委等共同拥有，准则制定经费由政府财政负担，准则主要满足国有资产保护和国家税费收取以及企业投融资的需要，强调准则制定机构的权威性和准则的强制性。（参考文献［50］）从中国实际会计准则制定过程来看，不同机构之间以自身利益为标准而进行的博弈是客观存在的。中国会计准则的两大制定机构——财政部与证监会之间的博弈对于中国的会计准则起着决定性的影响。然而，随着我经济的发展，投资主体日益多元化，企业利益关系者越来越分化，越来越细化，利益差异也越来越明显，因此，多方参与会计准则制定权博弈的要求也越来越强烈。从这个角度看，会计准则制定的民主化进程将是必然的选择。因此，建立一种充分博弈的会计准则制定权制度安排机制，将是一种必然的发展趋势。

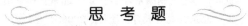

## 思 考 题

1. 中国为何必须积极应对会计准则的国际趋同？
2. 中国在会计准则的制定中如何兼顾会计准则的国际趋同与中国的特殊国情？
3. 如何理解"会计准则的制定实际上是一个博弈的过程"？

# 参 考 文 献

[1] 于玉林，田昆儒．会计学 [M]．上海：上海人民出版社，2009．

[2] 陈少华．会计学原理 [M]．厦门：厦门大学出版社，2005．

[3] 刘峰，潘琰，林斌．会计学基础 [M]．3 版．北京：高等教育出版社，2009．

[4] 杨淑媛，姜旭宏．会计学 [M]．北京：清华大学出版社，2008．

[5] 阎达五．企业会计指南 [M]．北京：经济管理出版社，2001．

[6] 冯月平，杨向荣，王曙光．会计假设的历史演变及未来构想 [M]．财会通讯：综合（下），2010（2）．

[7] 中国会计协会编写组．财经法规与会计职业道德 [M]．北京：经济科学出版社，2009．

[8] 史富莲，于洪江，贾创雄．会计概论 [M]．北京：高等教育出版社，2004．

[9] 杨成贤．三天学会当会计 [M]．北京：经济科学出版社，2007．

[10] 崔智敏，陈爱玲．会计学基础 [M]．3 版．北京：中国人民大学出版社，2010．

[11] 财政部会计资格评价中心．中级会计实务 [M]．北京：经济科学出版社，2008．

[12] 朱荣恩，张建军，周红，等．审计学 [M]．北京：高等教育出版社，2005．

[13] 辛金国，邢小玲，邹慧君，等．新编审计学 [M]．北京：科学出版社，2008．

[14] 朱锦余．审计学 [M]．北京：高等教育出版社，2006．

[15] 姚维刚，周文平．审计学基础 [M]．北京：中国金融出版社，2006．

[16] 宋建波．企业会计控制原理及应用 [M]．北京：中国财政经济出版社，2001．

[17] 罗新华．现代企业内部会计控制 [M]．济南：山东大学出版社，2006．

[18] 朱荣恩．内部控制评价 [M]．北京：中国时代经济出版社，2002．

[19] 竺素娥．财务管理学 [M]．上海：立信会计出版社，2005．

[20] 王文清，甘永生．管理会计 [M]．北京：清华大学出版社，2007．

[21] 潘飞．管理会计 [M]．北京：清华大学出版社，2007．

[22] 孟焰．管理会计理论框架研究 [M]．大连：东北财经大学出版社，2007．

[23] 项怀诚．会计职业道德 [M]．北京：人民出版社，2006．

[24] 江苏省会计从业资格考试研究编审组．财经法规与会计职业道德 [M]．北京：经济科学出版社，2008．

[25] 孟凡利．会计职业道德 [M]．大连：东北财经大学出版社，2003．

[26] 陈亚民．会计规范论 [M]．北京：中国财政经济出版社，1991．

[27] 孙长峰．会计职业道德教育之我见 [J]．财会月刊综合版，2006（11）．

[28] 王合喜，董红星．会计职业道德问题研究 [J]．财会月刊，2004（2）．

[29] 胡凯．道德进步与会计变革 [J]．会计研究，1998（2）．

[30] 于海彪．略论我国会计职业道德 [J]．会计研究，1996（10）．

[31] 朱秀华．浅谈会计人员基本道德 [J]．金融经济，2003（5）．

[32] 韩传模，郝景昭．会计职业道德的失范与重建 [J]．会计研究，2002（5）．

[33] 冯卫东，郑海英．论会计职业道德建设的实施机制与制度创新 [J]．会计研究，2003（9）．

［34］中国会计学会编写组．财经法规与会计职业道德［M］．北京：经济科学出版社，2009：
35-42.

［35］张洪君．我国会计法规问题研究［M］．上海：立信会计出版社，2008：103-107.

［36］严晓红．财务会计法律与法规［M］．北京：清华大学出版社，2008：56-59.

［37］许群．会计法教程［M］．北京：中国人民大学出版社，2008：122-124.

［38］管亚梅．对我国会计法律问题的思考［J］．财会月刊，2002（3）：25-26.

［39］李升朝．《会计法》在治理会计信息失真中的功能分析［J］．经济与法，2004（9）：
34-35.

［40］黄恒霄．关于新《会计法》对我国经济建设作用的几点思考［J］．会计之友，2003
（8）：42-43.

［41］张鸣，王明虎．会计诚信与《会计法》修订［J］．财会月刊，2003（9）：36-38.

［42］侯培国，张洪玺．会计原则、会计法、会计准则、会计制度浅议［J］．经济师，2004
（8）：26-27.

［43］顾立霞．对《会计法》中处罚规定的理性思考［J］．财会月刊，2004（6）：33-34.

［44］路晓燕，魏明海．会计准则的国际趋同与等效：中国的角色和贡献［J］．当代财经，
2009（11）.

［45］杨书怀．我国会计准则国际趋同：变迁与启示［J］．财经研究，2009（8）.

［46］白帆，张敬国．会计准则的国际趋同及对我国会计准则的思考［J］．商业经济，2005
（1）.

［47］唐莉，秦志强．会计全球趋同背景下的国际会计准则制定权博弈［J］．企业家天地，
2005（12）.

［48］王建新．国际会计准则制定权的争夺：美国、欧盟的对策［J］．大视野，2005（3）.

［49］何力军，刘惠利．国际会计准则制定权的博弈行为分析［J］，商业时代，2008（31）.

［50］吴秋生．略析会计准则的制定权［J］．财会月刊，2004（7）.